Marcel van Driel hat bereits mehr als fünfzig Kinderbücher geschrieben. Er ist bekannt für seine temporeichen, spannenden Geschichten, die oft mit Online-Computerspielen verknüpft sind. Mit der Trilogie Pala landete er in den Niederlanden auf Anhieb einen Bestseller-Erfolg. Marcel van Driel lebt in Utrecht, ist verheiratet und hat zwei Söhne. Wenn er nicht gerade ein neues Buch schreibt, spielt er mit seinen Söhnen Computerspiele.

Marcel van Driel

PALA
VERLORENE WELT

Aus dem Niederländischen von Sonja Fiedler-Tresp

Oetinger Taschenbuch

Außerdem bei Oetinger Taschenbuch erschienen:

Pala – Das Spiel beginnt (Bd. 1)
Pala – Das Geheimnis der Insel (Bd. 2)

Die Übersetzung dieses Buches wurde gefördert
vom Niederländischen Literaturfonds.

Das für dieses Buch verwendete FSC®-zertifizierte
Papier Lux Cream wurde von Stora Enso, Finnland, geliefert.
Der FSC ist eine nicht staatliche, gemeinnützige Organisation,
die sich für eine ökologische und sozialverantwortliche
Nutzung unserer Wälder einsetzt.

Deutsche Erstausgabe
2. Auflage 2017
Oetinger Taschenbuch in der Verlag Friedrich Oetinger GmbH,
Poppenbütteler Chaussee 53, 22397 Hamburg
Oktober 2016
Alle Rechte dieser Ausgabe vorbehalten
© Originalausgabe: Uitgeverij De Fontein, Utrecht 2014
Originaltitel: *Superhelden.nl 3*
© Marcel van Driel, 2014
Aus dem Niederländischen von Sonja Fiedler-Tresp
Mit freundlicher Unterstützung des Niederländischen Literaturfonds
Umschlaggestaltung: Carolin Liepins
Druck: CPI books GmbH,
Birkstraße 10, 25917 Leck, Deutschland
ISBN 978-3-8415-0456-2

www.oetinger-taschenbuch.de

Für meine treuen Leser

»Das Ziel des Spiels zu entdecken,
ist das Ziel des Spiels.«[1]

– Daniel Schorr in dem Film THE GAME

»Siegreiche Krieger gewinnen zuerst im Kopf
und ziehen dann in den Krieg.
Unterlegene Krieger ziehen erst in den Krieg
und versuchen dann zu siegen.«[2]

– Sunzi, chinesischer General und Militärstratege
(ca. 400 v. Chr.)

SUPERHELDEN

Auf der ganzen Welt spielen Jugendliche das Online-Game *Superhelden*. Doch nur die Besten unter ihnen erreichen die geheimen Level auf der virtuellen Insel Pala. Niemand weiß, dass es diese Insel wirklich gibt. Und niemand weiß, dass die besten Spieler gar nicht freiwillig dort sind, sondern entführt wurden, um auf Pala zu Superspionen ausgebildet zu werden.

Fertig ausgebildete Spione heißen Superhelden. Sie werden auf internationale Missionen geschickt. Nur der geheimnisumwitterte Mr Oz kennt das große Ziel.

Seit ihr Vater Selbstmord begangen hat, ist die dreizehnjährige Iris fast ununterbrochen am *Gamen*. Sogar nachts sitzt sie vor dem Computer, damit sie keine Albträume bekommt. Am liebsten spielt sie *Superhelden*. Ihr Bruder Justin hat ihr den Link dazu geschickt. Als sie das Spiel beendet hat, schickt Mr Oz seine Superhelden Alex und Fiber auf Mission nach Holland, um Iris zu entführen. Mr Oz hat mit Iris etwas vor, aber selbst Alex und Fiber wissen nicht, was.

Als Iris auf Pala ankommt, findet sie heraus, dass schon jemand anderes aus ihrer Familie auf der Insel gewesen ist: ihr Bruder Justin. Auch er wurde hier zum Superhelden ausgebildet. Justin ist jedoch auf spektakuläre Weise die Flucht gelungen. Iris macht ihn in Texas ausfindig, aber Justin weigert sich, seine Schwester bei sich zu behalten. Er will, dass Iris nach Pala zurückkehrt, um herauszufinden, was Mr Oz wirklich im Schilde führt. Deshalb passt er den Chip in Iris'

Hals an, um jederzeit Kontakt zu ihr aufnehmen zu können. Und er stiehlt Mr Oz einen Lieferwagen voller Geräte, mit deren Hilfe er einen amerikanischen Satelliten kapert.

Auf Pala geht es Iris immer schlechter. Die Albträume werden schlimmer, und sie findet kaum noch in den Schlaf. Das liegt auch daran, dass sie nachts in Justins Auftrag durch die Gänge streift. Gemeinsam versuchen die Geschwister herauszufinden, was Mr Oz vorhat. Tagsüber aber geht das Training auf Pala normal weiter – das Training und auch die Tests. Um ein Superheld zu werden, müssen sich die Kandidaten auf Pala einem Abschlusstest stellen. Iris und YunYun schaffen es nicht nur, den Test zu bestehen, sondern sie entdecken mit Justins Hilfe – der dank des Chips zu seiner Schwester in Kontakt steht – sogar eine geheime Werkstatt auf Pala. Dort arbeitet Terry, den alle für tot halten, heimlich an einem mechanischen Monster, das *Jabberwocky* genannt wird. Wozu Mr Oz dieses Monster braucht, weiß Iris nicht.

Ein Teil des Tests ist ein Verhör, bei dem YunYun von einem unbekannten Mann mit starkem amerikanischem Akzent gefoltert wird. Da Iris die Augen verbunden sind, ahnt sie nicht, dass der Mann Alex ist. Alex, in den sie sich immer mehr verliebt.

Als Fiber herausfindet, dass Justin seiner Schwester Iris hilft, gibt sie die Position seines Lastwagens an die AFOSI durch, eine militärische Organisation in Colorado, die Terroristen jagt. Justin und seine Handlangerin Olina werden daraufhin umgehend festgenommen. Iris hat keine Ahnung, was mit Justin geschehen ist, schafft es aber auch ohne seine Hilfe, den Test zu bestehen. YunYun kostet der Test jedoch beinahe das Leben. Sie muss schwer verletzt in den Krankentrakt gebracht werden.

Nach dem Test gibt man Iris Pillen, die dafür sorgen, dass sie keine Albträume mehr bekommt, und der Alltag hält wieder Einzug. YunYun geht es langsam besser. Iris und sie sind jetzt ausgebildete Superhelden und warten auf neue Anweisungen von Mr Oz.

DER WOLF AUS METALL

I

DAMALS

Seit dem Tod seines Vaters saß Justin beinahe nur noch am Computer. Und wenn er nicht am Programmieren war, hatte er Streit. Mit seiner Mutter, mit Iris, mit Frau Kroon, die ihn für einen Nichtsnutz hielt. Die Noten in seinem letzten Zeugnis waren massiv im Sinkflug gewesen.

Monatelang war er damit beschäftigt gewesen, Software zu manipulieren. Bei eBay hatte er einen Code gekauft (mit einer gehackten Kreditkarte) und auf seinem PC verschiedene Tests durchgeführt. Danach stellte sich für ihn nicht mehr die Frage, ob er eine echte Bank hacken konnte, sondern, was er tun würde, wenn er erst einmal drinnen war.

Unmengen von Geld auf ein Geheimkonto überweisen? Das klang verführerisch. Aber war er es nicht, der immer schrie, dass zu viel Geld korrupt machte? Vielleicht konnte er das Geld für einen guten Zweck verwenden? Es den Tierbefreiungs-Aktivisten schenken? Nein, die waren selbst ihm zu radikal.

Erst mal musste er versuchen, in die Bank reinzukommen.

Es kostete ihn nur einen Tag.

In der darauffolgenden Woche loggte er sich täglich bei der Bank ein und beobachtete die Transaktionen. Millionen von Euros wurden auf Hunderttausenden von Konten hin und her gebucht.

Justin wusste nicht, was er tun sollte. Jedes Mal, wenn er ein neues Ziel vor Augen hatte, war es, als würde der Geist seines Vaters hinter ihm auftauchen und den Kopf schütteln. Das Geld gehörte ihm nicht, er hatte nicht das Recht, darüber zu bestimmen, was damit geschehen sollte.

Justin griff nach der Maus und wollte gerade die Software entfernen. Doch dann zögerte er. Monatelang hatte er hieran gearbeitet. Und jetzt wollte er alles einfach so wegwerfen? Wollte seine Pläne, die Welt zu verändern, einfach so beerdigen, nur, weil sein toter Vater nicht damit einverstanden war?

Plötzlich schien sich der Bildschirm wellenartig zu bewegen. Das Bild verschwand und wurde durch die Aufnahme einer Webcam ersetzt. Ein flammender Kopf füllte den Monitor aus.

»BEEINDRUCKEND, JUNGER MANN.«

»W-wer sind Sie?«, stotterte Justin.

»WENN DU MIT MR OZ REDEN MÖCHTEST, MUSST DU DEINE WEBCAM ANSTELLEN, JUSTIN.«

Mr Oz? Was war das denn für ein Name? Und woher kannte er seinen?

Wie in Trance stellte Justin die Webcam an, die auf dem Bildschirm montiert war. Normalerweise benutzte er sie nur beim Gamen. Doch die seltsame Gestalt auf der anderen Seite – wer immer sie auch war – hatte es ganz offensichtlich geschafft, Justins Webcam anzuzapfen.

War sein eigener Computer gehackt worden? Wer war dazu denn in der Lage?

»SO IST ES BESSER. JETZT KANN DICH MR OZ ZUMINDEST SEHEN. DU WILLST DIE WELT VERÄNDERN, JUSTIN? VIELLEICHT KANN ICH DIR HELFEN.«

»Etwas verändern kann jeder«, sagte Justin. »Aber meistens kommt doch wieder das Gleiche dabei heraus.«

»DU HAST ABSOLUT RECHT. EIN PARADIGMENWECHSEL IST NOTWENDIG. NEUES BLUT, EINE NEUE GENERATION MIT NEUEN IDEALEN. MENSCHEN WIE DU, JUSTIN.«

»Was soll das heißen?«

»ICH WILL, DASS DU FÜR MICH EIN SPIEL ENTWI-
CKELST. EIN ONLINE-GAME, MIT DEM KINDER UND JU-
GENDLICHE WIE DU GETESTET UND AUSGEWÄHLT WER-
DEN KÖNNEN. DAMIT WIR SIE TRAINIEREN UND AUS
IHNEN EINE ARMEE BILDEN, MIT DER WIR KORRUPTION
BEKÄMPFEN. EINE ARMEE AUS KINDERN, MIT BESSE-
REN IDEEN FÜR DIE WELT, ALS ERWACHSENE SIE HABEN.
EINE WELT, IN DER GLEICHHEIT WIRKLICH GLEICH-
HEIT BEDEUTET. EINE WELT OHNE ARMUT UND REICH-
TUM, IN DER DIE MITTEL GERECHT VERTEILT SIND. EINE
WELT, IN DER KINDER OHNE BEDROHUNG DURCH KRIEG
UND HUNGER AUFWACHSEN KÖNNEN. WIE KLINGT DAS
FÜR DICH, JUSTIN?«

Wer könnte zu einer Welt ohne Krieg und Hunger Nein sagen?, fragte sich Justin. Genau das hatte er sich immer gewünscht.

»Aber warum Kinder?«, fragte er zögernd. »Was macht uns ...«
Er fand nicht die richtigen Worte, um seinen Satz zu beenden.

»ES GIBT WÖLFE UND SCHAFE, JUSTIN. UND JEDE GE-
MEINSCHAFT AUS SCHAFEN MUSS IRGENDWANN EINE
REGIERUNG AUS WÖLFEN KREIEREN.«

»Alle Menschen sind gleich«, erwiderte Justin. »Genau das ist der Grund, weshalb wir Probleme haben.«

»DAS STIMMT. ABER DIE MENSCHEN BRAUCHEN
TROTZDEM FÜHRUNG, SONST TREIBEN DIE SCHAFE
VON DER HERDE WEG.« Der Mann, der sich Mr Oz nannte, schwieg einen Moment, bevor er fortfuhr. »WILLST DU EIN WOLF SEIN, JUSTIN, ODER EIN SCHAF?«

Justin musste an etwas denken, was sein Vater einmal gesagt hatte: dass absolute Freiheit nicht existierte, weil die Menschen die Freiheit gar nicht ertragen konnten.

»Ein Wolf.«

»WIRST DU MIR BEI MEINER SUCHE HELFEN?«

»Ich glaube schon«, sagte er.

»ES GIBT BEREITS EINE ERSTE VERSION DES SPIELS, EINE, MIT DER MR OZ NICHT SEHR ZUFRIEDEN IST. MR OZ WILL, DASS DU AUF SEINE INSEL KOMMST, UM EIN NEUES SPIEL ZU ENTWICKELN. KÖNNTEST DU ZU MIR REISEN?«

Justin nickte. Er dachte an das Geld von der Bank, an das er herankommen konnte. »Ja, Sir.«

»GUT. UND, JUSTIN?«

»Ja, Sir?«

»ERZÄHL DEINER FAMILIE NICHT, WOHIN DU WIRKLICH FÄHRST. ERFINDE IRGENDETWAS.«

»Ja, Sir.«

»DEINE FAMILIE KOMMT IN ACHTUNDSECHZIG SEKUNDEN NACH HAUSE. MR OZ MAILT DIR DIE DETAILS. SEHEN WIR UNS AUF PALA, SUPERHELD?«

»Ja, Sir.« Justin hatte keine Ahnung, was oder wo Pala war, aber es klang wie der perfekte Ort. Ein Spiel entwickeln und die Welt retten. So aussichtslos, wie ihm sein Leben seit dem Tod seines Vaters erschienen war, so vielversprechend winkte ihm jetzt die Zukunft. Eine Zukunft, auf die er sich freuen konnte.

Das Videobild verschwand, und sein eigener Bildschirm nahm wieder Gestalt an. Statt die Software zu löschen, klickte er auf das Icon Call of Duty. Hinter ihm ging die Zimmertür auf.

»Wie war es in der Schule?«, fragte Justin.

»Bist du schon wieder am Zocken?«, entgegnete seine Schwester.

Justin machte sich nicht die Mühe, ihr zu antworten. Stattdessen sagte er: »Vergisst du immer noch, anzuklopfen, Iris? Du *hast doch ein fotografisches Gedächtnis. Wieso ist es dann so schwer, sich das zu merken?«*

»Ich habe es nicht vergessen. Ich höre einfach nicht auf dich. Ist ja auch nicht gerade so, als würdest du hier mit einem Mädchen rummachen. Du hockst einfach nur am Computer und spielst dämliche Spiele.«

Er ignorierte seine Schwester. Sollte sie doch reden. In ein paar Tagen war er sowieso fort, auf dem Weg nach Pala.

SCHRIEVER AIR FORCE BASE

Justin hatte das Gefühl, in einer riesigen Plastikbox eingesperrt zu sein. Die Wände des Verhörzimmers bestanden aus Kunststoffpaneelen, die genauso strahlend weiß gestrichen waren wie Boden und Decke. Über seinem Kopf hingen LED-Lampen, die den Raum gleichmäßig ausleuchteten. Es war nicht der kleinste Schatten auszumachen.

Der einzige Schatten war er selbst. Shade, so nannten sie ihn auf Pala. Bilder von seiner Zelle auf der verfluchten Insel tauchten vor seinem geistigen Auge auf. Genau wie hier hatten darin nichts weiter als ein Tisch und zwei Stühle gestanden. Aber das Verhörzimmer war zumindest um einiges größer als die Zelle, in die Mr Oz ihn eingesperrt hatte.

Der Holztisch, an den der Soldat ihn gesetzt hatte, war hellblau und im Boden verankert. Er war der einzige Farbklecks im Raum. Vielleicht gab es den Tisch, damit die Gefangenen ruhig blieben? Justin wusste aus Erfahrung, dass man aggressiv wurde, wenn man ganz allein eingesperrt war.

Er vermutete, dass es sehr schwierig werden würde, aus dieser Zelle zu entkommen. Vergleichbar mit seiner Flucht von der Insel.

In Gedanken war er bei seiner Schwester, die immer noch auf Pala war. Hatte sie den Test bestanden? Hatte YunYun den Angriff der mechanischen Dinosaurier überlebt? Wie weit war Mr Oz inzwischen mit seinen Plänen?

Direkt vor ihm hing ein Spiegel. Weil der Raum nur auf dieser Seite beleuchtet war, konnte Justin lediglich sein Spiegelbild sehen. Auf der anderen Seite der Scheibe standen seine Vernehmer. Er wusste, dass sie durch das Glas hindurchschauen konnten und daher dasselbe sahen wie er: einen erschöpften Jungen mit halblangen, dunklen Haaren und Kinnbart, der sich seit Wochen nicht rasiert hatte. Die Frage war nur: Für wen oder was hielten sie ihn? Für einen Studenten, der sich einen geschmacklosen Scherz erlaubt hatte? Für einen Terroristen? Einen Dieb?

Er kam sich vor, als wäre er in einer amerikanischen Krimiserie gelandet. Nur, dass er nicht in einem schäbigen Polizeirevier hockte, sondern auf der *Schriever Air Force Base*: einem Militärstützpunkt in Colorado, der Heimatbasis des *Air Force Space Command*, dem Kontrollzentrum für mehr als hundertsiebzig Kommunikations- und Spionagesatelliten.

Justin saß hier, weil er einen Satelliten der zweiten Kategorie gekapert hatte, um mit Iris in Kontakt treten zu können. Irgendjemand hatte ihn und Olina verraten. Wahrscheinlich Fiber. Wie sonst hätte ihn die AFOSI finden sollen?

Dabei wollte er doch nur Iris aus den Klauen von Mr Oz befreien. Sonst nichts.

Nein, korrigierte er sich selbst. Eigentlich war er hier, weil er die Welt verändern wollte. Weil er sich dazu hatte überreden lassen, Dinge zu tun, die sich durch nichts entschuldigen ließen. Dass er hier feststeckte, war seine eigene Schuld. Schließlich hatte er Sachen gemacht, die er bei anderen auch nicht akzeptieren würde.

Der Mann und die Frau kamen abwechselnd herein, um ihn zu befragen. Während einer von ihnen bei ihm war, taxierte der jeweils andere ihn wahrscheinlich von der anderen Seite des Spiegels. Vielleicht machten sie sich auch Notizen.

Der Mann war Anfang dreißig, tippte Justin, und ziemlich aggressiv. Er schrie Justin an, dass er alles gestehen müsse, dass er ins Gefängnis kommen würde und es seine letzte Chance sei, sich jetzt noch aus der Affäre zu ziehen. Justin schwieg und sah ihn an, als wenn er kein Soldat in Uniform, sondern ein Sechstklässler mit großer Klappe wäre. Sein Schweigen machte den Mann nur noch wütender, was natürlich genau Justins Absicht war. Nach einer Weile zog der Soldat wieder ab.

Die Frau war ein anderes Kaliber. Sie schien die Ranghöhere von beiden zu sein, und sie war auch etwas älter. Sie war viel ruhiger und freundlicher. Gefährlicher. Wie eine Raubkatze, die ihr Opfer erst mit dem Kopf anstupste, bevor sie mit ihrer Klaue zuschlug.

Guter Bulle, böser Bulle. Die Taktik kannte er aus den Filmen, die er mit Iris und seinem Vater zusammen verschlungen hatte. Der nette Polizist sorgte dafür, dass man sich wohlfühlte, der böse versuchte, einen aus der Reserve zu locken. Ohne es zu merken, gestand man alles.

Aber Justin nicht.

Die Frau hatte sich als Isabela Orsini vorgestellt. Sie gehörte zur *United States Air Force Office of Special Investigations*, kurz AFOSI. Dabei handelte es sich um eine Militärbehörde, die gelegentlich bei Verbrechen, meist aber bei Terrordrohungen und Spionage eingesetzt wurde. Und das Kapern eines Satelliten fiel gleich in alle drei Kategorien.

Die Fakten sprachen gegen ihn, er war *fucked*, jedenfalls, wenn er ihr glaubte.

Aber das war er ja sowieso schon. Seit er sich auf Mr Oz eingelassen hatte, war er verflucht. Der Weg zur Hölle ist mit guten Absichten gepflastert, hatte sein Vater einmal zu ihm gesagt. Justin hatte nicht auf ihn hören wollen, hatte damals wahrscheinlich nicht einmal begriffen, was sein Vater damit meinte. Das Ziel heiligt die Mittel, war sein Motto gewesen. Die Menschen sollten aufhören, Fleisch zu essen, sollten gegen die globale Erwärmung kämpfen und die Finger von Tierversuchen lassen. Er hatte recht, und der Rest der Welt musste sich seiner Meinung anpassen.

Diese Arroganz war ihn teuer zu stehen gekommen.

Isabela stellte ihm Fragen, und er verweigerte eine Antwort nach der anderen. Sie fragte ihn nach seinem Namen, woher er stammte. Justin musste an den Test auf Pala denken, an das Verhör.

Den Vornamen durfte man nennen, den Nachnamen, Alter und Blutgruppe. Auf Pala durfte man auch noch sagen, wo man herkam und zu welcher Familie man gehörte, aber damit fing er gar nicht erst an. Er wollte nicht, dass sie wussten, wer er war, er wollte lediglich für Olina Zeit gewinnen. Also stellte er sich doof. Nach einer Weile verschwand Isabela Orsini wieder.

Jetzt saß er allein am Tisch in dem Zimmer, das an eine Plastikbox erinnerte, und betrachtete sich selbst im Spiegel. Er versuchte, wie Superman direkt durch das Glas hindurchzublicken.

Vergeblich. Auch wenn er sich Superheld nennen durfte, war er nicht Clark Kent.

Justin legte die Hände auf den Tisch und begutachtete seine Fesseln. Er hatte Handschellen aus Metall erwartet, wie im Film, aber diese hier waren aus Plastik und hatten nicht einmal ein Schloss. Sie sahen aus wie Kabelbinder. Der

Soldat hatte Justins Handgelenke zusammengedrückt, das Plastik darumgewickelt und die Fesseln mit einem Handgriff zugezogen.

»Wir nennen sie *PlastiCuffs*«, hatte er gesagt, »und man hat uns genau beigebracht, wie man sie anlegt.« Er zog die Fesseln enger, sodass Justin gezwungen wurde, seine Handgelenke noch mehr zusammenzudrücken. »Wenn wir sie zu fest zuziehen«, fuhr der Soldat fort, »könnte es passieren, dass wir die Blutzufuhr abschneiden. Und das ist natürlich nicht unsere Absicht. Unser Präsident verbietet uns, Gefangenen Schmerzen zuzufügen.« Um seine Geschichte zu unterstreichen, zog er die Handschellen noch einmal extra an.

Justin biss die Zähne zusammen, um nicht vor Schmerz aufzuschreien. Das Vergnügen gönnte er seinem Bewacher nicht. Erst als der Soldat das Verhörzimmer wieder verließ, wagte er es, durchzuatmen.

Zum Glück war er vorbereitet gewesen. Auf Pala waren Fesseln, Seile und Bänder Teil des Trainings. Dabei hatte Justin gelernt, dass man die Muskeln aufblasen sollte, soweit es ging, wenn man gefesselt wurde. Dadurch gewann man ein paar Millimeter Platz. Justin entspannte sich und fühlte, wie sich zwischen dem Plastik und der Haut ein winziger Raum ausbreitete. Die Fesseln zwängten ihn noch immer ein, aber zumindest war seine Blutzufuhr nicht in Gefahr.

Wie es wohl Iris ging?

Justin schob den Stuhl mit dem Fuß nach hinten und stand auf. Er tat, als würde er völlig in sich ruhen, ging auf die Spiegelwand zu, drückte die Nase gegen das Glas und versuchte, hindurchzusehen.

Wenn er die Augen halb zusammenkniff, konnte er erkennen, dass sich dahinter ein kleiner Nebenraum verbarg. Er war leer, abgesehen von einem dürftig geschmückten Weihnachtsbaum. Wo waren die beiden? Waren sie bei Olina? Wurde auch sie hier festgehalten, oder hatte man sie an einen anderen Ort gebracht?

Oder war sie bereits entkommen?

VERHÖR

Olina spürte, dass sie angestarrt wurde. Abgesehen von einem Tisch und zwei Stühlen war der Raum leer. Sie ließ sich auf einem der beiden Stühle nieder und betrachtete sich in dem Spiegel, der vor ihr hing.

Auf Hawaii war Korruption an der Tagesordnung, Polizisten waren dabei möglicherweise noch schlimmer als Politiker. Obwohl Hawaii Teil der USA war, schien es doch in vielerlei Hinsicht eine andere Welt zu sein.

Olina vermutete, dass das Militär hier in Colorado loyaler war als in ihrer Heimat. Und das machte ihre Aufgabe ein ganzes Stück schwieriger. Ehrliche Menschen waren schwerer zu beeinflussen.

Der Soldat, der sich als Jason Lizik vorgestellt hatte, hatte sie mit einer Plastikkordel gefesselt. Zum Glück hatte er sie nicht ganz fest zugezogen. Sie konnte ihre Hände nach wie vor bewegen. Vielleicht würde ihr das später noch helfen.

Olina legte die Arme auf den Tisch und zwang sich, ruhiger zu werden. Die Tischplatte war hellgelb und erinnerte sie an die Sonne, die beinahe jeden Tag über Honolulu schien.

Sie vermisste ihre Stadt und ihre Familie.

Olina schloss die Augen und konzentrierte sich auf ihre Atmung. Justin verließ sich auf sie, sie durfte ihn nicht enttäuschen. Er hatte sie im Krankenhaus aufgespürt und dort rausgeholt. Jetzt musste sie zusehen, dass sie Justin hier rausbekam, damit sie zusammen Mr Oz aufhalten konnten. Erst danach konnte sie nach Hause.

Isabela quetschte sich an dem Weihnachtsbaum vorbei und sah, dass der Junge sich die Nase an der Glasscheibe platt drückte. Konnte er sie sehen? Schnell schloss sie die Tür hinter sich, um das Licht zu dimmen.

Welcher Idiot hatte den Baum hier aufgestellt? Manchmal ließ die Professionalität auf der Flugbasis zu wünschen übrig.

Irgendetwas an dem Jungen da drüben war seltsam. Zunächst hatte sie ihn älter geschätzt, was nicht allein an seinem Kinnbart lag, sondern vor allem an dem Blick in seinen Augen. Sie kannte diesen Ausdruck, sie hatte ihn früher schon gesehen, bei Soldaten, die mit ihr in Afghanistan gedient hatten.

Soldaten mit Kriegstraumata.

Sie hörte, dass Jason hinter ihr das Zimmer betrat.

»Weißt du schon mehr über den Lieferwagen?«, fragte sie, ohne den Blick von dem Jungen abzuwenden. Sie sprach leise, auch wenn die Scheibe keine Geräusche durchließ. Sie ging immer gern auf Nummer sicher.

»Volkswagen-Transporter, der häufigste Lieferwagen der Vereinigten Staaten«, murmelte Jason. Er hielt einen Stapel Papiere in der Hand, die er mit prüfendem Blick studierte. Es war gar nicht so einfach, schnell alle Infos zu erfassen. »Herkunft des Busses: nicht nachvollziehbar. Verschiedene Nummernschilder im Kofferraum, aus verschiedenen Staaten. Das von Colorado war wohl frisch angeschraubt. Hightech-Gerätschaften im Laderaum, Computer, Bildschirme und so weiter. Besser als unser Material.«

»Also eine Profi-Ausstattung?«

»Viel zu professionell für zwei Teenager. Es ist unmöglich,

ohne richtig viel Geld auf der Bank und die richtigen Kontakte an dieses Zeug zu kommen. Und selbst dann ...«

»Also ist der Wagen gestohlen.« Das war keine Frage.

»Es gibt keine Diebstahlsanzeige, in keinem Staat.«

»Dann hat der Bus also jemandem gehört, der das Ganze lieber geheim halten will. Terroristen? Kriminelle?«

Jason nickte. »Vielleicht Al-Qaida.«

Das bezweifelte sie. Konvertierte Moslems trugen meist eine andere Art von Bart, wenn sie einen hatten. Aber das konnte natürlich auch Teil seiner Scharade sein.

»Und das Mädchen?«

»Sie sitzt in Zimmer B. Sie behauptet steif und fest, dass sie nichts damit zu tun hat und er sie auf der Straße aufgesammelt hat. Ich bin geneigt, ihr zu glauben.«

»Ich nicht. Irgendwas stimmt da nicht. Verhör sie noch einmal. Mach es ihr schwer. Ich werde dem jungen Mann auf den Zahn fühlen.«

»Allein?«

»Glaubst du, ich werde nicht mit ihm fertig, Jason?«

»*No, ma'am*, aber die Vorschrift ...«

»Es ist kurz vor Weihnachten, Jason. Wir sind hochgradig unterbesetzt. Du setzt das Mädchen unter Druck, ich den Jungen. Punkt.«

Isabela öffnete die Tür zu Zimmer A und trat ein.

»*Sit down*«, befahl sie und schloss die Tür hinter sich.

Der Junge stand immer noch vor der Spiegelwand und musterte sie ohne ein Zeichen von Angst.

»Ich stehe lieber«, antwortete er ruhig.

Ein Spiel, dachte sie, er spielt mit mir ein Spiel. Solange er stand, war er ihr physiologisch gesehen überlegen, schließlich war er bestimmt fünfzehn Zentimeter größer als sie. Isabela verfluchte ihre italienischen Vorfahren, die vor drei Generationen nach Amerika ausgewandert waren.

Sie war kurz davor, nach ihrem Schlagstock zu greifen, ließ es dann aber doch sein. In diesem Stadium schon mit Schlägen zu drohen, schwächte lediglich ihre Position. Ihre Aufgabe war es, sein Vertrauen zu gewinnen, nicht, ihn mit körperlicher Gewalt unter Druck zu setzen. Dafür hatte sie Jason.

»Unsere Stühle sind allerdings sehr komfortabel«, sagte sie. »Die besten, die Uncle Sam auftreiben konnte. *Sit down*«, sagte sie ein zweites Mal. »*Please.*« Sie lächelte.

Der junge Mann nickte und schlich zu seinem Stuhl. Erst als er saß, nahm sie ihm gegenüber Platz. Noch immer ragte er mit Kopf und Schultern über ihr auf.

»Warum willst du unsere Fragen nicht beantworten?«

Der Junge zuckte die Achseln. »Mit Ihnen zu reden, macht mir nichts aus. Mit ihm schon.« Er machte eine Kopfbewegung in Richtung Tür.

»Und warum, wenn ich fragen darf?«

»Er ist der *bad cop*. Sie sind der *good cop*. Er ist hässlich. Sie sind hübsch. Ich stehe auf ältere Frauen«, fügte er hinzu.

Wieder versuchte er, sie einzuwickeln. Isabela zauberte ein Lächeln zum Vorschein.

»*Well, thank you.* Ich bin jünger, als ich aussehe, aber nachts aus dem Bett getrommelt zu werden, ist schlecht für die Haut. Und mein Kollege Jason ist in Wirklichkeit ein ganz Netter. Er hat nur etwas gegen Terroristen, und das kann man ihm nicht verdenken.«

»Ich bin kein Terrorist.«

»Sondern? Was bist du dann?«

»Ganz normal. Ein Junge eben.«

»Und dein Name ist?«

Sie sah, dass er zögerte.

»Justin.«

»Nachname?«

»Einfach nur Justin.«

»Justin, ich habe ein Problem«, begann sie. »Wir haben dich in einem Lieferwagen in der Nähe der *Schriever Air Force Base* aufgegriffen. In einem Lieferwagen voller Geräte, die so hoch technisiert sind, dass selbst wir sie uns nicht leisten können. Meine Techniker haben deine letzten Aktivitäten untersucht, und die Ergebnisse ... Ich war geschockt, Justin, das darfst du ruhig wissen. Und das passiert mir nicht so schnell.«

Justin legte seine gefesselten Hände auf den Tisch und sah sie mit stoischer Miene an.

»Du bist mithilfe deiner Gerätschaften in den KH-14 GAMBIT eingedrungen. In einen Spionagesatelliten. Das ist eine Straftat, für die du lebenslänglich kriegen könntest. Aber das ist es gar nicht, was mich so erschreckt.«

Immer noch keine Reaktion.

»Mein Problem ist, dass der KH-14 GAMBIT gar nicht existiert, jedenfalls nicht offiziell. Offiziell sind wir erst bei KH-11, inoffiziell inzwischen bei Nummer 13. Und die 14? Um ehrlich zu sein, wusste selbst ich bis gestern Abend nichts von seiner Existenz, so neu ist das Ding.«

»Na dann«, sagte Justin. »Wenn der Satellit nicht existiert, kann ich ihn doch auch nicht gehackt haben, oder?«

Sie starrte den Jungen an, und er starrte emotionslos zurück.

»Aber er existiert, Justin. Meine Frage ist bloß: Wie kommt ein Junge – wie alt bist du? Zwanzig? – an Informationen, die nicht einmal ich habe? Ein junger Mann, der keinen Zugang zu unserem System hat. Ein junger Mann, den es offiziell gar nicht gibt, kapert einen Satelliten, den es offiziell genauso wenig gibt. Verstehst du, dass mich das beunruhigt?«

»Vielleicht«, sagte der Junge, »existieren weder ich noch der Satellit, und Sie sprechen mit einem leeren Stuhl.«

»Vielleicht«, flüsterte Isabela, »sollte ich dir eine runterhauen?«

»Nur zu«, sagte er. »Ich kann ohnehin nichts dagegen tun.« Er hob seine gefesselten Hände.

»Wie alt bist du?«, fragte Jason Lizik das Mädchen. Sie saßen sich am Tisch in Verhörzimmer B gegenüber. Es unterschied sich nicht wirklich von Zimmer A, abgesehen davon, dass der Tisch hier gelb war statt blau. Meistens wurden in diesem Zimmer Militärangehörige verhört. Im besten Fall wegen Trunkenheit in der Öffentlichkeit oder Prügeleien, ansonsten wegen Betrug oder Hehlerei. Bisher war erst ein einziges Mal Mord dabei gewesen. Nie zuvor hatte ihm hier eine Minderjährige gegenübergesessen.

»Fünfzehn«, antwortete sie schüchtern. »Können Sie mir die abnehmen?«, fragte sie und hielt ihm ihre gefesselten Hände vors Gesicht. »Mir tun die Handgelenke weh.«

»Nicht so sehr wie deinem Entführer«, antwortete er grinsend. »Ich hab seine ganz besonders fest zugezogen, extra für dich.«

»Danke«, sagte sie zögernd. Sie sah ihn ängstlich an, als ob sie ihn für den Feind hielt.

»Du brauchst keine Angst mehr zu haben, er ist eingesperrt und kommt vorläufig auch nicht mehr raus. Du bist in Sicherheit.«

»Warum habe ich die dann um?«

»Weil meine Chefin denkt, dass du zu ihm gehörst.«

Das Mädchen schüttelte den Kopf. Erst jetzt fiel ihm auf, dass sie hellblaue Augen hatte. Das hatte er bei einer Afroamerikanerin noch nie gesehen, und er hatte viele dunkelhäutige Kollegen.

»Sie halten mich gegen meinen Willen fest«, griff sie ihn unerwartet an. »Sie sind genauso schlimm wie er.«

»Ist schon gut. Du brauchst nur ein paar Fragen zu beantworten, dann lass ich dich gehen, okay?«

Sie sagte nichts, sondern blickte stur zu Boden.

»Okay?«, wiederholte er.

Sie nickte leicht.

»Woher kommst du?«, fragte er. Er versuchte, so ruhig und entspannt wie möglich zu klingen.

»Ursprünglich aus Hawaii«, sagte sie, noch immer ruppig. »Aber vor ein paar Jahren sind wir nach Colorado gezogen.«

»Warum sollte man ein tropisches Paradies gegen *The Springs* eintauschen?«, fragte er erstaunt. So nannten die Einheimischen Colorado Springs. Er konnte sich nicht vorstellen, dass jemand freiwillig hierherziehen würde, schon gar nicht jetzt, wo der Winter sie im Griff hatte.

Das Mädchen zuckte die Achseln. »Wegen der Schule. Die staatlichen Schulen auf Hawaii sind furchtbar schlecht, und eine Privatschule konnten wir uns nicht leisten.«

»So schlimm können die doch gar nicht sein.«
»Glauben Sie mir, meine Mutter ist Lehrerin, sie sind sogar noch viel schlimmer. Alle halten Hawaii für ein Paradies, aber alles und jeder dort ist korrupt!« Sie spuckte die Worte beinahe aus.

»Schon gut, entspann dich!« Er hob beruhigend die Hände.

»Erzähl mir etwas von dem Jungen. Was weißt du von ihm?«

Olina zuckte die Achseln. »Nichts. Nur, dass er Justin heißt.«

»Was hast du auf der Straße gemacht?«

Jason war froh, dass er normal mit ihr reden durfte. *Bad cop* war eine Rolle, die er nur widerwillig spielte, vor allem bei Frauen.

Olina holte tief Luft und begann zu erzählen. »Ich bin von der Schule nach Hause gelaufen. Normalerweise nehme ich den Schulbus, aber ich war zu spät, ich ...«

»Wo gehst du zur Schule?«, unterbrach er sie.

»*Palmer High, downtown*. Ich bin im ersten High-School-Jahr«, antwortete sie, ohne zu zögern.

»Okay, erzähl weiter.«

»Er ist erst an mir vorbeigefahren. Dann hat er abgebremst und mich gefragt, ob ich mitwill.«

»Und das war wo in *The Springs*?«

Olina nannte ihm den Straßennamen. Sie sah ihn nicht an, sondern starrte auf den Tisch, als wäre ihre Vergangenheit in die Tischplatte eingeritzt und als würde sie die Ereignisse vorlesen.

»Er hat gesagt, dass er Justin heißt, und er hat Englisch gesprochen. Aber ich glaube, er stammt nicht von hier«, murmelte sie. »Er ist kein Amerikaner, meine ich.«

»Du bist kein Amerikaner«, sagte Isabela beiläufig. Das war keine Frage, sondern eine Feststellung.

Justin zuckte kurz zusammen. Es fiel ihm regelrecht schwer, nicht seine Bewunderung zu zeigen. Inderpal hatte mit ihm seinen amerikanischen Akzent trainiert, bis er nicht mehr von dem eines echten Amerikaners zu unterscheiden war. Die Dame war gut. So gut, dass sie auch seine Reaktion registrierte, so minimal sie auch war.

»*So I am right.* Woher stammst du?«

»Aus den Niederlanden«, antwortete er widerwillig. »Aus Utrecht.« Er wusste, dass er ihr etwas geben musste, um sie bei Laune zu halten.

»Also, Justin aus Utrecht, dann lass uns damit anfangen, wie du es in die USA geschafft hast.«

Er runzelte die Stirn.

»Du stehst nicht im *US-VISIT*. Alle ausländischen Besucher werden seit 2007 von unserem Computersystem registriert, wenn sie ins Land kommen. Nur, wer sowohl in Amerika geboren als auch kein Krimineller ist, taucht nicht im System auf. Du bist kein Amerikaner, wie wir gerade festgestellt haben, also lautet meine Frage: Wie bist du unregistriert über die Grenze gekommen?«

»Schon mal etwas von falschen Pässen gehört?«

»Das erklärt noch immer nicht die Fingerabdrücke.«

»Ich hatte auch falsche Fingerabdrücke.«

»Das ist unmöglich.«

Justin schwieg. Das erschien ihm in diesem Fall am besten. Sicher wusste auch sie, dass es durchaus Möglichkeiten gab, falsche Fingerabdrücke herzustellen. Man musste nur genügend Geld haben.

»Okay, es ist nicht unmöglich«, gab sie zu. »Aber es ist teuer und sehr kompliziert. Fast so kompliziert, wie einen ultrageheimen Satelliten zu hacken.«

»Nicht da, wo ich herkomme.«

»Dann lass uns doch mal darüber reden, woher du kommst. Wir reden jetzt nicht über Utrecht, nehme ich an?«

Zeit schinden, Justin, Zeit schinden. Olina braucht Zeit. Er schüttelte den Kopf und sagte: »Kennen Sie die Filme, in denen die Hauptfigur zum Polizisten sagt: ›Ich werde Ihnen alles erzählen, aber Sie werden mir nicht glauben?‹ Und dann sagt der Polizist: ›Lassen wir es drauf ankommen?‹«

Die Frau ihm gegenüber nickte. »So etwas habe ich schon mehrfach gesehen, durchaus.«

»Ich würde Ihnen gern die Wahrheit erzählen, aber Sie werden mir nicht glauben.«

Die Frau brachte ein digitales Aufnahmegerät zum Vorschein und legte es mitten auf den Tisch.

»Lassen wir es drauf ankommen.« Sie spielte das Spiel mit und stellte den Rekorder an.

Justin nickte und begann zu erzählen. »Irgendwo mitten im Ozean liegt eine Insel. Offiziell hat sie keinen Namen und gehört zu keinem Staat. Wir nennen sie Pala. Dort bin ich ausgebildet worden. Dort ist auch meine Schwester.«

»Warum?«

»Sie ist auf die Insel entführt worden, genau wie Hunderte andere Jugendliche, nachdem sie im Internet ein Online-Game gespielt haben.«

Isabela schüttelte den Kopf. »Hunderte von Jugendlichen, die auf eine Insel entführt wurden, ohne dass jemand davon weiß? Unmöglich.«

»Nein, das ist nicht unmöglich«, antwortete Justin. »Die Kunst besteht darin, nicht zu viele Kinder aus demselben Land zu holen. Manche verschwinden einfach, anderen geschieht angeblich ein Unglück. So wie meiner Schwester«, fügte er hinzu.

»Deine Schwester ... Wie heißt sie?«

»Iris, sie heißt Iris.«

PALAVER

»Iris?«

Iris drehte den Kopf zur Tür, ohne YunYuns Arm loszulassen. Ihre Freundin konnte sich zwar inzwischen wieder ohne Rollstuhl fortbewegen, allerdings noch nicht ohne Krücken. Und schon gar nicht auf einem Laufband, auch wenn das Gerät auf die langsamste Stufe eingestellt war.

Sie sah, dass Fiber den Fitnessraum betrat und sich zwischen den Geräten hindurchdrängte, die im Saal verstreut waren. Crosstrainer, Laufbänder, Rudergeräte. Alle wurden von Teenagern zwischen zwölf und zwanzig Jahren genutzt. Alex hatte ihr erzählt, dass das anfangs ein ziemliches Problem gewesen war. Denn die meisten Sportgeräte waren für Erwachsene konstruiert. Und obwohl eine ganze Reihe von baumlangen Jugendlichen auf Pala herumlief, gab es auch genügend von kleinerer Statur. Schließlich hatte Mr Oz beschlossen, einen Teil der Geräte aus China zu importieren, wo auf viel kleineren Geräten Sport getrieben wurde. Sie mussten lediglich die chinesische Software auf die englische Sprache umstellen. Das war die Aufgabe von Fiber gewesen, Palas Haus-und-Hof-Hackerin.

Als Einzige hier im Fitnessraum trug sie Uniform, alle anderen hatten Sportkleidung an.

Fiber war nicht nur Hackerin, sondern auch Goth und noch dazu eine absolute Kampfmaschine. Niemand konnte sie im Eins-gegen-eins-Gefecht besiegen, noch nicht einmal die Jungs. Sogar Russom musste gegen Fiber klein beigeben, und er war immerhin gut zwei Meter groß.

Iris spannte unwillkürlich die Muskeln an. Wenn Fiber in der Nähe war, ging sie automatisch in Habachtstellung. Sie suchte Blickkontakt zu YunYun, die das Laufband sofort auf Stopp setzte und sich an den Seitenstangen festhielt, sodass Iris ihren Arm loslassen konnte. Iris war in Alarmbereitschaft.

Fiber grinste. »Wie ich sehe, ist mein Unterricht nicht umsonst gewesen«, sagte sie. »Ganz ruhig, *chill* mal. Mr Oz braucht dich.«

Iris schluckte. Es war so weit. Der Moment, dem sie voller Angst entgegengesehen hatte, war gekommen. Wollte Mr Oz sie immer noch auf ihren Bruder ansetzen?

»Jetzt sofort?«, fragte sie.

Fiber nickte.

Iris drehte sich zu YunYun um. »Kommst du alleine klar?«, fragte sie und versuchte, möglichst beiläufig zu klingen. »Es kann sein, dass ich wegmuss. Von der Insel«, flüsterte sie dann.

»Auf eine Mission?«, fragte YunYun erschrocken.

Iris nickte und legte YunYun ganz kurz die Hand auf die Schulter. »Kommst du ohne mich zurecht?«, fragte sie.

Vor ein paar Wochen war YunYun beinahe gestorben, aber jetzt lächelte sie, als würde sie nicht gerade eine schmerzhafte Genesung durchmachen. »Geh du nur die Welt retten.« Und lautlos fügte sie hinzu: »Alles Gute.«

Iris rannte Fiber hinterher, die schon wieder auf dem Weg zum Ausgang war. Bei Tessa, mit der YunYun abgesehen von ihr selbst am meisten Kontakt hatte, blieb sie kurz stehen und bat sie, ein Auge auf YunYun zu haben. Währenddessen arbeitete ihr Herz mit doppelter Schlagkraft. Was würde passieren?

Auf dem Gang versuchte sie, Fiber einzuholen.
»Wie geht es YunYun?«, fragte Fiber.
Iris zuckte die Achseln. »Sie hat schlimme Schmerzen, aber sie jammert nicht. Sie glaubt noch immer, dass wir hier etwas Gutes tun. Du solltest stolz auf sie sein.«
Fiber konnte Leute, die ständig herumnörgelten, nicht ausstehen. Und Iris ging davon aus, dass Fiber dieselben Ziele anstrebte wie Mr Oz.
Aber zu ihrer Überraschung schüttelte Fiber den Kopf. »Was mit YunYun während des Tests passiert ist, hätte nicht geschehen dürfen.«
Iris war erstaunt über die Heftigkeit, mit der Fiber das sagte. Mr Oz zu kritisieren, war ein *No-go* auf Pala, auch wenn Fiber sich deutlich mehr leisten durfte als die meisten anderen. Trotzdem machte sie nur selten negative Bemerkungen über ihren Anführer und seine Methoden.
Iris nickte. »Da hast du recht«, antwortete sie. »Aber die Frage ist: Was tun wir dagegen?«
Fibers einzige Reaktion war, dass sie schneller lief. Iris biss sich auf die Lippen. Blöde Nuss.
Iris fiel auf, dass sie nicht in Richtung Bibliothek ging, wo Mr Oz in seinem Aquarium herumschwamm, sondern in Richtung Beobachtungsraum.
»Und du?«, fragte Fiber schließlich.
Ja, dachte Iris. Was tue ich? Sämtliche Energie war aus ihr gewichen, seit Mr Oz ihr den Auftrag erteilt hatte, Justin nach Pala zurückzuholen. Wenn sie sich weigerte, würde YunYun dafür büßen, das hatte er geschworen. Wenn sie Ja sagte, verriet sie Justin. Sie wurde gezwungen, zwischen den beiden Menschen zu wählen, die ihr am wichtigsten waren.

»Ich habe keine Ahnung«, antwortete sie wahrheitsgemäß. »Ich würde sehr gerne etwas tun, aber ...«

»Das meine ich nicht! Wie geht es dir? Was ist mit deinen Albträumen?«

Ach so, das.

Fiber hielt die Tür zum Beobachtungsraum auf. Iris trat ein, und Fiber folgte ihr und schloss die Tür. Dann nahm sie in dem Sessel Platz, der mitten im Zimmer stand, lehnte sich zurück und gab Iris ein Zeichen, sich ebenfalls zu setzen.

»Und? Krieg ich keine Antwort?«

Iris zögerte. »Solange ich jeden Tag meine Pillen schlucke, geht es ganz gut«, sagte sie und senkte den Blick.

»Aber?«

Iris schwieg.

»Iris. Was verheimlichst du mir?«

Iris kniff die Augen fest zusammen. »Seit einer Woche nehme ich die Pillen nicht mehr«, sagte sie.

»Warum nicht?«

»Ich habe plötzlich Dinge vergessen.«

Sie wartete, bis Fiber die Neuigkeit verarbeitet hatte.

»Dein fotografisches Gedächtnis?«

Iris nickte unmerklich. »Die Pillen helfen zwar gegen die Albträume, aber sie machen mich vergesslich.«

»Dann wirst du genau wie wir.«

Jetzt hob Iris den Kopf und öffnete die Augen. »Nein«, sagte sie. »Schlechter.«

Von ihrem Platz aus konnte Iris alle sechsunddreißig Bildschirme sehen, die jeweils einen Ausschnitt von Pala zeigten. Auf einem Monitor bewegte sich YunYun auf dem Laufband. Tessa hatte Iris' Platz eingenommen.

»Die beiden sind ziemlich oft zusammen, findest du nicht?«, fragte Fiber.

»Was willst du damit sagen?«, fragte Iris schnippischer, als sie wollte.

»Gar nichts. Warte kurz, bevor du weitererzählst.« Fiber zog aus einer Schublade eine schwarze Halbkugel heraus.

»Woher hast du die?«, fragte Iris. Der Anblick des Apparats weckte in ihr eine ganze Reihe an Erinnerungen. An Justin und seine Stimme in ihrem Kopf, an die Stille, als er plötzlich verschwunden war.

Fiber sagte nichts, sondern drückte die Kugel mit der flachen Seite zunächst gegen ihren eigenen Hals und dann gegen den von Iris. Das kalte Metall an der Haut fühlte sich vertraut an. Aber wie kam Fiber an Justins Unsichtbarkeits-*Gadget*? Sie hatte es doch zerstört?

»Endlich allein, Iris«, sagte Fiber mit übertrieben verliebter Stimme und klimperte kurz mit den Wimpern. Iris musste trotz allem lachen. Ab und zu erhaschte sie einen Blick auf die Fiber, die sie auf dem Kreuzfahrtschiff kennengelernt hatte und die sie viel netter fand als die fluchende eiskalte Kröte, die Fiber hier auf Pala spielte.

»Hast du Justins *Ansibel* nachgebaut?«, fragte sie.

»Ha! Nicht einfach nachgebaut, ich habe ihn gehackt und verbessert!«, sagte Fiber. »Wir sind immer noch als Punkte sichtbar, wie sonst auch. Nur, dass es jetzt so aussieht, als würden wir auf der Insel herumlaufen. Mr Oz ist komplett paranoid geworden, nachdem Justin und du das System gehackt habt, daher habe ich es nicht gewagt, uns ganz unsichtbar werden zu lassen. Aber in diesem Zimmer können wir frei palavern. Niemand kann uns sehen oder hören.«

»Bitte was?«

»Palavern. Uns besprechen, *czca gadanina*. Das ist ein altes Wort, und ich finde, es passt hierher. Schließlich sind wir ja auf *fucking* Pala. Also, du hast plötzlich Sachen vergessen und darum die Pillen abgesetzt. Macht Sinn. Aber was ist danach passiert? Sind die Albträume zurückgekommen?«

»Anfangs schon. Dann haben die Halluzinationen angefangen.«

Fiber betrachtete sie stirnrunzelnd. »Das musst du mir erklären.«

»Menschen, ich sehe Menschen, die mit mir reden. Meine Mutter, Justin.« Sie zögerte eine Sekunde. »Meinen Vater.«

»Hmm. Klingt nicht gut.«

Iris schüttelte den Kopf. »Gar nicht gut. Also habe ich die Pillen wieder genommen, und der Spuk hat aufgehört. Aber sofort habe ich auch wieder Dinge vergessen. Ich wollte zur Ärztin, um die Dosierung zu besprechen, bloß ...«

»Ja, die Ärztin. Irgendwie scheint die verschwunden zu sein. Sehr praktisch auf einer Insel«, antwortete Fiber. »Das ist übrigens einer der Gründe, weshalb ich mit dir einen Plan besprechen möchte.«

»Was für einen Plan?«, fragte Iris.

Fiber sah sie nachdenklich an. »Wir werden Mr Oz ermorden. Jedenfalls, wenn du dich dazu in der Lage siehst.«

Für einen Moment glaubte Iris, zu halluzinieren. »Wie bitte? Was werden wir tun?«

COLORADO

Isabela lehnte sich in ihrem Stuhl zurück und musterte Justin spöttisch. Das Aufnahmegerät auf dem Tisch zeichnete die Stille auf.

»Du willst mir also weismachen, dass es irgendwo im Ozean eine Insel gibt«, sagte sie schließlich. »Eine Insel, von der die Vereinigten Staaten nichts wissen und auf der Hunderte von Kindern und Jugendlichen von einem gewissen Dr. Oz ausgebildet werden, der die Welt erobern möchte, wie die Bösen im *James Bond*-Film?«, fragte sie.

»Es ist mir egal, was Sie glauben«, antwortete Justin.

»Ich hab's schon kapiert«, sagte Isabela. »Du hältst dich für Bruce Willis. Für den Actionheld aus so einem zweitklassigen Film. Und ich bin die blöde Polizistin, die den Ernst der Lage nicht erkennt. Ich weiß, wie diese Rolle funktioniert, und würde sie mit Vergnügen für dich spielen, Justin. Aber soll ich dir mal was sagen?« Sie beugte sich vor und sah ihn fest an. »Das hier ist das echte Leben. Ja, es gibt böse Menschen, doch die sind alle gleich. Sie wollen jemanden in die Luft jagen, weil sie wütend sind oder weil sie glauben, das Recht dazu zu haben. Oder sie wollen ans große Geld kommen und siedeln in ein Land um, das kein Auslieferungsabkommen hat. Nur wenige wollen die Welt erobern. Das ist ... ein unpraktischer Plan.«

»Da haben Sie nicht unrecht«, antwortete der Junge nachdenklich.

»Warum erzählst du mir dann nicht, was wirklich passiert ist? Warum hast du den Satelliten gehackt? Wie bist du an den Lieferwagen gekommen? Wer ist Olina? Warum hast du sie mitgenommen?«

»Das sind ziemlich viele Fragen.«

»Such dir eine aus. Warum hast du den Satelliten gehackt?«

»Ich wollte meiner Schwester helfen. Über den Satelliten hätte ich mit ihr Kontakt aufnehmen können.«

»Mit deiner Schwester auf der Insel.«

»Ja.«

»Warum ist sie dort?«

»Ich ... ich bin mir nicht sicher«, sagte Justin. »Anfangs brauchte Mr Oz sie, um mich unter Druck zu setzen, aber jetzt ... Sie hat ein fotografisches Gedächtnis. Soweit ich weiß, als Einzige auf der Welt.«

»Und was hat er mit den Kindern vor?«

»Wir repräsentieren die neue Ordnung. Mr Oz will die Welt vernichten und neu aufbauen. Er ist überzeugt, dass wir alles anders machen werden, aber daran glaube ich nicht.«

»Und ich glaube dir nicht«, sagte sie.

»Das habe ich doch von Anfang an gesagt.«

Isabela presste die Fingerspitzen aneinander. Er versuchte, Zeit zu schinden, auch wenn sie keine Ahnung hatte, warum. Sie beschloss, sich auf seine Geschichte einzulassen. Nicht, weil sie ihm glaubte, sondern weil sie wollte, dass er sich selbst in die Enge trieb.

»Du hast gesagt, dass ihr gegen euren Willen auf die Insel entführt wurdet, nachdem ihr ein Online-Game gespielt habt?«

Justin nickte.

»Wie heißt das Spiel?«

»*Superhelden.*«

Isabela zückte ihr Handy. »Check mal, ob es ein Online-Game gibt, das *Superhelden* heißt. Höchste Priorität!« Sie steckte das Smartphone wieder weg. »Aber wenn auf deiner Insel Hunderte von wütenden Teenagern herumlaufen, warum wehren sie sich nicht? Ein einzelner Mann kann doch keinen Volksaufstand verhindern? Schon gar nicht, wenn sein Volk aus durchtrainierten Jugendlichen besteht?«

»Oh doch. Mr Oz ist sehr ... beeindruckend«, sagte Justin. »Niemand wagt es, sich gegen ihn zu stellen, niemand außer mir. Und auch ich konnte alleine nichts ausrichten. Darum bin ich geflohen und bekämpfe ihn von hier aus.«

Er glaubt selbst nicht daran, erkannte Isabela auf einmal. Was sie zunächst für Mut gehalten hatte, war nichts als Schuldgefühl. Diesen Blick kannte sie nur allzu gut. Justin fühlte sich aus irgendeinem Grund verantwortlich.

Seine Schwester.

»Danke«, sagte sie. »Du hast mir gerade etwas sehr Wichtiges mitgeteilt.« Sie stellte das Aufnahmegerät aus und stand auf. Sie wusste genau, was sie zu tun hatte.

»Du solltest *was* tun?«, fragte der Mann, der ihr gegenübersaß.

»Ich sollte ihn ... verwöhnen, wenn er mit dem fertig war, was auch immer er im Lieferwagen gemacht hat«, antwortete Olivia mit gesenktem Blick. »Er sagte, ich sei seine Belohnung für später ...«

Sie sah, wie Jason rot anlief. Ha! Männer sind so berechenbar, dachte Olivia. Wenn sie in einem kurzen Rock über die Straße lief, wurde ihr nachgepfiffen oder jemand fragte, ob sie einen Freund hatte. Aber wehe, wenn andere Männer sich danebenbenahmen, dann verwandelten sie sich plötzlich in Ritter auf weißen Pferden. Männer waren viel leichter zu manipulieren als Frauen. Vielleicht, weil Frauen diese Kunst besser beherrschten.

»Wie gut, dass wir rechtzeitig dazwischenkamen«, sagte Jason.

Sie nickte mit schüchternem Blick. Er sah ihr immer noch direkt in die Augen.

»Ich glaube dir«, sagte er schließlich.

Sie hatte behauptet, dass Justin sie entführt hatte, hatte beschämt geschaut, ein Schluchzen heruntergeschluckt und war seinem Blick ausgewichen. Die Story hatte sie mit so vielen Details gespickt – welche Straße, welche Schule –, dass sie für ihn glaubwürdig klang. Olina hatte alle Register gezogen, kein Wunder, dass er ihr glaubte.

Das war ihre Gabe.

»Kann ich jetzt gehen?«, fragte sie leise. »Meine Mutter fragt sich bestimmt schon, wo ich bleibe.« Wieder streckte sie ihm ihre gefesselten Handgelenke hin. Das Wichtigste war, dass sie freikam. Danach konnte sie ihr Schicksal selbst in die Hand nehmen.

»Das Problem ist«, antwortete der Soldat zögernd, »dass meine Vorgesetzte dir nicht glaubt. Wir haben die Telefonnummer angerufen, die du uns gegeben hast, aber wir erreichen deine Mutter nicht.«

Natürlich nicht, dachte sie. Die Nummer gehörte zu einem Handy, das sie für ein paar Dollar in *The Citadel* gekauft hatten, der großen *Shopping Mall* im Osten von Colorado Springs. Sie hatte die Mailbox mit der Stimme ihrer Mutter besprochen und das Handy danach versteckt.

»Meine Chefin will Beweise dafür, dass du die Wahrheit

sprichst«, fuhr er fort. »Ohne Beweise lässt Isabela dich nicht gehen.«

»Was soll ich denn beweisen?«

Jason stand seufzend auf. »Warte hier«, sagte er und verließ den Raum.

Sie war allein und steckte immer noch fest. Geduld, Olina, sprach sie sich selbst Mut zu. Es ist bald geschafft.

»Ich verliere langsam die Geduld, Jason«, murmelte Isabela. »Ich möchte den Fall noch diese Woche aufgeklärt haben.« Sie stand mit ihrem Kollegen im Büro und besprach die Ergebnisse der Verhöre.

Jason zuckte verzweifelt die Achseln. »Was soll ich dir sagen? Ich glaube immer noch, dass sie die Wahrheit erzählt.«

»Geh zurück und sprich sie auf eine Insel an. Frag sie über Kinder aus, die ein Online-Game spielen und auf eine Insel gebracht werden.«

»Was?«

»*Just do it*, okay? Aber vorher sollst du noch etwas für mich herausfinden. Justin hat erzählt, seine Schwester sei entführt worden.«

»Und das glaubst du ihm?«

»Das ist das Einzige, was ich ihm glaube. Weder die Sache mit der Insel noch mit diesem Mr Oz stimmt, aber dass seine Schwester verschwunden ist, schon. Ich habe den Schmerz in seinen Augen gesehen. Er glaubt, es wäre seine Schuld.«

»Und was soll ich jetzt tun?«, fragte er.

»Nimm Kontakt mit der niederländischen Botschaft auf und erkundige dich nach vermissten Mädchen der letzten zwei Jahre, die Iris heißen.«

»*Yes, ma'am.*«

»Ich werde jetzt noch einmal mit ihm reden. Wenn wir nicht bald brauchbare Antworten kriegen, sitzen wir noch Weihnachten hier.«

»Das ist der Plan, Olina. Du erzählst mir alles, und ich helfe dir, von hier wegzukommen«, sagte Jason. Er hatte sich wieder ihr gegenüber hingesetzt, aber ihre Fesseln nicht gelöst.

»Ich habe Ihnen schon alles gesagt«, kreischte sie. Warum tat er nicht, was sie sagte? Hatte sie ihre Gabe verloren? War er immun?

»Justin hat von einem Ort erzählt, an dem Kinder zu Elitesoldaten ausgebildet werden. Ich weiß, wie das klingt, aber hat er mit dir darüber gesprochen? Je mehr dir einfällt, desto schneller kann ich dich hier rausholen.«

Shit, dachte Olina, das ist eine ganz schlechte Wendung. Der Soldat vor ihr konnte ohne Zustimmung seiner Chefin nichts entscheiden. Um ihn abzulenken, begann sie, drauflosuzuplappern. Sie musste seinen schwachen Punkt finden.

»Ja, er hat irgendwas über ein Spiel erzählt, ein Online-Game oder so«, begann sie.

»Du wirst Weihnachten in der Zelle verbringen, wenn du jetzt nicht die Wahrheit sagst, Justin«, erklärte sie.

Isabela saß wieder auf dem Platz ihm gegenüber. Das Aufnahmegerät lief. Justin war immer noch entsetzt, dass er sich scheinbar selbst verraten hatte. Wann hatte er ihr denn bloß etwas sehr Wichtiges erzählt?

»Niemand weiß, dass du hier bist«, fuhr sie fort »Niemand weiß, wer du bist. Ich kann dich unbemerkt in eins der geheimen CIA-Camps nach Europa verschleppen, die es nicht gibt, und dich von CIA-Agenten befragen lassen, die nicht existent sind. Glaub mir, ihre Verhörmethoden sind sehr viel weniger sanft als meine.«

»Ich weiß«, antwortete Justin. »Ich habe Bilder gesehen. Um ehrlich zu sein, hätte ich nichts gegen ein bisschen Folter.«

»Du kannst dich gerne so cool stellen, wie du willst. Tu ruhig so, als würdest du keine Todesängste durchstehen.«

Er gab keine Antwort, sondern senkte den Blick. Zeit gewinnen. Es spielte keine Rolle, was sie glaubte, solange er nur Zeit gewann.

»Erzähl mir, warum du das Mädchen mitgenommen hast«, sagte sie. »Sie behauptet, du wolltest sie missbrauchen.«

Justin konnte sich ein Lächeln nicht verkneifen. Das hatte Olina dem Mann erzählt? Kluges Mädchen.

»Es stimmt also.« Verachtung klang aus ihrer Stimme. Dachte sie wirklich so über ihn? Justin unterdrückte den Drang, sich zu verteidigen. Es war doch egal, was Isabela von ihm hielt? Er musste nur Zeit totschlagen.

Wieder klingelte ihr Handy.

»Das Spiel ist wirklich online?«, rief Isabela in ihr Handy.

Justin musterte sie aus den Augenwinkeln. Er entdeckte weder Ehering noch sonstige besondere Merkmale. Er hatte sich vorher über die AFOSI informiert, und eins ihrer Kennzeichen war, dass die Mitarbeiter ihren Rang geheim hielten. Viele von ihnen arbeiteten *undercover*.

Isabela steckte ihr Handy wieder weg.

»Das Spiel gibt es wirklich«, sagte sie. Es gelang ihr nicht, ihre Überraschung zu verbergen.

»*I know.*«

»Aber deine Schwester ist nicht entführt worden. Die Botschaft hat uns mitgeteilt, dass sie von einem Kreuzfahrtschiff ins Meer gefallen ist, nicht weit vor der Küste von Maine.«

Mist. Das hatte sie also mit »etwas sehr Wichtiges« gemeint. Damit hatte er sich selbst verraten. Wie viele Mädchen, die Iris hießen, verschwanden pro Jahr aus den Niederlanden? Dumm, dumm, dumm!

»Ihr Name ist Iris Goudhaan. Und deiner also Justin Goudhaan. Ich weiß, wer du bist.« Triumphierend zog sie ein Dokument hervor.

»Justin Goudhaan, neunzehn Jahre alt. Wird verdächtigt, vor über einem Jahr eine internationale Bank gehackt zu haben. Von einem Tag auf den anderen vom Erdboden verschwunden. Niemand weiß, wo du bist, weder deine Mutter noch das FBI, noch der CIA, noch wir.«

»Ich ... ich bin viel gereist.«

»Mit einem falschen Pass und falschen Fingerabdrücken. Von wem hast du die? Al-Qaida?«

Justin schüttelte den Kopf. »Mr Oz.«

Endlich verlor sie die Geduld. »*SHUT THE FUCK ABOUT MR OZ!*«

Er machte sich instinktiv klein, was nicht einmal gespielt war.

»Darum hast du die Polizei nicht eingeschaltet, stimmt's?«, kreischte sie. »Und auch nicht den CIA oder das FBI. Du warst von Anfang an in die Sache verwickelt. Du schiebst Mr Oz als großen Drahtzieher vor, obwohl du selbst es bist, der hinter allem steckt!«

Justin musste sich enorm zusammenreißen, um keine Reaktion zu zeigen.

»Also noch mal: Wer hat dir den falschen Pass verschafft? Von wem hast du die falschen Fingerabdrücke?«

Justin schüttelte den Kopf. »Wie ich schon gesagt habe: Sie glauben mir sowieso nicht.«

»Hör zu, Justin. Deine Schwester ist verschwunden, das glaube ich dir. Und du fühlst dich deswegen schuldig. Ist sie ertrunken, Justin? Versuchst du, dich zu rächen? Lebt sie noch? Ist es das? Wirst du erpresst?«

Justin nickte. Zeit gewinnen.

»Von wem, Justin?«

Justin schüttelte wieder den Kopf.

»Das Game steht online. Das heißt aber noch lange nicht, dass auch der Rest deiner Geschichte wahr ist.«

»Und ob es das heißt.«

Einen Moment dachte er, sie würde wieder wütend werden, doch stattdessen versuchte sie, eine neue Strategie anzuschlagen. »Mal angenommen, alles, was du erzählt hast, wäre wahr – und ich sage damit nicht, dass ich das glaube –, warum erzählst du es mir dann? Erwartest du, dass wir dein Problem lösen und den CIA auf Dr. Oz ansetzen?«

Justin schüttelte den Kopf. »Ich habe zwei Gründe«, sagte er. »Es wird etwas geschehen. *Mr Oz* ...« – er betonte das Mister – »... wird sehr bald die Welt angreifen. Und dann ist es praktisch, wenn jemand weiß, was gespielt wird. Sie werden mir noch dankbar sein, wenn es so weit ist.«

»Und der andere Grund?«, fragte sie.

»Ich will Zeit gewinnen. Damit Olina die Chance kriegt, zu entkommen.«

»Olina? Das Mädchen, das du mitgenommen hast? Mach dir keine Illusionen. Sie sitzt in Verhörzimmer B und kommt hier vorläufig nicht raus.«

Justin schüttelte wieder den Kopf und beschloss, mit offenen Karten zu spielen. Wenn Olina ihren Vernehmer bisher nicht von ihrer Unschuld überzeugt hatte, würde sie es jetzt auch nicht mehr schaffen.

»Ich habe sie nicht auf der Straße aufgelesen. Olina gehört zu mir, sie ist, genau wie ich, auf der Insel ausgebildet worden. Und genau wie ich ist auch sie geflüchtet.«

Er sah, dass Isabela sein Gesicht einer Prüfung unterzog, und er fragte sich, was sie darin entdeckte. Glaubte sie ihm, oder hielt sie ihn für verrückt? Machte das überhaupt einen Unterschied?

»Das Mädchen hat uns erzählt, dass du sie an der Straße aufgesammelt hast«, sagte sie. »Dass sie aus *The Springs* stammt.«

»Weiß ich. Völlig egal, was sie sagt – es glauben sowieso alle jedes Wort, das sie ausspuckt. Das ist ihre Gabe.«

Isabela zog ihr Handy aus der Tasche und hielt es hoch. »Nicht, weil ich dir glaube, sondern um zu zeigen, dass du an Wahnvorstellungen leidest. Und danach will ich Antworten, und zwar flott. Ich möchte noch Weihnachtsgeschenke für meinen Mann kaufen.«

Justin glaubte ihr kein Wort. Eine Frau wie sie war mit ihrer Arbeit verheiratet.

Er sah, wie sie eine Nummer eintippte. Justin verzog keine Miene.

Niemand ging dran.

VERSCHWUNDEN

»Ich fühl mich nicht so gut«, murmelte Olina, bevor sie mit ihrem Stuhl und allem Drum und Dran umkippte. Gleich darauf begann sie wie verrückt zu zittern.

»Olina?«, hörte sie den Soldaten sagen. Sie kniff die Augen fest zusammen und zitterte weiter. Olina spürte seine Körperwärme; er hatte sich vor sie hingekniet. Sie richtete es so ein, dass er ihre gefesselten Handgelenke sehen konnte.

»Verdammt«, fluchte der Soldat. Hinter ihm klingelte sein Handy.

Schnapp dir dein Messer, schneid mich los, dachte Olina. Ich weiß, dass du ein Messer hast, ich habe es an deinem Gürtel hängen sehen. Und auf keinen Fall ans Telefon gehen!

Olina begann zu spucken und die Augen zu verdrehen. Für den Bruchteil einer Sekunde öffnete sie die Augen einen Spaltbreit – lang genug, um zu sehen, dass Jason das Messer in die Hand nahm und sich über sie beugte.

Man kam nicht einfach so zur AFOSI, das wusste Olina, man musste eine sehr lange Ausbildung durchlaufen. Und Jason war zwei Köpfe größer als sie. Olina vermutete, dass er täglich Sport machte. Sie war halb so alt wie er und hatte nur anderthalb Jahre Training auf Pala hinter sich.

Jason hatte nicht die geringste Chance.

»Dass Jason nicht drangeht, bedeutet gar nichts«, sagte Isabela.

»Das glauben Sie doch selbst nicht«, sagte Justin. »Sie versuchen, sich selbst davon zu überzeugen, nicht mich.«

Sie stand auf und sah ihn mit wütendem Blick an. »Du bleibst hier!« Mit einem Knall schlug sie die Tür hinter sich zu.

Justin hoffte, dass er Olina nicht überschätzt hatte. Solange er hier eingesperrt war, konnte er nichts ausrichten.

Jason lag am Boden, die Hände hinter dem Rücken mit *Plasti-Cuffs* zusammengebunden. Olina hatte sie extra fest zugezogen. Er spürte, wie das Gefühl aus seinen Armen wich. Wenn sie ihm kein Taschentuch in den Mund gestopft hätte, hätte er um Hilfe gerufen.

Sein Handy lag weniger als einen Meter von seinem Kopf entfernt auf dem Boden. Es vibrierte. Bei jeder Erschütterung schob es sich ein paar Millimeter weiter von ihm weg.

Schlampe.

Er hatte ihre Fesseln so schnell wie möglich durchgeschnitten und sie aufgerichtet, um zu gucken, was mit ihr los war. Dann hatte er nach seinem Handy gegriffen.

Mit einem Schlag hatte sie ihm das Ding aus der Hand geschmettert. Bevor er reagieren konnte, hatte sie ihm mit den Fingern in die Augen gestochen. Reflexartig war er nach hinten gewichen und gegen den Tisch geknallt.

Der zweite Schlag kam mit der Handkante ihrer flachen Hand und erwischte ihn am Kehlkopf. Jason schnappte nach Luft und ging in die Knie. Die Tränen strömten ihm nur so aus den Augen, und sein Hals fühlte sich an, als ob jemand mit einem Beil hineingehackt hätte. Er spürte, wie er kopfüber gegen den Boden gestoßen wurde. Die Arme wurden ihm auf dem Rücken verdreht, und bevor er sich wehren konnte, schnitt ihm schon das Plastik ins Fleisch.

Nach einem dritten Schlag verschwand er in einem tiefen schwarzen Loch.

Als er wieder zu sich kam und die Augen öffnete, war das Zimmer leer. Er war allein mit seinem Handy, das außerhalb seiner Reichweite lag und vibrierte.

Isabela unterdrückte den Drang, zwei diensthabende Wachmänner zu rufen und mitzunehmen. Wenn irgendetwas nicht stimmte – was sie nicht glaubte –, dann würde sie wohl mit einem fünfzehnjährigen Mädchen klarkommen. Darum ging sie alleine los.

Sie öffnete die Tür von Verhörzimmer B und blieb wie festgenagelt stehen.

Jason lag mit dem Bauch auf den Boden, die Arme auf den Rücken gebunden. In seinem Mund steckte ein Taschentuch. Der Tisch hinter ihm war zur Seite gekippt, die Stühle lagen um ihn herum.

Sein Handy entdeckte sie vor ihm am Boden.

Isabela ging in die Hocke und rief gleichzeitig um Unterstützung. Dann zog sie Jason den Knebel aus dem Mund.

»Wo ist sie?«, schrie sie.

Jason schnappte nach Luft und schaffte es nur mit Mühe, »Keine Ahnung« zu flüstern.

Hinter Isabela bauten sich die beiden Wachmänner auf, die gerade eben noch gemütlich Kaffee getrunken hatten. Hastig gab sie ihnen eine Personenbeschreibung von Olina durch. »Sie kann nicht weit sein, ich verstehe nicht, wie sie an euch vorbeigekommen ist! Habt ihr geschlafen? *Go, go, go!*«

Die beiden Wachmänner rannten los. Isabela drehte sich wieder zu ihrem Kollegen um und brüllte: »Was ist passiert?«
Jason sah sie auf dieselbe Weise an wie ihr Hund, wenn er in ihrer Abwesenheit etwas kaputt gemacht hatte.
»Ich habe die Handschellen aufgemacht«, murmelte Jason. »Sie hat gezittert, hatte Schaum auf den Lippen, ich dachte, sie stirbt! Dann hat sie mich angegriffen.«
»Du hast dich von einer Fünfzehnjährigen überwältigen lassen?«
»Sie war abartig schnell, so etwas habe ich noch nie erlebt, Isa.« Er nannte sie nie Isa, wenn sie bei der Arbeit waren. »Sie hat sich bewegt wie eine Kampfmaschine. Ich sage dir, die hat ein Training hinter sich, an das unseres nicht im Entferntesten herankommt.«
Sie nickte. Also sagte Justin die Wahrheit. Das Mädchen gehörte zu ihm. Aber wenn das stimmte, was war dann mit dem Rest seiner Geschichte? War etwa alles wahr? Das war doch unmöglich!
Sie zog ihr Messer heraus und schnitt Jason los. »Sie kann nicht weit sein«, wiederholte sie. »Sieh du draußen nach, ich gehe zu dem Jungen zurück.«
Jason richtete sich mühsam auf, nickte und verschwand. Isabela verließ den Raum und eilte zurück ins Verhörzimmer A. Eigentlich musste sie Jason zum Arzt schicken, aber das konnte warten. Das Mädchen war wichtiger.

Sie waren noch nicht lange weg, als Olina hinter dem umgestoßenen Tisch auftauchte. Sie warf einen schnellen Blick in den Gang und verschwand aus dem Gebäude der AFOSI, ohne dass es jemand bemerkte.

BERLINER ZOO

Es wurde Zeit, sich einen neuen Job zu suchen, dachte Leander. Er hatte im Zoo angefangen, um nicht nachdenken zu müssen. Denn indem er hauptsächlich körperliche Arbeit verrichtete, sparte er sich seinen Intellekt für die Abende auf, an denen er versuchte, einen Horrorroman zu schreiben. Leider war die Arbeit aber so anstrengend, dass er abends meistens todmüde vor dem Fernseher einschlief.

Heute musste er eine Fuhre Kisten von einem Laster abladen und ins Raubtierhaus bringen. Eine der Kisten, ein mannshohes Ding, war ein echtes Problem. In sie würde mühelos ein Gorilla hineinpassen. Es war Leander absolut unklar, wohin diese Kiste gehörte. Normalerweise hätte er sie geöffnet und den Inhalt gecheckt, aber es stand mit großen Buchstaben *DO NOT OPEN* darauf, gefolgt von *DANGER!* und *THIS SIDE UP!*. Leander suchte in den Frachtpapieren nach einem Absender, doch es war keiner vermerkt.

Er seufzte. Wenn dies eine Szene in seinem Buch wäre, säße in der Kiste ein schreckliches Monster, und er würde zum Opfer, weil er trotz aller Warnungen die Kiste geöffnet hätte. Leider war das echte Leben nicht ganz so spannend.

Die Kiste stand auf einer Palette hinten im Laster. Leander schob die Sackkarre unter die Palette und pumpte die Kiste hoch. Dann zog er das Gefährt die Ladeklappe hinunter und ließ sich selbst mit herunterfahren.

Er würde die Kiste ins Zentralmagazin bringen und dort irgendwo abstellen. Danach war sie nicht mehr sein Problem.

Der Zoo hatte gerade die Pforten geschlossen. Seine Kollegen drehten eine letzte Runde, um sicherzugehen, dass sich nicht noch irgendwo Besucher versteckten. Manche grüßten ihn mit einem leichten Kopfnicken, die meisten würdigten ihn jedoch keines Blickes. Wartet nur, bis mein Buch fertig ist, dachte Leander. Dann steht ihr alle Schlange und wollt ein Autogramm von mir. Aber ich werde euch ignorieren.

Das Magazin befand sich ganz in der Nähe des Raubtierhauses. Er fuhr bei den Tigern vorbei, die sich schlafend stellten. Doch Leander wusste es besser. Sobald es dunkel wurde, erwachten die Tiere zum Leben und begannen, hin und her zu tigern, auf der Lauer nach Futter.

Ha, tigernde Tiger, der war gut, den musste er sich gleich notieren.

Vor der doppelten Schiebetür des Magazins hielt er an und parkte den Hubwagen mit der Kiste an der Seite. Unter größter Anstrengung zog er die Schiebetüren auf.

Um die Kiste über die Schienen zu bekommen, musste der Hubwagen ein gewisses Tempo haben, wie Leander aus Erfahrung wusste.

Es ging beinahe gut. Bis die Vorderreifen für den Bruchteil einer Sekunde hängen blieben, bevor sie über die Schiene glitten.

Die Kiste schwankte, fiel um und knallte zu Boden. Leander fluchte innerlich und sprang vom Wagen.

Die Bretter waren an mehreren Stellen zerbrochen, und überall ragten Splitter aus dem Holz. Leander blickte sich um, ob jemand in der Nähe war, der ihn auslachte.

Seine Aufmerksamkeit wurde von einem Metallstück angezogen, das hervorschaute. Nein, es war kein Metall. Es sah aus wie der Kopf eines Tieres.

Steckte etwa ein Tier in der Kiste? Aber das war gesetzlich verboten, erst recht ohne gültige Papiere.

Leander näherte sich vorsichtig dem Wesen, das bewegungslos in der Kiste lag. War es ohnmächtig? Musste er Alarm schlagen? War das wirklich ein Tier?

Er zog sich einen Arbeitshandschuh über und brach ein Stück Holz ab, das im Weg war. Jetzt konnte er den Kopf in seiner ganzen Pracht betrachten.

Er sah aus wie der Schädel des Teufels. Die Zähne waren viereckig und formten sich zu einem grausamen Grinsen. Wo eigentlich die Nase hingehörte, hatte das Wesen ein Loch im Kopf, und der Kopf war an einem langen Hals befestigt. Leander fand, dass es einem Straußenvogel ähnelte.

Er versuchte, sich zu erinnern, ob vielleicht eine Ausstellung mit Fabelwesen geplant war, denn er wusste, was er vor sich hatte.

Einen Jabberwocky.

Als Kind hatte er die Bücher von *Alice im Wunderland* verschlungen. Und die Zeichnungen des Jabberwockys waren ihm geradezu ins Gedächtnis gebrannt. Sein Anblick hatte dem elfjährigen Leander Albträume beschert, und auch jetzt lief es ihm eiskalt den Rücken herunter. Zum Glück rührte sich das Monster nicht.

Leander hätte das bleischwere Ding am liebsten liegen lassen. Aber er konnte es sich nicht erlauben, seinen Job zu verlieren.

Er zog die Hinterräder des Hubwagens über die Schiene und schloss die Türen hinter sich. Wenn seine Kollegen das Chaos nicht sahen, konnten sie ihn auch nicht bei seinem Boss verpfeifen.

Leander zog sein Handy hervor. Die Sonne war inzwischen komplett untergegangen, und im Magazin war es stockdunkel. Zum Glück hatte er eine Taschenlampen-App.

Aber bevor er das Icon anklicken konnte, hörte er ein Geräusch. Es klang, als würde jemand zwei Metallstücke gegeneinanderschlagen. Leanders Blick schoss automatisch zu dem Jabberwocky, der am Boden lag.

Zwei rote Augen starrten ihn an und wanderten nach oben.

Stehend war das Wesen bestimmt anderthalb Köpfe größer als er und zwei Mal so imposant.

Selbst im Dunkeln konnte Leander die gigantischen Fledermausflügel erkennen, die der Jabberwocky ausklappte. Er schrie aus vollem Hals.

Der Jabberwocky stimmte in das Gebrüll ein und sprang auf Leander zu. Dieser erkannte im selben Moment, dass er sich soeben mit dem Monster seiner Albträume eingesperrt hatte.

Gerade als er dachte, dass es nicht mehr schlimmer kommen konnte, begannen aus dem Kopf des Jabberwockys Tentakel zu wachsen. Sie schossen nach vorne und wickelten sich um Leanders Hals.

Sein Schreien verstummte. Es wurde still.

MORDPLÄNE

»Ich soll Mr Oz töten? Ist das dein Ernst?«, fragte Iris noch einmal.

»Du, ich, wir, *whatever*. Er muss sterben, bevor hier alles völlig aus dem Ruder läuft, Iris. Bevor es auf unserer Seite Tote gibt. Du weißt, dass ich recht habe, du hast gesehen, was mit YunYun passiert ist. Du warst dabei! Sie wäre fast gestorben!«

Iris verbarg ihr Gesicht in den Händen, sodass sie Fiber nicht ansehen musste. Was Fiber sagte, war genau das, was Iris schon seit Langem dachte. Doch es laut ausgesprochen zu hören, verursachte Iris eine Gänsehaut.

»Ich weiß, dass wir für solche Aufgaben trainiert werden, Fiber, aber ich habe noch nie jemanden getötet. Und du?«, fragte sie.

Jetzt war es Fiber, die den Blick abwendete.

Iris sah erschrocken auf. »Echt?«

»Ich möchte nicht darüber reden.«

»Aber Fiber ...?«

»I don't want to fucking talk about it.«

»Ich ... Es tut mir leid, ich ...«, stotterte Iris. »Ehrlich.«

Fiber schien sich etwas zu beruhigen. »Bist du dabei oder nicht?«, fragte sie.

Konnte sie Fiber vertrauen? Oder war es wieder nur einer der vielen Tests, die sich Mr Oz ausgedacht hatte?

»Was genau hast du vor?«, fragte Iris.

»Es ist unsere einzige Möglichkeit, unsere einzige *fucking* Chance«, schloss Fiber ihre Erklärung ab.

Iris nickte, um zu zeigen, dass sie zugehört hatte. Wollte Fiber Mr Oz wirklich ermorden? Würde sie das wagen?

»Fiber, sollten wir nicht Alex einweihen?«, fragte sie zögernd.

»Eine großartige Idee«, sagte Fiber. »Komm, rufen wir ihn an: ›He, Alex, hör mal zu, wir wollen deinen Vater ermorden, machst du mit?‹« Um ihre Worte zu unterstreichen, schlug sie mit der flachen Hand auf die Lehne des Schreibtischstuhls.

Iris öffnete den Mund, um etwas zu sagen, schloss ihn aber gleich wieder.

»Dachte ich es mir doch«, sagte Fiber. »Also, machen wir einen Deal?«

Iris schüttelte den Kopf. »Nein«, sagte sie. »Du hast immer alles getan, was Mr Oz von dir verlangt hat. Du hast mich und die anderen entführt, du hast mich sogar von einem Kreuzfahrtschiff heruntergestoßen. Und jetzt willst du ihn auf einmal ermorden?« Sie stand auf und baute sich vor Fiber auf. »Du und Alex, ihr seid doch wie Pech und Schwefel. Wenn wir ehrlich sind, seid ihr die wahren Leiter von Pala. Und plötzlich, völlig aus dem Nichts, willst du mit mir zusammen Mr Oz ausschalten? Weiß du was, Fiber? Ich traue dir nicht. Irgendetwas läuft hier, und du versuchst, mich reinzureiten. Bestimmt ist das wieder einer von diesen Scheißtests.«

Fiber schüttelte entschieden den Kopf. »Es ist alles ganz anders«, sagte sie frustriert. Sie stand auf und legte Iris die Hände auf die Schulter. »Es ist die letzte Gelegenheit, etwas zu tun, Iris. Du musst mir vertrauen. Wenn wir es mit Mr Oz aufnehmen wollen, muss das *jetzt* geschehen!«

Iris dachte an ihren Kampf mit Fiber im Fitnessraum zurück. »Du kannst mir vertrauen«, hatte Fiber gesagt. »Du kannst darauf vertrauen, dass ich dich zusammenschlage.« Später hatte Iris ihr von den Albträumen erzählt, und Fiber hatte es vor Mr Oz geheim gehalten.

»Ich brauche Beweise, Fiber«, sagte sie schließlich. »Dein Wort reicht mir nicht.«

Für einen Moment fürchtete Iris, dass Fiber sie schlagen würde. Doch stattdessen sprang Fiber von ihrem Stuhl auf und rannte überstürzt aus dem Beobachtungsraum.

Fiber hörte, dass sich Stimmen näherten. Ein Junge und ein Mädchen, schätzte sie. Sicher Superhelden, denn die Kandidaten hatten jetzt alle Unterricht. Und sie durften diesen Gang ohnehin nicht ohne Erlaubnis betreten.

Pala glich immer mehr einem Gefängnis.

Als Mr Oz sie aus Polen hergeholt hatte, waren die Gänge und Säle auf Pala noch leer und ausgestorben gewesen. Jetzt quoll die Insel über. Fiber war eine der ersten Kandidatinnen gewesen. Die meisten Trainingseinheiten hatte sie sich selbst ausgedacht, auch wenn das fast niemand wusste.

Fiber ärgerte sich. Sie hatte erwartet, dass Iris Angst haben würde, mitzumachen. Sie war darauf gefasst gewesen, Iris zu überreden. Auf die Idee, dass Iris ihr gar nicht erst glauben würde, war sie nicht gekommen.

Fiber war wütend aus dem Beobachtungsraum gestürmt und hatte Iris einfach zurückgelassen. Sie brauchte die kleine Schlampe nicht, um Mr Oz zu töten.

Quinty und Dermot kamen auf sie zu. Seit dem letzten Fest waren die beiden ein Paar. Als sie Fiber entdeckten, wirkte

Dermot ertappt, während Quinty sich nichts anmerken ließ. Fiber nickte ihnen beiläufig zu. Sollte einer der beiden es wagen, sie anzusprechen, würde sie ihm eine verpassen. Sie war jetzt wirklich nicht in der Stimmung für Small Talk.

Ihr Handy klingelte. »Was ist?«

»Alex ist gleich bei dir«, sagte Iris.

Fuck.

»Ich glaube, er war bei Inderpal. Wenn du an der nächsten Abzweigung links abbiegst, kannst du ihm ausweichen.«

»Okay.« Fiber steckte das Handy ein und bog nach links ab. Hatte Iris sich doch dafür entschieden, ihr zu helfen? Wollte Fiber ihre Hilfe jetzt überhaupt noch?

Stopp, Marthe, dachte sie. *Calm down.* Bist du in der Lage, zu tun, was getan werden muss? Ja oder nein?

Sie versuchte, ihre Gedanken zu sortieren, atmete ruhig ein und setzte ihren Weg fort.

Ja. Sie war bereit. Mit oder ohne Iris – sie war so weit.

Iris sah auf dem Bildschirm, wie Alex auf einmal die Richtung änderte. Sie setzte das Headset auf und rief Fiber erneut an. »Alex läuft jetzt doch wieder in deine Richtung.«

»Sucht er mich etwa?« Fibers Stimme klang nicht ganz so fest wie sonst.

»Glaub ich nicht«, sagte Iris. »Versteck dich im Kino.«

»Was läuft da? *How to kill your boss?*«

Iris ignorierte ihren Kommentar. »Wenn du dich zwischen den Stühlen flach auf den Boden legst, sieht dich niemand. Vertrau mir, so habe ich dich damals auch überlistet.«

Sie hörte Fiber fluchen, aber das polnische Mädchen tat, was sie sagte.

Fiber wirkte nervös. Meinte sie es wirklich ernst? Wollte sie Mr Oz ermorden? War bald alles vorbei, und konnten dann alle nach Hause?

Iris sah, wie Alex im Laufen Anweisungen in sein Smartphone sprach. Eigentlich wirkte er für seine Verhältnisse ziemlich entspannt. Konnte sie ihm gleich überhaupt in die Augen sehen?

Ob er sie noch mochte?

Alex lief weiter, am Eingang zum Kino vorbei, in dem Fiber gerade verschwunden war. Iris unterdrückte den gemeinen Impuls, Kontakt zu ihm aufzunehmen und zu sagen: »Schau doch mal nach, wer da im Kino auf dem Boden liegt!«

Nur um zu sehen, was dann geschah. Es war dasselbe Gefühl wie ...

... an der Bahnsteigkante zu stehen und vor den Zug springen zu wollen.

Sie wartete, bis Alex außer Sichtweite war, bevor sie Fiber anrief. »Er ist weg. *Go!*«

Nur den Bruchteil einer Sekunde später öffnete sich die Kinotür, und Fiber glitt lautlos hinaus.

»Du kannst weitergehen, die Luft ist rein.«

Wie gerne wäre Fiber jetzt die Küste von Pala entlanggeschlendert, statt mit Mordplänen durch den Gang zu schleichen. Wie gerne hätte sie im Bikini am Strand gelegen. Vielleicht sogar zusammen mit Iris. Die Tage mit Iris auf dem Kreuzfahrtschiff waren seit dem unfreiwilligen Abschied aus Polen die schönste Zeit überhaupt gewesen. Dass sie Iris betäuben und über Bord werfen musste, war ihrer Freundschaft nicht gut bekommen.

Was Iris gesagt hatte, war berechtigt, wie Fiber zugeben musste. Bisher hatte sie alle Befehle von Mr Oz klaglos ausgeführt, genau wie jeder hier auf der Insel. Und warum? Das ganze Regime von Mr Oz basierte auf Angst. Er schwamm mit einem kaputten Körper in einem Aquarium herum, während sie zu Hunderten waren. Warum versuchten sie nicht, ihn zu stürzen?

Angst. Da machte Pala keine Ausnahme. Fiber hatte von Diktaturen gelesen, in denen Völker jahrzehntelang von einem einzigen Mann und seinen Soldaten unterdrückt wurden.

Der einzige Unterschied war, dass auf Pala die Kinder selbst die Armee stellten. Und dass sie selbst theoretisch in der Position war, die Fäden zu ziehen.

Aber Fiber wagte es nicht. Wenn nur ihr eigenes Leben auf dem Spiel gestanden hätte, hätte sie sicher längst etwas unternommen. Aber falls es schiefging, kostete das nicht nur sie das Leben, sondern auch ihre Familie. Das hatte Mr Oz ihr überdeutlich klargemacht.

Von Alex gar nicht zu reden. Wenn es hart auf hart kam, für wen würde er sich entscheiden? Für die Freiheit oder für seinen Vater?

»Der Unterricht ist gleich aus, Fiber«, unterbrach Iris ihre Gedanken. »Du solltest lieber in die Puschen kommen, bevor die Gänge sich mit Kandidaten füllen.«

Fiber nickte in Richtung einer Kamera und rannte los.

Iris beobachtete die sechsunddreißig Bildschirme, die um sie herum an der Wand hingen. Das ganze Leben auf Pala spielte sich hier vor ihren Augen ab. Es wurde trainiert, gelernt, geschossen, gekämpft, geredet, gekocht und gegessen.

Spaß hatten die Jugendlichen selten, es wurde nur wenig geküsst, und Sex hatte man schon gar nicht – das wagte niemand mit Kameras im Zimmer! So gut wie nie wurde gelacht oder musiziert. Mr Oz hatte die Teenager zu einer Armee von Soldaten konditioniert. Erst abends, wenn alle im Speisesaal versammelt waren, ließen sie sich ein bisschen gehen.

Ein bisschen. Als Iris das letzte Mal alleine hier im Beobachtungsraum gewesen war, hatte sie das System gehackt und via Chip mit Justin gesprochen.

Wie es ihm wohl ging? Und wo steckte er?

Vor der Tür, die zur Bibliothek mit den englischsprachigen Büchern führte, blieb Fiber stehen. Hier hinter verbarg sich das Aquarium von Mr Oz. Würde die Ärztin bei ihm sein? Sie starrte auf die Kamera über der Tür. »Mr Oz?«, fragte sie. »Haben Sie kurz Zeit? Es geht um Iris, ich habe den Eindruck, sie verliert durch die Medikamente langsam ihr fotografisches Gedächtnis. Ich fürchte, unser Plan gerät in Gefahr.«

Iris erstarrte. Das hatte sie ihr im Vertrauen erzählt. Sie hatte es doch gewusst, man konnte Fiber nicht trauen. Und was war das für ein Plan, der in Gefahr war? Vor welchen Karren wollte man sie jetzt schon wieder spannen?

Oder war das nur ein Trick, damit Mr Oz die Tür öffnete? Fiber würde nur dann unangekündigt zu ihm gehen dürfen, wenn es sich um eine sehr dringende Angelegenheit handelte. Beide Mädchen wussten, dass Mr Oz Iris brauchte – auch wenn Iris noch immer keine Ahnung hatte, wofür. Wollte

Fiber auf diese Weise seine Aufmerksamkeit wecken, oder steckte sie mit Mr Oz unter einer Decke?

Was auch immer Fibers Plan war – er ging nicht auf. Die Tür blieb geschlossen. Iris hörte Fiber noch ein paarmal »Mr Oz?« rufen, aber vergebens.

»Was jetzt?«, fragte Iris.

Fiber zuckte auf dem Bildschirm die Achseln.

»Kannst du das Schloss hacken?«, fragte Iris.

»Nein, keine Chance. Vielleicht vom Beobachtungsraum aus, aber das bringt mir jetzt auch nichts.«

Iris sah, wie Fiber begann, willkürlich Codes in das Zahlenfeld einzutippen, das neben der Tür an der Wand hing. Iris war beeindruckt, dass sie nicht gegen die Wand trat. Wie immer war Fibers Selbstbeherrschung stärker als ihre Wut.

Hätte Iris dort gestanden, hätte sie ihre Emotionen vermutlich nicht so gut unter Kontrolle gehabt.

Sie ballte die Hände zu Fäusten.

DIE ÄRZTIN UND DER TOD

Isabela ballte die Hände zu Fäusten. Sie musste sich beherrschen, den Weihnachtsbaum nicht gegen die Spiegelwand zu werfen. Olina war wie vom Erdboden verschwunden. Wie konnte das passieren? Wie war es überhaupt möglich, dass eine Fünfzehnjährige einen ausgebildeten AFOSI-Agenten in wenigen Sekunden schachmatt setzte? Ganz zu schweigen davon, dass sie sich danach auf einer Militärbase unsichtbar gemacht hatte. Wo hatte man sie nur ausgebildet?
Auf Pala? Sprach ihr Gefangener etwa doch die Wahrheit?

Justin hatte die Augen geschlossen und versuchte, aus dem Lärm herauszufiltern, was sich draußen abspielte. Aber das Zimmer war nahezu schalldicht. Das Einzige, was er hörte, war Isabela, die ihre Männer anschrie.
Olina hatte es also geschafft. Justin konnte sich ein Lächeln nicht verkneifen.
Die Tür ging auf, und Isabela trat ein. Sie baute sich vor ihm auf und stützte sich mit beiden Händen auf den Tisch.
»Wo ist sie?«, blaffte sie.
Justin zuckte die Achseln. »So weit weg wie möglich.«
»Und dich lässt sie zurück?«
»So lautet ihr Befehl. Wir gehören einer Armee an.«
»Sie kann nicht von der *Base* verschwunden sein, sie kommt ohne Papiere nicht durch den Ausgang.«
Justin schwieg einen Moment. »Sie haben keine Ahnung, was wir alles können«, sagte er schließlich.

Olina betrat ein Büro. Es sah aus wie jedes andere. Ein weißer Schreibtisch mit zwei Bildschirmen, sodass zwei Leute gleichzeitig daran arbeiten konnten. Ein Drucker auf dem Tisch, daneben zwei ratternde Computer und ein Plastikweihnachtsmann.

Ho ho ho.

Niemand war hier, alle waren unterwegs, um nach ihr zu suchen. Mit etwas Glück hatte sie ein paar Minuten Zeit.

Olina nahm an einem der Bildschirme Platz. Der Computer war mit einem Passwort geschützt, aber das bereitete ihr keine Probleme. Olina tippte hastig etwas ein. Auf dem Monitor erschienen endlose Zeilen mit Computercodes.

Iris hatte keine Ahnung, ob es wirklich gelingen konnte, Mr Oz zu töten. Aber jetzt, wo Fiber die Chance dazu vertan hatte, war sie enttäuscht. Für einen kurzen Moment hatte sie die Hoffnung gehabt, dass heute das Ende ihrer Gefangenschaft auf Pala eingeläutet werden würde. Dass sie vielleicht sogar schon in ein paar Tagen wieder zu Hause wäre (und dass sie sich nicht zwischen YunYun und ihrem Bruder entscheiden musste), aber jetzt schien doch alles beim Alten zu bleiben. Es sei denn ...

»Fiber?«, rief sie ins Mikrofon. »In einem Kampf zwischen dir und Alex, wer würde gewinnen?«

»Ich habe keine Zeit für Rätsel. Ich muss nachdenken.«

»Antworte einfach.«

»Ich. Hoffentlich würde ich gewinnen.«

»Traust du dich?«

»Was meinst du? Oh ...«

»Ja oder nein?«

Einen Moment lang herrschte Stille.

»Ja.«

»Okay. Dann warte kurz.«

Iris beugte sich vor und drückte einige Tasten. Fiber hatte sie durch die Sache mit ihren Medikamenten auf eine Idee gebracht.

»Alex?«

»Iris? Was tust du da?« Er klang misstrauisch. Iris ließ sein Bild auf dem größten Bildschirm erscheinen, damit seine Stimme über die Lautsprecher in den Raum schallte.

»Fiber hat mich gebeten, sie kurz zu vertreten. Sie steht vor der Tür von Mr Oz, aber er macht ihr nicht auf. Sie fürchtet, dass mit ihm irgendetwas nicht in Ordnung ist. Hast du in letzter Zeit mal mit ihm gesprochen?«

»Ach, mit ihm ist doch alles okay. Kannst du mich zu Fiber durchstellen?«

Vertraust du mir nicht, oder was?, dachte Iris. Aber sie befolgte seine Anweisung. Zum Glück hatte sie einmal zugesehen, wie Fiber jemanden durchgestellt hatte, sodass sie wusste, was zu tun war.

»Fiber, ich hab Alex für dich in der Leitung. Du hast jetzt die einmalige Gelegenheit, ihn dazu zu bringen, dass er dir die Tür öffnet. Eine einzige Chance.« Sie drückte die passenden Tasten.

»Alex, was gibt es?«, klang Fibers Stimme aus den Lautsprechern.

»Fiber«, sagte er kühl. »Ich weiß, dass die Regeln für dich dehnbar sind – aber nicht, wenn sie Mr Oz betreffen. Ich bin der Einzige, der von sich aus Kontakt zu ihm aufnehmen darf. Alle anderen warten, bis er sie dazu auffordert. Auch du.«

»Aber ich mache mir Sorgen, Alex«, hörte Iris Fiber sagen. »Ich steh vor seiner Tür und hab versucht, über die Sprechanlage mit ihm zu kommunizieren. Keine Reaktion.«
»Vielleicht schläft er. Oder was weiß ich. Auf jeden Fall ist es *none of your business*.«
»Alex?«, mischte sich Iris in das Gespräch ein. »Was ist, wenn sie recht hat und wir ihm helfen müssen? Dein Vater ist nicht gerade der Gesündeste hier auf Pala.«
»Die Ärztin habe ich auch schon seit ein paar Tagen nicht mehr gesehen«, merkte Fiber an.
»*Yeah*, ich weiß«, antwortete Alex. »Ich hab auch schon versucht, herauszufinden, wo sie steckt. Aber niemand hat eine Ahnung.«
Er klang beunruhigt, fand Iris. Vielleicht konnte sie sich das zunutze machen. »Ob sie bei Mr Oz ist?«, fragte Iris.
Stille.
»Alex?«, fragte Iris leise. »*Please?*«
»Bleib, wo du bist, Fiber, ich komme.«
Iris beobachtete, wie Alex sein Handy einsteckte und eilig den Gang verließ. Schnell schaltete sie wieder zu Fiber.
»Er kommt zu dir. Und ich folge ihm. Wenn er die Tür geöffnet hat, lass ihn als Erstes rein. Stell dich darauf ein, ihn niederzuschlagen, sobald ich auch da bin.«
»*Check*. Und was hast du dann vor?«
»Das Wasser aus dem Aquarium lassen? Keine Ahnung.«
Dies war ihre einzige Chance.
Iris sprang vom Schreibtischstuhl. Dabei schnürten ihr die Kabel des Headsets, das sie noch auf dem Kopf hatte, beinahe die Luft ab. Sie warf es ab und stürzte aus dem Beobachtungsraum.

Alex lief schneller als geplant. Wenn er ehrlich war, musste er zugeben, dass er sich schon seit Tagen Sorgen um seinen Vater machte. Als er Mr Oz – wie auch er seinen Vater konsequent nannte – vorgestern in seinem Aquarium besuchen wollte, hatte er ihn nicht zu sich gelassen. »ICH FÜHLE MICH NICHT GUT«, war seine Stimme aus der Sprechanlage ertönt. Dabei hörte Mr Oz sich seltsamerweise munterer an als je zuvor. Alex wollte die Ärztin bitten, nach ihm zu sehen, aber sie war unauffindbar. Niemand auf der Insel wusste, wo sie sich aufhielt.

War sie geflohen?

Genau genommen wusste Alex nicht einmal, woher sein Vater und die Ärztin sich eigentlich kannten. Mr Oz behauptete, sie wären verheiratet, aber Alex konnte das nicht so recht glauben. Er war mehrere Jahre lang im Internat gewesen, bevor sein Vater ihn nach Pala geholt hatte. Und als er auf der Insel angekommen war, war sie schon da gewesen. Alex vermutete, dass die Ärztin für ihre Dienste einfach Geld bekam. Ganz genau wusste er es allerdings auch nicht.

Fiber erwartete ihn schon vor der Tür. »Er will nicht öffnen und gibt auch keine Antwort«, sagte sie.

Alex nickte und wies sie an, zur Seite zu gehen. Dann drückte er auf den Knopf der Sprechanlage. »Mr Oz? Ich bin es, Alex. Machen Sie kurz auf?«

Es blieb still. Alex versuchte es noch einmal, aber nichts geschah. Er zog sein Handy heraus. Eigentlich sah es aus wie ein normales Smartphone, doch es war eine Spezialanfertigung für ihn und mit allerlei Apps ausgestattet, die er auf seinen Missionen gebrauchen konnte. Alex wählte die App mit dem Feuerkopf von Mr Oz aus.

»ALEX?«

»Ich stehe vor Ihrer Tür, machen Sie mir auf?«

»JETZT NICHT, ICH HAB DOCH GESAGT, DU SOLLST MICH IN RUHE LASSEN.«

»*Yes, Sir*, aber ...«

»NICHTS ABER! LASS MICH IN RUHE!«

Alex hörte, wie die Verbindung unterbrochen wurde.

»Mr Oz klang beinahe wie immer«, sagte Fiber.

»Er hat mich gebeten, ihn in Ruhe zu lassen«, antwortete Alex zögernd.

»Er hat dich um gar nichts gebeten, er hat dir einen Befehl erteilt. Wirst du ihm gehorchen? Oder wirst du ausnahmsweise mal auf dein beschissenes Gefühl vertrauen?«, fragte Fiber.

Wie gerne hätte Alex ihr ins Gesicht geschlagen. Doch er tat es nicht. Ihm war bewusst, dass er gerade nichts als seine eigene Machtlosigkeit fühlte.

Außerdem war ihm klar, dass er gegen Fiber wahrscheinlich verlieren würde.

»Ich ...«

Fiber runzelte die Stirn und warf ihm einen ungeduldigen Blick zu. Sie war ihr eigener Herr. Selbst hier auf Pala, wo sich jeder von Mr Oz gängeln ließ, trug sie ihre Piercings, auch wenn das während eines Kampfes nicht ungefährlich war. Dabei war es ihr völlig egal, was die anderen sagten. Und er? Obwohl er der Sohn des Inselherrschers war, ließ er sich herumkommandieren wie ein Schoßhündchen. Was Mr Oz YunYun angetan hatte, war nicht okay! Wer konnte also schon wissen, was sein Vater jetzt gerade da drinnen trieb?

Ohne noch ein Wort zu sagen, drehte er sich zur Wand

und tippte einen Code in das Nummernboard ein, das in die Mauer eingebaut war. Es bewegte sich zur Seite und enthüllte eine Kamera. Alex beugte sich vor und hielt ein Auge vor die Linse. Ein blaues Licht wanderte darüber, und er musste den Reflex unterdrücken, seine Augen nicht zu schließen. Als seine Iris erkannt wurde, kündigte ein Klicken an, dass die Tür entriegelt war.

»Auf geht's«, sagte Alex und öffnete die Tür zum Gang. Was er jetzt tat, war strengstens verboten. Er hatte es auch noch nie zuvor gewagt. Das Ganze war nur für den absoluten Notfall gedacht. Und er wusste nicht, ob er jetzt hoffen sollte, dass dieser eingetreten war, oder nicht.

Iris sah gerade noch, wie Alex in den Gang schlüpfte. Fiber sprang zur Tür und schob den Fuß in den Spalt, damit sie nicht zufiel. Dann sah sie Iris angespannt entgegen.

»Was ist?«, fragte Iris keuchend und bremste ab. Sie war den ganzen Weg gerannt.

»Ich glaube, da stimmt wirklich irgendetwas nicht.« Fiber klang nervös.

»Echt?«

Fiber nickte und trat ein.

Iris folgte ihr. »Was ist das denn?«, hörte sie Fiber rufen. Das polnische Mädchen war in der Tür stehen geblieben, die zur Bibliothek führte. Iris zwängte sich neben sie, um einen Blick in den Raum werfen zu können.

Es sah aus, als hätte hier ein Kampf stattgefunden. Das Aquarium existierte nicht mehr. Der Boden war mit Glassplittern übersät, trotzdem waren die Fliesen seltsamerweise trocken. Das gesamte Wasser war über die Sickerlöcher abgeflossen, die im Boden versenkt waren. Das Chaos ist also schon vor einer ganzen Weile entstanden, dachte Iris, sonst wäre hier alles triefend nass.

Wo ist Mr Oz?, fragte sich Iris.

Alex kniete am Boden, neben einem leblosen Körper in einem weißen Arztkittel.

»Ist das ...« Iris beendete ihren Satz nicht.

Alex sah auf. Sein Gesicht war aschgrau. »Sie ist tot«, sagte er.

Die Ärztin war blau und violett angelaufen, als würde ihre Haut aus einem einzigen riesigen Bluterguss bestehen.

Alex drückte ihre Haut ein paarmal ein. »Sie ist seit mindestens sechsunddreißig Stunden tot, wahrscheinlich sogar länger«, sagte er.

»Woher weißt du das?«, fragte Iris, während sie sich ängstlich im Raum umsah.

»Die Totenstarre tritt innerhalb von drei Stunden ein«, antwortete Fiber für Alex. »Dann wird der Körper ganz steif. Nach sechsunddreißig Stunden verschwindet dieser Effekt wieder.«

»Vielleicht ist es auch gerade eben erst passiert«, schlug Iris vor. »Und die Totenstarre kommt erst noch.«

Alex schüttelte den Kopf. »Wenn man ihre Haut so eindrückt, wie ich das gemacht habe, und die Farbe sich dabei nicht verändert, sind mindestens zehn bis zwölf Stunden vergangen. Sonst wäre die Haut weiß geworden.«

»Wer hat euch das alles beigebracht?«, fragte Iris. So etwas stand nicht auf dem Stundenplan von Pala, sonst hätte sie das auch gewusst.

»Sie«, sagten Fiber und Alex gleichzeitig und zeigten dabei auf die Ärztin.
»Komischer Gedanke, dass wir ihr Wissen an ihr selbst ausprobieren.« Alex klang traurig, und Iris fragte sich nicht zum ersten Mal, in welcher Beziehung er zu ihr gestanden hatte.
»War sie deine Stiefmutter?«, fragte sie.
Alex schüttelte wieder den Kopf. »Sie war einfach ... Ich habe keine Ahnung, wer sie eigentlich war, aber ich mochte sie. Sie hat hier auf der Insel vielen das Leben gerettet.«
Unter anderem mir, dachte Iris. Einmal, als ich beinahe ertrunken wäre, und vor Kurzem erst mit den Medikamenten gegen meine Albträume.
»Also ...«, begann Fiber, »spricht es einer von euch aus, oder muss ich es tun?«
»Willst du damit etwa andeuten, dass Mr Oz sie auf dem Gewissen hat?«, fragte Alex.
»Nein, der Osterhase. Wer denn sonst, Alex?«
Alex sah sie wütend an. »Sie hat sich offensichtlich das Genick gebrochen, und ihr Brustkorb ist komplett eingedrückt, Fiber! Wie hätte er das denn schaffen sollen? Er kann kaum ohne Hilfe essen!«
»Wo ist er überhaupt?«, fragte Iris. Sie hatte während des Gesprächs den Raum mit den Augen abgesucht, aber von Mr Oz war nichts zu sehen. Hatte ihn jemand entführt? War ihnen einer der anderen Superhelden zuvorgekommen und hatte ihn umgebracht?
Fiber richtete sich auf. »Das finde ich schon noch raus.«
Die Wände der Bibliothek waren von hohen Bücherregalen gesäumt – alles Klassiker. Obwohl Mr Oz im Wasser nicht

lesen konnte, genoss er wahrscheinlich die Aussicht auf die Bücher. Nur die rechte Wand der Bibliothek war aus Metall und wurde von einem riesigen Fernseher und einer Computeranlage ausgefüllt. Fiber setzte sich vor den Computer und begann zu tippen.

»Geh da weg«, befahl Alex. »Du kennst nicht mal die Passwörter.«

Fiber ignorierte ihn, tippte einige Befehle ein und scrollte die verschiedenen Aufnahmen auf dem Bildschirm durch. Als Alex einen Schritt auf sie zumachte, schob sich Iris dazwischen.

»Lass sie«, sagte Iris.

»Geh zur Seite. Das hier ist nicht deine Angelegenheit.« Er legte Iris die Hand auf die Schulter und versuchte, sie wegzuschieben.

Mit einer schnellen Bewegung packte sie Alex am Handgelenk und drehte ihm mit einem Ruck den Arm auf den Rücken. Sie lehnte den Kopf an seine Schulter und flüsterte ihm ins Ohr: »Lass Fiber einfach machen. Sonst breche ich dir den Arm.«

Sie spürte, dass Alex versuchte, sich loszureißen, und drückte noch fester zu.

»Da!«, schrie Fiber. »Guckt euch das an! Das ist das Letzte, was die Kameras aufgenommen haben, bevor wir reingekommen sind.«

Iris drehte Alex, der sich noch immer wehrte, in Richtung Bildschirm.

»Die Kameras auf Pala arbeiten mit *Motion Control*«, erklärte Fiber. »Sobald sich etwas bewegt, nehmen sie die Arbeit auf.« Sie schob den Lautstärkeregler etwas höher.

»Hältst du dich zurück?«, fragte Iris.

Alex nickte. Sie ließ ihn los und blieb sicherheitshalber hinter ihm stehen. Aber Alex rührte sich kaum, sondern schien aufgegeben zu haben. Er rieb sich den schmerzenden Arm und starrte zusammen mit Iris und Fiber auf den Bildschirm, auf dem Mr Oz zu sehen war, der leblos im Aquarium trieb.

»Schläft er?«, fragte Iris. Sie flüsterte, als ob ihre Stimme in der Aufnahme aus der Vergangenheit zu hören wäre und als ob sie Mr Oz in der Videoaufnahme wecken könnte.

Genau in diesem Moment öffnete Mr Oz im Aquarium die Augen. Er schien auf ein mechanisches Geräusch zu reagieren, das Iris nicht zuordnen konnte. Gleich darauf trat ein metallener Roboteranzug ins Bild.

»Ist das Terry?«, fragte Fiber erstaunt.

Iris nickte und sah, dass der Junge etwas Großes vor sich hertrug, das ebenfalls aus Metall war. Es wirkte bleischwer. Ohne sein eigenes Exoskelett hätte er es wahrscheinlich gar nicht tragen können.

»DAS IST ER?«, fragte Mr Oz.

Terry nickte.

»IST ER FERTIG?«

Iris bemerkte, dass Terry zögerte. Ihr selbst wurde innerlich plötzlich eiskalt. Terry hatte YunYun beinahe umgebracht. Würde er jetzt dasselbe mit seinem Auftraggeber tun?

Spielte das eine Rolle?

»Ich denke schon«, antwortete Terry.

»DAS REICHT MIR NICHT!« Blasen stiegen aus dem gläsernen Becken von Mr Oz auf, während seine blechern klingende Stimme aus den Lautsprechern schallte. »ES GEHT HIER SCHLIESSLICH UM MEIN LEBEN! FUNKTIONIERT ER? JA ODER NEIN?«

Terry schluckte. »Er ist fertig«, antwortete er zögernd.

»SCHÖN«, hörte Iris Mr Oz sagen. Er klang jetzt sanfter. »DU HAST GUTE ARBEIT GELEISTET, TERRENCE.«

»*Thank you, Sir.*«

»WIE FUNKTIONIERT ER?«

Terry schien wieder normal atmen zu können. Seine Stimme klang sogar ein kleines bisschen enthusiastisch.

»Ich werfe den Anzug ins Wasser. Den Rest erledigt er von allein.«

Im äußersten Winkel des Bildschirms machte Iris eine Bewegung aus. Sie stieß Fiber mit dem Ellenbogen an. »Sieh doch!«, flüsterte sie und zeigte auf den Fernseher. Genau an der Stelle, an der sie sich jetzt befanden, stand die Ärztin. Sie sagte nichts, aber ihr missbilligender Blick verriet genug.

»Was glaubt ihr, was jetzt passiert?«, fragte Iris.

Fiber zuckte die Achseln. »Gleich wissen wir es.«

Terry hatte inzwischen ein paar Schritte auf das Aquarium zugemacht und mit seinen Roboterarmen das bleischwere Bündel über dem Aquarium in die Höhe gehoben. Er schaffte es nur mit Mühe und Not. Terry verpasste dem Anzug einen Stoß, sodass er ins Aquarium fiel. Eine große Welle schwappte über den Rand des Beckens und spritzte Terry klitschnass. Iris sah, wie das Metallbündel auf den Grund sank, während Mr Oz so weit wie möglich davon wegschwamm.

»*What the fuck*«, hörte Iris Fiber sagen. Mit großen Augen sah sie, wie sich das Metall auseinanderfaltete. Die Teile lösten sich wie kleine Fische, bewegten sich auf Mr Oz zu und wuchsen ihm – ein anderes Wort fiel Iris nicht ein – um Arme und Beine herum.

Fiber sagte leise: »Er ist *fucking* Iron Man.«

Auf dem Bildschirm wurde die Glaskugel, die Mr Oz am Leben hielt, durch eine Metallmaske ersetzt und legte sich um seinen Kopf. Sie erinnerte Iris an einen Wolfskopf.

Mr Oz streckte den Daumen hoch, ein Signal für die Ärztin, sich umzudrehen und mehrere Knöpfe zu drücken.

Die Schläuche, die Mr Oz mit Sauerstoff und Nahrung versorgten, koppelten sich ab.

Iris sah, wie sein gebrechlicher Körper spastisch zu krampfen begann. Alex erstarrte. Sie griff wieder nach seiner Hand, dieses Mal aber, um ihm beizustehen.

»Er ertrinkt«, sagte Alex.

Mr Oz schlug mit seiner ganzen Kraft auf das Glas ein. Mittlerweile war sein gesamter Körper von Metall umhüllt, sodass er nicht mehr an Iron Man erinnerte, sondern eher an einen grauen, metallenen Wolf mit Atemnot.

Iris kniff Alex in die Hand. Gerade eben noch wollten sie Mr Oz töten, und jetzt hoffte sie, dass sie nicht zusehen mussten, wie sein Vater starb.

Plötzlich klaffte ein Riss im Glas auf. Mr Oz schlug noch einmal dagegen, bis es mit einem lauten Klirren auseinanderbrach. Unbewusst wanderte Iris' Blick zu den Splittern am Boden. Ein Rätsel war jetzt jedenfalls schon mal gelöst. Hatte die Ärztin sich womöglich an einer der Scherben verletzt? Iris hatte zwar keine Verletzung gesehen, aber vielleicht gab es eine am Rücken oder Hinterkopf der Ärztin?

Mr Oz glitt mit dem Wasserstrom aus dem Becken und landete auf dem Boden. Terry rannte zu ihm und drehte ihn mit seinen Roboterarmen mühelos auf den Rücken. Noch bevor er zur Seite treten konnte, kniete die Ärztin schon neben Mr Oz.

»Was geht hier vor?«, schrie Terry.

»Er bekommt keine Luft!«, brüllte die Ärztin. »Welchen Knopf muss ich drücken, Terry?«

Terry zeigte auf einen grünen Schalter. »*Shit*, der hier muss hoch«, sagte er.

Die Ärztin zögerte keinen Moment und schob den Schalter nach oben. Das Wasser spritzte aus der Metallmaske, und Mr Oz kam zu sich. Sein Anzug machte viel weniger Lärm als Terrys. Er schubste die Ärztin zur Seite, packte Terry an der Kehle und hob ihn hoch.

»DU HAST GESAGT, DASS DER ANZUG BEREIT IST!«

»*I am sorry, I am sorry.*«

»Oswald«, hörte Iris die Ärztin sagen.

Oswald? War das der echte Name von Mr Oz? Was war das denn für ein Name?

»Wir brauchen ihn noch. Der Jabberwocky ...«

Mr Oz setzte Terry wieder auf dem Boden ab. »DU HAST NOCH MAL GLÜCK GEHABT, TERRENCE. DAS WAR DIE ERSTE UND LETZTE WARNUNG.«

»Okay, *Sir*«, antwortete Terry mit rotem Kopf.

»KOMM HER, MEINE LIEBSTE, LASS MICH DICH UMARMEN, NACH ALL DEN JAHREN!«

»Nein!« Iris schüttelte den Kopf. »Nein, bitte nicht.«

Dieses Mal hielt Alex sie fest.

Die Ärztin trat auf ihren Mann zu und legte zögerlich die Arme um seinen Anzug. »Wie fühlt es sich an, wieder gehen zu können?«

Mr Oz umarmte sie. »ES FÜHLT SICH GUT AN, UNBESCHREIBLICH GUT.«

Iris starrte wie paralysiert auf den Bildschirm.

»Bitte ein bisschen sanfter, Oswald«, sagte die Ärztin und kicherte unbehaglich. »Du tust mir weh.«

»SO BESSER?«

»Oswald? Oswald?«

Iris sah, dass Mr Oz immer fester zudrückte. Sie sah, wie der Brustkorb der Ärztin immer mehr zugeschnürt wurde. Wie Blut aus ihrem Mund strömte.

»Fiber, waren das ihre Rippen, die da gerade geknackt haben?«, fragte Iris mit bebender Stimme.

Fiber nickte mit fest zusammengepressten Lippen.

»DANKE, LIEBSTE, DASS DU DICH IN DEN LETZTEN JAHREN SO GUT UM MICH GEKÜMMERT HAST!«

Die Ärztin schrie mit erstickter Stimme. Sie versuchte, sich zu befreien, und ihre Augen bettelten um Hilfe. Doch Terry reagierte nicht.

Iris, Fiber und Alex blickten auf den Bildschirm und konnten nur zusehen. Sie sahen, wie das Leben langsam aus der Ärztin herausgepresst wurde.

Mr Oz ließ den leblosen Körper seiner Frau aus den Armen gleiten, als wäre sie eine Puppe.

»ZEIG MIR DEN JABBERWOCKY«, sagte er zu Terry. »UND BESCHAFF MIR EINE NEUE ÄRZTIN.«

»Y-yes, Sir«, stotterte Terry.

Gemeinsam verschwanden sie aus dem Raum.

BLACKOUT

Olina sah zu, dass sie aus dem Gebäude herauskam. Es war Abend, und es war kalt. Höchstens ein paar Grad über null, schätzte sie.

Sie zitterte. Was allerdings mehr an der Anspannung lag als an der Kälte, ihr Körper war noch voller Adrenalin.

Die drei Gebäude der AFOSI standen wie die Orgelpfeifen nebeneinander an der Straße. Olina war aus dem mittleren Gebäude entkommen und verbarg sich jetzt hinter einem parkenden Jeep. Von hier aus beobachtete sie die Soldaten, die nach ihr suchten. Sie sah, wie die Soldaten sich über das Gelände verteilten und sich gegenseitig zur Eile antrieben.

»Sie kann nicht weit sein!«, rief einer.

Wenn du wüsstest, wie nah ich euch bin, dachte Olina und wartete, bis die Luft rein war.

Justin hatte einkalkuliert, dass sie geschnappt wurden. Es geht immer irgendetwas schief, lautete sein Motto, man weiß bloß vorher nicht, was. Darum hatte er Olina angewiesen, eine Geschichte zu erfinden: wo sie wohnte, auf welche Schule sie ging, wer ihre Eltern waren. Olina hatte ihn dafür angemotzt, denn sie hasste Hausaufgaben. Aber jetzt war sie froh über die Vorbereitung – so hatte sie es geschafft, ihren Vernehmer mit ihren Lügen einzuwickeln.

Olina überlegte, ob sie sich den Jeep, hinter dem sie sich versteckte, »ausleihen« sollte. Ihr nächstes Ziel lag ein ziemliches Stück entfernt, und mit dem Auto kam sie schneller voran als zu Fuß. Justin hatte ihr erzählt, dass auf der Basis Hunderte von Teenagern herumliefen. Trotzdem würde ein fünfzehnjähriges Mädchen in einem Militärfahrzeug wohl unnötig viel Aufmerksamkeit auf sich ziehen, erst recht um diese Tageszeit. Und vor allem, weil man nach ihr suchte. Widerwillig richtete sie sich auf. Sie schüttelte die Kälte, die sich in ihrem Körper ausgebreitet hatte, ab und machte sich auf den Weg, als wäre sie hier zu Hause. Irgendwie stimmte das auch. Die Basis erinnerte sie an Pala.

»Mal angenommen, deine Geschichte über die Insel wäre wahr ...« Isabela zögerte kurz.
»Pala«, half Justin ihr auf die Sprünge.
Isabela war wütend ins Zimmer gestürmt. Also schien Olina die Flucht gelungen zu sein. Justin hätte am liebsten einen Freudentanz aufgeführt, starrte stattdessen aber weiter stoisch vor sich hin. Er wartete, bis Isabela sich wieder unter Kontrolle hatte und sich setzte.
»Sie ist weg«, stellte Justin fest.
Isabela nickte. »Sie hat innerhalb von einer Minute einen meiner besten Männer überwältigt. Er hat sich von einem fünfzehnjährigen Mädchen niederschlagen lassen.«
»Ja, sorry, sie ist ein bisschen eingerostet«, entschuldigte sich Justin. »Normalerweise braucht sie nur dreißig Sekunden.«
Er wollte sie noch wütender machen, denn wütende Menschen machten Fehler.
Er sah, wie Isabela erstarrte.
»Wurde sie auf Pala ausgebildet?«, fragte sie.
»Wir wurden alle als Soldaten ausgebildet«, bestätigte Justin. »Aber jeder von uns war schon etwas Besonderes, be-

vor er nach Pala gekommen ist. Jeder von uns ist in irgendetwas außergewöhnlich gut. Das Online-Spiel trifft die Auswahl, ein bisschen wie der Sprechende Hut bei *Harry Potter*. Nur dass das Game die Fähigkeiten der Spieler austestet, bevor es jemanden auswählt.« Er schwieg kurz. »Eigentlich ist das Game viel cooler als der Hut.«

»Olina ist eine Kämpferin, nehme ich an.«

Justin schüttelte den Kopf. »Nein, auf dem Gebiet ist sie Durchschnitt.«

»Sie ist eine durchschnittliche Soldatin?« Die Frau sah ihn fassungslos an. »Sie kann einen meiner Männer in einer Minute überwältigen und ist durchschnittlich? Willst du mich auf den Arm nehmen?«

»Nein, sie hat ihre Ausbildung nicht abgeschlossen, sie ist vor den letzten Tests von der Insel abgehauen. Warten Sie ab, bis Sie Fiber kennenlernen, die hat richtig was drauf.«

»Fiber ist also eine Kämpferin?«

»Fiber? Nein, Fiber ist unsere Hackerin.« Er musste sich beherrschen, um nicht loszulachen.

Isabela schüttelte den Kopf. »Ist überhaupt einer von euch ein richtiger Kämpfer? Oder macht ihr das alle bloß nebenher?«

»Wir sind alle zu Kämpfern ausgebildet worden. Aber bei den wenigsten ist es die entscheidende Gabe. Olina hat zum Beispiel eine große Überzeugungskraft. Sie kann jeden von allem Möglichen überzeugen. Sogar sich selbst. Sie macht immer weiter, gibt niemals auf, gnadenlos.«

»Dann ist sie also gar nicht weg? Willst du das damit sagen? Ist sie immer noch hier? Wenn sie nie aufgibt, lässt sie dich doch nicht im Stich.«

Er war mit offenen Augen in eine Falle getappt. Schon zum zweiten Mal. Er nickte leicht, leugnen machte keinen Sinn. Obwohl er versucht hatte, sie wütend zu machen, hatte sie ihn in eine Falle gelockt.

»Ziemlich wahrscheinlich, dass sie noch hier ist«, murmelte er. »Und dass sie mich holt.«

»Glaub mir, Jungchen, ich bin eine *echte* Kämpferin. An mir kommt keiner von euch beiden vorbei.«

Mr Oz saß auf seinem Thron. Es war ein Thron aus Eisen, der mit Schwertern und Speeren verziert war. Alles war ein paar Nuancen heller als der Roboteranzug, der ihn umhüllte.

»DER WINTER KOMMT, TERRY«, sagte er. Er beugte sich vor und ließ seinen Kopf auf den Händen ruhen. »ES WIRD ZEIT, DEN WOLF ZU ENTTHRONEN.«

»*Yes, Sir*«, stammelte der Junge, dem anzusehen war, dass er keine Ahnung hatte, wovon Mr Oz sprach. Das war auch gut so. Schließlich wusste niemand auf der Insel, welche Pläne er hatte, und das sollte auch so bleiben.

»WAS GLAUBST DU, WARUM WOLLTEN ALEX, FIBER UND IRIS MICH SEHEN?«, wechselte er das Thema. Natürlich wusste er, dass die drei die leere Bibliothek entdeckt hatten. Glaubten sie etwa, er hätte seine Augen nicht überall?

Er vermisste seine Gespräche mit der Ärztin. Sie zu töten, war dumm gewesen. Es war aus dem Impuls heraus passiert, seinen Anzug zu testen und seine Macht zu demonstrieren. Aber jetzt hatte er seine Vertraute verloren, und die Kinder auf der Insel hatten keine Ärztin mehr. Er hatte in den letzten fünf Jahren nur zwei Fehler gemacht, und dies war einer davon. Der andere hieß Justin.

»Möchten Sie eine ehrliche Antwort?«, fragte Terry.

Mr Oz rieb sich gönnerhaft mit der metallenen Hand über sein metallenes Kinn. Eine ehrliche Antwort, warum nicht? Wie erfrischend, dass jemand es wagte, ihm einfach so die Wahrheit zu sagen.

»GERN, TERRY. SAG MIR DIE WAHRHEIT.«

»Ich glaube, dass Iris und Fiber Sie ausschalten wollten. Alex nicht, denke ich.«

Vielleicht war Terry gar kein schlechter Gesprächspartner. Der Junge lag rücklings mit einem Lötkolben in der Hand und einer Schweißerbrille auf dem Kopf unter einem Jabberwocky auf dem Boden. Er hatte sich die Locken abrasiert und war jetzt ganz kahl.

»HAST DU DAS PROBLEM GEFUNDEN?«, fragte er.

»*Yes, Sir*, auf der Druckplatte hatte sich ein Prozessor gelöst. Jetzt passt alles wieder.« Er kroch unter den riesigen Pfoten des Jabberwockys hervor und richtete sich auf.

»ZEIG HER.«

Terry zog eine Fernbedienung aus der Tasche seines Overalls und drückte einige Tasten. Das Monster, das eben noch bewegungslos vor sich hin gestarrt hatte, erwachte nun schnaubend zum Leben. Der Kopf – vier breite Zähne, eine flache Nase, die bis zum Hals hinunterreichte, und zwei Fischaugen, unter denen lange Haare wuchsen – drehte sich zu seinem Schöpfer um. Das Biest hob die Arme mit den Fingerklauen.

»BEEINDRUCKEND. LASS DAS DING MAL HIER.«

Terry reichte ihm ohne ein Wort die Fernbedienung.

»WAS IRIS UND FIBER BETRIFFT: ICH GLAUBE, DU HAST RECHT, TERRY. ES WIRD ZEIT, DASS WIR VON

DENEN ABSCHIED NEHMEN, DIE SICH MEINEN PLÄNEN IN DEN WEG STELLEN.«

Das Elektrizitätswerk war von außen unbewacht, hatte aber einen Pförtner. Olina nickte dem lesenden Mann hinter der Scheibe kurz zu und lief weiter.

»Miss? Da können Sie nicht durch. Dieser Teil ist nicht für Besucher zugänglich.« Er stand hastig auf, wobei ihm seine Zeitschrift vom Schoß rutschte. Olina sah aus den Augenwinkeln das Bild einer nackten Frau.

Natürlich.

Olina ignorierte ihn und lief weiter, bis sie an eine massive Tür kam. Das Schloss verriet, dass man eine Karte brauchte, um sie zu öffnen. Sie wartete, bis der Mann sie endlich eingeholt hatte.

»He, bist du taub, oder was?« Jetzt war er nicht mehr so freundlich.

Olina schloss die Augen und zählte: Fünf, vier, drei, zwei. Sie spürte eine Hand auf der Schulter.

Eins.

Sie entfesselte die Wut, die sich in den letzten Stunden in ihr aufgestaut hatte.

Dieses Mal brauchte sie nur zwanzig Sekunden.

Wenige Minuten später befand sich Olina im Kontrollraum des Gebäudes. Die Sicherheitsvorkehrungen waren läppisch. Sie hatte im Büro der AFOSI ein DIN-A4-Blatt ausgedruckt, auf dem die Lage der einzelnen Baracken abgebildet war. Sie zog es aus ihrer Hosentasche und setzte sich an einen Schreibtisch. Obwohl das Hacken von Computersystemen nicht gerade ihr Spezialgebiet war, hatten Fiber und Justin ihr genug beigebracht, um hier zurechtzukommen.

Es fiel Isabela immer schwerer, ruhig zu bleiben. Sie wusste, dass Justin versuchte, sie aus der Reserve zu locken, und dass sie sich nicht provozieren lassen durfte, aber sein Verhalten machte sie rasend. Normalerweise würde sie sich in so einer Situation von Jason ablösen lassen. Doch Jason war mit den anderen draußen auf der Suche nach Olina.

Isabela unterdrückte den Drang, nach ihren Waffen zu tasten. Sie hatte ein Messer, eine Pistole und einen Elektroschocker, um ihn außer Gefecht zu setzen. Der Junge saß ihr mit gefesselten Händen gegenüber. Sie hatte nichts zu befürchten, außer sich selbst. Sie musste einfach nur verhindern, dass er sie auf die Palme brachte.

»Und was ist deine Gabe?«, fragte sie. »Worin bist du gut?«

»Ich bin das geheime Risiko«, sagte Justin, »der verborgene Code in der Software. Ich bin der Schatten an der Wand.«

Genau in diesem Moment ging das Licht aus. Justin hätte es nicht besser timen können. Sofort glitt er zu Boden, während Isabela schrie, er solle sitzen bleiben.

Er kroch unter dem Tisch hindurch nach vorn. Isabela stand vor der Tür, die nach draußen führte, so viel war klar. Es war der einzige Ausgang, und sie wollte um jeden Preis verhindern, dass er abhaute. Jetzt sagte sie nichts mehr, dafür war sie viel zu schlau. Aber er konnte sie atmen hören.

Auf einen Kampf wollte er es nicht ankommen lassen. Sie war mit Sicherheit top trainiert, und er war noch immer gefesselt. Darum tat er etwas, mit dem sie niemals rechnen würde. Er kam unter dem Tisch hervor – ganz langsam, damit sie es nicht merkte –, griff, so gut und schlecht es mit zusammengebundenen Händen ging, nach ihrem Stuhl, drehte sich um die eigene Achse und schmiss ihn mit so viel Wucht, wie er konnte, gegen die Spiegelwand.

Die Scherben breiteten sich explosionsartig aus, und Isabela schrie auf. Justin zögerte keinen Moment, sondern ging auf die Knie und tastete nach einer Scherbe.

»Bleib, wo du bist«, befahl Isabela. »Ich habe eine Waffe auf dich gerichtet.«

Lautlos schnitt Justin mit der Scherbe die Plastikfesseln durch. Währenddessen versuchte er anhand ihrer Stimme herauszufinden, wo genau Isabela stand.

Wie es aussah, blockierte sie immer noch die Tür und hatte den Blick auf den Rahmen der Spiegelwand gerichtet. Sie versuchte zu verhindern, dass er auf diesem Weg nach draußen verschwand.

»Es ist mein Ernst, Justin. *I will shoot you.*«

Mit einer einzigen geschickten Bewegung stand er wie ein Schatten hinter ihr. Er schlug ihr die Pistole aus der Hand und umklammerte sie.

»Wenn du dich bewegst, breche ich dir das Genick«, flüsterte er.

Isabela trat ihm mit dem Absatz heftig gegen das Schienbein. Justin fluchte vor Schmerz, aber er ließ sie nicht los. Sie verpasste ihm einen Stoß mit dem Ellenbogen, doch er ließ sie nicht gehen. Dann versuchte sie, sich aus seiner Umklammerung herauszuwinden. Er drückte kurz kraftvoll gegen ihre Luftröhre, was ihr den Atem nahm. Nach einer knappen Minute spürte er, wie sie erschlaffte. Er hatte absolut nicht vor, sie zu töten, und ließ sie sofort los. Darauf hatte sie nur gewartet. Mit einem Schlag erwachte sie wieder zum Leben. Mit nur zwei Schlägen nagelte sie ihn gegen die Tür.

Er war auf sie hereingefallen wie ein Anfänger.

Justin fluchte. Er wollte sich aufrichten, als er eine Klinge an seiner Kehle spürte.

»Gib mir einen guten Grund«, flüsterte sie mit heiserer Stimme. »Ich brauche nur einen guten Grund.«

Justin rührte sich nicht.

GUTE ABSICHTEN

Iris starrte schweigend auf den Bildschirm. Gerade hatte sie Mr Oz aus dem Zimmer laufen sehen, aus demselben Zimmer, in dem sie nun mit der Leiche der Ärztin zurückgeblieben waren.

Fiber hatte die Aufnahme zurückgespult und drückte auf den Tasten herum.

»Was machst du da?«, fragte Alex.

Fiber ignorierte ihn, wie nur sie das konnte. Iris wusste nicht, wo sie hinschauen sollte: Sowohl auf dem Boden als auch auf dem Bildschirm war die Tote zu sehen.

»Wir müssen sie von hier wegbringen«, sagte Iris und hockte sich zu der Ärztin. Auch wenn sie wusste, dass dies nur die Hülle der Frau war, die ihr mehrmals das Leben gerettet hatte, verdiente ihr Leichnam Respekt.

Iris versuchte, den leblosen Körper zu bewegen. Als ihr das nicht gelang, rief sie Alex zu Hilfe. Aber der lief gerade wutschnaubend zu Fiber.

»Fiber, dann hilf du mir bitte«, sagte sie schluchzend.

Doch Fiber ignorierte sie und beugte sich über die Konsole. Einige Klicks später erschien eine Karte von Pala auf dem Bildschirm.

»Wir können sie doch nicht einfach hier liegen lassen«, sagte Iris und wischte sich die Tränen weg.

»Zuerst will ich wissen, wo der *Creep* hin ist«, sagte Fiber. Auf dem Bildschirm blinkte ein grünes Lämpchen, das sich von der Bibliothek wegbewegte. »Das ist Terry. Er ist unterirdisch unterwegs, läuft aber nicht durch die ringförmig angelegten Gänge. Vermutlich ist Mr Oz bei ihm, und der hat keinen Chip.«

»Vielleicht sind sie auf dem Weg in die Werkstatt«, sagte Iris. »Da baut Terry die seltsamen mechanischen Monster, diese Jabberwockys.«

»Mist, du hast recht«, sagte Fiber. »Der Weg dorthin verläuft offensichtlich unterirdisch. Da kommen wir niemals unbemerkt hin. Mr Oz sieht es sofort, wenn wir ihm folgen.«

»Und wenn wir es doch oberirdisch versuchen?«, schlug Iris vor. »Ich kenne den Weg noch vom Test. Ich schätze, wir würden etwa einen Tag brauchen.« Aber auch dann wird er uns sehen, dachte sie im selben Moment. Denn oberirdisch gab es ebenfalls nur einen einzigen Zugang zur Werkstatt.

»Und was habt ihr beiden Superhirne mit meinem Vater vor, wenn ihr bei ihm seid?«, fragte Alex.

Iris und Fiber wechselten wortlos einen Blick.

»Ist das euer Ernst? Nach allem, was Mr Oz für euch getan hat? Seid ihr nicht ganz dicht?«

Iris wies auf die tote Ärztin. »Nimm deine rosarote Brille ab, Alex. Dein Vater entführt Jugendliche und hat unsere Ärztin getötet. Wenn wir ihn nicht stoppen, wer soll es denn dann tun?«

»Ihr habt keine Ahnung, was mein Vater vorhat. Mit seinen Methoden bin ich auch nicht einverstanden, aber seine Absichten sind gut, glaubt mir.«

Fiber sprang katapultartig hinter der Konsole auf und schnellte auf Alex zu. Sie packte ihn am Hals und drückte ihn mit der Nase gegen das eiskalte Gesicht der Ärztin.

»Er hat also gute Absichten, Alex?«, flüsterte Fiber ihm ins Ohr. »Seine Tests haben YunYun und Tessa beinahe das Leben gekostet. Die Ärztin ist tot, ihr Brustkorb wurde so heftig zusammengedrückt, dass Herz und Lungen zerquetscht sind.« Es fiel Iris auf, wie leise und ruhig Fiber plötzlich sprach, ohne dabei ein einziges Mal zu fluchen. »Und jetzt ist er frei, er hat sich in eine Art Monsterroboter verwandelt. Trotzdem sagst du, seine Absichten sind gut? Von welchem Planeten kommst du?«

Sie ließ ihn auf die Leiche fallen und richtete sich wieder auf.

»Kennst du die Pläne von Mr Oz, Fiber?«, fragte Iris. »Seine wirklichen Pläne?«

»Noch nicht«, sagte Fiber und nahm wieder am Schaltpult Platz. »Aber bald.«

»Kennst du sie, Alex?«, fragte Iris.

Alex ignorierte sie, rappelte sich auf und brüllte: »Geh da weg!«

Iris hatte ihn noch nie so bleich gesehen. Sie stellte sich zwischen ihn und Fiber.

»Bleib stehen, Alex«, sagte sie ruhig.

»Iris, ich liebe dich, aber wenn du nicht zur Seite gehst, breche ich dir den Arm.«

»Ach, du liebst mich? Dann hast du aber eine komische Art, das zu zeigen.«

»Geh aus dem Weg.«

»Nur zu«, sagte sie so ruhig wie möglich. »Ich bin von dir und Russom ausgebildet worden, nicht zu vergessen von Fiber. Gegen dich habe ich vermutlich keine Chance, ich alleine nicht. Aber ich kann dich lange genug aufhalten, bis Fiber mir zu Hilfe kommt. Und dann? Zwei gegen einen. Noch dazu zwei Mädchen. Willst du das wagen?«

Alex zögerte. Sie bluffte nicht. Gegen die beiden Mädchen zusammen hatte er nicht den Hauch einer Chance. Iris sah, wie seine Anspannung nachließ. Schließlich streckte er ihr die Hände entgegen.

»Okay, ich habe übertrieben. Aber, Iris«, sagte er beinahe flehend, »meinen Vater ermorden? Er will eine neue We...«

»Eine neue was?«

»Das kann ich dir nicht sagen.«

»*Kannst* du nicht oder *willst* du nicht?«

»Beides. Dafür fehlen dir zu viele Infos, Iris.«

»Gib mir noch ein paar Minuten, und ich komme selbst dahinter«, murmelte Fiber.

Alex ließ die Schultern sinken. »Er wird Frieden bringen.«

»Und wie?«, fragte Iris.

»Das kann ich dir nicht sagen«, sagte Alex.

»Aber ich«, meldete sich Fiber zu Wort. »Schau her.« Sie zeigte auf den Bildschirm.

Iris drehte sich von Alex weg und stellte sich neben Fiber. Wie paralysiert starrten die beiden auf den Bildschirm.

Sie sahen einen Satelliten durch das All schweben. Ganz offensichtlich eine Animation. *No way*, dass eine Kamera sich so im Weltraum bewegen konnte.

Von der Erde aus lief eine gepunktete Linie zu dem Satelliten, der die Linie – zusammen mit verschiedenen anderen gepunkteten Linien – auf die Erdoberfläche zurückwarf.

»Was ist das?«, fragte Iris.

»Das GPS-Signal«, antwortete Fiber. »*Global Positioning System*, du weißt schon. Damit kann man Dinge orten. Allein die Vereinigten Staaten haben mehr als achtundzwanzig GPS-Satelliten im Weltall stationiert.«

Alex stellte sich zu ihnen.

»Und wozu braucht Mr Oz das?«, fragte Iris.

Die virtuelle Kamera zoomte weg und ließ Dutzende von Satelliten auf dem Bildschirm erscheinen, die alle Punktlinien aufnahmen und wieder zur Erde zurückwarfen.

»Er will die Satelliten ausschalten.«

»Wäre das denn so eine Katastrophe?«, fragte Iris. »Dann müssten eben alle wieder auf altmodische Weise nach dem Weg fragen. Na und?«

»Die Luftfahrt bricht zusammen«, sagte Fiber. »Lieferungen kommen zu spät. Die Telefone funktionieren nicht mehr. Krankenhäuser und Polizei sind nicht zu erreichen. Das Internet fällt weltweit aus, weil die meisten Provider mit GPS arbeiten. Bauern und Fischer bekommen Probleme, Lebensmittel werden teurer. Und das ist erst der Anfang.«

»Mr Oz will eine Katastrophe verursachen?«, fragte Iris.

»Nein«, sagte Alex. »Er will genau das verhindern.«

Fiber drehte sich zu ihm um. »Ja, in deinen Träumen.«

Alex schüttelte den Kopf. »Bitte, glaubt mir. Es ist nicht nur das GPS-System. Die USA haben überall im All Militärsatelliten, genau wie die Russen und die Chinesen. Manche Länder sind bis zu den Zähnen mit Waffen bestückt. Mr Oz will nicht, dass sie in falsche Hände geraten.«

»Und wenn er selbst sie unter Kontrolle hat? Wer hält ihn dann auf, wenn er sie einsetzen will?«, fragte Fiber.

»Lass mich raten«, sagte Iris. »Die Satelliten werden alle von einem Ort aus gesteuert, nämlich ...«

»Colorado«, ergänzte Fiber. »Nicht schlecht, Iris. Gesteuert werden sie von dort zwar nicht, aber täglich *upgedatet*. Und man braucht nur einen einzigen Virus ...«

»Jetzt weiß ich, warum Justin in Colorado ist und warum Mr Oz will, dass ich ihn von dort weglocke. Er hat Angst, dass mein Bruder seine Pläne durchkreuzt.«

»Ihr checkt es echt nicht, oder?«, sagte Alex verbissen. »Das ist nicht sein Ziel! Er möchte den Dritten Weltkrieg verhindern. Im Moment kämpft jeder gegen jeden. Mr Oz will eine neue Weltordnung einführen.«

»*Wir* checken es nicht? Alex, *du* bist es, der in einer beschissenen Traumwelt lebt! *Mr Oz is evil!*«

In diesem Moment blitzte der Bildschirm auf, und das Gesicht von Mr Oz erschien. Nicht der flammende Kopf, mit dem er zu den Superhelden sprach, sondern sein wahres Gesicht, umhüllt von der brandneuen Metallmaske. Obwohl Iris wusste, dass er nicht in echt vor ihr stand, wich sie instinktiv zurück.

Im Hintergrund war Terrys Werkstatt zu erkennen. Von Terry selber war keine Spur zu sehen, nur von einer Reihe von Jabberwockys.

»UND DU WEISST GENAU, WAS *EVIL* IST, FIBER, DENN DU BIST GENAU WIE ICH«, sagte Mr Oz grinsend.

»Wagen Sie es nicht, uns beide gleichzusetzen.«

»UNSER HANDELN VERRÄT, WER WIR SIND, FIBER.«

»Es geht hier nicht um mich.«

Worauf spielt Mr Oz an?, fragte sich Iris. Was hat Fiber getan? Hat sie wirklich jemanden getötet? Hat er darum so einen Einfluss auf sie?

»Stimmt, und Ihre Handlungen sprechen Bände«, sagte Iris.

»ALEX HAT RECHT, ICH HABE NICHT DIE GERINGSTE ABSICHT, DIE ERDE ZU VERNICHTEN. WARUM SOLLTE

ICH? DAFÜR BRAUCHT MICH DIE MENSCHHEIT NICHT. DAS KANN SIE SELBST VIEL ZU GUT.«

»Was wollen Sie dann?«, fragte Iris.

»DIE ERDE RETTEN NATÜRLICH! ALS ERSTES VOR DEN GRÖSSENWAHNSINNIGEN WELTHERRSCHERN, DIE GLAUBEN, DEN FRIEDEN WAHREN ZU KÖNNEN, INDEM SIE WAFFEN INS ALL SCHIESSEN.«

»Und wie wollen Sie das verhindern?«

»ICH SCHICKE DICH UND ALEX NACH COLORADO, AUF DIE *SCHRIEVER AIR FORCE BASE*. DORT HACKT IHR EUCH INS SYSTEM EIN UND SCHLEUST EINEN VON MIR GESCHRIEBENEN COMPUTERCODE EIN. VON DIESEM MOMENT AN SIND WIR ES, DIE FORDERUNGEN STELLEN.«

Wir sollen die Steuerung der Satelliten auf Mr Oz übertragen?, dachte Iris. Ganz sicher würde sie das nicht tun. Selbst wenn er die allerbesten Absichten hätte – was sie sich nicht vorstellen konnte –, würde sie niemandem so viel Verantwortung in die Hände legen, der so skrupellos war wie Mr Oz.

»Und wenn wir uns weigern?«, fragte Iris.

»DANN REISSE ICH YUNYUN EINEN ARM AUS«, antwortete Mr Oz. »UND DAS IST NUR DER ANFANG.«

Die Kamera zoomte in den Raum hinein, und zu ihrem großen Schrecken sah Iris, dass YunYun bei Mr Oz war. Sie wurde von einem Jabberwocky festgehalten, der eine Klaue um ihren Hals geschlungen hatte. Man konnte erkennen, dass eine der Krallen einen Streifen Blut über die Haut gezogen hatte.

»Wenn Sie ihr etwas antun, bringe ich Sie um«, sagte Iris so ruhig und drohend, wie sie konnte.

»DAS SEHEN WIR DANN«, antwortete Mr Oz. »ABER ERST EINMAL WARTET COLORADO AUF EUCH. ALEX?«
»Yes, Sir?«
»JETZT BIST DU AM ZUG.«

»Jetzt bin ich am Zug«, hörte Isabela eine Mädchenstimme hinter sich. Ihre Augen hatten sich inzwischen an die Dunkelheit gewöhnt, und sie konnte im Verhörzimmer grobe Umrisse ausmachen. Justin lag – auf ihren Befehl hin – flach auf dem Boden. Isabela stand neben ihm, den Blick und die Pistole, die sie aufgehoben hatte, fest auf ihn gerichtet.
»Dreh dich ganz langsam um«, sagte Olina.
»Und wenn nicht?«
»Wie sehr hängst du an deinen Beinen?«, fragte Olina.
»Um ehrlich zu sein, sind sie das Schönste, was ich habe«, antwortete Isabela.
»In diesem Fall würde ich mich umdrehen.«
Isabela wandte sich um und versuchte, ihre Pistole auf Olina zu richten.
»Fallen lassen!«, befahl Olina.
Isabela gehorchte.
»Kluges Mädchen. Justin, steh auf.«
Justin richtete sich auf und schnappte sich Isabelas Pistole. Sie fluchte. »Ihr könnt niemals von der *Base* verschwinden, ohne dass ihr gesehen werdet.«
»Genauso wenig, wie Olina fliehen konnte, meinen Sie?«, fragte Justin gar nicht mal unfreundlich. Er zog ein Paar Handschellen von Isabelas Gürtel und fesselte sie damit hinter ihrem Rücken an den Handgelenken. Sorgsam achtete er darauf, dass die Handschellen nicht allzu fest saßen.

»Tut mir leid«, sagte er, bevor er sich zusammen mit Olina davonmachte.

»Mr Oz?« Terry saß am Schaltpult und starrte zum dritten Mal auf die grauen Fernseher.

»JA, TERRY?«, erklang die Stimme seines Chefs hinter ihm.

Gegen seinen Willen bekam Terry eine Gänsehaut. Spätestens seit er mit angesehen hatte, wie Mr Oz die Ärztin ermordet hatte, war ihm sehr bewusst, wie launisch sein Vorgesetzter war.

»Ich glaube, ich weiß jetzt, was geschehen ist. Sie erinnern sich doch an den Jabberwocky in Berlin? Er hat sich automatisch aktiviert, weil ihn jemand aus der Kiste gelassen hat«, stotterte er.

»IST DAS DEINE SCHULD?«

»Nein, Mr Oz«, sagte er schnell. »Laut Protokoll wurde die automatische Sicherung aktiviert, und der Jabberwocky hat registriert, dass jemand in der Nähe war. Daraufhin hat er ihn unschädlich gemacht.«

»WELCHEN STATUS HAT ER JETZT?«

Terry drehte an ein paar Knöpfen und holte wieder die Bilder hervor, die der Jabberwocky selbst aufgenommen hatte. Gleich darauf wurde vor seinen Augen ein Mann von dem Monster auseinandergerissen, das er erschaffen hatte. Übelkeit stieg in Terry auf. Er spulte schnell weiter.

»Der Jabberwocky schläft, Mr Oz. Ich weiß nicht, wie lange es dauert, bis er gefunden wird.«

»OKAY. ER SOLL DIE LEICHE ENTSORGEN UND SICH ANSCHLIESSEND SELBST VERNICHTEN.«

Terry schüttelte den Kopf. »Ich denke, er ist beschädigt, der Jabberwocky reagiert nicht mehr auf meine Signale. Tut mir leid.«

Mr Oz schwieg einen Moment, und Terry versuchte einzuschätzen, wie groß seine Chance war, zu fliehen – nur für den Fall, dass sein Boss auf ihn losging.

Aber Mr Oz schien seine Erklärung problemlos zu akzeptieren: »SCHICK DILEK HIN. DANN KANN SIE GLEICH AUSPROBIEREN, OB IHRE GERÄUSCHCOLLAGE FUNKTIONIERT«, sagte er.

»*Yes, Sir.*«

»UND DIE ANDEREN KISTEN?«

Terry drückte hastig ein paar Knöpfe, woraufhin auf dem Bildschirm mehrere rote Punkte aufleuchteten.

»Die meisten Kisten sind bei den Zoos eingetroffen, einige sind noch unterwegs. Keine wurde geöffnet.«

»GUT. RÄUM DEN DRECK WEG, TERRY.«

Terry seufzte lautlos und fragte sich, wie lange es noch dauern würde, bis er selber das Zeitliche segnen musste.

AUF PALA

»ICH KÖNNTE DICH HIER AUF DER STELLE ERMORDEN LASSEN, JUSTIN.« *Mr Oz schwamm auf dem Rücken durch das Aquarium, bei jeder Bewegung klatschte Wasser gegen das Glas.*

Justin hatte erwartet, dass es in dem Raum nach Chlor riechen würde, vielleicht, weil er ihn mehr an ein Schwimmbad erinnerte als an eine Bibliothek.

Er schüttelte den Kopf. »Ich glaube nicht, dass ich bald sterbe«, sagte er. »Sie sind viel zu sehr auf mich angewiesen, um das Spiel zu perfektionieren. Bis jetzt finden nur Computernerds nach Pala, dabei brauchen Sie auch andere Talente.«

»DANN PERFEKTIONIERE DAS SPIEL!«, *schrie Mr Oz durch die Lautsprecher, die über dem Bücherregal montiert waren. Justin konnte nur mit Mühe ein Grinsen unterdrücken. Obwohl die Stimme durch einen sogenannten Vocoder generiert wurde, ein ausgeklügeltes Gerät, das menschliche Stimmen nachbilden konnte, war Mr Oz' Frustration deutlich herauszuhören. Justin hatte das Monster im Aquarium genau da, wo er es haben wollte.*

»Ach, ich weiß nicht«, antwortete er. »Sobald das Spiel perfekt ist, bin ich ja uninteressant für Sie. Warum sollte ich es also fertigstellen? Lassen Sie uns lieber erst einmal über die Kinder reden, die Sie hierhergeholt haben. Was haben Sie mit ihnen vor?«

Der gebrochene Mann im Aquarium schwamm dicht an das Glas heran, sodass Justin ihn gut durch die Scheibe beobachten konnte. Unwillkürlich lief es ihm kalt den Rücken hinunter. Obwohl er nicht zum ersten Mal bei Mr Oz saß, verursachte sein

Anblick bei ihm immer noch eine Gänsehaut. Mr Oz ähnelte einem Alien, der versucht hatte, wie ein Mensch auszusehen, die Imitation aber nicht ganz hinbekommen hatte. Die Kugel, die den ausgemergelten Kopf von Mr Oz umschloss, um ihn mit Sauerstoff zu versorgen, verstärkte nur den Eindruck, einen außerirdischen Astronauten vor sich zu haben.

Justin sah, wie sich die Lippen von Mr Oz bewegten. Der Klang aber kam wie immer aus den Lautsprechern. »WAS ICH VORHABE, JUSTIN? DASSELBE WIE DU. ICH WILL DIE WELT VERÄNDERN. KEINE KINDERARBEIT MEHR, KEINE KRIEGE, KEIN HUNGER.«

»Und wie sieht Ihr Plan aus, um das zu erreichen?«, fragte Justin. »Wie macht man das, die Welt verändern?«

»GANZ EINFACH, MEIN FREUND. INDEM MAN DAS MANAGEMENT AUSTAUSCHT.«

Fiber brachte Justin zurück in seine Zelle. Dort war es noch kahler als in dem Zimmer, in dem er normalerweise schlief. Kein Fernseher oder Fenster mit Blick auf den Gang, nur ein Tisch, zwei Stühle und die Ziffer 3 an der Wand. Das war alles.

»Warum machst du das eigentlich mit?«, fragte er Fiber. »Du warst von Anfang an dabei, du bist nicht später hierhergeholt worden. Glaubst du Mr Oz etwa, dass er die Welt verändern will?«

Fiber schüttelte den Kopf. »Nein, kein bisschen.«

»Warum unterstützt du ihn dann? Und Alex, was ist mit dem?«

»Alex ... ist eine andere Geschichte«, sagte sie.

»Und du?«, fragte Justin. »Was ist deine Geschichte?«

»Glaub mir, ich bin hier genauso wenig aus freien Stücken

wie alle anderen auch«, antwortete sie. Ganz offensichtlich hatte sie nicht vor, mehr zu verraten.

»Wie geht es nun weiter?«, fragte er. »Was geschieht jetzt?« »Mr Oz sagt, dass du das Spiel nicht fertigstellen willst.« Justin nickte.

»Und ich kann es nicht«, sagte Fiber.

»Das weiß ich.«

»Aber ich habe zusammen mit Inderpal eine niederländische Version des Spiels entwickelt. Ich habe deiner Schwester von deiner Mailadresse aus eine Nachricht geschrieben und ihr eine Story aufgetischt, dass du in einer französischen Gefängniszelle hockst. Sobald sie das Spiel beendet hat, locken wir sie her.«

Justin packte Fiber an der Schulter. »Wage es nicht!«, schrie er.

»Ist schon passiert. Und jetzt lass meine Schulter los. Sonst schlage ich dich in zwei Sekunden zusammen, das weißt du fucking genau.«

Justin zog seine Hand weg.

»Sie ist schon fast am Ende des Spiels angekommen, Justin. Ganz der Bruder, oder? Du kannst sie also bald auf Pala begrüßen.«

Justin ließ sich auf den Stuhl fallen. »Warum hast du das getan?«, fragte er.

»Damit du deinen fucking Job zu Ende bringst.«

»Und wenn ich das Spiel perfektioniere?« Er sah sie flehend an. »Lässt Mr Oz Iris dann wieder gehen? Oder lasst ihr sie sogar ganz in Ruhe?«

»Ich werde sehen, was sich machen lässt«, sagte Fiber. »Aber zuerst musst du das Spiel fertigstellen, sonst kann ich sowieso nichts für dich tun.«

Sie ging zur Tür. Bevor sie sie öffnete, fragte Justin: »Ist es bei dir genauso gelaufen, Fiber? Schützt du jemanden vor Mr Oz?«

Ohne ein Wort zu sagen, verließ Fiber den Raum und schloss die Tür hinter sich.

Am nächsten Morgen brachte Fiber ihn in den Kontrollraum.
»Wenn du rauswillst, musst du ein Zeichen geben«, sagte sie. Dann beugte sie sich vor und flüsterte ihm leise ins Ohr: »Glaubst du, du kannst den Großrechner hacken?«
Justin sah sie fragend an.
»Ja oder nein?«, fragte sie ihn lautlos.
Justin nickte unauffällig.
»Wenn du mir hilfst, dann helfe ich auch dir.«
Justin nickte wieder, dieses Mal entschlossener. Hatte er eine Verbündete gefunden?

Am Ende des Tages holte Fiber ihn wieder ab.
»Das Abendessen ist fertig, Sir«, sagte sie in vornehmem Tonfall.
Er winkte sie zu sich und machte ihr ein Zeichen, die Tür zu schließen. Erst als er sicher war, dass sie vom Gang aus nicht mehr zu sehen waren, zog er seinen Apparat heraus. Um ihr zu versichern, dass er nichts Böses im Sinn hatte, drückte er den Apparat an seinen eigenen Hals, genau an die Stelle, wo der Chip saß. Dann gab er ihn Fiber. Sie öffnete den Mund, um etwas zu sagen, aber er legte den Zeigefinger an die Lippen.
Misstrauisch starrte Fiber ihn an. Justin tat nichts, sondern wartete einfach ab. Nach einer Weile drückte sie den roten Knopf des Ansibels, wie er das Gerät getauft hatte, gegen ihren Hals. Justin hörte den Ansibel summen.
»Nun können wir reden«, sagte er laut.
»Wieso?«

»Weil Mr Oz uns nicht mehr abhören kann. Und jetzt erzähl.«
»Was denn?«
»Warum soll ich das System hacken? Wonach soll ich suchen?« Fiber blickte ihn kühl an.
»Hör zu, wenn du mir nichts erzählst, kann ich dir auch nicht helfen.«
Fiber begann, nervös an ihren Fingern herumzuspielen. Sie schien nachzudenken. Dann sagte sie. »Meine Schwester. Sie heißt Felcia ...« Fiber zögerte. »Ich habe meinen Vater erschossen.«
Justin sah sie geschockt an. »Was? Warum?«
»Er hat mich jeden Tag zusammengeschlagen.« Sie sprach emotionslos, als würde sie eine Geschichte aus einem Buch vorlesen. »Ich habe das mit mir machen lassen, denn solange ich das Opfer war, ließ er Felcia in Ruhe. Doch dann war sie an der Reihe.«
Fiber hielt einen Moment inne und sagte schließlich: »Ich habe mir eine Pistole organisiert.« Sie hatte die ganze Zeit zu Boden gestarrt, aber jetzt sah sie Justin direkt in die Augen. »Ich habe ihm in den Kopf geschossen. BAM! Eine einzige Kugel, mehr war nicht nötig.«
»Und Mr Oz?«
»Er hat dafür gesorgt, dass es unter den Teppich gekehrt wurde, hat uns eine neue Wohnung und Felcia eine neue Schule organisiert und mir ein Ticket gekauft.«
»Und du musstest versprechen, dass du für ihn arbeitest.«
»Yes. Solange ich auf Pala bleibe, sorgt er für meine Mutter und meine Schwester. Ich darf gehen, wann immer ich will, aber ...«
»Dann dreht er den Geldhahn zu, schon kapiert. Und wenn du mit ihnen irgendwo anders ein neues Leben beginnst?«, fragte Justin.

Zum ersten Mal war auf ihrem Gesicht eine Gefühlsregung auszumachen. »*Ich weiß nicht, wo sie sind! Sie haben neue Namen, eine geheime Adresse, und ich habe absolut keine fucking Ahnung, wo sie stecken, Justin.*«

»*Und jetzt komme ich ins Spiel, schätze ich.*«

»*Wenn du meiner Schwester hilfst, dann helfe ich deiner.*«

»*Deal*«*, sagte Justin.*

PALA

Das Kino war bis auf den letzten Platz besetzt. Bei ihrem ersten Besuch hatte Iris den Einführungsfilm über Pala ganz allein angeschaut. Inzwischen kamen sie und die anderen Jugendlichen regelmäßig hierher. Manchmal hörten sie eine Rede von Mr Oz. Dann sprach er darüber, wie sehr die Menschen zu Herdentieren verkommen waren, dass sie keine Ahnung mehr hatten, woher ihr Essen stammte, sie das Fernsehen für sich denken ließen und die Schule den Kindern zwar Wissen, aber keine Weisheit lehrte. Das waren genau die Dinge, die auch Iris' Bruder immer wieder kritisiert hatte. Aber Iris fragte sich, ob es auf Pala eigentlich so viel anders zuging. Ja, sie waren hier selbstständiger. Doch was sie zu hören bekamen, bestimmte Mr Oz. Es gab weder Fernsehen noch Zeitungen. Die Nachrichten aus der Außenwelt wurden gebündelt und in Form einer Pala-Wochenschau im Kinosaal präsentiert. Wer garantierte ihr, dass Mr Oz diese Informationen nicht manipuliert hatte?

Sie dachte darüber nach, was gestern geschehen war. Alex und Fiber hatten die Leiche der armen Ärztin weggetragen, und Iris war auf ihr Zimmer zurückgegangen. Insgeheim hatte sie gehofft, YunYun würde dort auf sie warten, aber diese Hoffnung war zerplatzt, als sie in dem leeren Zimmer angekommen war. Ihre Freundin war immer noch bei dem Monster aus Metall.

Mr Oz war nicht tot, sondern stärker als je zuvor. Und wieder konnte sie nichts weiter tun, als seinen Befehlen zu folgen. Mr Oz zu ermorden, stand nicht mehr zur Debatte. Er verbarg sich am anderen Ende der Insel, trug einen Roboteranzug und hatte ihre beste Freundin als Geisel genommen.

Sie waren zu spät gekommen.

Als Alex sich vor die Leinwand stellte, wurde es still im Saal. Das Kino war voller Superhelden, nur die Kandidaten, die noch in der Ausbildung waren, fehlten.

Alex hatte ihr erzählt, dass früher sogar schon Jugendliche aus Level 3 auf Mission geschickt worden waren. Aber seit dem Fiasko mit Olina, die während einer dieser Missionen geflohen war, durften die Superhelden die Insel erst nach Ende der Ausbildung verlassen. Iris war zwar noch mit Alex und Fiber in Texas gewesen, doch diese Reise hatte nicht als offizielle Mission gegolten.

Darum saß sie jetzt zwischen Hunderten von Teenagern, die seit ihrer Entführung das Festland nicht mehr gesehen hatten.

Alex ergriff das Wort. »Wir zeigen euch gleich eine Dokumentation«, sagte er.

Im Saal war Gemurmel zu hören. Superhelden verbargen ihre Unzufriedenheit viel weniger als Kandidaten, das war Iris schon öfter aufgefallen. Sie wurden auch mehr dazu ermuntert, kritische Fragen zu stellen – aber natürlich nur so lange, wie es darin nicht um Mr Oz und seine Pläne ging.

»Kommt, Leute, nicht gleich einschlafen«, sagte Alex grinsend. »Es ist ein kanadisch-französischer Film über amerikanische Satelliten im Weltall – keine normalen Satelliten, sondern Kriegssatelliten.«

»*Star Wars!*«, rief jemand im Saal.

»Mr Oz als Darth Vader!«, rief ein Zweiter, woraufhin nervöses Gekicher ausbrach.

»*Star Wars* war vielleicht als Witz gemeint, Per, aber du wirst gleich sehen, wie recht du hast«, sagte Alex. Er stand auf der Bühne, als wäre gestern nichts geschehen. »Die Dokumentation heißt *Pax Americana and the Weaponization of Space* oder auch *Der amerikanische Friede und die Bewaffnung des Weltalls*. Fiber? Du kannst den Film starten.«

Iris hatte Fiber bisher noch nicht gesehen. Wahrscheinlich saß sie im Vorführraum, dem Raum, in dem Justin damals sein Ansibel versteckt hatte.

Das Licht erlosch, und die ersten Bilder vom Weltall flackerten – untermalt von futuristisch-elektronischer Musik – über die Leinwand. Die Kamera wanderte über den Mond und näherte sich der Erde, während eine autoritäre Männerstimme erzählte, dass sich der Kampf zwischen den Großmächten von der Erde ins All verlagere. Die Dokumentation dauerte beinahe anderthalb Stunden. Iris merkte, dass ihre Gereiztheit langsam in Abscheu umschlug. Fiber hatte ihr gestern skizziert, was geschehen würde, wenn das GPS-System ausfiel, jetzt sah sie die Folgen mit eigenen Augen. Und das war nicht das Einzige. Laut Film waren einige Satelliten sogar mit Waffen ausgerüstet, die vom All aus die Erde angreifen konnten.

Als der Film zu Ende war, gingen die Lichter wieder an, und Alex trat erneut auf die Bühne.

»Was denkt ihr darüber? Ja, Dermot?«

Iris drehte sich um und sah, dass Dermot sich noch gedanklich sortierte, bevor er seine Meinung formulierte. Diskutieren war eins der Dinge, in denen man sie ausgebildet hatte. Im Unterricht wurde ihnen eingetrichtert, nachzudenken, bevor sie ihre Ansicht hinausposaunten.

Eine Disziplin, in der Iris nicht gerade brillierte.

»Wenn Waffen im All herumschweben, sollen sie lieber uns gehören als dem Feind«, sagte er langsam.

»Ja, aber du bist Schotte«, sagte Quinty. »Hier ging es gerade um Amerikaner. Das sind doch nicht *wir*? Ich bin auch kein Amerikaner, ich bin Brite.«

»Ich meine, die westliche Welt, denke ich ...«, antwortete Dermot zögernd.

»Ich bin Amerikanerin«, sagte Amy. »Und trotzdem fühle ich mich nicht zugehörig. Ich brauche keine Waffen im All, mit mir hat das nichts zu tun.«

»Bedenkt eins«, sagte Alex, woraufhin sofort wieder alle Blicke auf ihn gerichtet waren. »Hier auf Pala gehören wir zu niemandem. Weder zu Amerika noch zu Frankreich, den Niederlanden, Deutschland oder China. Wir sind ein eigener Staat mit eigenen Gesetzen und Regeln.«

Ist es das, was Mr Oz vorschwebt?, fragte sich Iris.

»Was haltet ihr davon, dass Länder wie die USA, Russland und China Waffen im All stationiert haben – Waffen, die nicht nur Ziele auf der Erde treffen, sondern auch andere Satelliten ausschalten können?«

Die Diskussion kam langsam in Gang, doch Iris zog sich daraus zurück und blendete die hitzigen Argumente aus, die um sie herum ausgetauscht wurden. Sie machte sich Sorgen um YunYun. Sie glaubte zwar nicht, dass ihre Freundin akut in Gefahr schwebte, aber was würde geschehen, wenn Iris ihren Auftrag in Colorado ausgeführt hatte? Was, wenn Mr Oz YunYun nicht mehr brauchte?

Und wenn sie seine Befehle verweigerte und Justin sein Ding machen ließ? Hatte ihr Bruder gegen Mr Oz eine

Chance? Konnte sie mit seiner Hilfe die anderen Kinder befreien? Würden sie es noch rechtzeitig schaffen, YunYun zu retten?

»Wach auf! Iris!«, zischte Fleur ihr zu.

Iris öffnete die Augen. Die Diskussion war noch immer in vollem Gang, der Saal nach wie vor voller Superhelden.

»*Sorry.*« Iris sah Fleur nicht wirklich dankbar an, aber die konzentrierte sich sowieso schon wieder voll auf Alex. Iris ließ den Blick über die Sitzreihen schweifen. Erst jetzt fiel ihr auf, dass Dilek fehlte. War sie etwa schon auf Mission?

»Weißt du, wo Dilek ist?«, fragte sie Fleur.

Fleur schüttelte desinteressiert den Kopf, ohne den Blick von der Leinwand abzuwenden. Iris überfiel auf einmal ein beklommenes Gefühl.

»Bist du sicher, dass du noch reinwillst?«, fragte die Dame am Schalter. »Der Zoo schließt in anderthalb Stunden.«

Dilek nickte. »Ich bin nur kurz in Berlin«, antwortete sie in perfektem Deutsch. »Und ich möchte gern die Pandas sehen.«

»Unser letzter Panda ist 2012 gestorben«, antwortete die Frau. »Aber es gibt noch genug anderes zu entdecken.« Sie schob Dilek das Wechselgeld zu.

Keine Pandas mehr. Während sie auf Pala gehockt hatte, war das Leben einfach weitergegangen.

In Antwerpen, wo Dilek aufgewachsen war, hatten ihre Eltern ihr nach langem Betteln eine Jahreskarte für den Zoo gekauft. Dort hatte sie ihre Hausaufgaben erledigt, Tiere abgezeichnet und die Geräusche studiert, die die einzelnen Tiere machten.

In den ersten Monaten auf Pala hatte sie die Tiere mehr vermisst als ihre Eltern und Geschwister.

Dilek zog ihr Handy heraus und schickte eine SMS nach Pala: *I am here.*

Sie erwartete keine Antwort und bekam auch keine.

Die App zeigte ihr an, von wo aus der Jabberwocky ein Signal sendete. Es wunderte sie, dass bisher niemand das Ding gefunden hatte. Sie war über zwei Tage unterwegs gewesen, und Terry hatte schon damit gerechnet, dass es umsonst sein würde.

»Ich habe keine Ahnung, wie oft die ihr Magazin nutzen«, hatte er gesagt. »Oder wie lange es dauert, bis die Leiche zu stinken anfängt ...«

Letzteres befürchtete Dilek eher nicht. Es war kalt in Berlin, eiskalt. Sie atmete eine dicke Wolke warme Luft aus, während sie an der Scheibe vorbeilief, hinter der die Bären lebten. Ein Braunbär musterte sie aufmerksam. Dilek starrte zurück.

Noch immer war viel Betrieb im Zoo. Eltern und Großeltern liefen mit ihren Kindern herum, als ob es so etwas wie Schule nicht gab. Studenten und Touristen fotografierten sich gegenseitig und ignorierten die Tiere. Die Angestellten hielten die Augen offen, hoben leere Chipstüten vom Boden auf und nahmen sich weinender Kinder an, die ihre Eltern verloren hatten.

So viele Menschen, und niemand, mit dem sie reden konnte.

Dilek schlenderte zwischen den Gehegen entlang und fantasierte, dass sie nicht nach Pala zurückkehren, sondern in Berlin bleiben würde, der Stadt, in der verschiedenste Nationalitäten, Rassen und Religionen vereint waren. Pala zu verlassen, bedeutete für sie nicht, zurück nach Antwerpen zu gehen, wo ihr Vater und ihre Brüder das Sagen hatten und von ihr erwarteten, dass sie ihnen gehorchte. Diese Zeit war vorbei, dafür hatte Mr Oz gesorgt.

Eine ruhige, aber resolute Stimme forderte die Besucher auf, sich zum Ausgang zu bewegen, weil der Park in einer halben Stunde schloss. Dilek hatte nicht weit entfernt eine Toilette entdeckt. Sie schlüpfte hinein und zog ein Schild aus der Tasche, das sie irgendwo anders mitgenommen hatte: AUSSER BETRIEB stand darauf. Dilek hängte es von außen an eine der Kabinentüren, trat ein und drehte das Schloss um. Dann hockte sie sich mit hochgezogenen Knien auf den Klodeckel. Allerdings erst, nachdem sie ihn mit einem Tuch abgewischt hatte.

Ob irgendjemand auf Pala sie vermisste? Dilek hatte wenig Freunde und hielt die anderen auf Abstand, so gut es ging. Sie hatte sich auf der Insel nie zu Hause gefühlt. Das lag nicht nur an den kühlen Räumen und der fehlenden Natur, sondern auch an den anderen Jugendlichen. Mit kaum jemandem konnte sie über das sprechen, was sie wirklich beschäftigte.

Dileks Tagträumerei wurde von einer Stimme unterbrochen, die erst auf Deutsch und dann auf Englisch fragte, ob noch jemand auf der Toilette war. Der Mann rüttelte kurz an der Tür. Sie fuhr ihre Atmung auf ein Minimum herunter.

Als er keine Antwort bekam, schloss er die Tür der WC-Anlage hinter sich.

Es war so weit.

AUF MISSION

»Es ist so weit«, sagte Alex.
Iris sah auf.
»Ihr werdet die Insel verlassen und das tun, wofür ihr ausgebildet worden seid. Aber bevor wir die Missionen verteilen, möchte ich euch noch einmal einen kurzen Ausschnitt aus *Pax Americana* zeigen. Siebenundsechzig Sekunden, um genau zu sein. Wie ich finde, die wichtigsten siebenundsechzig Sekunden des ganzen Films.«
Fiber schaltete das Licht wieder aus, und die Superhelden bekamen etwa eine Minute lang Animationen vorgeführt.
Natürlich kannte Iris die Worte des Sprechers schon auswendig, sie einmal zu hören, hatte bereits gereicht. Leise flüsterte sie den Text mit:
»Wie würde unsere Welt aussehen, wenn wir die Satelliten verlieren würden?«, erklang die Stimme aus den Boxen.
»Tag eins: 6:15 Uhr morgens. Kommunikationssatelliten, die über dem Erdball schweben, schweigen. Weltweit gibt es kein GPS-Signal mehr.«
Auf dem Bildschirm erschienen drei rot durchkreuzte Satelliten.
»Atomuhren, die durch GPS-Satelliten gesteuert werden, können die universelle Standardzeit nicht mehr angeben.«
Hunderte von Handys blitzten auf der Leinwand auf und verschwanden wieder.
»Dreihundertfünfzig Millionen Handys sind ohne Netz. Millionen von Internetverbindungen brechen zusammen. Nirgendwo auf der Welt kann mehr mit PIN und Karte be-

zahlt werden, die Bankkonten werden eingefroren. Die Börse stürzt ab. Ein Finanzcrash ist unvermeidlich. Der Strom fällt aus. Ganze Städte sind ohne Licht, Flugzeuge ohne Radar und Krankenhäuser ohne Stromversorgung. Gegen Mitternacht ist ein Tsunami von Verkehrsunfällen über uns hereingebrochen, auf der Straße, im Wasser und in der Luft.«

Die Lichter im Saal gingen wieder an. Die Superhelden blinzelten.

»Macht euch eins klar«, sagte Alex. »Dieses Szenario ...« – er wies mit dem Daumen hinter sich auf die Leinwand – »... ist nur eine vorsichtige Einschätzung dessen, was passieren könnte. Im All gibt es mehr als achttausend Satelliten, davon dreitausend aktive. Manche von ihnen haben nur ein Ziel: andere Satelliten zu zerstören. Wenn dabei etwas schiefgeht – absichtlich oder unabsichtlich –, könnte das das Ende unseres Planeten bedeuten. Von euren Freunden. Von eurer Familie.«

»Von meiner Mutter«, sagte jemand, den Iris nicht kannte.

Alex nickte. »Eure Familie, eure Freunde, eure Klassenkameraden – sie sind es, die in erster Linie getroffen werden würden. Mehr als wir hier. Obwohl ... auch für uns hätte das ganze Folgen: keine neuen E-Books mehr auf Pala!«

Gelächter ertönte.

Quinty hob die Hand. »Was können wir tun? Wir sind doch nur Teenager.«

»Teenager? Aber Quinty, ihr seid so viel mehr als Teenager! Euch sind die Augen geöffnet worden, ihr seht Dinge, die andere nicht sehen, ihr könnt Dinge, die andere nicht können. Was seid ihr?«

»Superhelden!«, rief jemand.

»Was seid ihr?«
»Superhelden!«
»WAS SEID IHR?«
»SUPERHELDEN!«, schrie der ganze Saal aus voller Kraft. Nur Iris schwieg. Demagoge, dachte sie. Er ist ganz der Papa, ein Aufrührer.

»Ich teile euch jetzt in Teams ein«, sagte Alex, nun wieder mit ganz ruhiger Stimme. »Und zwar nach Talent und Alter. Ihr werdet in verschiedene Teile der Welt geschickt, wo ihr euch in militärische Einrichtungen einschleust, die direkten Kontakt zu den Satelliten haben. Wir werden sie übernehmen. Nicht die USA, nicht China, nicht Indien oder Russland oder Vietnam, sondern die Jugendlichen von Pala werden in Zukunft die Verantwortung tragen. Nicht unsere Eltern. Nicht die Armee. Wir. Ihr. Du.«

Das also war DER PLAN?

»Sind wir rechtzeitig zum Essen zurück?«, fragte Dermot grinsend.

Alex ignorierte ihn und rief die ersten Teams auf. »Dermot, du reist mit Inderpal, Margit und Dewi-Jill nach Russland. Da könnt ihr eure Sprachkenntnisse gut anwenden.«

Alex machte die Sache Spaß, und seine gute Laune wirkte ansteckend. Trotzdem kam Iris ins Grübeln. Warum sollten sie geeigneter sein, die Satelliten zu kontrollieren, als zum Beispiel die amerikanische Armee? Und wer würde tatsächlich die Macht haben – die Superhelden oder Mr Oz?

Dumme Frage.

Alex rief die Superhelden der Reihe nach auf und nannte die Orte, an die sie geschickt wurden. Grönland, Florida, England, China, Russland. Ein Team nach dem anderen verließ den Saal, um sich in einem anderen Raum über Details und Abfahrtzeiten briefen zu lassen. Am Schluss waren nur noch Iris, Fiber und Alex übrig.

»Ich will euch nichts vormachen«, sagte Alex. »Unsere Mission ist die wichtigste.«

»Colorado«, sagte Iris.

»Yes, Colorado, *Schriever Air Force Base*, um genau zu sein.«

Fiber kam aus dem Vorführraum. Noch bevor sie bei ihnen war, legte sie los: »Die *Schriever Air Force Base* liegt ungefähr zehn Meilen vom Zivilflughafen von Colorado entfernt und wurde nach irgendeinem Raketenexperten benannt. Sie ist die wichtigste Kontrollstelle des *Global Positioning System*, auch GPS genannt, über das all unsere Geräte gesteuert werden. Fällt das GPS aus, geht nichts mehr. Und derjenige, der die glorreiche Idee hatte, alle Satelliten von einem einzigen Ort aus mit neuer Software auszustatten, gehört meiner Ansicht nach an die Wand gestellt.«

Alex runzelte die Stirn.

»Das aber nur am Rande. Die Satelliten werden in Cape Canaveral in Florida ins All geschossen. Und von Schriever aus jeden Tag upgedatet.«

»Und was machen wir da?«, fragte Iris. »Schlendern wir auf das Gelände, gehen in den Kontrollraum und fragen, ob wir ein Update installieren dürfen?«

Fiber sah Iris an. »Ich nicht«, sagte sie. »Ich hab etwas anderes zu erledigen. Aber du und Alex, ihr brecht in das Datenzentrum ein und schleust einen von mir geschriebenen Code ins System ein. Danach könnt ihr euch meinetwegen zusammen ein Zimmer nehmen. Ein bisschen Zeit zu zweit.«

Iris spürte, wie ihr Herz für einen Schlag aussetzte.

Iris wartete, bis Fiber den Saal verlassen hatte und sie Alex für sich allein hatte.

»Alex? Militärsatelliten in die Hände deines Vaters geben? Hältst du das für eine gute Idee?«

»Ich weiß, dass du ihm nicht traust, Iris, und das aus gutem Grund. Aber bitte, trau mir.«

»Und wenn nicht? Wenn ich mich weigere, mit nach Colorado zu kommen?«

»Mein Vater hat YunYun in seiner Gewalt, schon vergessen?«

»Glaubst du wirklich, dass er ihr etwas antut, wenn ich nicht mitgehe?«

»Was glaubst du?«

»Ich glaube, dass das eine unglaubliche Scheiße ist.«

»Es dauert nicht mehr lange, Iris. Nicht mehr lange, dann ist alles vorbei.« Er legte ihr eine Hand auf die Schulter. »Das verspreche ich dir.«

Iris schwieg.

Er zog die Hand wieder weg. »Ich hole dich in zwei Stunden ab.«

Iris ließ sich auf einem der Kinositze nieder und sah Alex nach, bis er durch die Tür verschwunden war.

Alle Besucher hatten den Zoo verlassen. Ab und zu entdeckte Dilek in der Ferne noch den einen oder anderen Mitarbeiter. Dann tauchte sie ab und versteckte sich hinter einem der vielen Bäume, bis die Luft wieder rein war.

Sie zog ihr Handy heraus, um zu checken, ob sie sich wirklich am richtigen Ort befand.

Ein rotes Licht blinkte ihr entgegen.

Sie steckte das Smartphone wieder weg und untersuchte das Schloss, das die beiden Doppeltüren verband. Vergiss es, das kriegst du niemals auf, dachte sie. Sie lief eine Runde um das Gebäude herum, auf der Suche nach einem anderen Eingang. Es erinnerte sie an das Schloss in dem Spiel, als sie mit der Spinne auf den Fersen nach einem Eingang gesucht hatte. Wenn sie damals gewusst hätte, was sie erwartete, hätte sie den Computer ausgestellt und mit dem Gamen aufgehört.

Die Seitentür war verschlossen, aber dieses Schloss würde ihr keine Schwierigkeiten machen. Manchmal konnte sie selbst nicht glauben, was sie alles gelernt hatte.

Das Magazin war dunkel und schmutzig. Sie suchte den Lichtschalter, und gleich darauf badete der Raum in hellem, weißem Licht. Sie hoffte, dass die Beleuchtung von außen nicht zu sehen war.

Auf den ersten Blick war nichts zu erkennen, erst als sie sich den Boden genauer anschaute, entdeckte sie die rostfarbenen Flecken, die nichts anderes als Blut sein konnten. Dilek folgte der Spur bis zur Leiche.

Der Anblick des toten Manns traf sie heftiger, als sie erwartet hatte. Sie sprach ein Gebet für ihn.

Mr Oz würde sie ermorden, wenn er das mitgekriegt hatte.

Mr Oz konnte sie mal sonst wo.

Erst als sie fertig war, bemerkte sie den Jabberwocky. Das Biest stand mit dem Rücken gegen die Wand im Schatten eines Containers, der schon allein durch seine Größe alle Aufmerksamkeit auf sich zog.

Terry hatte ihr vor der Reise einen Jabberwocky gezeigt, trotzdem bekam sie jetzt schreckliche Angst.

Dieses Mal sprach sie ein Gebet für sich selbst.

Wieder zog sie ihr Handy heraus und rief Terry an. »Ich habe ihn gefunden, was soll ich jetzt tun?«

Es dauerte einen Moment, bis sie eine Antwort bekam.

»Warte kurz«, sagte Terry.

Dilek wand sich von dem Monster ab und wartete.

»Da bin ich wieder. Ich versuche ihn von hier aus zu aktivieren, prüf mal, ob das klappt, okay?«, sagte er.

Neben ihr begann der Jabberwocky zu summen und zu zittern.

»Was passiert?«, fragte Terry.

Dilek näherte sich dem Monster. »Er empfängt dein Signal. Aber die Augen sind aus. Er zittert, als würde er frieren.«

»Ansonsten bewegt er sich nicht?«

»Nein, sonst nicht.« Sie zögerte kurz. »Wie hat er es geschafft, den Mann anzugreifen, wenn du ihn nicht steuern kannst?«

»Wenn der Jabberwocky das Signal empfängt, dass er angegriffen wird, macht er die Bedrohung automatisch unschädlich. Kannst du dir seine Rückseite ansehen?«

Dilek folgte den Drähten, die von der Batterie zum Motor verliefen.

»Gefunden«, sagte sie und steckte einen losgerissenen Stecker in die passende Buchse. Selbst hoch technisierte Geräte haben einen schwachen Punkt, dachte sie.

Sofort erwachte das Monster zum Leben. Dilek fuhr zurück, um so weit wie möglich außer Reichweite der metallenen Arme zu kommen.

»Und jetzt?«, fragte sie und merkte, dass nun sie es war, die zitterte.

Aber statt Terrys Stimme schallte ihr die von Mr Oz ins Ohr. »BETRACHTE DIE FRÜCHTE DEINER ARBEIT!«
»Mr Oz«, stammelte sie und ließ beinahe das Handy fallen. »Verdammte Scheiße!«

Die Augen des Jabberwockys leuchteten rot auf.

CHAOS

Iris hatte gar nicht gemerkt, dass sie im Kino die Augen geschlossen hatte – bis sie Fibers Stimme hörte. Sie tat, als hätte sie sich nicht erschrocken. »Was ist?«

Fiber hielt mit einer Hand den Ansibel hoch und gab ihr mit der anderen Hand ein Zeichen, still zu sein.

Iris nickte und schob den Kragen runter, sodass die Stelle ihres Halses zu sehen war, an der der Chip saß. Die vertraute Kälte und ein leises Summen folgten. Dann ein Stich wie von einer Wespe.

»Aua! Was war das denn?«

»Etwas, woran ich in den letzten Wochen gearbeitet habe. Auf diese Weise kannst du mit mir Kontakt aufnehmen, wenn du in Colorado bist.«

»Justin hat direkt über den Chip mit mir gesprochen.«

»Das hier funktioniert so ähnlich. Nur, dass ich im Gegensatz zu Justin nicht einfach in deinen Kopf eindringen kann. Es funktioniert eher wie eine Art Telefon. Komm, ich zeig es dir.«

Sie demonstrierte an sich selbst, an welcher Stelle sich Iris den Ansibel gegen den Hals drücken sollte. Iris spürte, dass der Chip vibrierte, wie ein klingelndes Smartphone.

»Praktisch«, sagte sie. »Trotzdem möchte ich nicht fahren, Fiber. Ich möchte nicht, dass Mr Oz seinen Willen bekommt. Und noch weniger möchte ich YunYun bei diesem Fiesling lassen.«

»*I know*. Aber lassen wir ihm die Illusion, dass du mitarbeitest, okay? Von dem Code, den ich geschrieben habe, gibt es zwei Versionen. Eine, die Mr Oz die Kontrolle über die Satelliten verschafft, und eine, die ihn ins Abseits stellt und uns die Macht gibt.«

»Uns?«

»Uns. Danach können wir den gefährlichen Irren in die Knie zwingen.«

Iris schwieg.

»Okay?«

Sie nickte. »Und was ist mit dir?«

»Ich werde ein für alle Mal herausfinden, was Mr Oz plant. Denn im Gegensatz zu Alex glaube ich absolut nicht daran, dass er der Welt einen kollektiven Feind schenken will. Dahinter steckt etwas ganz anderes. Die Geheimnisse von Mr Oz sind wie diese russischen Puppen, die alle ineinanderpassen: Hinter jedem Geheimnis verbirgt sich wieder ein neues.«

»Valescas«, sagte Iris automatisch.

Fiber sah sie irritiert an. »Nein, Babuschkas«, korrigierte sie Iris. »Oder Matruschkas.«

»*Whatever.*« Iris stand auf und ging zum Ausgang. Sie wollte sich nicht anmerken lassen, wie geschockt sie über ihren Fehler war. Ging es so normalen Menschen, brachten sie immer alles durcheinander?

»Und, Iris?«, hörte sie Fiber hinter sich sagen. »Vertrau Alex nicht. Er ist nicht ehrlich zu dir.«

»Ach nein?«

»Frag ihn doch mal nach dem Mann, der dich und YunYun im letzten Test verhört hat.«

YunYun kauerte am Boden. Um ihren Hals lag eine Kette, die an dem eisernen Thron befestigt war, auf dem Mr Oz saß.

Von seinem Anzug lief ein Kabel zu einem Generator, der Strom erzeugte.

Mr Oz folgte ihrem Blick und verzog sein Gesicht zu einem metallenen Grinsen. »WIR SIND BEIDE GEFESSELT, LI WEN YUN, JEDER AUF SEINE WEISE. KEINER VON UNS IST WIRKLICH FREI.«

»Aber Sie könnten mich freilassen«, sagte YunYun.

»UND DAS WERDE ICH AUCH TUN. DOCH NICHT JETZT. ICH BRAUCHE JEMANDEN, DER MICH IN DIE NÄCHSTE PHASE BEGLEITET, IN DAS LETZTE STADIUM.«

»Und dafür muss ich eine Kette um den Hals tragen?«

Von der anderen Seite der Werkstatt erklang ein Hüsteln. »*Sir?*«

Mr Oz schaute auf und wies Alex an, näher zu kommen.

»Iris und ich sind so weit, *Sir*. Wir verlassen Pala in einer Stunde.«

»GUT. DU WEISST, WAS DU ZU TUN HAST?«

»*Yes, Sir.*«

»WIEDERHOLE ES.« Er bemerkte, dass Alex YunYun aus den Augenwinkeln ansah.

»*Sir?*«

»MACH DIR IHRETWEGEN KEINE GEDANKEN, ALEX. SIE WIRD NICHT DIE GELEGENHEIT HABEN, JEMANDEM ETWAS ZU ERZÄHLEN.«

»Okay.«

Mr Oz registrierte, dass sein Sohn schlucken musste.

»Wir nehmen Kontakt zum Colonel auf, der uns Zugang zum Kontrollzentrum verschaffen soll. Iris und ich hacken den Satelliten. Iris gibt den Code ein.«

»UND DANN?«
»Dann kümmern wir uns um den Weltfrieden.«
»GUT.«
Obwohl alles gesagt war, blieb sein Sohn noch stehen.
»Erlauben Sie, dass ich offen spreche?«, fragte er.
»WAS HAST DU AUF DEM HERZEN, ALEX?«
»*Sir*. Mit all den Mitteln, die uns zur Verfügung stehen, müssten wir doch auch ohne die Hilfe des Colonels in das Kontrollzentrum eindringen können? Das wirkt so ... umständlich. Ich weiß natürlich nicht ...«
»DU HAST RECHT, DU WEISST NICHTS. ABER DEINE BEMERKUNG MACHT DURCHAUS SINN. EVENTUELL KÖNNT IHR OHNE IHN INS GEBÄUDE GELANGEN. DOCH IM KONTROLLRAUM SELBST IST SEINE ANWESENHEIT UNERLÄSSLICH, ALEX. FÜR DEN LETZTEN TEIL MEINES PLANS.«
»Darf ich fragen, warum?«
»NEIN. DU KANNST GEHEN. WIR WOLLEN DEN COLONEL NICHT WARTEN LASSEN.«
Das Lachen von Mr Oz erinnerte YunYun verdächtig an einen Wolf.

Auf Pala hatte Dilek monatelang Tiergeräusche gesammelt, sie angehört und beurteilt. Das war ihre Gabe: Sie konnte herausfinden, was ein Tier sagen wollte, wenn es schrie, kreischte, quietschte, piepte, bellte, stöhnte, brummte oder summte. Niemand konnte die Sprache der Tiere besser verstehen als sie. Mr Oz hatte ihr eine Liste von Raubtieren gegeben, und sie hatte die Schreie zusammengestellt, die für diese Tiere Gefahr bedeuteten.

Erst heute begriff sie, warum.

Mit dem Joystick auf ihrem Handy dirigierte sie den Jabberwocky auf die Doppeltür zu (der Personaleingang war für die Bestie viel zu schmal) und ließ ihn so lange dagegentreten, bis das Schloss nachgab. Dann ließ sie ihn ein paar Schritte zur Seite gehen (*no way*, dass sie in seine Nähe kam, auch wenn sie selbst ihn steuerte) und schob die Türen so weit auf, dass der Jabberwocky genug Platz hatte, um durchzulaufen.

Draußen war es dunkel, aber nicht stockdunkel. Berlin war eine Weltstadt, und der Zoo lag mitten im Zentrum. Rund um den Park war alles hell erleuchtet.

Dilek tickte den Icon auf ihrem Smartphone an, über den sie mit Pala verbunden wurde.

»Ich bin so weit«, sagte sie.

»GUT SO. WIR SCHAUEN DIR ZU.«

Dilek schloss die Augen, murmelte eine Entschuldigung und aktivierte den Jabberwocky.

Sein Bild verschwand vom Display. Stattdessen konnte sie sich nun selbst durch die Augen des Monsters sehen. Von so weit oben wirkte sie klein und verletzlich.

Die Ansicht veränderte sich, jetzt zeigte das Display eine Aufnahme des Zoos. Der Jabberwocky krümmte seine insektenartigen Pfoten und begab sich auf eine Runde durch den Park. Bei den Tigern stoppte er. Die Raubtiere saßen zwar hinter Gittern, spürten die Gefahr aber sofort. Sie spannten die Muskeln an und beobachteten regungslos den potenziellen Angreifer.

Fight or flight, dachte Dilek. Sie sind nicht so trainiert wie wir, sie reagieren rein instinktiv.

Der Jabberwocky bog mit seinen riesenhaften Armen die Stäbe auseinander, bis sie brachen. Dann stieß er eine Kombination von Tierlauten aus, die die Tiger vollkommen verrückt machten. Sie brüllten los. Das Alphatier sprang aus völliger Ruhestellung auf und attackierte den Jabberwocky, der den Tiger ohne zu zögern mit einem seiner metallenen Arme unschädlich machte.

Die anderen Tiere flüchteten, in den Zoo hinein. Sie streiften Dilek im Vorbeilaufen beinahe, würdigten sie aber keines Blickes. Das Mädchen stellte keine Gefahr für sie dar, und im Augenblick waren die Tiger auch nicht auf der Suche nach Beute.

Das würde sich ändern, sobald der Jabberwocky die anderen Tiere freiließ.

Es war Zeit für Dilek, zum Flughafen aufzubrechen.

COLORADO

Der zivile Flughafen hieß *Colorado Springs Airport*. Iris stieg aus dem Flugzeug und musste blinzeln, so grell war das Licht. Doch trotz der Sonne war es in Colorado eiskalt. Ihr Atem bildete eine Wolke vor ihrem Gesicht. Sie zog den Reißverschluss ihrer Jacke weiter zu und betrachtete die Landschaft, die vor ihr lag.

»Wow!« Sie hatte sich Colorado schon aus der Luft angeschaut, aber von der Gangway aus fühlte es sich an, als könne sie die Berge beinahe berühren.

Alex blieb hinter ihr stehen und legte ihr die Hände auf die Schultern. »Das sind die Rocky Mountains, und da drüben ist Pikes Peak.« Er wies in die Ferne.

Iris konnte allmählich keine Flugzeuge mehr sehen, aber die Aussicht machte vieles wieder gut, wenn nicht alles. Widerstrebend lief sie die Treppe hinunter, um die anderen Passagiere nicht länger aufzuhalten. Alex und sie hatten inzwischen mehr als sechstausend Kilometer auf dem Buckel, verteilt auf drei Tage und mehrere Flugzeuge. Der letzte war ein Inlandsflug gewesen – der kürzeste, aber auch der am wenigsten komfortable. Insgesamt waren sie mehr als sechsundzwanzig Stunden unterwegs gewesen.

Während der ersten Stunden hatte sie sich mit Alex an ihrer Seite gar nicht wohlgefühlt. Noch vor wenigen Tagen waren sie in der Bibliothek von Mr Oz aufeinander losgegangen, und jetzt waren sie zusammen auf Mission. Bald aber hatten die beiden wieder angefangen zu reden (als wäre nie etwas gewesen).

Iris versuchte, mit Alex über die Mission zu sprechen, aber er wollte es nicht, solange andere dabei waren. Also unterhielten sie sich über ihre Kindheit – über seine in England und Colorado und über ihre in Utrecht.

Bevor sie losgeflogen waren, hatten sie eine Geschichte einstudiert, über Verwandte, die sie in Amerika besuchen wollten. Das würde ihnen jeder glauben. Alex war alt genug, um alleine zu reisen, und Iris gab vor, seine Schwester zu sein. In den Pässen, die Alex hatte fälschen lassen, hießen sie beide mit Nachnamen Ryder.

Vor ihrer Abfahrt hatte Alex zwei Ausweisdokumente hervorgezaubert. Als Iris ihr Foto gesehen hatte, war sie beinahe ausgeflippt.

»Hättest du kein besseres nehmen können, Alex? Ich sehe grottenhässlich aus.«

Alex hatte ihr über die Schulter geblickt und scherzhaft gesagt: »Ach was, es trifft dich exakt, Süße.«

Im Flughafen herrschte Weihnachtsstimmung. Überall standen geschmückte Tannenbäume. Die Schaufenster luden ein, möglichst viel Geld für Weihnachtsgeschenke auszugeben. Aus den Lautsprechern dudelte Frank Sinatra mit *Jingle Bells*.

Iris dachte an Weihnachten bei sich zu Hause, an das letzte Fest, das sie zu viert verbracht hatten. An ihren Vater, der jedes Jahr verkündete, dass es nur an Nikolaus, nicht aber an Weihnachten Geschenke geben würde – und der trotzdem jedes Jahr im letzten Augenblick an Heiligabend einkaufen ging und am Nachmittag heimlich nach oben schlich, um ein paar Päckchen unter den Baum zu legen.

Sie betrachtete Alex von der Seite, der neben ihr in der

Schlange für den Zoll stand. Hatte er Weihnachten mit seinem kranken Vater gefeiert? Hatte er sich eine Badehose angezogen und war zu Mr Oz ins Aquarium gesprungen? Bei der Vorstellung musste sie kichern.

Weil ihr letzter Flug ein Inlandsflug gewesen war, fiel die Kontrolle dieses Mal minimal aus. Dafür bemerkte Iris überall Kameras. *Big Brother is watching you*, dachte sie.

Sie pflückten ihr Gepäck vom Band und begaben sich ins Freie, wo die rotbraunen Berge von Colorado auf sie warteten. Alex hatte beim Taxiunternehmen *A Ride in Luxury* eine Limousine bestellt, die ihrem Namen alle Ehre machte. Der Fahrer fuhr in einem meterlangen schneeweißen Auto vor – einem *Classic Stretch Lincoln Town Car*, wie er sagte –, mit verspiegelter Decke, Bar, Ladestation, Fernseher samt Netflix und den gemütlichsten Sitzen, auf denen Iris je gesessen hatte. Der Fahrer verstaute ihr Gepäck im Kofferraum, während sie einander gegenüber in der Limo Platz nahmen. Iris sah Alex an.

»Ist das nicht ein bisschen zu viel des Guten?«, fragte sie.

»Für dich nur das Allerbeste, das weißt du!«

Sie verdrehte die Augen.

»Warte nur ab, bis du das Hotel siehst«, sagte Alex.

»Ich dachte, wir sollen uns unauffällig verhalten.«

»Mach dir keine Gedanken, Süße, das gehört alles zum Plan.«

Süße? Teure Autos? Was hatte er mit ihr vor?

Iris beugte sich nach vorne und öffnete den Kühlschrank. »Cola!«, sagte sie. »Echte, nicht das gruselige Fakezeug aus Pala.«

Nachdem sie ihm auch eine Flasche gegeben hatte, sagte

sie: »Bist du nicht schon in Utrecht in einem Luxushotel abgestiegen?«

Er nickte. »Ja, mit Fiber.«

(Hatten sie sich da ein Zimmer geteilt? Hatten sie überhaupt geschlafen? Oder was hatten sie gemacht?)

»Ich hab es ausgesucht, weil es so eine interessante Geschichte hatte. Aber das Hotel hier ist noch irrer. Du wirst schon sehen!«

Wie er es immer wieder schafft, so zu tun, als wäre nichts!, dachte Iris. Nach all dem, was in den letzten Monaten geschehen war – die Tests, die Sache mit YunYun, der Tod der Ärztin, sein Vater, der sich in einen Roboter verwandelt hatte –, hatte er angeschlagener und stiller gewirkt als sonst. Aber kaum hatte er das Festland betreten, war er wieder der heitere, fröhliche Alex geworden, den sie geküsst und mit dem sie gelacht hatte.

»Bekommst du denn keine Probleme mit Mr Oz?«, fragte Iris. »Weil du so viel Geld ausgibst, meine ich?«

Alex schüttelte den Kopf und öffnete seine Coladose. »*No way, José*, dies geschieht sogar auf Anweisung unseres sehr großzügigen Bosses. Unser Auftritt soll Eindruck machen, daher dieses sensationelle Fahrzeug. Und jetzt empfehle ich dir, aus dem Fenster zu sehen, Colorado Springs ist wirklich schön.«

Iris musste zugeben, dass Alex nicht zu viel versprochen hatte. Vor allem der letzte Abschnitt der Lake Avenue war atemberaubend. Sie fuhren an beeindruckenden Villen vorbei, die halb hinter steinernen Mauern, Baumreihen und großen Autos verborgen waren. Nur ein einziger Amerikaner war zu Fuß unterwegs, der Rest mit dem Auto.

An einer *Shopping Mall* hielten sie an, um sich Klamotten zu kaufen, die besser zum Klima passten. Die Cola wartete währenddessen geduldig, bis sie wieder einstiegen. Der Fahrer lehnte an der Motorhaube.

Hinter den Häusern türmten sich die Berge auf, für die Colorado berühmt war. Alex hatte sie gewarnt, dass man sich an der rotbraunen Farbe mit der Zeit sattsah, aber in diesem Moment fand Iris sie einfach nur wunderbar. Doch nichts bereitete sie auf das vor, was am Ende der Straße auf sie zukam.

»Pass gut auf«, sagte Alex.

Iris spähte am Fahrer vorbei durch die Frontscheibe. »Ist das unser Hotel?«, fragte sie fassungslos. Die Limousine umfuhr geschickt die Rabatten, die strategisch in der Mitte der Auffahrt platziert waren, und hielt vor dem Eingang eines gigantischen Gebäudes.

»Willkommen im *The Broadmoor*, einem Fünf-Diamanten-Hotel mit mehr als siebenhundert Zimmern, achtzehn Cafés und Restaurants und einem der schönsten Golfplätze der Welt. Es wurde 1918 eröffnet, war aber schon 1891 ein Casino.« Alex leierte die Informationen herunter, als wäre er derjenige mit dem fotografischen Gedächtnis. Dann stieg er aus und hielt ihr demonstrativ die Tür auf.

Iris betrachtete fassungslos das Hotel.

»Großartig, oder?«

Das Gebäude war eine Mischung aus Burg und Gefängnis. Großartig hätte Iris es nicht genannt. Sie fand es protzig und auf hässliche Weise amerikanisch. Vor allem der Eingang, über dem in goldenen Buchstaben der Name des Hotels prangte, wirkte lächerlich.

»Ich bin gespannt, was du sagst, wenn du die Rückseite siehst«, sagte Alex, der ihren Blick für Bewunderung hielt.

Sie warteten, bis der Fahrer das Gepäck aus dem Kofferraum geladen und es auf den goldenen Trolley gelegt hatte. Alex gab ihm ein großzügiges Trinkgeld und stieg Iris voran die Stufen hinauf.

»Alex und Iris Ryder«, sagte er und legte zwei Pässe auf den Tresen. »*Just the two of us.*« Während er sich um das Zimmer kümmerte, blickte sich Iris um.

»Ein sehr gefragter Ort zum Heiraten«, sagte Alex. »Hier ist dein Schlüssel« Er reichte ihr eine *Keycard*.

»Ich habe nicht vor, dich zu heiraten«, antwortete Iris. »Ich sag es lieber gleich.«

»Wir haben die *Lakeside Patio Suite*«, entgegnete er.

»*Lakeside?* Gibt es hier denn einen See?«, fragte Iris.

»Wirst du schon sehen«, antwortete Alex. »Los, komm.«

Als Iris ihm folgen wollte, knallte sie beinahe gegen einen Soldaten in Uniform. Auf seinem Kinn prangte ein auffälliger Pickel. Iris entschuldigte sich und hastete hinter Alex her, der das Foyer schon halb durchschritten hatte. Für ihren Geschmack starrte ihr der Soldat etwas zu lange nach, aber das bildete sie sich vermutlich nur ein.

Dilek schüttelte das Gefühl ab, dass jeder sie anstarrte. Sie lief durch das Zentrum von Berlin zum *Wyndham Berlin Excelsior* in der Hardenbergstraße. Lieber wäre sie sofort nach Pala zurückgeflogen, doch Mr Oz hatte ihr via Terry ausrichten lassen, dass sie aus der Stadt Bericht erstatten sollte, in der der Jabberwocky für Zerstörung gesorgt hatte.

Die Verwüstung war unbeschreiblich. Der Jabberwocky hatte im Zoo regelrecht randaliert, mehrere Raubtiere gereizt und dann freigelassen. Dutzende von Tigern, Wölfen, Bären, Löwen, aber auch Schlangen, Vogelspinnen und andere Untiere waren in Berlin auf freiem Fuß. Viele waren von Autos angefahren worden, als sie in blinder Panik die stark befahrenen Straßen überquert hatten, und einige hatten sogar Menschen angefallen. Aus Angst, vermutete Dilek. Die meisten Tiere waren noch nie außerhalb des Zoos gewesen. Mussten sie nicht den Lärm, die Enge, die vielen Lichter und die Millionen Menschen zwangsläufig als Bedrohung ansehen?

Die Polizei riet der Bevölkerung, zu Hause zu bleiben, bis alle geflüchteten Tiere gefunden und getötet worden waren.

Dilek verfolgte das Chaos, das sie angerichtet hatte, von ihrem Hotelzimmer aus im Fernsehen. Ihr war übel. Der Jabberwocky hatte sich selbst vernichtet, also wusste niemand, was wirklich geschehen war. Die vielen Filme, die die Leute mit ihren Handys gemacht hatten, führten zu den wildesten Theorien von Terroristen bis hin zu Außerirdischen.

Das Zimmer erinnerte Iris an das Kreuzfahrtschiff, von dem Fiber sie damals ins Meer gestoßen hatte. Das sagte sie auch zu Alex. »Übrigens ist das kein Kompliment«, fügte sie hinzu. Der grüne Teppich, die roten Sessel, die Spiegel in Goldrahmen an der Wand – das alles sah irre aus, aber auch irre geschmacklos.

YunYun würde ihr da nicht zustimmen. In Gedanken sah Iris das Mädchen auf dem Bett herumspringen. Warum war YunYun bloß nicht hier? Was tat Mr Oz ihr an? War ihre Freundin auf Pala in Sicherheit?

Iris riss die Tür zur Terrasse auf. Das Zimmer lag direkt an einem See, der von den Bergen umschlossen wurde. »Das ist superschön, Alex«, musste sie zugeben. Der See war riesig, es würde eine Weile dauern, ihn zu umrunden. Weiße Schwäne schwammen unter einer Brücke hindurch, die das Hotel mit dem anderen Seeufer verband.

»Warst du schon mal in den Alpen?«, fragte Alex.

Iris nickte.

»Dort glitzern dir die Berge entgegen, als ob sie dich auf die gewaltige Höhe vorbereiten wollen. So ähnlich wie auf Pala. Aber hier ragen die Berge ganz plötzlich auf, das ist viel dramatischer, glaub mir. Als ob du gegen eine Wand fährst. Man kann seinen eigenen Augen nicht trauen.«

»Warst du früher mal mit deinem Vater hier?«

»Ja, am Wochenende, wenn er freihatte.«

»Er war doch hier stationiert, oder? War er Soldat?«

»Ja, er war Colonel. Wundert dich das?«

»Ich weiß nicht, du bist so ... Wie nennt ihr Briten das? *Posh?* Es ist eine komische Vorstellung, dass dein Vater Soldat war. Jemand aus der Politik würde besser passen.«

Nicht zum ersten Mal fragte sie sich, wer Mr Oz gewesen war, bevor er in dem Aquarium gelandet war.

»Ha! Wenn du wüsstest, Iris. Glaub mir, ein Offizier und ein Politiker unterscheiden sich weniger voneinander, als du denkst.« Alex schaute kurz zur Seite.

Iris konnte den Blick nicht von der wunderschönen Aussicht abwenden.

»Hältst du mich für ein verhätscheltes Söhnchen?«

»*Yes, Sir*«, sagte Iris. »Du bist *posh*, ein Snob, mein Lieber.« Sie lächelte zurück und kniff ihm in die Hand.

»Okay. Kommst du wieder mit rein? Dann können wir unseren Plan besprechen.«

»Sollten wir das nicht lieber hier tun?«

»Nein, viel zu kalt. Der Snob möchte gern in einem luxuriösen Sessel sitzen.«

Die Sessel passten mit ein bisschen Mühe genau um den Glastisch herum. Alex bezahlte die Männer, die ihnen das Gepäck aufs Zimmer getragen hatten, und sah auf die Uhr.

»Es ist jetzt elf. Um vier Uhr habe ich einen Termin mit Colonel James Burnes. Er ist auf der *Schriever Air Force Base* ein hohes Tier und außerdem ein früherer Kollege von meinem Vater. Ich habe hier als Kind gelebt, und er kennt mich. Wenn es jemanden gibt, der uns da reinbringen kann, dann er.«

Alex nahm eine Akte aus dem Koffer und schlug sie auf. Ganz oben auf dem ersten Blatt klebte das Foto eines Soldaten. Kurzes graues Haar, runzliges Gesicht und ernster Blick. Alex schob das Foto des Colonels zur Seite und zauberte ein zweites Bild zum Vorschein, dieses Mal von einem gut aussehenden Mann in Uniform. Er salutierte in Richtung Kamera, genau wie der blonde Junge neben ihm. Die beiden waren eindeutig miteinander verwandt: derselbe Blick, dasselbe fröhliche Grinsen.

»Ist das Mr Oz?«, fragte Iris geschockt.

»Nein, das ist mein Vater«, sagte Alex. »Damals gab es keinen Mr Oz. Noch nicht.« Er strich mit einer Zärtlichkeit über das Foto des Mannes, die Iris gar nicht an ihm kannte.

»Alex«, sagte Iris. »Gerät der Colonel wegen uns in Schwierigkeiten?«

»Nicht, solange er sich an die Regeln hält«, antwortete

Alex. »Aber die Wahrscheinlichkeit ist gering.« Er beugte sich über den Tisch. »Colonel Burnes ist schon seit mehr als fünfzehn Jahren auf der *Airbase* stationiert. Er ist ein militärischer Wissenschaftler und einer der Erfinder des GPS. Neben seinem Job geht der Colonel einigen ganz speziellen Hobbys nach. Eins davon ist das Glücksspiel.«

»Ja und?«, fragte Iris. »Das ist doch kein Verbrechen.«

»Nein«, sagte Alex. »Aber niemand ahnt, dass unser Colonel schon seit einer Weile Geld aus Fonds verschiebt, das eigentlich für entlassene Soldaten gedacht ist, die wieder in der Gesellschaft Fuß fassen wollen. Die Fondsgelder werden auf einem geheimen Konto geparkt, damit er seine immer stärkere Spielsucht finanzieren kann.«

»Er ist also ein Böser?«

»Glaub mir, Iris«, sagte Alex, »ich könnte dir in Colorado Springs Dutzende von Ex-Soldaten vorstellen, die von Burnes geprellt worden sind.«

»Okay, dann ran an den Mann.« Sie hatte das Gefühl, dass Alex ihr nicht alles gesagt hatte. Hatte Burnes womöglich etwas mit dem zu tun, was mit seinem Vater geschehen war?

Alex nickte. »Ich hab uns gerade an der Rezeption einen Mietwagen organisiert. Vergiss nicht: Du bist meine Schwester. Halbschwester. Wir machen hier ein paar Wochen Urlaub.«

»Und wir sind reich«, sagte Iris und betrachte das protzige Zimmer, als sähe sie es zum ersten Mal.

»Ja wir sind reich. Sehr, sehr reich.«

Jetzt begriff Iris, warum sie in einer Limousine zum teuersten Hotel Colorados gefahren waren. »Weiß der Colonel, dass wir hier sind?«

»Das weiß er ganz sicher«, sagte Alex. »Jemand ist uns bis zum Hotel gefolgt, und an der Rezeption hat ein junger Mann mit militärischem Haarschnitt nach uns gefragt, kurz nachdem ich eingecheckt hatte.«

»Der mit dem Pickel, mit dem ich beinahe zusammengestoßen wäre?«

»Ja, genau der.«

Dann hatte sie sich das Gefühl, angestarrt zu werden, doch nicht eingebildet. Vielleicht sollte sie einfach mehr auf ihr Gefühl hören, als sie es gewohnt war.

Alex stand auf, öffnete seinen Koffer und kam mit einem Stapel Blätter zurück. »Hier steht alles über deine neue Identität: wo du herkommst, wie du heißt, welche Hobbys du hast. Lern das auswendig und vernichte es anschließend. Das kriegst du in zehn Minuten hin.« Er gab Iris die Zettel.

Iris versuchte, die fünf Seiten Text zu scannen, wie sie es gewöhnt war. Aber bei der letzten Seite hatte sie den Inhalt der ersten Seite schon wieder vergessen. Sie legte die Papiere zur Seite. Alex schien nichts bemerkt zu haben. Hatte Fiber ihm nichts gesagt? Oder war er einfach nur zu sehr mit sich selbst beschäftigt?

Alex zog ein iPad zum Vorschein und reichte es Iris.

»Was soll ich damit?«

»Lies dich auf Wikipedia über die Pfadfinder ein. Du gehörst ab jetzt dazu.«

»Pfadfinder? Ich bin Girls Scout? Akela, wir geben unser Bestes und so?«

»Pfadfinder sind cool«, sagte Alex.

»In den Niederlanden finden wir sie ein bisschen ... altmodisch«, sagte Iris.

»Aber hier in Amerika ist das anders«, antwortete Alex. »Ich ziehe mich schnell um. Muss ich dich übrigens vorwarnen, oder ist das unnötig?«

»Warnen?«

»Ja, wegen deiner Mutter. Dass du sie lieber nicht anrufen solltest.«

Iris spürte, wie die Farbe aus ihrem Gesicht wich.

»Was meinst du?«, fragte sie so neutral wie möglich.

Alex sah sie fest an. »Es ist zwar deine zweite Mission, Iris, aber in Texas haben wir dich keine Sekunde aus den Augen verloren. Hier wird das nicht klappen, du bekommst eigene Aufträge, bist ohne mich unterwegs. Ich kann nicht die ganze Zeit Detektiv spielen, selbst wenn ich es wollte. Und glaub mir: Ich hab wirklich etwas anderes zu tun. Wenn du deine Mutter anrufen willst, um ihr zu sagen, dass du noch lebst, kann ich dich nicht aufhalten.«

»Ich ... ich wollte nicht, ich war das nicht ...«, stammelte Iris. Zum ersten Mal, seit sie die Insel verlassen hatten, fehlten ihr die Worte.

»Iris, alle wollen auf ihrer ersten Mission telefonieren. Ich nehme dir das nicht übel. Alle wollen Kontakt mit ihren Familien aufnehmen. Und einmal hat es auch jemand getan, ein Junge, der Jaap Ruurd hieß. Er hat seine Mutter angerufen und ihr alles erzählt. Über das Spiel, über Pala, über Mr Oz. Was denkst du, was mit ihm geschehen ist?«

Iris schwieg.

»Seine Mutter, die sich endlich damit abgefunden hatte, dass sie ihren Sohn nie wiedersehen würde, bekam auf einmal einen Anruf. Er lebte! Mama froh, Sohn froh. Und Mr Oz? Was glaubst du?«

»Nicht froh.«
»Nicht froh.«
»Jaap Ruurd ist verschwunden?«, fragte Iris.
»Oh, wir wissen genau, wo er ist, und seine Mutter weiß es auch. Mr Oz hat ihr eine Anzeige geschickt – für die Beerdigung.«
»Das ist ... hart«, sagte Iris.
»Aber auch deutlich. Seitdem hat niemand mehr telefoniert oder etwas auf Facebook gepostet oder getwittert oder ...«
»Eine WhatsApp-Nachricht geschrieben«, schlug Iris vor.
Da erst drang zu ihr durch, was er gesagt hatte. Sie sah Alex fassungslos an. »Du würdest mich umbringen?«
Er zuckte die Achseln. »Das könnte ich nicht. Aber ich wäre auch nicht dazu in der Lage, es zu verhindern. Ein Knopfdruck, und Mr Oz lässt das Gift in deinem Chip frei.«
Iris starrte Alex an. Meinte er das wirklich ernst? Falls er Zweifel hatte, zeigte er sie jedenfalls nicht.
»Ich werde nicht telefonieren«, sagte Iris ernst.
»Gut.«
Iris wurde wütend. Sie sprang von ihrem Stuhl auf und rief: »Ich bin im Schlafzimmer, wenn du mich brauchst.«
Mit einem Knall schlug sie die Tür hinter sich zu.

Jason öffnete die Tür zu Isabelas Büro, ohne anzuklopfen. Sie sah von dem Stapel Papier auf, der vor ihr lag.
Ihr Gesicht war voller Schrammen und blauer Flecken. Er hatte sie gefesselt am Boden gefunden, mit einem Knebel im Mund. Genau so wie Isabela zuvor ihn angetroffen hatte. Die Ironie entging ihm nicht, doch er würde sich hüten, ir-

gendeine Bemerkung zu machen. Jetzt saß sie wieder an ihrem Platz am Schreibtisch, schlechter gelaunt als je zuvor.

»Und?«

Jason schüttelte den Kopf. »Keine Spur von den beiden. Wir wissen nicht einmal, ob sie noch auf der Basis sind oder nicht.« Er zögerte kurz. »Aber ich habe etwas anderes.« Er legte das Foto eines rothaarigen Mädchens vor sie auf den Schreibtisch. Isabela genügte ein Blick darauf, um sie zu erkennen.

»Das ist Iris, Justins Schwester. Was ist mit ihr?«

»Achte auf das Datum.« Justin wies auf die roten Ziffern in der oberen Ecke des Fotos.

»Gestern?«

»Sie ist zusammen mit ihrem Bruder auf dem *Colorado Springs Airport* gelandet.«

»Mit Justin?«

Jason schüttelte den Kopf. »Mit jemandem, der sich als ihr Bruder ausgibt, einem gewissen Alex. Sie nennen sich Ryder, nicht Goudhaan. Der Zoll hat uns den Tipp gegeben. Dort hat jemand unseren Fahndungsaufruf gesehen und sich daraufhin die Videoaufnahmen von gestern angeschaut. *We got lucky.*«

»Und wo ist sie jetzt?«

»Im *The Broadmoor*. Wir beschatten sie.«

»Günstiges Hotel für eine Vierzehnjährige«, sagte Isabela nachdenklich.

»Was soll ich tun?«

»Bleib ihr auf den Fersen, aber unternimm nichts. Ich habe da so eine Idee.« Sie zog die Tastatur zu sich heran. »Was willst du hier, Iris?«, murmelte sie in sich hinein.

Schon als Kind hatte Mr Oz nicht still sitzen können. Während des Essens machte er seine Mutter damit oft regelrecht verrückt. Er schlang das Essen hinunter wie ein Verhungernder und schrie: »Darf ich aufstehen?«, noch bevor der Rest der Familie den dritten Bissen genommen hatte.

All das änderte sich schlagartig nach seinem Unfall. Alle Knochen in seinem Körper waren gebrochen, als wären sie aus Glas. Die Maschinen hielten ihn zwar am Leben, aber er konnte sich nicht mehr rühren. Erst im Aquarium hatte er wieder so etwas wie Bewegungsfreiheit kennengelernt, auch wenn Herumtreiben etwas ganz anderes war als Schwimmen oder Laufen.

Und jetzt saß er auf einem Thron aus Metall, abhängig von einer Batterie, die seinen Anzug nicht mehr als zwanzig Minuten speisen konnte und die anschließend drei Stunden brauchte, um sich wieder aufzuladen. Das war immer noch besser als nichts, wie er zugeben musste. Zumindest besser als das Aquarium und viel besser als die Maschinen, an die er anfänglich angeschlossen gewesen war. Aber letztendlich war auch das Exoskelett nur ein Hinauszögern des Todes. Sein Körper starb, und um weiterleben zu können, musste er seinen Körper hinter sich lassen. Für den letzten Schritt brauchte er Colonel Burnes. Burnes und die Software, an der sie jahrelang zusammen gearbeitet hatten.

Er spürte, dass er angestarrt wurde. »Warum bin ich noch hier?«, fragte YunYun. »Iris ist in Colorado und macht, was Sie von ihr verlangen. Sie brauchen mich doch nicht mehr, oder?«

»IM GEGENTEIL, YUNYUN. DU MUSST ETWAS SEHR WICHTIGES FÜR MICH TUN.«

»Werde ich aber nicht«, antwortete sie. »Was immer es auch ist.«
»LIEBST DU DEINE ELTERN, YUNYUN?«
YunYun nickte.
Er zeigte auf den Jabberwocky, der still in einer Ecke stand und auf einen Auftrag wartete. »WILLST DU, DASS ICH EINEN VON IHNEN AUF DEINE ELTERN ANSETZE?«
Er sah, wie YunYun erbleichte und heftig den Kopf schüttelte. Die Kette um ihren Hals klirrte.
»HABE ICH MIR GEDACHT.«
»Was soll ich machen?«
»FIBER HAT EINEN TEXT KODIERT. DAMIT ICH IHN NICHT LESEN KANN. ICH WILL WISSEN, WAS SIE VOR MIR VERHEIMLICHT.«
»Sie wollen, dass ich den Text dekodiere? Wie kommen Sie darauf, dass ich das kann?«
»SIE HAT IHN MIT EINEN MATHEMATISCHEN ALGORITHMUS VERSCHLÜSSELT, UND DU BIST UNSER MATHEGENIE. DU BIST MEINE GEHEIMWAFFE, YUNYUN.«

»Fiber, bist du da?« Iris drückte noch einmal in der richtigen Reihenfolge mit den Fingern gegen ihren Hals.
»*What's up?*«, erklang Fibers Stimme über den Chip.
»Kannst du etwas für mich herausfinden?«, flüsterte Iris. Sie hockte immer noch in ihrem Zimmer und tat, als sei sie wütend. Alex schien fernzusehen.
»Was?«
»Alex will einen gewissen Colonel Burnes treffen. Burnes scheint Zugang zum Kontrollraum zu haben, aber ich hab

das Gefühl, dass da noch mehr ist. Mr Oz und Burnes haben früher zusammengearbeitet. Könntest du mehr darüber herausfinden?«

»Bin schon dabei. *Over* und Ende.«

Fibers Stimme verschwand wieder aus Iris' Kopf. Auf einmal fühlte sie sich unendlich allein.

ENTSCHEIDUNGEN

Dilek saß allein in ihrem Hotelzimmer. Der Fernseher war aus, das Heulen der Sirenen drang jetzt nur noch von draußen zu ihr herein.

Es würde Tage, wenn nicht Wochen dauern, bis Berlin zum Alltag zurückkehren konnte.

Und das war ihre Schuld.

Sie hatte um Vergebung gebetet, aber sie wusste, dass ihr niemand vergeben konnte. Sie war verantwortlich für den Tod von Menschen und Tieren, die in der Katastrophe gestorben waren, die Mr Oz der Menschheit beschert hatte.

»*Yes?*«, sagte sie.

»DAS HAST DU GUT GEMACHT, DILEK. DEIN AUFTRAG IST ERFÜLLT. DU KANNST NACH HAUSE KOMMEN.«

»Nach Hause?« Dilek lachte spöttisch. »Ich habe kein Zuhause, nie mehr. Ich habe Schande über mich selbst gebracht.«

»NEIN, DU HAST ETWAS GETAN, AUF DAS DU STOLZ SEIN KANNST, DILEK«, antwortete Mr Oz.

Sie schüttelte den Kopf. »Ich habe mich manipulieren lassen. Ich habe Menschen getötet.«

»NEIN, DAS WAR ICH. DU WARST NUR DAS WERKZEUG«, sagte Mr Oz. »KOMM NACH HAUSE, NACH PALA. DANN REDEN WIR WEITER.«

Dilek schüttelte wieder den Kopf, auch wenn Mr Oz sie nicht sehen konnte. »Ich komme nicht nach Pala zurück. Nie mehr. Ich bleibe hier.«

»DU KENNST DIE KONSEQUENZEN, DILEK. DU WEISST, WAS ICH DANN TUN MUSS.«

»Ich rechne sogar damit«, sagte Dilek.

»DANN SOLL ES SO SEIN«, antwortete der Mann, der nicht mehr ihr Chef, nicht mehr ihr Anführer war. Sie unterbrach die Verbindung, legte sich aufs Bett und starrte an die Decke.

Sie hoffte, dass sie keine Schmerzen haben würde und dass man sie schneller fand als den armen Mann im Zoo.

Dilek spürte, wie ihr Hals an der Stelle, an der der Chip saß, zu glühen begann. Zusammen mit dem Gift breitete sich ein warmes, beinahe angenehmes Gefühl in ihrem Körper aus. Ihre Lippen schwollen an, genau wie ihre Zunge. Sie ignorierte den Drang, aufzustehen und Wasser zu trinken.

Dilek schloss die Augen zum letzten Mal.

Alex tuckerte in gemächlichem Tempo über den Highway. Im Radio lief Steve Winwood. Alex sang aus vollem Hals mit. *»Come down off your throne and leave your body alone. Somebody must change.«*[3]

Iris saß in Jeans und dicker Jacke neben ihm auf dem Beifahrersitz. Das Auto hatte Alex gemietet und zum Hotel bringen lassen.

Alex' Handy klingelte. Zum Glück hatte er es an das Radio gekoppelt, sodass die Musik automatisch leiser wurde. *»Sir?«*, fragte er.

»WO BIST DU?«, schallte eine mechanische Stimme durch das Auto.

»Ich bin auf dem Weg zu Colonel Burnes. Iris sitzt neben mir.«

Erwähnte er Iris, damit Mr Oz vorsichtig war mit dem, was er sagte?

»GUT.« Er schwieg einen Moment. »SEI HÖFLICH, ALEX, DER MANN GIBT VIEL AUF STATUS UND RESPEKT. AUCH WENN ER ES NICHT VERDIENT.«

»*Yes, Sir.*«

»IRIS?«

»Mr Oz?«

Stille trat ein. Dann erklang wieder seine Stimme aus den Lautsprechern. »DU HAST DIE RICHTIGE WAHL GETROFFEN.«

»Weil ich nach Colorado geflogen bin, um Ihre Pläne auszuführen? Damit Sie YunYun keinen Arm ausreißen? Ich weiß nicht, ob ich wirklich eine Wahl hatte.«

»MAN HAT IMMER EINE WAHL, ABER JEDE HAT FOLGEN.«

Die Verbindung wurde unterbrochen.

DIE SINGULARITÄT

An der Theke der Raststätte saßen zwei Männer. Einer mit Baseballcap und Holzfällerhemd, der andere mit Glatze und in komplettem Kampfanzug. Beide waren zu jung, um Colonel Burnes sein zu können. Alex ließ den Blick durch den Raum schweifen. Der obligatorische Weihnachtsbaum stand versteckt in einer Ecke, seine fast kahlen Zweige waren der Form halber mit roten Schleifen und einzelnen Kugeln geschmückt. Aus den Lautsprechern dudelte auch hier *Jingle Bells*.

An einem Tisch am Fenster saß ein Mann um die sechzig und starrte gedankenversunken nach draußen. Er trug eine blaue Uniform. Seine Krawatte und das silberne Eichenblatt spiegelten sich in der Scheibe.

Iris sah ihn auch. Als sie auf ihn zugehen wollte, hielt Alex sie zurück.

»Warte kurz. Schau dir den Mann erst an und erzähl mir, was du siehst.«

Iris musterte den Colonel von der Theke aus. »Seine Uniform ist sauber, aber verblichen, als ob er sie schon sehr lange trägt. Er wirkt älter als auf dem Foto.« Sie führte sich in Gedanken das Bild vor Augen, das Alex ihr im Hotel gezeigt hatte. Dann betrachtete sie seine Hände. »Auf dem Foto trug er einen Ehering, jetzt nicht mehr. Ist er geschieden?«

Alex nickte. »Sehr gut. Was noch?«

Iris schüttelte den Kopf. »Ich weiß nicht.«

»Sieh genau hin. Was ist er im Vergleich zu den beiden an der Bar?«

»Er ist ein Colonel. Ein echter. Oder?«

»Hmhm.«

»Die anderen beiden Männer haben einen niedrigeren Rang als er. Trotzdem würdigen sie ihn keines Blickes. Sie haben sich sogar richtig von ihm abgewendet.«

»Er ist nicht gerade beliebt«, bestätigte Alex. »Sie sind ihm gegenüber vorsichtig. Siehst du, der Leutnant wirft ihm ab und zu einen prüfenden Blick zu, als ob er gern wüsste, was der Colonel im Schilde führt.«

Ohne Vorwarnung lief Alex zum Tisch. Als der Colonel in der Scheibe sein Spiegelbild wahrnahm, drehte er sich um und lächelte. Jetzt sahen sie nur noch eine Maske, erkannte Iris. Der echte Colonel Burnes war der Mann, der eben aus dem Fenster gestarrt hatte.

»Alex! *Son*, wie groß du geworden bist. Das Ebenbild deines Vaters. Setz dich. Möchtest du etwas trinken?«

Alex schüttelte ihm die Hand. »Ja, danke, gern eine Cola.«

Er nahm dem Colonel gegenüber Platz. Der Tisch war aus Kunststoff, wie so oft in *American Diners*.

»Und das ist sicher deine Schwester«, sagte Burnes.

Genau in diesem Moment erklang Fibers Stimme in ihrem Kopf. »Können wir reden?«, fragte sie.

»Nein«, antwortete Iris.

Der Colonel sah sie skeptisch an. »Nicht? Du bist nicht seine Schwester?«

»Halbschwester. Dieselbe Mutter, anderer Vater«, erklärte Alex und sah Iris fragend an.

Iris erwiderte den Händedruck des Colonels. »Schön, Sie kennenzulernen, *Sir*«, sagte sie, damit Fiber wusste, warum sie nicht antworten konnte, und setzte sich.

»Ach, du bist gerade beim Colonel?«, fragte Fiber. »Okay, hör mir zu. Du wirst begeistert sein.«

Der Colonel wartete, bis Iris saß, bevor er sich ebenfalls setzte und zwei Colas und ein Wasser bestellte.

»Vielen Dank, dass Sie so kurzfristig für mich Zeit gefunden haben, Colonel Burnes«, sagte Alex.

Iris versuchte, beiden Gesprächen gleichzeitig zu folgen.

»Du hattest recht«, sagte Fiber. »Burnes und unser Mr Oz kennen sich schon ewig. Sie haben zusammen an zwei großen Projekten gearbeitet: GPS und etwas, das sich ›Singularität‹ nennt. Ich checke, was genau das ist, warte mal eben.«

Iris blieb nichts anderes übrig, als zu warten. Zu warten und zuzuhören. Äußerlich blieb sie ungerührt, doch ihr Herz raste wie verrückt. Singularität? Was bedeutete das? War das der große Plan von Mr Oz?

»Wie geht es deinem Vater?«, fragte der Colonel freundlich.

»Er ... er ist tot, *Sir*«, sagte Alex. »Ich wollte es Ihnen persönlich sagen, nicht per Mail. Aber er ist ein paar Monate nach seinem Unfall ums Leben gekommen.«

»Unfall?«, mischte sich Fiber ein. »Versuch, mehr herauszufinden, Iris.«

»Mein letzter Stand ist, dass man ihn nach dem Unglück in eine Spezialklinik in die Schweiz gebracht hat«, sagte der Colonel. »Es tut mir leid zu hören, dass er es nicht geschafft hat.«

Er meinte es nicht so, wie Iris seinem Gesicht ansah.

»Und was ist dann mit dir passiert?«, fragte der Colonel.

»Internat in England«, antwortete Alex kurz. »Ich fand es dort schrecklich.«

»Dein Vater kam damals zu uns, weil er uns spezielles

Wissen vermitteln sollte. Er konnte Dinge, die niemand anderes beherrschte. Wir haben viel von ihm gelernt. Wie alt warst du, als dein Vater hier stationiert war? Acht?«

»Ich war gerade sieben geworden, Sir, aber ich war ziemlich groß für mein Alter«, sagte Alex grinsend.

»Und hast du immer noch ein Händchen für Fahrzeuge?« Alex' Grinsen wurde noch breiter. »Und was für eins.«

»Das wundert mich nicht, Son. Ich hab noch nie jemanden gesehen, der so gefahren ist wie du – und hier in Colorado sind wir mit den ganzen Farmersöhnen ganz schön was gewöhnt.«

»Ich kann jetzt auch fliegen, Sir.«

»*Planes and trains and automobiles*. Verstehe.«

»Und Hubschrauber, um genau zu sein.«

»Beeindruckend. Aber bei einem Vater wie Oswald kein Wunder.« Er schwieg einen Moment. »Was wir gemacht haben, Alex, dein Vater und ich und die anderen ... Ich wünschte, ich könnte dir mehr darüber erzählen.«

Alex wartete, bis der Colonel weitersprach.

»Wusstest du, dass wir das GPS aus der Wiege gehoben haben?«

Alex schüttelte den Kopf. »Mein Vater hat nie viel von seiner Arbeit erzählt.«

»Ja, so war er, wie er leibte und lebte.« Der Mann starrte wieder aus dem Fenster.

Iris sah den Colonel auf einmal in einem anderen Licht. Die ganze Zeit hatte sie das Bild eines Bösewichts im Kopf gehabt. Jetzt kamen ihr Zweifel.

»Und du willst zu uns kommen?« Er wandte sich wieder Alex zu.

»Yes, Sir. Alle meine Papiere sind in Ordnung, aber offiziell darf ich mir nicht aussuchen, wo ich stationiert werde.«

»Und wieso sollte ich dir helfen können? Du weißt, dass jemand in meiner Position niemanden bevorzugen darf, schon gar nicht Söhne von früheren Kollegen. Ich hätte sofort die Aufsichtsbehörde im Nacken.«

»Ich ...« Alex wirkte aufrichtig entsetzt. »Ich hatte gehofft, Sie könnten ein paar Strippen ziehen.«

»Da hast du falsch gehofft. Es tut mir leid, dass ihr die Reise umsonst gemacht habt. Wo übernachtet ihr denn?«

Diese Frage stellte er nur pro forma, da war sich Iris sicher. Der Colonel wusste ganz genau, wo sie abgestiegen waren.

»Im Broadmoor, Sir.«

»Im Broadmoor? Ziemlich üppig.«

Alex zuckte die Achseln. »Es ist nur Geld, Sir. Ich würde das Hotel mit Freuden gegen die *Schriever Air Force Base* eintauschen.«

»Man kann nicht alles haben. Es war schön, dich zu sehen, Alex.«

»Ebenso, Sir.«

Iris und Alex verabschiedeten sich. An der Bar drehte der Mann in Uniform sich zu ihnen um und flüsterte: »Du willst gar nicht, dass dir der Colonel einen Gefallen tut, glaub mir, Junge. Wenn du ihm einmal etwas schuldig bist, wirst du ihn nie wieder los. Es ist, als hätte man seine Seele an den Teufel verkauft.« Er wandte sich wieder zu seinem Trinkkumpanen um und tat, als hätte das Gespräch nicht stattgefunden.

»Iris?«, fragte Fiber in ihrem Kopf.

»Ich muss noch schnell aufs Klo, Alex«, sagte Iris. Ohne seine Antwort abzuwarten, lief sie zur Damentoilette.

Sie war allein.

»Erzähl schnell«, flüsterte sie.

»Rate mal, wer für den Unfall von Mr Oz verantwortlich war.«

»Der Colonel?«

»Sie haben sich ein Rennen geliefert. Offiziell ist nichts darüber bekannt, aber wenn man weiß, wonach man suchen muss ... Mr Oz lag vorn, und dann ist sein Wagen zerschellt. Man hat Mr Oz ins Krankenhaus gebracht und später in die Schweiz.«

»Sabotage?«

»Wahrscheinlich. Es erklärt auf jeden Fall, warum sich Alex Colonel Burnes als Zielscheibe ausgesucht hat. Es ist schlicht und ergreifend eine Racheaktion.«

»Okay, Fiber. Danke. Du bist die Beste.«

Fiber meldete sich mit den neuesten Updates bei Mr Oz. YunYun saß am Computer und arbeitete.

»Was macht YunYun da?«, fragte sie misstrauisch. Die Zeichen auf dem Computer kamen ihr irgendwie bekannt vor.

»DU KOMMST SELBST DAHINTER«, antwortete Mr Oz. Er saß auf seinem Thron, als würde er sich schon jetzt wie der König der Welt fühlen.

»Warum sagen Sie es mir nicht direkt?«, blaffte sie.

»WEIL ICH HIER DER DIKTATOR BIN UND NICHT DU.« Seine Stimme klang amüsiert, als wäre sie der Hofnarr, der Dinge sagen durfte, die andere höchstens dachten.

»Ich kann die Missionen nicht begleiten, wenn ich nicht weiß, wer hier was tut«, versuchte sie es noch einmal.

»DU BRAUCHST NUR DIE MISSIONEN ZU BEGLEITEN, ÜBER DIE ICH DICH INFORMIERE, FIBER. DEN REST NEHME ICH AUF MEINE KAPPE. WIE IST DER AKTUELLE STAND?«

Fiber informierte ihn kurz und bündig: »Wir haben ein Problem in Russland. Dermot kommt mit seinem Team nicht über die Grenze.«

»DANN GEBEN SIE SICH NICHT GENÜGEND MÜHE. UND FLORIDA?«

»Von denen habe ich noch nichts gehört, aber ich bin dran. In Grönland und England läuft alles nach Plan. In China und der Schweiz sind die Teams gerade eingetroffen.«

»ALLES KLAR. ALEX IST JETZT MIT DEM COLONEL IM GESPRÄCH. ER BRINGT DIE BEIDEN AUF DIE BASIS AUF *SCHRIEVER*. NOCH WAS?«

Fiber zögerte kurz. »Dilek, *Sir*. Sie ist unauffindbar. Aus Berlin kommen keine Signale mehr.«

»DAS GEHÖRT ZU DEN DINGEN, ÜBER DIE DU NICHTS ZU WISSEN BRAUCHST, FIBER. ÜBERWACHST DU ETWA MEINE AKTIONEN?«

»Das würde ich niemals wagen, *Sir*. Aber Dilek stand auf meiner Liste. Ich mache mir Sorgen.«

»NICHT MEHR NÖTIG. DU KANNST GEHEN.«

Was meinte er mit »nicht mehr«? Wie gern hätte sie ihn das gefragt, doch selbst ein Hofnarr kannte seine Grenzen. Sie verbeugte sich leicht vor Mr Oz und ging, fest entschlossen, herauszufinden, was mit Dilek geschehen war.

»Er ist oben auf dem Berg verunglückt und wurde dann in die Schweiz gebracht?«, fragte Iris.

Alex nickte »Ich bin mitgeflogen und saß anschließend die ganze Zeit an seinem Bett. Er hatte sich sämtliche Knochen gebrochen. Der Rücken war sogar gleich mehrfach gebrochen, und die Nerven waren irreparabel geschädigt. Niemand hat geglaubt, dass er es überleben würde. Ich war zu jung und durfte nicht mitentscheiden, was mit mir geschah. Also wurde ich nach England geschickt. Bis vor ein paar Jahren dachte ich, mein Vater sei tot.«

Was für ein Schreck muss das gewesen sein, dachte Iris. Seinen Vater zu verlieren und ihn dann als eine Art *Mr Glass* zurückzubekommen.

»Und der Colonel? Hatte er irgendetwas mit dem Unfall zu tun?«, fragte sie schnell.

Alex musterte sie. »Ja. Wahrscheinlich schon.«

»Wird das hier eine Racheaktion?«

»Nein, es geht nur um den Satelliten. Mein Vater sagt, dass wir den Colonel brauchen, um das System zu hacken.«

Schweigend fuhren sie zum Hotel zurück. Iris fragte sich, ob Fiber noch mithörte oder ob sie schon wieder aus ihrem Kopf verschwunden war.

»Was machen wir jetzt? Wegen des Colonels, meine ich«, fragte sie, um die Stille zu durchbrechen.

»Nichts. Abwarten, bis er zu uns kommt.«

»Ich bin nicht so sicher, ob das passiert«, sagte Iris. »Er klang ziemlich entschlossen, als er dich abserviert hat.«

»Ich hab gesehen, wie seine Augen aufgeleuchtet haben, als ich vom *Broadmoor* und dem Geld angefangen habe. Glaub mir, er kommt.«

»Und wenn nicht, gibt es dann einen Plan B?«

Alex richtete den Blick auf den Weg und ignorierte ihre

Frage. »Willst du Musik hören?«, fragte er schließlich. Kurz darauf schallte *AC/DC* durch das Auto, und keiner von ihnen brauchte mehr zu reden.

Sie aßen bei *Burger King*. Trotz der vielen Restaurants und Cafés in ihrem Hotel hatten sie am meisten Lust auf einen unkomplizierten Hamburger mit Speck, Pommes und viel Soße. Iris hatte seit mehr als einem Jahr kein Fleisch mehr gegessen und befürchtete, dass ihr davon übel werden würde, aber schon nach zwei Bissen wusste sie, was sie die ganze Zeit vermisst hatte. Alex hatte sein iPad mitgenommen und zwischen ihnen auf den Tisch gestellt. Iris konnte mitgucken. Auf dem Bildschirm war eine riesige Menge Daten zu sehen.

»Direkt nachdem wir weg waren, hat er sich über mich informiert«, sagte Alex. »Fiber hat einen Tracker in das Bankkonto eingeschleust.« Er wischte ihr mit dem Zeigefinger einen Tropfen Ketchup aus den Mundwinkeln.

»Weiß er, wie reich du bist?«

»Jetzt schon.«

»Okay, sieht so aus, als ob du recht hast.« Aus den Augenwinkeln nahm sie eine Bewegung vor dem Fenster wahr. Der Pickel. Wie nebenbei ließ sie eine Hand über ihren Hals gleiten und gab den Code in ihrem Chip ein.

»Ich bin nicht dein *fucking butler*«, erklang es in ihrem Kopf.

»*I love you too*«, antwortete Iris leise.

»Bitte?«, sagte Alex.

»Draußen sitzt einer auf der Motorhaube und liest Zeitung«, sagte Iris sowohl zu Alex als auch zu Fiber. »Er glaubt, dass ich ihn nicht gesehen habe, aber ich habe ihn wiedererkannt. Er war auch in der Hotellobby.«

»Werdet ihr verfolgt?«, fragte Fiber.

»Der Typ mit dem Pickel?«, fragte Alex mit vollem Mund.

»Genau. Hinten im Auto sitzt der Colonel und duckt sich weg.«

»Im Ernst jetzt?«, fragte Alex und schluckte den letzten Bissen Hamburger herunter. »Er will sicher mit mir alleine reden.«

»Ich warte auf dich. Mit Eis.«

Und mit Fiber, dachte sie.

Alex lief mit dem Schlüssel in der Hand zum Mietwagen. Aus einiger Entfernung öffnete er das Auto, machte den Kofferraum auf und nahm Iris' Jacke heraus. Ein besserer Grund, um nach draußen zu gehen, war ihm nicht eingefallen. Falls ihn der Colonel danach fragen sollte, würde er einfach sagen, dass Iris etwas aus ihrer Jackentasche brauchte.

»Bist du Alex Ryder?«, fragte der Soldat.

Alex hatte ihn zwar schon längst kommen hören, tat aber, als würde er sich erschrecken.

»*Yes-yes?*«, stotterte er und versuchte, nicht auf den Pickel zu starren.

»Es gibt da jemanden, der gern mit dir reden würde. Bitte folge mir.«

Alex ging mit dem Soldaten zu seinem Auto. Der Soldat öffnete die Hintertür, und Alex blickte zögernd hinein.

»Colonel Burnes?«, sagte er mit gespielter Verblüffung.

»Setz dich, *Son*.«

Alex stieg ein und schloss die Tür. Draußen lehnte sich

der Soldat wieder gegen die Motorhaube, dieses Mal mit einer Zigarette im Mund.

»Ich habe ein schlechtes Gewissen, Alex. Wegen unseres Gesprächs von heute Nachmittag«, sagte der Colonel. »Dass ich den Sohn eines geschätzten Freundes derart im Stich lassen wollte!«

»Ach, das ist schon in Ordnung«, sagte Alex schnell. »Es war mein Fehler. Ich hätte Sie nicht in eine solche Situation bringen dürfen.«

»Was wirst du jetzt tun, Junge?«

»Meine Schwester möchte gern den Flughafen besichtigen, *Sir*, für das *Aviation Wings*-Abzeichen. Sie ist bei den Pfadfindern. Übermorgen geht unser Flugzeug nach Los Angeles, wir haben also noch ein bisschen Zeit.«

»Könnt ihr den Flug noch stornieren?«, fragte der Colonel. Er sah Alex dabei nicht an, sondern starrte aus dem Fenster, genau wie schon im *Diner*.

»Vermutlich, *Sir*. Und wenn nicht, ist es auch kein Problem.« Wir haben schließlich genug Kohle, wollte er damit sagen.

Der Colonel sah Alex wieder an. »Ich habe beschlossen, dir zu helfen, Junge. *For old times sake*. Für deinen Vater.«

»Echt? Das ist ... *Thank you, Sir, thank you*. Sie haben keine Ahnung, was das für mich bedeutet.«

»Kein Problem, Alex, absolut kein Problem. Aber es gibt etwas, was du für mich tun könntest.«

»Hast du noch mehr rausgekriegt?«, fragte Iris. Sie flüsterte, damit die anderen Leute in dem Burgerlokal sie nicht für verrückt hielten.

»Ja, allerdings nicht viel. Ich hab mich im Computersystem von Pala auf die Suche gemacht. Aber wenn ich nach Singularität suche, werde ich sofort blockiert. Und das an sich ist schon interessant. Was will Mr Oz vor mir geheim halten?«

»Hast du nachgelesen, was es bedeutet?«, flüsterte Iris.

»Ja. Wikipedia sagt, Singularität bezeichnet eine Vereinzeltheit, Einzigartigkeit oder Einzähligkeit. Etwas, für das die normalen Regeln oder Gesetze nicht mehr gültig sind oder für die sie nicht angewendet werden können.«

Das hilft uns auch nicht weiter, dachte Iris. Wenn man irgendetwas mit Sicherheit über Pala und Mr Oz sagen konnte, dann, dass normale Regeln und Gesetze nicht mehr galten.

»Iris ...«

»Warte kurz, Alex kommt zurück. Ich will hören, was er zu sagen hat«, unterbrach Iris sie.

Alex betrat das Burgerlokal. Er gab Iris ihre Jacke, als wäre das wirklich der Grund gewesen, warum er nach draußen gegangen war. Dann holte er sich einen Kaffee an der Theke und setzte sich zu ihr an den Tisch. Bis dahin hatte er kein Wort gesagt.

»Was ist denn, Alex?«

»Er will, dass ich an einem Straßenrennen teilnehme«, sagte Alex tonlos. »Und er will, dass ich es gewinne.«

»Warum?«, fragte Iris erstaunt. »Was hat er denn davon?«

Alex starrte vor sich hin, als wäre sie gar nicht da. Sie legte ihm eine Hand auf den Arm.

»Warum?«, wiederholte sie.

Es war, als würde er aus einem Traum erwachen.

»Geld«, sagte er schließlich. »Straßenrennen sind hier extrem beliebt und illegal. Weil viele Armeeangehörige mitmachen und bisher noch keine Unfälle geschehen sind, kneift der Sheriff ein Auge zu.«

»Würde mich nicht wundern, wenn der Sheriff auch davon profitiert«, sagte Iris.

»Möglich. Aber unterschätz nicht, wie wahnsinnig wichtig das Militär für Colorado Springs ist. Ohne die Soldaten könnte die Hälfte der Gaststätten auf der Stelle dichtmachen.«

Er klang fast wieder normal. Trotzdem hatte er ihr noch nicht alles gesagt.

»Das heißt ...« Iris legte ihre Hände aneinander. »Der Colonel will, dass du bei einem illegalen Straßenrennen mitmachst. Das ergibt absolut keinen Sinn.«

»Ich muss es gewinnen«, korrigierte Alex sie. »Er lässt mich gewinnen.«

»Er will also Geld auf dich setzen?«

»Mein Geld«, sagte Alex.

»Dein Geld?«

»Der Colonel hat kein Geld, jedenfalls behauptet er das. Darum ist der Plan, dass ich ihm Geld leihe, das er dann bei einem Buchmacher auf mich setzt.«

»Auch illegal, nehme ich an?«, fragte Iris.

»Sicher. Weil mich niemand kennt, werden die wenigsten Leute auf mich setzen, vielleicht einer von zehn. Das Straßenrennen findet am Pikes Peak statt, genau auf dem Berg, an dem Mr Oz verunglückt ist. Man kann also wirklich nicht sagen, dass unser Colonel keinen Sinn für Humor hat.«

SCHRIEVER AIR FORCE BASE

Justin hatte seine Hausaufgaben gemacht. Auf dem Fliegerhorst waren aktuell mehr als zweitausend Soldaten mit rund zweitausendfünfhundert Familienangehörigen stationiert. Am wenigsten würde Justin auffallen, wenn er Teil der Gruppe wurde.
Hide in plain sight.
Auf dem Gelände gab es Hunderte von Häusern, die von den Soldaten und ihren Familien bewohnt wurden. Die Website der *Schriever AFB* verriet, dass es eine Warteliste für die Unterkünfte gab, was allerdings nicht bedeutete, dass alle Häuser bewohnt waren. Nach Justins Schätzung vergingen zwischen dem Auszug einer Familie und dem Einzug der nächsten oft Wochen.

In einer der leeren Wohnungen saß er jetzt in der Küche auf einem Stuhl. Schlösser knacken war das Erste, was Justin auf Pala gelernt hatte. Olina stand neben ihm. Die Möbel waren noch da – Justin vermutete, dass die Häuser möbliert vermietet wurden –, aber Kleider und leider auch Lebensmittel waren fort.

Immerhin gab es eine Schere.

»Bist du dir sicher?«, fragte Olina. Sie nahm eine seiner Haarsträhnen zwischen die Finger und hielt sie hoch. Die Haare waren bestimmt dreißig Zentimeter lang.

»*Just do it*«, sagte Justin ungeduldig.

Die erste Strähne fiel zu Boden. Er wünschte, er könnte seine Sorgen auf die gleiche Weise von sich herunterschneiden. Wie kamen sie unbemerkt von der Basis weg? Was war mit Iris passiert, nachdem der Kontakt zu ihr abgebrochen war? Lebte sie noch? Hatte sie den Test bestanden, und war sie jetzt eine Superheldin? Falls ja: Konnte er sie noch aus den Klauen von Mr Oz befreien?

Wenn ihr etwas geschehen war, dann war das seine Schuld.

»Für den Rest brauche ich eine Haarschneidemaschine oder so«, sagte Olina nach zwanzig Minuten intensiven Schneidens. Er sah sie über die Schulter hinweg an. Sie wirkte müde – übermüdet –, als wenn sie jeden Moment zusammenbrechen würde. Er fuhr sich mit der Hand über den Kopf. So kurz hatte er die Haare noch nie gehabt.

»Das reicht fürs Erste, Olina. Selbst Soldaten rasieren sich nicht jeden Tag die Birne. Gibst du mir mal eben die Schere?«

Ohne ein Wort reichte sie sie ihm.

Justin begann, seinen Bart zu bearbeiten. »Such dir ein Bett aus und leg dich schlafen.«

Olina nickte und verschwand widerspruchslos aus der Küche. Justin stellte sich vor einen kleinen Spiegel an der Wand. Er erkannte sich selbst nicht mehr. Gut so, dann würde es den anderen noch schwerer fallen.

Jetzt konnte er sich auf dem Fliegerhorst frei bewegen. Die Gefahr, dass er entdeckt wurde, war gering. Vermutlich würden ihn nicht einmal Isabela oder Jason wiedererkennen.

Von hier zu verschwinden, war trotzdem noch mal eine ganz andere Nummer. Die Pässe, die man brauchte, um an der Wache vorbeizukommen, lagen nicht gerade auf der Straße. Natürlich könnte er einen stehlen, sogar von jemandem, der ihm ähnlich sah. Besser, wenn auch schwieriger, wäre es allerdings, an einen neuen zu kommen. Denn bei einem Diebstahl würde der Besitzer den Pass sehr schnell als vermisst melden, und dann wäre die Kacke am Dampfen. In jedem Fall musste er hier weg. Justin musste so schnell wie möglich nach Pala – für die letzte Konfrontation mit Mr Oz. Und um seine Schwester zu retten.

»Sie sind schon längst weg«, sagte Jason. Isabela saß an ihrem Schreibtisch und notierte schweigend einige Dinge auf einem Blatt, das sie anschließend Jason reichte. »Möglich. Und seine Schwester?«

»Das ist eine seltsame Sache. Sie hatte zusammen mit dem anderen Jungen eine Verabredung mit Colonel Burnes.«

»Mit Burnes? Dem Betrüger?«

»Dem vermeintliche Betrüger, wir haben keine stichfesten Beweise.«

Isabela ignorierte seine Bemerkung. Burnes stand auf der Liste der Militärangehörigen, die sie liebend gern in die Mangel nehmen würde, ganz weit oben. Jeder wusste, dass er korrupt war, aber bisher war es ihm geglückt, aus der Schusslinie zu bleiben. Was hatte das Mädchen mit dem Colonel zu tun?

»Versuch, mehr herauszufinden, Jason.«

»Bin schon dran. Ich habe einen Fahndungsaufruf mit Beschreibungen von Justin und Olina an das *Colorado Spring Police Department* durchgegeben und auch an unsere eigene Militärpolizei auf der Basis. Sie werden nicht weit kommen.«

Isabela war zwar nicht so zuversichtlich wie er, behielt ihre Meinung aber für sich. »*Go, go, go!*«

Alex griff nach seinem Smartphone und rief seinen Vater an, während Iris gerade im Bad war und sich die Zähne putzte. Die Tür hatte sie abgeschlossen.

»ALEX?«

Alex fasste kurz zusammen, welche Forderungen der Colonel gestellt hatte. Daraufhin schwieg Mr Oz, und Alex wartete geduldig darauf, dass sein Vater ihm einen Plan B präsentieren würde. Aber zu seinem großen Erstaunen fragte Mr Oz nur: »ER LÄSST DICH GEWINNEN?«

»Hat er jedenfalls gesagt.«

»ICH HAB KEINEN GRUND, AN SEINER GESCHICHTE ZU ZWEIFELN. OHNE DICH KRIEGT ER KEINEN CENT.«

»Sie wollen, dass er bekommt, was er möchte?«

»ICH BRAUCHE IHN IM KONTROLLRAUM, ALEX. DAS WEISST DU.«

»Ich bin mir sicher, dass wir einen Weg finden, ohne ihn reinzukommen.«

»DAS REINKOMMEN IST NICHT DAS PROBLEM. IM KONTROLLRAUM MUSS IRIS DEN CODE EINGEBEN, UND DANACH BRAUCHE ICH DEN COLONEL FÜR DEN LETZTEN SCHRITT.«

»Aber ...«

»HAST DU ANGST, DASS DU AM STEUER EINSCHLÄFST, ALEX?«

Alex schloss die Augen und biss sich auf die Lippen. Er holte tief Luft und antwortete: »Nein, natürlich nicht.«

»DANN HÖR AUF ZU JAMMERN UND SIEH ZU, DASS DU GEWINNST.«

Mr Oz kappte die Verbindung, und Alex steckte sein Handy wieder weg.

Es blieb ihm nichts anderes übrig, er musste das Rennen fahren. Im Bad erklang das Geräusch von strömendem Wasser. Iris ging in die Wanne.

Iris ließ sich in das warme Wasser gleiten und ging das Gespräch zwischen Alex und Mr Oz in Gedanken noch einmal durch. Fiber hatte einen Weg gefunden, wie sie die Unterhaltung zwischen Alex und seinem Vater mitanhören konnte. Daher hatte sie einigen Stoff zum Nachdenken bekommen. Was war das für ein Code, den sie da eingeben sollte? War er für das GPS oder für das Singularitätsprojekt? Und wofür brauchten sie den Colonel? Iris drückte auf ihren Chip.

»Hast du gehört, worüber sich Alex und Mr Oz unterhalten haben?«, fragte Fiber.

»Ja. Was sagst du dazu?« Iris flüsterte, auch wenn das Plätschern des Wassers ihre Stimme eigentlich übertönen musste.

»Das klingt nicht gut, Iris.«

Iris war ganz ihrer Meinung. Allein die Vorstellung, Mr Oz die Kontrolle über den Satelliten zu überlassen, war schon schrecklich genug. Aber hinter seinen Plänen schien noch mehr zu stecken.

Fibers russische Puppen kamen ihr in den Sinn. Wann würden sie bei der letzten Puppe ankommen?

Sie drehte den Hahn zu, bevor die Wanne überlief.

Justin nahm schweren Herzens von der Lederjacke Abschied, die er vor langer, langer Zeit zusammen mit Iris gekauft hatte, und tauschte sie gegen die Uniform, die er aus einem Kleiderdepot gestohlen hatte. Nächste Station: das Besucherzentrum.

Das Schloss zu knacken, war ein Kinderspiel. Wie schon so oft, konnte sich Justin darüber nur wundern. Ähnlich wie bei der Software großer Banken waren auch die Gebäude auf dem Fliegerhorst lediglich mit einem einfachen Schloss gesichert – nicht der Komplex, in dem die Satelliten gewartet wurden, wohl aber das Besucherzentrum. Der Grund dafür war nachvollziehbar: Warum sollte jemand hier einbrechen wollen, wenn er sich sowieso schon auf dem Gelände befand?

Das Besucherzentrum bestand aus rotbraunen Mauern und hatte viele Fenster. Justin schaltete den Alarm aus und sprang über die Empfangstheke. Den Computer am Empfang ignorierte er und öffnete stattdessen die dahinter liegende Tür, die zu einem kleinen Büro führte. Dort stand ein PC mit Farbdrucker, und daneben lag eine Digitalkamera.

Justin fuhr das System hoch, umschiffte das Passwort, mit dem man sich einloggen musste, und öffnete das Programm, mit dem die Besucherpässe generiert wurden. Er nannte sich Walter Willis – der echte Name von Bruce Willis –, blickte stoisch in die Kamera und drückte ab. Die Kamera blitzte. Hoffentlich ist das Blitzlicht von draußen nicht zu sehen, dachte er. Das Foto wurde direkt in die Software übertragen, und wenige Minuten später schob er den ausgedruckten Pass in eine Plastikhülle, die er an seiner Uniform festklippte.

Als er den Computer ausschalten wollte, kam ihm eine Eingebung. Er setzte sich wieder hin und testete aus, wie weit er in das System eindringen konnte. Die *AFOSI* war vom Rest der Basis getrennt und hatte ihr eigenes Netzwerk. Trotzdem waren beide Systeme über das zentrale WLAN miteinander verbunden. Und über einen kleinen Umweg konnte er von einem Netzwerk ins andere hinüberwechseln.

Direkt zu den Daten von Isabela Orsini.

Er grinste.

Sie war eine hohe Offizierin, Jason Lizik war ihr Untergebener. Justin sah, dass für Olina und ihn ein APB rausgegangen war.

Ein APB war ein *All Points Bulletin*, wie Justin wusste, ein Aufruf der amerikanischen Polizei (oder ein Aufruf an die Polizei), um nach verdächtigen oder vermissten Personen zu suchen. Seine eigene Beschreibung enthielt die Wörter Kinnbart und lange Haare, was die Polizei auf eine falsche Fährte führen würde. Bei Olina sah der Fall anders aus. Das APB war von Jason Lizik verschickt worden. Justin brauchte nur die Striemen an seinen Handgelenken zu betrachten, um sich an den Soldaten zu erinnern. Er loggte sich als Isabela Orsini ein und veränderte Olinas Beschreibung in die einer blonden Cheerleaderin. Sein eigenes APB ließ er unangetastet. Sollten sie doch nach einem Jungen mit langen Haaren und Bart suchen, dachte er und strich sich unbewusst mit der Hand über die Stoppeln auf dem Kopf.

Gerade als er den Computer ausstellen wollte, sah er, dass auch Isabela zwei APBs rausgeschickt hatte. Und was er darin las, verschlug ihm den Atem.

Die Polizei war auf der Suche nach einem rothaarigen, schlanken Mädchen, Alter: vierzehn Jahre, das die Namen Goudhaan und Ryder verwendete. Auffallende Kennzeichen: Sommersprossen, Größe 1,71 Meter, häufig in Gesellschaft eines blonden Jungen mit halblangen Haaren. Zum APB gehörte auch ein Foto von Iris.

Iris? Sie war hier, nicht mehr auf Pala? Mit Alex? Waren sie seinetwegen hier oder wegen der Satelliten? Hastig las er weiter: Zuletzt wurde sie im Hotel *The Broadmoor* gesichtet. Es war an der Zeit, seiner Schwester einen Besuch abzustatten. Vorher löschte er allerdings ihr APB. Das von Alex ließ er stehen.

Olina lag im Bett und las eine Zeitschrift, die sie im Altpapier gefunden hatte. Mit ihren Gedanken war sie aber eher bei Justin als bei dem x-ten Skandal der x-ten Berühmtheit, von der sie noch nie etwas gehört hatte. Pala hatte sie zwar von ihrer Familie und dem Weltgeschehen abgeschirmt, doch auch von einer Menge Unsinn.

Olina hörte, dass eine Tür geöffnet und wieder geschlossen wurde. War das Justin? Oder jemand, der nach dem Rechten sehen wollte, weil er Licht gesehen hatte?

Lautlos glitt sie aus dem Bett. Ihr Blick wanderte hin und her, auf der Suche nach einer Waffe.

Die Schere. Nachdem sie Justin die Haare geschnitten hatte, hatte sie sie gedankenlos auf dem Küchentisch liegen lassen.

Sie öffnete die Schlafzimmertür einen Spalt weit und wartete, bis sich ihre Augen an die Dunkelheit gewöhnt hatten. Nichts und niemand war zu sehen, keine Bewegung war auszumachen, kein Geräusch zu hören. Olina schob die Tür noch ein paar Millimeter weiter auf und schlich ins Wohnzimmer. Schnell nahm sie die Schere vom Esstisch, öffnete sie und hielt die Spitze von sich weg.

In der Küche stand ein Mann in Uniform und schmierte sich in aller Ruhe ein Brot. Wohnte er hier?

»Bist du wach?«, fragte der Mann.

»Justin?«

Der Mann nickte und drehte sich um. »Ich sehe anders aus, oder?« Er starrte auf die Schere. »Hab ich dich erschreckt? Tut mir leid, ich war extra leise, weil ich dachte, du schläfst.« Olina ging in die Küche und legte die Schere weg. »Ich hab mich zu Tode erschreckt«, seufzte sie.

Justin zögerte einen Augenblick, doch dann trat er dicht an sie heran. Nur ein klein wenig Abstand ließ er zwischen ihnen, aus Angst, abgewiesen zu werden. Aber nichts geschah, und so drückte er Olina vorsichtig einen Kuss auf die Lippen.

Sie erwiderte den Kuss ohne ein Wort.

Nach ein paar Minuten wagte er es schließlich, die Lippen von ihr zu lösen.

»Du bist ganz rot geworden«, sagte sie.

»Ach Quatsch«, antwortete er. »Das kommt von der Anspannung.«

»Klar«, sagte Olina lächelnd und machte sich selbst auch ein Brot.

»Justin?« Das Herz klopfte ihr bis zum Hals, sie hatte keine Ahnung, wie er reagieren würde.

»Hm?«

»Ich möchte nach Hause.«

»Was? Nach Hawaii? Warum?«

»Ich vermisse meine Mutter. Und meine Schwester«, sagte sie.

»Hast du keine Angst, dass Mr Oz dich dort findet?«, fragte er.

Sie schüttelte den Kopf. »Ich bin doch gar nicht wichtig genug für ihn.« Sie zögerte kurz. »Das heißt nicht, dass ich dir nicht helfen will.«

»Du willst wirklich nach Hause?«, fragte Justin. Er starrte auf die Spüle, als würde dort die Antwort liegen.

Olina stellte sich neben ihn. »Kommst du mich besuchen?«, flüsterte sie ihm ins Ohr. »Auf Hawaii, wenn das alles hier vorbei ist?«

Er nickte.

Sie küsste ihn, dieses Mal voller Leidenschaft, und auch er hielt sich nicht länger zurück. Sein Gehirn aber arbeitete auf Hochdruck. Olina wollte nach Hause, dabei brauchte er sie doch hier!

»Ich hab ziemlich schlechte Neuigkeiten«, sagte er, nachdem sie ihre Lippen voneinander gelöst hatten. »Es gibt einen Fahndungsaufruf. Die suchen überall nach uns. Was mich betrifft, mache ich mir keine Sorgen, weil meine Haare ab sind, doch du bist zu leicht zu erkennen.« Er versuchte, möglichst ausdruckslos zu schauen. Sie brauchte schließlich nicht zu wissen, dass er ihr APB verändert hatte und sie eigentlich überhaupt nicht in Gefahr war.

»Ich kann also gar nicht weg?«, fragte Olina.

»Noch nicht, aber ich versuche, eine Lösung zu finden, okay?«, log er.

Sie nickte.

»Würdest du bis dahin noch etwas für mich tun?«

Olina sah ihn durchdringend an. Hatte sie ihn durchschaut? *Sure*«, sagte sie schließlich. »Was ist der Plan?«

»*Sir?*«, sagte Fiber.

Auf dem großen Bildschirm im Kontrollraum erschien das Gesicht von Mr Oz. »FIBER, KÖNNEN WIR BILDER VON DEN TEAMS SEHEN?«

Durch die implantierten Chips konnte sie die Kinder zwar alle orten, Fotoaufnahmen hatte sie jedoch nicht.

»Ich könnte versuchen, Überwachungskameras in ihrer Nähe zu hacken, *Sir*.«

»TU DAS. GIB MIR BESCHEID, WENN DU ES GESCHAFFT HAST, FIBER. EIN VATER MUSS SCHLIESSLICH WISSEN, WAS SEINE KINDER TREIBEN, WENN SIE AUSGEFLOGEN SIND, NICHT WAHR?«

JUSTIN

»Du willst mit mir zusammen in einem Bett schlafen?«, fragte Iris und konnte sich das Lachen kaum verkneifen.

Fiber hatte ihr auf dem Schiff erzählt, dass er bei ihr in dem Hotel in Utrecht dasselbe probiert hatte.

Alex nickte. »Ja, sonst muss ich mich aufs Sofa legen, und übermorgen muss ich doch dieses Rennen fahren.«

»Da hast du recht«, sagte Iris. »Darum schlage ich vor, dass ich auf dem Sofa schlafe. Dann hast du das Bett für dich alleine und kannst dich schön ausruhen. Wenn ich mich neben dich lege ...«, sie stellte sich ganz dicht vor ihn und näherte sich seinen Lippen, »... dann weiß ich nicht, ob du so viel zum Schlafen kommst, und das wollen wir natürlich nicht.«

Alex war der Prototyp des eiskalten Froschs. Unter Stress wurde er vollkommen ruhig, vor einer Gruppe machte er Witze und strahlte eine natürliche Autorität aus. Aber sobald er mit Iris allein in einem Raum war, war er plötzlich alles andere als entspannt. Sie presste ihre Lippen ganz kurz und sanft auf seine und löste sich schließlich wieder von ihm. »Schlaf gut«, sagte sie.

Eine Stunde später wälzte Iris sich immer noch auf dem Sofa herum. Alleine, natürlich.

Es war totenstill in der Suite. Iris starrte an die Decke. Es war schon eine ganze Weile her, dass sie nachts wach gelegen hatte. Seit sie die Medikamente wieder nahm, die ihr die Ärztin verschrieben hatte, schlief sie wieder wie früher. Keine schlimmen Albträume von ihrem Vater mehr. Eine einzige Pille vor dem Schlafengehen, und die bösen Träume schmolzen dahin wie Schnee in der Sonne. Doch heute lag sie wach. Sie konnte einfach nicht schlafen, weil sich ihre Gedanken im Kreis drehten.

Manchmal fragte sie sich, ob es ihrem Vater vielleicht genauso gegangen war wie ihr und ob er mit Medikamenten zu retten gewesen wäre. Wie wäre ihr Leben wohl verlaufen, wenn ihr Vater nicht vor den Zug gesprungen wäre? Ohne Justin, der wütend abgehauen war, ohne das Online-Game, in dem sie sich verloren hatte, um nicht an den Verlust ihres Vaters denken zu müssen.

Aber Iris wusste, dass es keinen Sinn machte, in der Vergangenheit zu wühlen. Sich zu überlegen, wie die Dinge hätten sein können (hätten sein müssen), war Sache ihrer Mutter.

Iris war dafür zu nüchtern. Solange sie keinen DeLorean oder Tardis hatte, um durch die Zeit zu reisen, war das Verändern der Vergangenheit keine Option.

Mit der Zukunft war es anders. Die Entscheidungen, die sie in den nächsten Tagen fällen musste, würden nicht nur ihr eigenes Leben beeinflussen, sondern vielleicht sogar das der ganzen Welt. Wenn sie Mr Oz die Macht über die wichtigsten militärischen Satelliten von Amerika in die Hände gab, lieferte sie ihm dann nicht eine tödliche Waffe? Oder entwaffnete sie tatsächlich eine Großmacht, die die Erde jeden Moment vernichten konnte?

Mit solchen Gedanken im Kopf würde sie natürlich nie einschlafen.

Alex lag im Zimmer nebenan und schnarchte. Iris hatte die Bettdecke von sich geworfen. Trotz der summenden Klimaanlage war es drückend heiß. Seufzend stand Iris auf und öffnete die Glastüren, die zum Park und zum See hinausführten. Die kühle Luft erfrischte sie sofort.

Zum x-ten Mal in dieser Nacht warf sie einen Blick auf die Digitalanzeige am Fernseher. Kurz vor halb drei. Vielleicht sollte sie ein bisschen zappen?

»Kannst du auch nicht schlafen?«, hörte sie da ein Flüstern.

Iris dreht sich automatisch zur Schlafzimmertür um, weil sie dachte, dass es Alex war, aber der schnarchte noch immer vor sich hin.

Im Garten stand ein Schatten. Diese Silhouette hätte Iris unter Tausenden erkannt.

Justin.

Wie hatte er sie gefunden? Sie nahm ihre Jeans und einen Pulli vom Stuhl.

»Ich bin am See«, hörte sie seine Stimme aus einiger Entfernung.

Barfuß schlich sie durch das Gras. Die Kälte kroch von ihren Füßen weiter nach oben. »Wo bist du?«, zischte sie.

Vor ihr baute sich eine Silhouette auf. »*Hiya, little sister*«, sagte er grinsend.

Justin sah vollkommen verändert aus. Seine langen Haare waren komplett ab, sein Bart verschwunden. Er trug eine Uniform. Wäre sie ihm auf der Straße begegnet, hätte sie ihn vielleicht nicht einmal erkannt.

»*Go army!*«, sagte sie.

»Das ist das Heer«, antwortete er. »Ich gehöre der Luftwaffe an. Lass dich drücken.«

Sie umarmte ihren Bruder und hielt ihn für einen Moment einfach nur fest.

»Ich dachte, ich hätte dich verloren«, flüsterte sie ihm ins Ohr.

Justin löste sich von ihr und sah sie an. »Es hätte auch nicht viel gefehlt, und ich hätte für den Rest meines Lebens im Gefängnis gesessen, alles dank deiner Freundin Fiber.«

»Sie steht jetzt auf unserer Seite«, sagte Iris.

Justin schüttelte den Kopf. »Sei dir da bloß nicht zu sicher, Schwesterchen. Fiber steht nur auf einer Seite, und das ist ihre eigene.«

Iris setzte sich auf den Boden. Schweigend blickte sie über den See, über dem ein blasser Mond schien.

»Und wo ist deine Freundin?«, fragte sie.

»Olina? Die hat einen Auftrag zu erledigen.«

»Was für einen Auftrag?«

»Du zuerst. Was tust du hier?«, warf er die Frage zurück.

»Weißt du etwas über die Satelliten?«

»*Yes.*«

»Mr Oz sagt, dass sie eine Gefahr sind oder zumindest eine sein können.«

»Da hat er nicht unrecht.«

»Wir sollen sie übernehmen.«

»Und wer ist *wir*?«

»Alex und ich. Jedenfalls hier, in Colorado. Abgesehen von uns sind weltweit noch mehrere andere Teams unterwegs.«

»So etwas hatte ich mir schon gedacht«, sagte Justin. Er wirkte bedrückt und war für einen Moment wieder ihr Bruder von damals, der unsichere Teenager, der ständig Ärger mit ihrer Mutter hatte.

»Hast du sie noch mal angerufen?«, fragte Iris.

»Wen?«

»Mama.«

»Ja, ab und zu ruf ich an. Sie glaubt, dass ich mit dem Rucksack durch Europa reise. Sie fragt mich immer wieder, ob ich nicht nach Hause kommen will.«

»Wie geht es ihr?«

Er zuckte auf seine typische Weise die Achseln. »Was glaubst du, wie sie sich fühlt?«

»Weißt du, als ich mit ihr auf dem Kreuzfahrtschiff war, haben wir keine Sekunde über dich und Papa geredet. Nach allem, was geschehen war, hätte ich mir das gewünscht, aber sie wollte nichts davon hören. Die Reise sei eine Mutter-Tochter-Sache, hat sie immer wieder gesagt. *Women only* und so.« Iris atmete tief durch. »Ich will mir gar nicht vorstellen, wie es für sie gewesen sein muss, als ich ins Wasser gefallen bin.«

»Ich glaube, ein Stück von ihr ist innerlich gestorben.« Justin sah sie nicht an, sondern blickte mit ihr zusammen über den See. »Jetzt hat sie niemanden mehr.«

Iris begann zu weinen. Sie legt den Kopf an die Schulter ihres Bruders und ließ ihren Gefühlen freien Lauf.

Alex konnte nicht sagen, warum er wach geworden war. Er blieb reglos liegen, nur seine Pupillen schossen hin und her.

Es war auf einmal so kalt geworden.

Er sah und hörte nichts Ungewöhnliches. Er versuchte, seine Muskeln zu entspannen, und reckte sich. Irgendwo in der Ferne waberten die Überreste eines Traums durch sein Unterbewusstsein. Alex wusste nicht, wo er vor ein paar Sekunden noch gewesen war, aber er wusste, dass Iris dabei eine Rolle gespielt hatte.

Er stieg aus dem Bett, um aufs Klo zu gehen. Die Toilette war im Badezimmer, neben der Dusche und zwei Waschbecken. Iris hatte ihre Sachen schon ausgepackt, Zahnbürste, Creme und Bürste lagen neben ihrer Pillendose. Sie reichten für einen Monat. So lange wollte Alex gar nicht hierbleiben.

Er fragte sich, wer jetzt wohl auf Pala Medikamente verschrieb, seit die Ärztin nicht mehr da war.

Wer kümmerte sich überhaupt um die Kinder, die krank wurden oder sich beim Training verletzten?

Alex ging ins Wohnzimmer. Er wollte nicht allein in seinem Bett liegen.

Da wusste er es wieder: der Strand. Dort war er im Traum mit Iris gewesen. Am Strand von Pala. Es war heiß gewesen, nicht so kalt wie hier, aber ebenso still.

Kälte? Woher kam die Kälte eigentlich? Als er schlafen gegangen war, war es doch noch so heiß gewesen.

Plötzlich hörte er jemanden weinen.

»Iris?«

Vielleicht hätte er nicht so hart zu ihr sein dürfen, als er ihr verboten hatte, mit ihrer Mutter zu telefonieren.

»Iris?«, wiederholte er und versuchte gleichzeitig herauszufinden, woher das Geräusch kam. Vielleicht konnte er sie trösten.

Die Glastür, die nach draußen führte, stand sperrangelweit offen. Das Mondlicht schien hinein und beleuchtete das leere Sofa.

»Wie hast du mich eigentlich gefunden?« Iris hatte ihre Tränen weggewischt und blickte über den See. Sie musste daran denken, wie sie YunYun von den Fischen erzählt hatte, die bei Beauty-Anwendungen an den Füßen knabberten. Es schien Jahre her zu sein, dass sie während des letzten Tests zusammen am Ufer gesessen hatten.

»Ich habe meine Quellen.«

»Du hast immer noch Geheimnisse vor mir? Echt? Das gibt's doch nicht.«

»Solange ich nicht weiß, auf welcher Seite du stehst ...«

»Er hat YunYun. Wenn ich nicht tue, was er sagt ...« Iris beendete den Satz nicht.

»Ich finde es zwar schrecklich, das sagen zu müssen, aber das Schicksal der Welt ist bedeutender als das eines einzigen Mädchens.«

»Und was ist, wenn ich dieses Mädchen wäre, Justin? Was würdest du dann tun? Oh ja, ich weiß schon! Du hast mich ja nach Pala zurückgeschickt! Gegen meinen Willen.«

»Ich versuche, Mr Oz aufzuhalten, Iris. Ich habe dich auf Pala gebraucht.«

»Sie ist meine Freundin! Ich werde sie nicht opfern Wenn ich das tue, bin ich genauso schlimm wie Mr Oz.«

»*I know*«, sagte Justin. »Und darum hab ich dich so lieb. Doch genau deshalb muss ich dich auch aufhalten.«

»Das brauchst du nicht«, sagte Iris. »Es gibt da ... einen Plan.«

»Was meinst du damit?«

»Ich soll im Kontrollzentrum irgendeinen Code eingeben. Danach soll ich Mr Oz melden, dass es geklappt hat, und nach Pala zurückkehren. Zusammen mit dir.«

»Ich bin ganz Ohr.«

Iris beugte sich vor und flüsterte: »Fiber hat einen zweiten Code geschrieben. Daher werden wir die Kontrolle über die

Satelliten bekommen, nicht Mr Oz. Dann kann ich ihn unter Druck setzen und ihn dazu bringen, YunYun zu befreien.«

»Und danach?«, fragte Justin. »Was macht ihr danach?« Iris zuckte die Achseln. »Das werden wir sehen.«

»Es geht immer etwas schief. *Leben ist das, was passiert, während du eifrig dabei bist, andere Pläne zu schmieden.*«[4]

»John Lennon«, sagte Iris automatisch. Es war einer der Lieblingssprüche ihres Vaters gewesen.

Alex lag im Gras auf dem Bauch. Er konnte zwar nichts sehen, aber dafür umso besser hören. Die Nacht war so still, dass er jedes Wort von dem verstand, was Iris und Justin sagten. Iris hatte also zwei Codes und sich mit Fiber verbündet? Was für eine Überraschung! Er hatte keine Ahnung, was er mit dieser Neuigkeit anfangen sollte.

»Ich weiß, dass ich nicht der weltbeste Bruder gewesen bin«, fuhr Justin fort. »Aber ganz ehrlich, du wurdest auch langsam zu einer ziemlich nervigen pubertierenden Zicke.«

Iris verzichtete darauf, zu antworten.

»Pala hat uns allerdings verändert. Wir sind nicht mehr diejenigen, die wir einmal waren.« Er stand auf. »Okay. Ich vertrau darauf, dass du die richtige Entscheidung triffst.« Er drückte ihr einen Kuss auf die Stirn. »Morgen melde ich mich wieder bei dir.«

»Und wenn ich dich früher sprechen will?«, fragte Iris, doch da hatte ihn die Nacht schon wieder verschluckt.

Alex überlegte kurz, auf Justin loszugehen. Aber er wagte es nicht. Er war sich nicht mehr sicher, auf welcher Seite Iris stand, und gegen beide gemeinsam hatte er keine Chance.

Wir trainieren sie zu gut, dachte er verbittert. Darum wartete er ab, bis Justin verschwunden war, und richtete sich erst danach lautlos auf.

Mr Oz hatte YunYun in die Werkstatt zurückgerufen und sie angewiesen, am Computer Platz zu nehmen. Damit sie nicht flüchten konnte, hatte er sie wieder angekettet.

Eigentlich war es Terrys Computer, doch YunYun hatte ihn in letzter Zeit kaum gesehen. Laut Mr Oz – der ihr gegenüber verblüffend offen war, was seine Pläne betraf – koordinierte er das Verschiffen der Jabberwockys. Wohin sie geschickt wurden, wusste YunYun nicht. Aber alles war Teil der Operation *Entthronter Wolf*, wie man ihr immer wieder erklärte.

»Was soll ich jetzt tun?«, fragte sie. Sie hatte den Code zwar entschlüsselt, doch daraufhin war seltsamerweise ein zweiter, ebenso unverständlicher Code zum Vorschein gekommen. Sie dachte, sie hätte einen Fehler gemacht, aber Mr Oz wirkte zufrieden.

Er thronte auf seinem stählernen Stuhl. Aus seinem Rücken ragte das Kabel, das ihn mit Strom versorgte. Nun beugte er sich nach vorne und hob ein zweites Kabel vom Boden auf. Erst jetzt sah YunYun, dass es mit dem Computer verbunden war. Mr Oz schloss das Kabel an seiner Maske an und sagte: »ICH WILL, DASS DU MEIN GEHIRN KOPIERST, YUNYUN, ZELLE FÜR ZELLE.«

Auf ihrem Bildschirm öffnete sich ein Programm mit dem Namen »Singularität«. Mr Oz wollte eine Kopie seines Gehirns haben? Warum? Und wie sollte das überhaupt funktionieren? Konnte sie das?

Wollte sie das? Für einen Moment spielte sie mit dem Gedanken, sich zu weigern, doch sofort sah sie ihre Eltern vor sich. Ihre Eltern, die von einem Jabberwocky angegriffen wurden.

Wie gerne wäre sie mutig gewesen. So mutig wie Iris. Aber selbst Iris war gegen ihren Willen nach Colorado gefahren, weil sie nicht wollte, dass Mr Oz ihrer Freundin etwas antat. Wie um alles in der Welt konnte sie dann ihre Eltern in Gefahr bringen?

YunYun lauschte den Anweisungen, die Mr Oz ihr erteilte, und legte los. Sie hatte keine große Wahl. Nach und nach fertigte sie Scans von Mr Oz' Gehirn an.

»Kannst du auch nicht schlafen?«, erklang auf einmal eine Stimme hinter Iris.

»Hilfe, hast du mich erschreckt!«

Sie fuhr herum und entdeckte Alex, der nichts als eine Jeans trug. Sie schnappte nach Luft, als sie seine Brust sah. Mit seinen blonden Haaren und dem muskulösen Oberkörper sah er aus, als wäre er einem amerikanischen Actionfilm entsprungen.

»Sorry.« Er setzte sich neben sie. »Ich hab dich vorhin rausgehen sehen und wollte jetzt doch mal nachsehen, ob du ein Date mit einem geheimen Lover hast.«

»Klar, Brad Pitt war hier, aber ich habe ihn wieder weggeschickt«, sagte Iris kichernd. »Viel zu alt für mich.« Sie lehnte sich an seine Brust und spürte seinen Herzschlag. Hoffentlich stellte er keine weiteren Fragen.

»Gefällt dir Colorado?«, fragte er.
Iris schüttelte den Kopf. »Ich vermisse Pala«, sagte sie und erschrak über ihre eigenen Worte. Vermisste sie die Insel wirklich?
»*Yeah*, ich auch«, sagte er.
»Ich vermisse das Unkomplizierte. Weißt du, was ich meine, Alex? Dass man genau weiß, was man wann zu tun hat. Aber wenn ich dort bin, vermisse ich die Außenwelt. Den Mond. Den Anblick, wie er sich im Meer spiegelt. *Yakamoz*. Ach, ich habe keine Ahnung, was ich eigentlich will.«
»Hast du mal wieder was von deinem Bruder gehört?«
Ihr Herz setzte für einen Schlag aus. Wusste er Bescheid? Nein, wenn er Justin gesehen hätte, würde er jetzt nicht so entspannt neben ihr sitzen, dann hätte er sicher etwas unternommen.
»Seit Texas nicht mehr. Meinst du, er ist hier? Mr Oz glaubt das.«
»Keine Ahnung, Iris.«
Zusammen blickten sie über den See. Wenn sie allein mit Alex am Wasser saß, fühlte sie sich so wohl wie sonst nie. Jetzt fand sie auch endlich den Mut, die Frage zu stellen, die sie schon so lange beschäftigte.
»Alex?«
»Hm?«
»Wer war der Mann, der mich beim letzten Test verhört hat? Der mit dem amerikanischen Akzent, der YunYun misshandelt hat? Ich dachte, es gäbe nur zwei Erwachsene auf Pala, Mr Oz und die Ärztin.«
Sie spürte, wie sich Alex unter ihrem Kopf versteifte.
»Er ist ... Er ist jemand, über den du dir keine Gedanken

mehr zu machen brauchst. *He is gone.* Er kommt nicht mehr zurück.«

»Ich habe ihm nicht alles gesagt, wusstest du das?«

»Was meinst du?« Alex fuhr hoch.

»Er hat gefragt, ob Justin mir irgendwelche Aufträge erteilt hat.«

»Und, was hast du gesagt?«

»Nichts. Auch nicht, dass Justin will, dass ich ihm beim Kampf gegen Mr Oz helfe.«

Alex entspannte sich wieder. »Und, wirst du das tun?«, fragte er.

»Ich habe mich noch nicht entschieden.« Sie setzte sich auf und sah ihn an. »Überrascht dich das?«

Dieses Mal schüttelte Alex den Kopf. »In dem Kampf geht es nicht um uns. Wir sind nicht wichtig. Die Welt ist wichtig.«

»Genau dasselbe sagt Justin, aber er hält Mr Oz für den Bösen. Und seit dem Mord an der Ärztin weiß ich nicht mehr, was ich glauben soll.«

»In ihm steckt auch viel Gutes, Iris. Warum hätte er dir sonst die Pillen geben lassen sollen?«

»Weil er mich braucht«, sagte Iris. »Weil ich tagsüber Fehler mache, wenn ich nachts schlimme Träume habe. Weil er will, dass ich Justin nach Pala bringe, selbst wenn ich nicht glaube, dass er hier ist.«

»Und weil du ihm wichtig bist.«

»Hm.«

»Was du über Mr Oz sagst, gilt genauso für Justin. Auch er hat schreckliche Dinge getan.«

»Ach ja? Was hat er denn gemacht?«

»Willst du das wirklich wissen?«

(Nein!) »Ja.«

»Es geht um das Spiel, *Superhelden*. Mr Oz hat die erste Version geschrieben, die allerdings nicht gut funktioniert hat. Als Fiber noch in Polen war, hat sie das Spiel sofort gehackt. Mein Vater wollte, dass sie es verbessert und weiterentwickelt. Aber sie konnte es nicht. Obwohl sie jedes existierende Programm der Welt hacken kann, ist es nicht ihr Ding, selbst eins zu schreiben.«

»Willst du mir etwa sagen, dass Justin das Game entwickelt hat?«

Alex schwieg.

»Das ist nicht dein Ernst, Alex. Das Spiel, mit dem ich nach Pala gelockt wurde, ist eine Erfindung von meinem Bruder?«

Ohne ein weiteres Wort stand Iris auf und ging ins Zimmer zurück. Alex folgte ihr.

Sie schliefen zusammen in einem Bett.

HOHER BESUCH

Alex lenkte sein Auto durch das Zugangstor zur *Schriever Air Force Base* und ließ das Fenster herunter.

»*State your business, Sir*«, befahl die Soldatin, die kaum älter war als er selbst.

»Ähm ... Ich mache hier eine Ausbildung und soll mich bei Colonel Burnes melden«, sagte Alex und gab ihr seinen und Iris' Ausweis. »Das ist meine Schwester«, erklärte er. »Sie ist nur zu Besuch dabei.«

Iris musterte die Soldatin und überlegte, wer von ihnen beiden in einem Kampf wohl die Oberhand behalten würde.

Die Dame ließ sie warten und verschwand in die Richtung, aus der sie gekommen war. Ihr Partner blieb währenddessen unbeweglich stehen. Er war scheinbar entspannt, hielt sein Gewehr allerdings griffbereit.

Kurz darauf kam die Soldatin zurück und schnaubte: »*Welcome to Schriever Air Force Base, Sir.*« Sie gab ihm die Pässe zurück und wies ihn an, sich im Besucherzentrum zu melden. Alex nickte zum Dank und fuhr auf das Gelände.

Die Anlage war wie eine kleine Stadt. Überall liefen Soldaten herum: Männer, aber auch eine ganze Menge Frauen.

»Wo sind die Kinder?«, fragte Iris, als Alex das Auto parkte. »Du hast doch gesagt, hier gäbe es lauter Teenager.«

»Die sind in der Schule«, antwortete er und stellte den Motor aus. »Heute Nachmittag wird es hier richtig voll.«

»Muss ich auch zur Schule?«

Alex schüttelte den Kopf. »Nein, dafür bist du zu kurz hier. Glück gehabt, oder?«

Iris zuckte die Achseln und meinte, sie hätte gern ein paar Tage zugesehen, wie der Unterricht ablief.

»Beim nächsten Mal. Wir haben viel zu tun.«

Am Morgen waren sie ihre Pläne erneut durchgegangen. Alex würde Informationen über das Autorennen sammeln. Iris sollte sich auf dem Gelände umsehen und checken, ob alles stimmte, was sie über das Kontrollzentrum wusste. Als Erstes mussten sie sich aber einen Besucherpass holen.

Im Besucherzentrum wurde das gleiche Spiel wie vor der Pforte noch einmal wiederholt: Name, Ausweis, Grund des Aufenthalts. Nachdem ihre Daten auf einer Liste überprüft worden waren, bekamen sie beide einen vorläufigen Besucherpass. Solange sie sich von den militärischen Gebäuden fernhielten, durften sie sich auf dem Gelände frei bewegen.

»Wie lange dauert es, bis sie dir den Kopf kahl scheren?«, fragte sie, während sie zum Mietwagen zurückgingen.

»Anderthalb Wochen, schätze ich«, sagte Alex.

»Dann sollten wir zusehen, dass wir vorher hier wegkommen. Sonst mache ich Schluss, okay?«, sagte Iris lachend. Sie fuhr ihm mit den Fingern durch die halblangen Haare und dachte an letzte Nacht.

Die Meldung ging als Erstes bei Jason ein. Sofort griff er nach dem Telefon und rief Isabela an.

»Sie sind hier, Iris und Alex Ryder. Eingeladen von Colonel Burnes. Soll ich sie festnehmen lassen?«

»Nein, lass sie beobachten und versuch herauszufinden, was Burnes mit ihnen vorhat.«

»*Yes, ma'am.*«

Das Haus war klein und reihte sich zwischen vielen anderen ein. Irgendwie erinnerte Iris der ganze Fliegerhorst an ein Dorf. Alex öffnete die Tür, und Iris trat vor ihm ein. Der Flur war sauber und leer, das Wohnzimmer eher nicht.

»Bist du sicher, dass hier niemand wohnt?«, fragte sie erstaunt und ließ den Blick durch das Zimmer schweifen. Sie hatte das Gefühl, auf einem Geisterschiff gelandet zu sein. Auf dem Tisch standen sogar leere Teller.

Alex stellte sich neben sie. »Irgendein Offizier hat das Haus gemietet. Weil er Spielschulden hat, kann er die Miete nicht mehr zahlen. Deshalb wurde er vor ein paar Tagen kurzerhand vor die Tür gesetzt.«

»Spielschulden? Beim Colonel?«

»Gut möglich. Er hat uns jedenfalls das Haus organisiert.«

»Er will wirklich unbedingt dein Freund sein, oder? Oh, Alex, sieh nur, ein Whirlpool!« Iris hatte die Badezimmertür geöffnet.

Alex lugte über ihre Schulter hinweg ins Bad. »Gerade groß genug für zwei«, flüsterte er ihr ins Ohr.

Iris verpasste ihm einen Stoß mit dem Ellenbogen. »Vorsicht, denk daran, dass ich deine Schwester bin!«

Als der Colonel eintraf, war das Haus erst zur Hälfte geputzt. Er trat ein, ohne anzuklopfen, als wäre er hier zu Hause. Vielleicht stimmte das ja auch.

»Und, habt ihr euch schon ein bisschen eingewöhnt?«, fragte er.

»Ich komme mir vor, als hätte ich hier schon immer gelebt, Colonel.«

»Hast du einen Moment?«, fragte Burnes und sah bedeutungsvoll in Iris' Richtung. Alex nickte und verschwand mit dem Colonel ins Schlafzimmer. Erst nach gut zwanzig Minuten kamen sie wieder heraus. Iris hatte währenddessen die Küche geschrubbt (nachdem sie vergeblich versucht hatte, die beiden zu belauschen).

Iris war nie der Typ gewesen, der Tagebuch schrieb. Und das war auch gut so, dachte sie, denn heute hätte sie nur ein einziges Thema gehabt: Alex.

Sie hatten sich geküsst. Nicht zum ersten Mal, das war schließlich schon damals am Strand gewesen. Aber dieses Mal war es anders gewesen.

(Zum Beispiel hatte sie ihm nicht mit der Nase ins Auge gestochen.)

Sie hatten geredet – über Justin, über ihre Kindheit. Alex hatte eine verrückte Geschichte über einen Porsche erzählt, den er in London gestohlen hatte, als er elf war. Iris hatte von ihrem Vater gesprochen und wie sehr sie ihn vermisste.

Sie lagen nebeneinander auf dem Bett, die Decke bis zum Kinn hochgezogen. Sie sahen sich nicht an, sondern erzählten ihre Geschichten der Zimmerdecke.

Das war sicherer.

»Was will er eigentlich wirklich, Alex?«, fragte sie schließlich.

»Ich bin nicht sicher, ob ich es dir sagen darf.«

»Warum nicht?«

»Weil es dir bestimmt nicht gefallen wird.«

Iris schmiegte sich an ihn. Ihr Herz klopfte lauter als sonst. Das lag einerseits daran, dass sie so eng nebeneinanderlagen, und andererseits daran, dass sie jetzt endlich dahinterkommen konnte, was Mr Oz plante.

»Kann sein«, antwortete sie. »Vielleicht gefällt es mir nicht, und vielleicht doch. So oder so ist es höchste Zeit, Alex. Ich muss es wissen.«

»Alle kämpfen gegeneinander. Um Land, um Öl oder weil jemand etwas anderes glaubt. Mein Vater will dem Ganzen ein Ende machen und Frieden stiften.«

»Und wie will er das schaffen?«

»Durch Drohungen. Er will damit drohen, die ganze Welt auszulöschen. Er wird verkünden, dass er das GPS ausschaltet und die Jabberwockys auf die Metropolen loslässt.«

»Im Ernst?«, fragte Iris.

»Die Menschheit rückt zusammen, wenn sie einen gemeinsamen Feind hat, davon ist er überzeugt.«

Wie krank ist das denn?, dachte Iris. Mr Oz war ja noch verrückter, als sie geglaubt hatte. Warum sollten sich die Menschen dann nicht mehr länger die Köpfe einschlagen? Schließlich hätten sie immer noch unterschiedliche Religionen, es gäbe nach wie vor Armut, zu wenig Öl, Nahrung und Wasser. Der Mann war um ein Vielfaches gestörter, als sie alle bisher angenommen hatten.

»Warum vertraust du Mr Oz eigentlich?«, fragte sie. »Wie kannst du nach allem, was er getan hat, davon überzeugt sein, dass er die Wahrheit sagt?«

»Er ist mein Vater«, sagte Alex und schwieg einige Sekunden. Dann flüsterte er: »Mein Vater ist alles, was ich habe. Ich will so gerne glauben, dass er das Richtige tut ...« Er begann zu weinen, ganz leise, beinahe lautlos. Iris drehte sich zur Seite, beugte sich über ihn und küsste ihn.

Und jetzt putzte sie sein Haus. Das ist wirklich schnell gegangen, dachte sie trocken. Nicht mehr lange, und unsere Kinder laufen hier herum, und er macht mir ein Brot, bevor ich zur Arbeit gehe.

(Als ob das je geschehen würde. Wenn Mr Oz seinen Willen bekam, würden sie Freiwild sein – er und all seine Superhelden.)

Alex würde wohl nie verstehen, wie falsch die Loyalität seinem Vater gegenüber war. Aber wenn Iris mit ihm zusammen war, fühlte sie etwas, was alles andere in den Schatten stellte. Es war mehr als Verliebtheit, es war auch ein Gefühl der Verbundenheit – zwei verwundete Kinder aus kaputten Familien. Gemeinsam konnten sie gegen die Welt bestehen, sofern sie sie nicht vorher vernichteten.

Die Schlafzimmertür öffnete sich. Der Colonel kam fröhlich grinsend auf Iris zu und legte ihr die Hand auf die Schulter.

»Alex hat mir erzählt, dass du das *Aviation Batch Padge* ablegen willst, junge Dame?«

Was? Iris brauchte einen Moment, um ins Hier und Jetzt zurückzukehren. Klar, er sprach von ihrer *Fakestory*. Bei den Pfadfindern gab es verschiedene Abzeichen, und das *Aviation Batch Padge* war ein sehr wichtiges – und vor allem konnte man es nur an einem Flughafen bekommen. Dieses Abzeichen war ihre Ausrede, weshalb sie das Kontrollzentrum besuchen musste.

»*Yes, Sir*. Ich weiß alles über die Geschichte der Luftfahrt und wie die meisten Apparate funktionieren. Aber laut dem Handbuch der *Girls Scouts* muss ich auch eine Flugbasis besuchen, die an der Technik von Flugzeugen und Satelliten arbeitet. Alex sagt, das, was hier geschieht, sei weltweit einmalig, *Sir*.«

Beim letzten *Sir* sah sie ihn fest an und überlegte, mit welchen Judo-, Jiu-Jitsu- oder Taekwondo-Griffen sie ihn zu Boden werfen könnte. Und wie sie dafür sorgen würde, dass er nie mehr aufstand.

Als wenn er ihre Gedanken lesen könnte, nahm der Colonel eilig die Hand von ihrer Schulter.

»Also, Alex, da hast du aber wirklich ein kerniges Mädchen mitgebracht.« Er sah wieder Iris an. »Was hältst du davon, wenn ich mit dir eine Spezialführung auf dem Gelände unternehme, Iris? Nur wir zwei? Du darfst mich alles fragen und entscheidest selbst, was du dir anschauen willst.«

»Auch das Kontrollzentrum, *Sir*? Wo die Satelliten gewartet werden?«, fragte sie mit gespielter Begeisterung.

»Das ist der langweiligste Ort, den es hier gibt, warum solltest du dir den angucken wollen?«, fragte der Colonel. Er klang aufrichtig verwundert.

»Weil ich später gern als Beruf Satelliten-Software entwickeln würde, Colonel.«

»Auch wenn man es ihr nicht ansieht, Colonel«, sagte Alex grinsend, »meine Schwester ist ein unglaublicher Nerd.«

»Eine Streberin, meinst du wohl«, sagte Iris gespielt beleidigt.

»Eine Streberin«, bestätigte Alex.

Der Colonel lachte. »Einverstanden. Wenn es das ist, was du willst? Sobald Alex diese ... kleine Sache für mich erledigt hat, mache ich mit dir eine Führung und zeig dir auch das Kontrollzentrum. Bis morgen, Alex.«

In zackigem Soldatenschritt verließ der Colonel ihre

neue Wohnung. Erst nachdem er in seinen Jeep gestiegen war, wagte Iris es, den Mund aufzumachen. »Was für ein Widerling.«

»Das kannst du laut sagen. Ich weiß nicht, ob das mit unserem Plan was wird, Iris.«

»Warum denn nicht?«

»Ihm geht es nur darum, sich Geld in die Tasche zu stecken, er hat absolut kein Interesse daran, mir zu einem Job zu verhelfen.«

(Hatte Iris das nicht schon die ganze Zeit gesagt?) »Warum machst du dann überhaupt bei dem Rennen mit?«

»Er ist der Einzige, der uns ins Kontrollzentrum bringen kann. Es ist extrem gesichert, Fingerabdrücke, Iris-Erkennung, Passwörter. Das kriegt nicht einmal Fiber gehackt.«

Lügner, dachte Iris. Sie hatte gehört, wie Mr Oz gesagt hatte, dass sie den Colonel nur für den allerletzten Teil brauchten. Sie wollte allerdings nicht verraten, dass sie ihn belauscht hatte. »Aber wenn du gewinnst, lässt er mich doch rein, oder?«

»Ach, er kommt garantiert mit irgendeiner Ausrede an, warum das auf einmal doch nicht geht. Und dann sind wir genauso weit wie jetzt.«

»Uns bleibt also genau ein Tag, um uns etwas anderes einfallen zu lassen«, sagte Iris entschlossen. »Vielleicht hat Fiber eine Idee, oder Mr Oz.«

Sie versuchte, Alex aus der Reserve zu locken, aber wie gewöhnlich ließ er sich nicht beeindrucken.

»Ich werde mich mal auf der Basis umsehen«, fuhr sie fort. »Vielleicht gibt es ja noch eine andere Möglichkeit, in das Kontrollzentrum zu gelangen.«

193

»Einverstanden. Und ich nehme Kontakt zu Pala auf«, antwortete Alex. Er zögerte kurz, bevor er ihr die Hände auf die Schultern legte. »Danke«, sagte er.

Iris nickte, wagte es jedoch nicht, etwas zu sagen. Alex beugte sich vor und drückte seine Lippen auf ihre. Er küsste sie so sanft, als hätte er Angst, ihr wehzutun.

(Wer war Alex? Wer war er wirklich?)

YunYun machte es mehr Spaß, als sie erwartet hatte, sich eine Übersicht über Mr Oz' Gehirn zu verschaffen. Es war nicht einfach, aber gerade die Herausforderung machte die Sache so interessant. Allerdings verstand sie nicht, was das Ganze sollte. Es war schließlich nicht so, dass man einfach ein Gehirn kopieren, es auf einer Festplatte speichern und einen digitalen Menschen schaffen konnte. Ohne die neurologischen Verbindungen des menschlichen Gehirns hatte man nicht mehr als einen Berg Daten, wie ihr Mr Oz erklärt hatte. Er meinte, es sei sein Back-up für die Nachwelt. Für Alex, wenn er selbst irgendwann nicht mehr da war.

YunYun glaubte ihm kein Wort. Aber die Aufgabe lenkte sie ab, und fürs Erste schien sie damit keinen Schaden anzurichten.

Ein Chat-Fenster öffnete sich und nahm YunYun die Sicht auf den Scan. Sie wollte es gerade genervt wegklicken, als plötzlich ein Satz erschien: »Schläft er?«

Wer mit *er* gemeint war, war eindeutig. Es gab außer ihr nur eine einzige andere Person im Raum. Aber wer hatte die Frage gestellt?

Sie warf einen flüchtigen Blick über ihre Schulter. Mr Oz saß regungslos auf seinem Thron, in derselben Haltung wie in den letzten Stunden. Über das Kabel wurde das System immer noch mit Daten gefüttert. Während sie sein Gehirn kopierte, schien er selbst im Off-Modus zu sein, war wie weggetreten.

YunYun legte die Finger auf die Tastatur und tippte lautlos: »Er ist ... offline. Bist du das, Fiber?«

»Yes. Was machst du gerade?«

»Ich kopiere das Gehirn von Mr Oz, keine Ahnung, warum.«

»Sein Gehirn? Wie eigenartig. Hat er sonst noch etwas gesagt?«

»Nein. Das Programm heißt Singularity, sagt dir das was? Er hat auch von einem Ray Kurzweil gesprochen.«

»Warte kurz«, las sie. Und wenige Sekunden später: »Ich habe ihn gefunden. Kurzweil glaubt, dass Menschen in der Zukunft unsterblich werden können, wenn sie eine Sicherheitskopie ihres Gehirns in einem Computer hochladen.«

»Das geht doch gar nicht«, tippte YunYun. »Es gibt kein Programm, das so viele Daten verarbeiten kann. Das hat Mr Oz mir gesagt.« Sie wunderte sich über sich selbst. Noch vor einem Jahr hätte sie kein Wort von dem verstanden, was Fiber gerade geschrieben hatte. Aber der Unterricht und das Training hatten ihr mehr Wissen vermittelt als nur Sprachkenntnisse und Waffenkunde.

»Hier steht: frühestens 2040«, antwortete Fiber.

»Er hat von einem Erbe für Alex gesprochen. Vielleicht soll Alex ihn 2040 wieder zum Leben erwecken?« Während YunYun tippte, dachte sie, wie gut das zu Mr Oz passen würde.

Gleichzeitig meldete der Computer, dass erneut ein Teil

seines Gehirns hochgeladen worden war. YunYun öffnete den Datensatz.

»Operation *Entthronter Wolf*, sagt dir das was?«, schrieb sie.

»Nein. Was ist damit?«

»Mr Oz hat davon gesprochen.«

»*Thanks*, ich recherchier das.«

»Gern geschehen«, wollte YunYun gerade tippen, aber da war das Chat-Fenster schon wieder geschlossen.

EIN ABEND AUF DER BASIS

Iris holte ihr iPad heraus. Zum Glück gab es auf der ganzen Militärbasis WLAN. Sie setzte sich auf das Sofa, das sie am Morgen gründlich gesaugt hatte.

Informationen über das Kontrollzentrum zu suchen, hatte keinen Sinn, die standen ohnehin nicht online. Einer Eingebung folgend, tippte sie »*Street race Colorado Springs*« ein. Gleich der erste Link war ein Volltreffer. Laut der Website der Polizei hatte die Stadt ein ernsthaftes Problem. In den letzten Jahren waren sechshundertzehn Verwarnungen ausgesprochen worden, Dutzende von Unfällen geschehen und einundvierzig Teilnehmer verletzt worden, darunter in erster Linie Teenager. Auch einen Toten hatte es gegeben.

Die Polizei hatte Aufklärungsarbeit an Schulen geleistet und die Schüler gewarnt, dass *Racen* auf der Straße nicht nur streng verboten, sondern auch lebensgefährlich sei. Laut der Website hatten die Straßenrennen daraufhin sofort aufgehört.

Iris konnte das nicht glauben. Sie vermutete, dass die Rennen an anderen Orten heimlich weiterliefen. In diesem Fall an einem bestimmten Ort ganz weit oben.

Pikes Peak.

Iris warf einen Blick auf die Uhr. 16:25 Uhr, der Unterricht auf der Basis musste jetzt eigentlich zu Ende sein. Bevor sie das *Broadmoor* verlassen hatten, hatte Alex ihr ein iPhone, einen Stapel Dollarnoten, einen Geldbeutel und zwei Kreditkarten gegeben. Iris packte alles zusammen und stand auf. Es war Zeit, das Jugendzentrum aufzusuchen.

Die Jugendlichen auf *Schriever* schienen vor allem im *Youth Center* abzuhängen und rumzujammern, wie langweilig es dort war. Aber sonst konnte man nichts anderes machen außer Bowlen oder ins Fitnessstudio gehen.

Die Teenager im Zentrum bedienten alle Klischees: Die Jungs hatten kurze Haare und vom Fitnesstraining aufgeblasene Muskeln, die Mädchen trugen hautenge Pullis. Alles an ihnen schrie: Soldateneltern. Nur eine kleine Handvoll Teens verweigerte den Trend. Iris scannte den Raum auf der Suche nach einem Opfer ab. Schnell stieß sie dabei auf ein Mädchen, das die jüngere Schwester von Fiber hätte sein können. Sie trug Dreadlocks und ein T-Shirt mit der Aufschrift MAYHEM, was offensichtlich der Name einer Metal-Band war. Sie passte absolut nicht zu den anderen und saß deshalb wahrscheinlich auch alleine am Tisch.

Sie las ein Buch.

Iris kam eine Idee. Sie ging mit ihrem Handy ins Internet und suchte nach Informationen über die Band auf dem Shirt. So schnell sie konnte, lernte sie die Geschichte der Band auswendig, was ihr schwerer fiel, als sie sich eingestehen wollte. Per Kreditkarte kaufte sie ein Album der Band, lud es sich aufs Handy und drehte die Musik so laut auf, wie es nur ging. Das Ganze dauerte nicht einmal drei Minuten. Erst dann lief sie weiter zu den Tischen. Die Jugendlichen blickten irritiert auf, als sie in einer Wolke aus Lärm an ihnen vorbeispazierte.

Ein Mitarbeiter mit fettigen Haaren kam auf sie zu und bat sie mit lauter Stimme, die Musik leiser zu drehen. Iris sah ihn unbeeindruckt an und stellte sie aus.

»*Thank you*«, sagte der Mann und ging wieder.

Iris ließ den Blick durch den Raum schweifen, bis ihr Blick

auf dem Mädchen mit den Dreads hängen bl
sie zu sich. Iris lächelte. *Score!*
»Ich bin also nicht die einzige Normale h
mit schwerem amerikanischem Akzent. »Z
dachte schon, ich sei in *Boringland* gelandet. I
»Hi, ich bin Shannon. Und du siehst überhaupt nicht aus wie ein *Mayhem*-Fan.« Sie musterte Iris. »Eher wie jemand, der Beyoncé hört oder Lady Gaga, wie mein Bruder.« Sie machte eine Kopfbewegung zu einer Gruppe Jungs, die aussahen, als wären sie einem Highschool-Film entsprungen.

»*A face in stone ... decayed by age*«, sagte Iris den Text von einem der Songs auf, die sie gerade auswendig gelernt hatte. Als sie weitersingen wollte, fiel ihr der Text nicht mehr ein. Zum Glück setzte Shannon ein. »*A man who has returned to tell of his damnation.*« Sie lächelte deutlich beeindruckt. »Setz dich.«

Iris nahm ihr gegenüber Platz. »Was liest du?«

Shannon hielt ihr Buch hoch. »*Catch 22*, über einen Soldaten, der den Wahnsinn des Krieges erkennt. Nicht gerade populär auf der Basis, wen wundert's. Ist dein Vater hier stationiert?«

»Mein Bruder. Ich bin nur zu Besuch. Ich würde gerne das Kontrollzentrum besichtigen, wo die Satelliten mit neuer Software ausgestattet werden.«

»Ha! Das kannst du vergessen«, sagte Shannon. »Dieser Teil der Basis ist *off limits*. Da dürfen nicht einmal die höchsten Militärs ohne *proper authorization* hinein.« Sie hatte einen heftigen Akzent. Inderpal hätte vermutlich bis auf eine Quadratmeile genau sagen können, aus welchem Teil der USA Shannon stammte. »Nicht dass es dort viel zu sehen

„abe«, sagte sie. »Schätze ich jedenfalls. Einen Haufen Computer und Server und ein paar Nerds, die sie bedienen. Gehst du gern bowlen?«

Iris schüttelte den Kopf und beschloss, auf einem anderen Weg ihr Glück zu versuchen. Über die Satelliten würde sie von Shannon nichts erfahren, das war eindeutig. »*I love racing*«, sagte sie daher, »ich bin bloß leider noch zu jung, um mitzumachen.« Sie beugte sich vor und flüsterte: »In L. A. haben wir oft nachts bei illegalen Autorennen zugeschaut. Natürlich absolut verboten, aber so was von cool.«

Sie hoffte, dass sie nicht zu sehr wie ein naiver Teenager klang.

»Oh, die gibt es hier auch«, sagte Shannon desinteressiert. »Ich weiß allerdings nicht, was an betrunkenen Jungs, die versuchen, sich wegen ein paar Dollars totzufahren, so toll sein soll.«

»Warst du schon mal dabei?«, fragte Iris.

Shannon schüttelte den Kopf. »Nein, nur mein Bruder Victor tönt immer herum, dass er mitmachen will. Dabei traut er sich das sowieso nicht.«

»Vielleicht traut er sich, wenn du ihn begleitest. Wollen wir mal zusammen bei einem Rennen zuschauen?«

»*No thanks*. Ich lese lieber. Aber lass dich durch mich nicht aufhalten.«

Sie begann eindeutig, das Interesse zu verlieren, also wechselte Iris schnell das Thema und fing noch mal mit der Metal-Band an.

Shannon legte ihr Buch weg. »*Mayhem* hat mein Leben verändert, kannst du dir das vorstellen?« Sie wurde immer begeisterter, und Iris ließ sie so viel reden wie möglich.

Sie holte zwei Cola light und lenkte das Gespräch vorsichtig wieder in Richtung Autorennen, als Shannon sie fragte, was ihre Leidenschaft sei.

»Ich stell mir gerne vor, ich würde im Dunkeln die Straßen entlangbrettern, *Metal* auf den Ohren, mein Gegner ein blonder Junge, der nur noch meine Rücklichter sieht«, sagte Iris grinsend.

»Du hast sie echt nicht mehr alle«, sagte Shannon. »Und du hast zu viel *The Fast and the Furious* gesehen. Zum Glück mag ich durchgeknallte Leute. Willst du wissen, wann das nächste *Race* stattfindet?«

»Logisch.« Morgen. Das wusste Iris natürlich schon, aber sie stellte sich dumm.

Shannon kritzelte etwas auf einen Bierfilz. »Hier, das ist die Website, auf der alles angekündigt wird.«

Iris steckte den Bierdeckel achtlos ein. »*Thanks*. Vielleicht kommst du ja doch mal mit«, versuchte sie es erneut.

»Wer weiß.«

Sie unterhielten sich noch eine Weile über die Bandmitglieder und Gitarrenriffs, bis Iris verkündete, dass sie gehen musste.

»Bis demnächst.«

Shannon nickte und vertiefte sich wieder in ihr Buch. Iris lief lächelnd an den Tischen mit den coolen Jungs vorbei zum Ausgang. Shannon erinnerte sie an sich selbst in der Zeit, nachdem ihr Vater gestorben war. Damals war sie auch lieber allein mit einem Buch gewesen als unter Menschen. Erst auf Pala war sie wieder sozialer geworden.

»Du interessierst dich fürs *Racen*?«, fragte ein nicht gerade hässlicher blonder Junge. Er war ungefähr neunzehn und saß neben einem anderen Jungen auf einem Barhocker an der Theke. Ganz offensichtlich hatte er das Gespräch zwischen Shannon und ihr mit angehört.

Sie nickte. »Yeah. Machst du bei einem mit?«

»Wenn du das möchtest«, antwortete der Junge. »Aber wenn ich gewinne, will ich eine Belohnung.«

»Woran hast du da so gedacht?«, fragte Iris und rückte näher an ihn heran.

»Och, uns fällt schon etwas ein, meinst du nicht?«

Sein Freund stieß ihn an und murmelte: »Die ist höchstens fünfzehn, Mann, du machst dich strafbar!«

Der Junge zuckte die Achseln. »Sie ist alt genug, um das selbst zu entscheiden, oder?«

Iris nickte und lächelte lieb. »Logo. Wie heißt du?«

»Victor.«

»Wir sehen uns beim nächsten *Race*, Victor!«, sagte sie im Gehen. Sie sah noch, wie Shannon die Augen verdrehte. Brüder, was sollte man dazu noch sagen.

Auf der Website stand nicht nur das Datum des Autorennens – das in der Tat morgen Abend war –, sondern auch, wo genau es stattfinden würde und wie die Wetteinsätze geregelt waren. Iris rief sofort Alex an.

»Wo bist du?«, fragte sie.

»Ein Auto kaufen, für das Rennen«, sagte er. »Was hast du herausgefunden?«

»Die Wetten werden vor allem zwischen den Fahrern selbst abgeschlossen. Die Zuschauer machen zwar auch mit, aber da geht es nur um ein paar Dollars. Von großen Beträgen steht da gar nichts.«

»Das heißt wohl, dass der Colonel in ein Wettbüro in Colorado Springs geht«, sagte Alex. »Vielleicht können wir ihn beschatten und erpressen?«

»Oder er spielt online«, sagte Iris. »Das ist viel billiger und anonymer.«

»*Shit*, darauf bin ich gar nicht gekommen«, sagte Alex.

»Hast du schon etwas von ihm gehört?«, fragte sie. »Vom Colonel, meine ich.«

»Ja. Morgen Nachmittag kommt jemand vorbei und holt die zehntausend Dollar ab.«

»Und was machen wir jetzt?«

»Ich weiß es noch nicht. Hast du schon etwas über das Satellitenzentrum rausgekriegt?«

»Nicht mehr, als wir sowieso schon wussten: Man kommt nur auf dem offiziellen Weg rein.«

»Okay, dann lass es fürs Erste gut sein. Danke, Iris. *Good job.*«

Errötend legte sie das Telefon weg. Sie überlegte kurz, Kontakt zu Fiber aufzunehmen, aber das hatte Zeit. Sie starb fast vor Hunger.

Fiber kam es fast so vor, als würde sie im Beobachtungsraum wohnen. Dazu fehlte auch nicht mehr viel. Ab und zu brachte ihr einer der Kandidaten etwas zu essen. Manchmal warfen sie einen skeptischen Blick auf die Matratze, die am Boden lag und auf der Kissen und eine Decke drapiert waren. Lediglich wenn sie aufs Klo musste, verließ Fiber das Zimmer.

Nur wenige der sechsunddreißig Bildschirme zeigten Orte auf Pala an. Der Rest war via CCTV mit der ganzen Welt verbunden. Von überall wurden gehackte Bilder über die verfügbaren Satelliten nach Pala gesendet – natürlich verschlüsselt und so, dass man sie nicht verfolgen konnte. Fiber hatte alle Missionen im Blick, hielt Mr Oz pflichtbewusst auf dem Laufenden und arbeitete an ihren eigenen Projekten weiter, wenn ihr Auftraggeber schlief.

Zu ihren eigenen Projekten gehörte es, Iris zu unterstützen und herauszufinden, was sich hinter der Operation *Entthronter Wolf* und dem Projekt *Singularität* verbarg.

Bisher aber hatte sie nichts erreicht. Iris und Alex waren auf der Basis und bereiteten sich auf das Autorennen vor. Das war nicht Teil der ursprünglichen Mission, und Fiber stand auch nicht dahinter. Sie hatte erwartet, dass Mr Oz wütend werden würde, wenn er von der Verzögerung erfuhr, doch er schien Alex regelrecht zu dem Rennen zu drängen. Mr Oz behauptete zwar nach wie vor, er wolle die Welt retten, aber sie glaubte ihm nicht. Warum sollte sie auch, bisher hatte er so gut wie immer gelogen.

Im Hintergrund piepte der Trojaner, den sie in das System von Mr Oz eingeschleust hatte. Fiber vergewisserte sich, dass er nicht online war, und öffnete das Fenster.

Der Trojaner war ein Programm, das alle Daten auf den Servern von Pala mit *Dethroned Wolf* und *Operation Dethroned Wolf* verglich – was Operation *Entthronter Wolf* bedeutete. Fiber erhielt folgenden Text: *The bird is struggling out of the egg. The egg is the world. Whoever wants to be born must first destroy a world. The bird is flying to God. The name of the God is Abraxas.*[5]

»Der Vogel kämpft sich aus dem Ei«, übersetzte Fiber. »Das Ei ist die Welt. Wer geboren werden will, muss eine

Welt zerstören. Der Vogel fliegt zu Gott. Der Gott heißt Abraxas.«

Was meinte Mr Oz denn damit?

Eine schnelle Internetsuche brachte mehrere Treffer. Es war ein Zitat von Hermann Hesse, einem deutschen Autor, der über die Konfrontation des Menschen mit sich selbst geschrieben hatte. Abraxas sollte ein Gott sein, der über dem christlichen Gott stand. Aber der Satz, der Fiber am meisten alarmierte, war: »Wer geboren werden will, muss eine Welt zerstören.«

Wie wörtlich sollte sie das nehmen?

Mit einer gut gefüllten Einkaufstasche lief Iris durch die Dunkelheit zu ihrem Haus auf Zeit. Die Basis war tatsächlich wie ein Dorf: es gab einen Supermarkt, ein Café, einen Laden, in dem man Rucksäcke, Luftmatratzen und Schlafsäcke kaufen konnte, und eine anständige Bowlinghalle mit sechs Bahnen. Dort hingen vor allem Jugendliche herum und gaben sich alle Mühe, die Rekorde der anderen zu brechen.

Iris verstaute ihre Einkäufe in der Küche und beschloss, noch ein bisschen fernzusehen, bevor sie sich ans Kochen machte.

Mit einer Flasche Cola und einer Tüte Chips in den Händen betrat sie das Wohnzimmer.

Auf dem Sofa saß Justin. »Hallo, Schwesterchen.«

»Du kannst hier einfach so ein und aus gehen?«, fragte sie.

Er zeigte ihr seinen Ausweis. »Die denken alle, ich sei auf der Basis stationiert.«

Iris hatte sich immer noch nicht ganz an sein neues Äußeres gewöhnt, aber es stand ihm. Und außerdem sah er damit wirklich genauso aus wie alle anderen Soldaten. Justin drehte das iPad um und fragte: »Straßenrennen?«

»Ein Mädchen muss sich doch irgendwie die Zeit vertreiben?« Sie setzte sich neben ihn aufs Sofa und nahm einen Schluck von der Cola. »Wenn du auch was trinken willst, musst du dir selbst etwas holen. Es steht alles im Kühlschrank.«

»Nein, danke, ich muss gleich wieder weg.«

»Du warst gestern so schnell verschwunden. Willst du Alex nicht begegnen?«, fragte sie.

»Doch, aber unter meinen Bedingungen.«

»Und warum bist du dann jetzt hier?«

»Lass den Unsinn, Iris. Ich hab dir gestern schon gesagt, dass du damit aufhören musst. Mach die Biege, solange du noch kannst.«

»Nein«, sagte Iris wütend. »Du hast gesagt, du vertraust darauf, dass ich mich richtig entscheide.«

»Du bist in der Militärbasis. Also hast du dich für das Falsche entschieden.«

»Tatsächlich? Wenn ich also das tue, was du sagst, ist es richtig, und wenn nicht, ist es falsch? Verpiss dich!« Iris setzte die Colaflasche an die Lippen und trank. Dabei klopfte ihr Herz wie wild.

»Ich weiß, wovon ich rede, Iris. Dein Plan geht nicht auf, du spielst Mr Oz bloß in die Karten.«

»Ach, und du weiß so genau, was du tust? Wer hat denn das Game geschrieben, das uns auf die Insel gelockt hat? Das mich, deine Schwester, auf die Insel gelockt hat!«

Justin öffnete den Mund, um etwas zu sagen, schloss ihn aber wieder.

»Das ganze Entsetzen, deine Wut über Mr Oz, der Kinder testet und entführt und trainiert – das sind alles nur Schuldgefühle, stimmt's, Justin? Du hast von Anfang an mit dringehangen. Du hast ihm das Werkzeug in die Hand gegeben, um uns auszuwählen. Und dann hat Mr Oz mich ausgesucht und dich beiseitegeschoben.«

Justin schüttelte heftig den Kopf. »Ich wollte die Welt verändern. Mr Oz hat versprochen, mir zu helfen. Ich war naiv. Als ich gemerkt habe, was er wirklich treibt, habe ich mich geweigert, weiter mitzumachen. Da hat mich Mr Oz in eine Isolierzelle gesperrt. Dir hat er die Geschichte aufgetischt, dass ich angeblich in Frankreich im Gefängnis hocke. Das war nur ein Trick, um dich nach Pala zu holen. Er wollte mich mit dir unter Druck setzen, vermute ich.«

»Und dann bist du geflohen, bevor ich ankam. Du hättest mich warnen oder mir helfen können!«

»Ich wusste doch gar nicht, dass du nach Pala kommst! Als ich es erfahren habe, hab ich dich sofort gesucht.«

»Darum hast du mich auch nicht mit nach Texas genommen, sondern nach Pala zurückgeschickt, weil du so *fucking* besorgt um mich warst. Du bist ein Lügner und keinen Deut besser als Mr Oz.«

»Ich ... Du hast recht. Ich hätte dich mitnehmen müssen. Das war der blödeste Fehler, den ich je gemacht habe.«

Iris nickte. Nicht, weil sie seine Entschuldigung akzeptierte – davon konnte sie sich nichts kaufen –, sondern weil sie ihre Wut nur mit knapper Not unterdrücken konnte.

»Die Sache ist ganz einfach, Justin. Wenn ich den Satelliten nicht hacke, kostet es YunYun das Leben. Ich opfere sie nicht, so wie du mich geopfert hast.«

»Ich lass das nicht zu, Iris.«

Jetzt war es genug.

»Du lässt das nicht zu? Justin, für wen hältst du dich eigentlich?«

»Iris, Mr Oz hat dich entführt, trainiert, dich einer Gehirnwäsche unterzogen. Was du denkst, sind nicht deine eigenen Gedanken! Wenn du nicht tust, was er sagt, vergiftet er dich über den Chip!«

»Dann hol ihn raus!«, schrie Iris und stellte ihre Flasche mit einem Knall auf dem niedrigen Sofatisch ab. »Mach den Chip jetzt sofort unschädlich, Justin, und nicht erst, wenn ich deine Pläne abnicke. Erpress mich bloß nicht!«

»Ich ... ich kann das nicht. Nicht hier.«

»Du kannst es nicht, oder du willst es nicht? Ist es nicht eher so, dass du es nicht machst, solange du mich noch brauchst, um Mr Oz zu bekämpfen?«

Justin erbleichte. Offensichtlich hatte sie einen empfindlichen Punkt getroffen. Sie packte ihn am Kragen seiner Uniform und zog ihn zu sich heran, bis sich ihre Nasen beinahe berührten.

»Do not fuck with me, Justin. Ich bin nicht mehr deine kleine Schwester. Ich bin eine Superheldin, und ich bin erwachsen geworden.«

»Was Mr Oz will, ist keine Veränderung, sondern Rache«, sagte Justin.

»Weiß ich«, sagte sie, jetzt etwas ruhiger. »Ich mache mir wegen Mr Oz keine Illusionen. Aber ich muss YunYun retten.«

»Das ist unmöglich. Wenn Mr Oz die Macht in den Händen hält, sind wir alle erledigt. Auch YunYun.«

»Darüber muss ich nachdenken«, sagte Iris. »Ich will YunYun nicht im Stich lassen.«

»Das verstehe ich. Ich gebe dir einen Tag Bedenkzeit, okay?«

Sie nickte.

Er zeigte auf die Cola. »Ich hätte jetzt doch gern eine.«

Iris stand auf und ging nachdenklich in die Küche. Würde er es wirklich fertigbringen, seine eigene Schwester auszuschalten, um die Welt zu retten? Und war sie bereit, die Welt für ihre beste Freundin zu opfern? Und wenn ja, war sie dann ein Monster?

Als sie ins Wohnzimmer zurückkehrte, war Justin weg. Die Tür zum Garten stand offen, Kälte kroch ins Zimmer.

Auch die Badtür war offen. Iris war sich sicher, dass sie auf dem Weg in die Küche noch geschlossen gewesen war.

Ihr rutschte die Colaflasche aus den Händen. Mit einem lauten »Nein! Nein!« rannte sie ins Bad.

Der Medizinschrank stand weit auf, das Brett war leer, abgesehen von einer Schachtel Paracetamol, die der Vormieter zurückgelassen hatte. Die Medikamente gegen die Albträume, die Pillen, durch die sie nach all den schrecklichen Monaten endlich wieder normal leben konnte, waren verschwunden.

Justin wollte ihr keine Bedenkzeit geben, er wollte sie aufhalten, koste es, was es wolle. Und jetzt wusste sie auch, wie weit er gehen würde.

Verdammt, sie hatte die Abendtablette noch nicht genommen! Das bedeutete, dass sie nur bis zum Morgen Zeit hatte, Justin und die Medikamente zu finden. Danach würden die Albträume und vielleicht auch die Halluzinationen zurückkommen.

PAPIERE!

Alex war auf dem Weg zurück zur Basis. Die Sonne war inzwischen untergegangen. Er hatte den ganzen Tag damit verbracht, das richtige Auto zu suchen. Eins, das genügend Bodenhaftung für die unregelmäßige Straße hatte, die sich den Pikes Peak hinaufschlängelte, und das gleichzeitig über genügend PS verfügte, um das Rennen zu gewinnen.

Alex wusste, dass der Colonel ihnen nicht mehr helfen würde, sobald er das Geld für ihn gewonnen hatte. Und ihm war klar, dass Mr Oz es ebenfalls wusste. Warum sollten sie es dann überhaupt versuchen? Was verschwieg ihnen Mr Oz?

Warum vertraust du deinem Vater?, hatte Iris ihn gestern Abend gefragt. Er hatte geantwortet, er habe niemand anderen. Das stimmte nicht – nicht mehr. Jetzt hatte er Iris. Und am liebsten wäre er mit ihr durchgebrannt. Dafür mussten allerdings ihre Chips unschädlich gemacht werden. Und genau das konnte er nicht.

Aber er kannte jemanden, der dazu in der Lage war.

Ohne den Blick von der Straße abzuwenden, griff Alex nach seinem Handy und rief Fiber an.

»Alex.«

»Warte kurz, ich stelle dich auf laut«, sagte er. Das Auto hatte eine Bluetooth-Verbindung, und kurz darauf erklang Fibers Stimme aus den Boxen.

»Wo bist du?«, fragte sie.

»Unterwegs. Ich habe ein Auto gekauft.«

»Du hattest doch schon eins.«

»Das war gemietet. Und für ein Rennen nicht geeignet.«

»Ach ja, das Rennen! Ich hab davon gehört. Das ist doch gar nicht Teil deiner Mission.«

»Wenn du eine bessere Idee hast, dann nur raus damit«, sagte Alex.

»Ähm ... nicht mitmachen?«, schlug Fiber vor.

»Mr Oz besteht aber darauf. Wir brauchen den Colonel. Und scheinbar nicht nur, um reinzukommen.«

»Bist du sicher, dass das der echte Grund ist?«

»Ja. Warum sollte er sonst wollen, dass sein Sohn das gleiche Risiko eingeht wie er?«

»Weil dein Vater gestört ist.« Ihre Stimme kam so klar aus den Boxen, als würde sie direkt neben ihm stehen und fluchen. »Vielleicht betrachtet er es als eine Art Initiationsritual, das dich in die Erwachsenenwelt einführt?«

Alex näherte sich einem weißen Ford, der sich exakt an die Höchstgeschwindigkeit hielt. Normalerweise tat er das auch, aber heute war es ihm völlig egal. Er gab Gas und zog in vollem Tempo an dem Ford vorbei. Er raste weiter, es war stockdunkel, und weit und breit war niemand zu sehen.

»Kann Mr Oz uns hören?«, fragte er, obwohl er es sich kaum vorstellen konnte, so offen, wie Fiber über seinen Vater sprach.

Es blieb einen Moment still. »Nein«, antwortete sie. »Warum?«

»Kannst du herausfinden, wo Justin ist? Oder Olina?«

»Nein«, sagte sie wieder. »Justin hat seinen Chip zerstört. Und Olina hat ihren rausgeschnitten, erinnerst du dich? Du warst dabei, oder besser gesagt: Du warst schuld daran. Warum willst du das eigentlich wissen?«

»Nur so.«

»Wie geht es Iris?«, fragte sie.

Sein Herz machte einen Sprung. Wie gut, dass Fiber nicht wirklich neben ihm saß, sonst hätte sie gesehen, wie rot er wurde.

»Gut, sie ist auf der Basis. Ich fahre jetzt zu ihr. Verdammt!«

»Was ist?«

Alex sah im Rückspiegel ein Polizeiauto näher kommen. Die Sirene heulte laut auf, um ihm anzuzeigen, dass er anhalten sollte.

»Polizei. Ich bin zu schnell gefahren. Ich muss Schluss machen.« Mit einem einzigen Knopfdruck unterbrach er die Verbindung und lenkte das Auto an die Seite. Er stellte den Motor aus und griff nach seinen Papieren. Führerschein, Fahrzeugschein, alles ganz ordentlich auf den Namen Alex Ryder ausgestellt.

Das Polizeiauto kam zehn Meter hinter ihm zum Stehen. Zwei Polizisten stiegen aus, beide einen Kopf größer als Alex, doppelt so breit und bewaffnet. Alex ließ das Fenster an seiner Seite herunter und legte die Hände ans Steuer, damit sie gut zu sehen waren.

Der größere der beiden Männer stellte sich neben das Auto und leuchtete mit einer Taschenlampe hinein. Der Lichtstrahl blieb erst kurz an Alex' Gesicht hängen und wanderte dann durch den Rest des Wagens.

»Ich war zu schnell, tut mir leid«, sagte Alex. »Ich habe nicht aufgepasst.«

»Papiere!«, bellte der Polizist.

Alex nahm die rechte Hand vom Steuer und bewegte sie langsam zum Beifahrersitz, auf den er die Unterlagen gelegt hatte.

Ebenso vorsichtig reichte er dem Polizisten die Papiere. Er wollte auf keinen Fall den Anschein erwecken, er führe etwas im Schilde.

Der zweite Polizist stand direkt hinter dem ersten, die Hand auf der Waffe, die im Holster steckte. Eine falsche Bewegung, und er würde sie auf ihn richten.

»Warte hier«, sagte der Mann. Er trat zur Seite, sodass er aus dem Schussfeld seines Kollegen verschwand, und ging zu seinem eigenen Auto.

Alex wusste, was sich jetzt abspielte. Der Polizist würde die Daten aus Führerschein und Ausweis in den Minicomputer im Polizeiauto eingeben oder – wenn der Wagen nicht ganz so modern war – die Nummern über Funk an die Zentrale durchgeben, wo man sie checken würde. Fiber hatte vor ihrer Abfahrt alle neuen Identitäten der Teams in die weltweiten Datenbanken eingespeist. Im günstigsten Fall bekam er eine Verwarnung, im schlimmsten eine Geldbuße wegen zu schnellem Fahren.

Aber es kam anders.

Alex erkannte es schon daran, wie der Polizist aus dem Auto stieg. Er gab seinem Kollegen ein Zeichen, woraufhin dieser sofort die Pistole zückte und sie auf Alex richtete.

»*Get out of the car, Sir!*« So grob und unangenehm amerikanische Polizisten auch waren, sie sprachen Verdächtige immer mit *Sir* an.

»Aber«, stotterte Alex, »ich bin doch nur zu schnell gefahren!«

»*Get out of the fucking car, Sir!*«

»*Yes, Sir.*« Langsam machte er sich Sorgen. Was war hier los? Alex öffnete die Fahrertür und stieg aus.

Jetzt hatte auch der erste Polizist die Waffe gezogen und richtete sie aus einiger Entfernung auf ihn. »Hände auf die Motorhaube! Beine auseinander!«

Alex tat, was sie von ihm verlangten. Die Motorhaube war noch warm, viel wärmer als die Nachtluft.

»Wird er gesucht?«, fragte der zweite Polizist. Seine Stimme klang auffallend hell und jung.

»Ich habe hier ein APB für Alex Ryder. Die AFOSI will ihn befragen.«

»AFOSI?«, antwortete der zweite. »Die jagen doch Terroristen? Das hier ist ein Junge!«

»Die werden doch immer jünger angeheuert«, meinte der erste Polizist. Und zu Alex gewandt sagte er: »Hände auf den Rücken! Wir haben Anweisungen, dich zur *Schriever Air Force Base* zu bringen.«

Zehn Minuten später war Alex zwar wieder auf dem Weg zur Basis, nun aber in einem Polizeiauto. Sein eigener Wagen stand einsam und verlassen am Straßenrand.

»Polizei. Ich bin zu schnell gefahren. Ich muss Schluss machen«, hörte Fiber ihn sagen. Danach trennte Alex die Verbindung.

»Idiot«, sagte Fiber. Zu schnell fahren war das Dümmste, was man machen konnte. Wenn man auf Mission war, hielt man sich an alle Regeln und versuchte um jeden Preis, nicht aufzufallen.

Alex wusste das nur zu gut.

Was jetzt? Sie hatte mit ihm über das reden wollen, was sie herausgefunden hatte. Vielleicht hätte Alex etwas Licht in die Angelegenheit bringen können.

Sie hatte sein Zögern bemerkt, als sie ihn nach Iris gefragt hatte. Da war irgendetwas im Busch.

Hatte sie etwas verpasst?

Auf ihrem Bildschirm flackerte ein Licht auf. Das bedeutete, dass Iris sie über den Chip anpiepte.

»Iris?«, sagte sie.

»Fiber?«

»Weinst du etwa?«, fragte Fiber.

»Er hat meine Pillen gestohlen!«, brüllte sie. »Er hat meine Pillen gestohlen!«

Alex, jetzt bist du wirklich zu weit gegangen, dachte Fiber.

DER VERRAT

»Beruhig dich erst mal«, sagte Fiber. »Ich verstehe kein Wort von dem, was du sagst.«

Es blieb einen Moment lang still, und Fiber überprüfte zur Sicherheit noch einmal, ob Mr Oz wirklich nicht mithören konnte.

»Justin«, flüsterte Iris. Dieses Mal war sie besser zu verstehen. »Justin hat die Tabletten geklaut. Ich dreh durch, Fiber, ich halt es ohne Medikamente nicht aus.«

»Justin? Nicht Alex?«

»Alex? Nein, Alex kauft gerade ein Auto für das Rennen, warum sollte er meine Tabletten klauen?«

»Vergiss es, erzähl mir alles.«

Während Iris berichtete, wie Justin in ihrem Haus aufgetaucht war, versuchte Fiber über den Computer herauszufinden, ob Alex schon wieder unterwegs war. Iris brauchte jemanden, der sie auffing, und der Einzige in der Nähe ...

»Verdammt«, unterbrach sie Iris.

»Was ist?«

»Alex. Die Polizei hat ihn festgenommen und bringt ihn zur AFOSI.«

»Alex? Warum?«, kreischte Iris. »Wer weiß denn, dass wir hier sind?«

Fiber fiel nur eine einzige Erklärung ein: »Justin. Abgesehen von mir und Mr Oz weiß es nur Justin.«

Justin saß mit Olina auf dem Sofa und starrte auf den Fernseher. So alt und klein die Häuser auf der Basis auch sein mochten, die Fernseher waren genauso wie der Rest von Amerika: groß.

Die Verwüstung, die sie zu sehen bekamen, war noch größer.

»Wo ist das?«, fragte Olina.

»In Berlin«, sagte Justin. »Das ist das Werk von Mr Oz.« Auf dem Bildschirm berichtete eine Frau völlig aufgelöst von dem Monster, das sie durch die Straßen hatte rennen sehen.

»Bist du dir sicher?«, fragte Olina. Wie immer war ihrem Gesicht nicht die kleinste Gefühlsregung anzusehen.

»Yes, Operation *Jabberwocky*. So sieht es also aus, wenn er seinen Willen kriegt.« Justin steckte eine Hand in die Tasche und tastete nach der Pillendose, die er seiner Schwester weggenommen hatte. »Wir müssen ihn stoppen, Olina, wir ...«

In diesem Moment piepte der Computer im Zimmer nebenan. Olina war auf Raubtour gegangen und hatte aus einem anderen Haus einen Rechner gestohlen. Sie stand auf, um nachzusehen, ob eine Nachricht eingegangen war, während Justin den Blick nicht vom Fernseher abwendete. Gerade war zu sehen, wie mitten auf der Straße eine Giraffe von einem Löwen angegriffen wurde. Dass das Ganze mit einer Handykamera gefilmt worden war, verlieh der Szene etwas Surreales.

»Justin?«, rief Olina von nebenan.

»*Yes?*«

»Alex ist festgenommen worden.«

»Was? Echt? Cool!« Justin stand auf und lief zu seiner Freundin. »Irgendeine Ahnung, wo sie ihn hingebracht haben?«, fragte er.

Olina drehte den Bildschirm in seine Richtung. Als Justin die Bilder sah, musste er grinsen. Er hatte von seinem Computer aus das System auf der Basis gehackt und war im CCTV der *Schriever Air Force Base* eingeloggt. Auf dem Bildschirm konnte man beobachten, wie ein Polizeiwagen vor der Tür eines Gebäudes parkte und ein Gefangener hinausgeführt wurde.

In dem Gebäude befanden sich die Verhörzimmer, in denen Isabela Olina und ihn festgehalten hatte. Und der Mann, der Alex dort erwartete, war Jason Lizik.

Endlich Gerechtigkeit, dachte Justin.

Das Verhörzimmer erinnerte Alex an die Isolierzellen auf Pala. Die Zellen waren mittlerweile allerdings auf seine mehrfache Bitte hin nicht mehr in Gebrauch, Justin war der Letzte gewesen, der darin eingesperrt gewesen war. Die Abschaffung der Zellen war einer der wenigen Fälle, in denen Alex eine Auseinandersetzung mit seinem Vater gewonnen hatte.

Dieser Raum hingegen wurde noch benutzt, und wie es aussah, erst vor Kurzem. Die gelbe Tischplatte war zerkratzt, ein Tischbein zerbrochen und wieder geleimt worden, und auf dem Teppich gab es rostige Flecken, die nur von Blut stammen konnten.

Hatte hier ein Kampf stattgefunden?

Der Mann, der Alex in Empfang genommen hatte, hatte ihn mit Kabelbindern an den Handgelenken gefesselt und ohne jegliche Formalitäten in das Zimmer geschubst. Die Polizisten, die ihn eigentlich auf die Polizeiwache bringen wollten, hatten lautstark protestiert, denn sie waren gar nicht begeistert, dass sie sich die Festnahme nicht selber auf die Fahne schreiben konnten.

Doch Alex war ganz zufrieden. Hier waren viel weniger Leute, und er war zurück auf der Basis. Er musste dafür sorgen, dass Colonel Burnes über den Vorfall informiert wurde. Schließlich war es im Interesse des Colonels, dass Alex noch vor dem Rennen freikam.

Die Tür ging auf, und der Soldat kam herein. Er setzte sich Alex gegenüber, stützte sich mit den Ellenbogen auf dem Tisch auf und verschränkte die Hände. Ohne ein Wort zu sagen, sah er Alex fest in die Augen.

Alex konnte sich gerade noch beherrschen, nicht laut »Buh!« zu rufen, denn das wäre ihm sicher nicht gut bekommen. Er musste sich unauffällig verhalten, ruhig bleiben, das Gespräch in die richtige Richtung lenken, damit ...

»Wenn du glaubst, dass Colonel Burnes dich hier rausholt, muss ich dich enttäuschen«, unterbrach der Mann seine Gedanken. »Der Colonel ist gerade verhindert, und es wird noch eine Weile dauern, bis er hier ist. *It's just you and me, boy.*«

Wie bitte? Woher wussten sie, dass er den Colonel kannte? Hatten die Leute aus der Basis etwa herausgefunden, wer er wirklich war?

Der Mann zog ein A4-Blatt mit seinem Foto hervor.

»Alex Ryder, zweifellos ein Pseudonym. Du bist mit deiner Schwester Iris hier, die in Wahrheit gar nicht deine Schwester ist. Was sagst du dazu? Hast du vielleicht Lust, mir zu verraten, wer du wirklich bist und was du hier wirklich willst?«

Alex schwieg.

»Lass mich raten. Du kommst aus Pala und hast dort ein Verhörtraining absolviert?«

Alex entglitten die Gesichtszüge nur für den Bruchteil einer Sekunde – aber das genügte.

»Dachte ich es mir doch.« Der Soldat stand auf.

Woher wusste der Mann von Pala? Wer hatte ihm das … Justin! Sie hatten Justin erwischt! Alex warf einen zweiten Blick auf die Schäden im Zimmer.

Nein, korrigierte er sich selbst. Sie hatten Justin zwar erwischt, doch er war entkommen. Darum war er gestern im *Broadmoor* gewesen. Bestimmt hatte er hier auf der Basis herausgefunden, wo Iris und er steckten.

Sein Gehirn arbeitete auf Hochtouren. Wenn die AFOSI ihre Informationen von Justin bekommen hatte, was hatte er ihnen dann noch alles erzählt?

Er schaffte es, einen neutralen Gesichtsausdruck aufzusetzen, sodass man ihm nichts mehr anmerken konnte, aber seine Gedanken fuhren Karussell. Wo war Justin? Und wo steckte Iris? Hatten sie Iris auch in ihrer Gewalt?

Iris lag auf dem Sofa, wartete auf Fiber und sah sich währenddessen im Fernsehen an, wie Berlin im Chaos versank. Sie hatte den Ton ausgestellt, die Bilder erzählten die Geschichte auch ohne Worte. Im Zoo war ein Feuer ausgebrochen, und alle Tiere waren entkommen.

Ein leichtes Summen an ihrem Hals kündigte an, dass Fiber mit ihr reden wollte. Sie berührte den Chip.

»Offiziell ist Alex nirgends auffindbar, allerdings habe ich Aufnahmen gefunden, die zeigen, dass er in ein Büro der AFOSI gebracht wurde, bei euch auf der Basis«, sagte Fiber.

»Kannst du mir sagen, wo genau das Büro liegt?«, fragte Iris.

»Was hast du vor?«

»Weiß ich nicht, mir wird schon was einfallen. Ich werde versuchen, ihn da rauszuholen.«

»Findest du nicht, dass Alex dort gut aufgehoben ist?«, fragte Fiber vorsichtiger als gewöhnlich.

»Nein, natürlich nicht. Warum denn?«

»Weil ohne ihn weder das Rennen noch die Mission stattfinden. Und du bräuchtest dich noch nicht mal einzumischen. Mr Oz könnte dir nichts vorwerfen.«

Iris sprang auf und schrie, als wenn Fiber nicht in ihrem Kopf, sondern direkt im Zimmer wäre: »Und was wird dann aus Alex?«

Olina und Justin versteckten sich in den Büschen vor dem Gebäude der AFOSI, aus dem sie noch vor wenigen Tagen selbst entkommen waren.

»Wie viele Männer zählst du?«, fragte Justin.

»Drei, einer davon ist Jason. Und du?«

»Auch drei.«

»Also?«, fragte Olina. »Was ist dein Plan?«

»Wir werden Alex befreien«, antwortete Justin zu ihrem Erstaunen.

»Du machst Witze«, sagte sie.

Justin schüttelte den Kopf. »Ich habe keinen Sinn für Humor, das weißt du doch.«

Jason hatte Isabela sofort angerufen, nachdem er den blonden Jungen ins Verhörzimmer B gesperrt hatte. Sie war zu

Hause, ihr Dienst hatte ein paar Stunden zuvor geendet, kurz nachdem seiner begonnen hatte. Im ersten Moment hatte sie Jason angeblafft, weil er ihre Anweisungen nicht befolgt hatte.

»Beschatten! Nicht festnehmen, so lautete der Befehl«, keifte sie. »Der Junge und das Mädchen sollten uns zu Colonel Burnes führen.«

»Die *State Police* hat ihn aufgegriffen, du hast den APB schließlich selbst rausgegeben.«

Isabela beruhigte sich wieder. »Wie viele Leute wissen, dass er hier ist?«, fragte sie schließlich.

»Wir sind hier zu dritt. Und die Polizisten, die ihn hergebracht haben, werden sicher ihre Vorgesetzten informiert haben.«

»Okay, dann ist es nur eine Frage der Zeit, bis Burnes etwas von der Festnahme mitbekommt. Wir müssen den Jungen schnell verhören und ihn gehen lassen, bevor Burnes auftaucht.«

»Ich könnte gleich damit anfangen«, schlug Jason zögernd vor.

»Aber lass dich nicht linken!«, sagte sie.

»Ich werde ihn nicht unterschätzen«, antwortete Jason. »Ich stelle zwei Männer vor die Tür, während ich drinnen bin.«

»Mach das. Ich komme auch dazu, in einer Dreiviertelstunde bin ich bei dir.«

Sie unterbrach die Verbindung. Achselzuckend steckte Jason sein Handy weg.

ICH BIN NICHT DEIN FREUND

Alex beschloss, das Spiel mitzuspielen. Er hatte keine Ahnung, was die Armee wusste und was nicht, aber vielleicht konnte er sie auf eine falsche Fährte locken – und ansonsten Zeit schinden. Sein Vater würde ihn nicht im Stich lassen.
Der Mann setzte sich wieder und stellte sich als Jason vor.
»Ich bin Alex«, stammelte er. »Ich weiß nicht, was Sie von mir wollen, ich kapier kein Wort.«
Der Soldat hob die Augenbrauen. »Du kommst aus unserer Gegend?«, fragte er erstaunt. »Ich dachte, auf Pala wären Jugendliche aus aller Herren Länder?«
Als Alex hier als Kind mit seinem Vater gelebt hatte, hatte er sich sehr bemüht, den lokalen Akzent anzunehmen. Aber sosehr er sich auch anstrengte, er klang immer noch britisch. Erst auf Pala hatte er zusammen mit Inderpal an seinem *Southern American English* feilen können. Jetzt sprach Alex den lokalen Akzent, als wäre er nie weg gewesen. Allerdings verwendete er ihn nie, wenn Iris in der Nähe war, denn genau diesen Akzent hatte er bei ihrem Verhör eingesetzt.
»Ich weiß nicht, wo Pala liegt«, sagte er mit seinem neuen Akzent. »Und ich weiß auch nicht, was ich hier soll. Aber irgendwie macht mir das Ganze Angst.«
»Schluss jetzt!«, schrie der Mann und schlug so heftig mit den Händen auf den Tisch, dass er ins Schwanken geriet. »Justin hat versucht, mich in die Irre zu führen, und Olina auch. Dir wird das nicht gelingen!«
Sehr schön, der Mann hatte seine Wut nicht unter Kontrolle. Das konnte Alex sich zunutze machen.

»Ich weiß nicht, wer Justin und Olina sind.« Alex ließ seine Stimme stocken. »Mein Name ist Alex Ryder, und ich lebe seit Jahren in The Springs. Ich bin hier auf der Basis stationiert, Mann!«

Wenn er sein Gegenüber auch nur ein kleines bisschen zum Zweifeln bringen konnte, dann hatte er jetzt die Chance dazu.

Zu ihrer großen Überraschung konnte Iris das Gebäude problemlos betreten. Es war zwar schon nach Mitternacht, trotzdem hatte sie erwartet, dass es bewacht würde.

Drinnen lief sie beinahe gegen eine Lampe. Das Gebäude war spärlich beleuchtet und kahl eingerichtet, die einzige Dekoration war ein Weihnachtsbaum, der lieblos in eine Ecke gequetscht worden war. Das Gebäude bestand aus mehreren leeren Räumen und zwei Verhörzimmern. Bei einem war die Scheibe zersplittert, vor dem anderen standen zwei Soldaten.

Sie sahen Iris, bevor sie die beiden entdeckte.

»*Miss?* Sie dürfen hier nicht rein«, sagte einer von ihnen in freundlichem Ton. Mit einem Schlag begriff Iris, warum die Pläne von Mr Oz so genial waren. Sie war vierzehn. Niemand würde hinter ihr eine Soldatin, Spionin oder Superheldin vermuten, nicht mal, wenn sie sich auf einem Militärgelände befand.

»Es ... es tut mir leid«, stotterte sie. »Ich dachte, hier wäre niemand.« Sie murmelte etwas von einer Wette.

»Komm, ich bring dich raus«, sagte der Mann und führte sie zum Ausgang. Er war vielleicht Anfang zwanzig.

Wenige Minuten später kehrte sie alleine zurück. Dieses Mal sorgte sie dafür, dass sie nicht gesehen wurde.

Vom benachbarten Büro aus beobachtete Iris den zweiten Soldaten. Auch er war höchstens zehn Jahre älter als sie. Die abendliche Bewachung von Verhörzimmern war keine Aufgabe für erfahrene Militärs, vermutete sie.

Iris hätte ihre Tabletten schon vor Stunden nehmen müssen, aber noch spürte sie nicht, dass die Wirkung nachließ. Sie konnte ohne Medikamente genauso klar denken wie sonst. Brauchte sie die Medikamente nicht mehr, oder dauerte es einfach eine Weile, bis die Halluzinationen zurückkehrten? Sie wusste es nicht und wollte es vorerst auch nicht wissen.

Iris lief auf den Soldaten zu. »Hilfe!«, rief sie. »Kommen Sie schnell! Ihr Kollege ist niedergeschlagen worden! Er blutet! Bitte, kommen Sie schnell, ich weiß nicht, wie schlimm es ist!« Sie verriet natürlich nicht, dass sie es gewesen war, die ihn niedergeschlagen hatte.

Der Mann zögerte nicht eine Sekunde und lief an ihr vorbei nach draußen. Iris rannte ihm nach.

»Ich bin drin«, sagte sie zu Fiber, nachdem sie ihren Chip angetippt hatte. »Ich habe die beiden Bewacher ausgeschaltet. Jetzt suche ich Alex.«

»Check«, sagte Fiber. »Ich bleibe online, dann kann ich mithören.«

Iris öffnete vorsichtig die Tür. Dahinter lag ein kleines, schmales Zimmer mit zwei Stühlen, die in Richtung einer großen Scheibe gedreht waren.

Hinter der Scheibe saß Alex. Er sah anders aus als sonst, jünger und ängstlicher, als sie ihn je gesehen hatte. Es dauerte einen Moment, bis sie begriff, dass er schauspielerte. Der Mann, der ihm gegenübersaß, wirkte wütend.

»Das machst du gut, mein Süßer«, murmelte sie. Er konnte sie nicht sehen, denn es war natürlich ein Polizeispiegel. Dafür konnte sie ihn nicht hören. Ließ sich daran vielleicht etwas ändern? Iris nahm auf dem rechten Stuhl Platz und suchte nach einem Lautsprecher.

»War das Iris?«, fragte Olina erstaunt. »Meine Fresse, hat die sich aber gemacht.«

Justin war sich sicher, dass sie nicht nur über ihre körperliche Entwicklung sprach, sondern vor allem über ihre Kampftechnik. Das ängstliche Mädchen, das er in Texas nach Pala zurückgeschickt hatte, gab es nicht mehr. Schon während der Tests hatte er gemerkt, wie gnadenlos sie sein konnte. Doch jetzt schien sie sogar noch eine Schippe draufgelegt zu haben. Sie war eine Kampfmaschine geworden und hatte ganz allein zwei erwachsene Männer ausgeschaltet.

»Ich bin beeindruckt«, sagte Olina. »Ich glaube, wir sind überflüssig.«

»Stimmt«, antwortete Justin. »Und ich muss unbedingt mit Alex sprechen.«

Iris hörte Alex' Stimme durch die Lautsprecher, doch was er sagte, ging völlig an ihr vorbei. Das Einzige, was sie wahrnahm, war sein Akzent.

(Es war derselbe Akzent!)

»Sie müssen mir glauben«, ertönte seine Stimme knarzend aus den Boxen, die in der Wand montiert waren. »Ich habe keine Ahnung, wo Pala liegt.«

Iris hatte das Gefühl, in Einzelteile zerrissen zu werden. Ihr Herz raste, und sie spürte Übelkeit in sich aufsteigen.

Das war die Stimme ihrer Albträume. Die eisige Art zu reden, der Südstaatenakzent ... mit einem Schlag war sie in Gedanken wieder bei dem Test.

Der Vernehmer auf Pala war Alex gewesen.

Alex hatte sie befragt, bedroht und in Todesangst versetzt. Alex hatte sie angelogen. Alex hatte YunYun gefoltert.

»No, Sir«, hörte sie die Stimme sagen. »Noch nie gehört.«

Die Tragweite seines Verrats sickerte erst nach und nach zu ihr durch. Alex hatte so getan, als würde er sie während der Verhörpausen trösten. Dieser Arsch!

Sie würgte und schaffte es gerade noch, alles bei sich zu behalten, wodurch ihr gleich noch übler wurde. Sie wollte heulen und schreien, aber sie musste still bleiben.

Wie konnte er nur!

»Ich bin nicht dein Freund«, hatte der Vernehmer auf Pala zu ihr gesagt. Doch genau das war er: ihr Freund. Der Mann, der sie schikaniert hatte, der sie nach Justin befragt und ihr ins Ohr geschrien hatte. Der YunYun gequält hatte. Das war ihr Freund.

Es war niemand anderes als Alex gewesen – Alex mit einem anderen Akzent und einer anderen Stimme. Einer Stimme, die er jetzt nutzte, um den Soldaten zu linken.

Genau, wie er mich die ganze Zeit gelinkt hat, dachte Iris.

»Alles in Ordnung?«, erklang Fibers Stimme in ihrem Kopf.

»Hörst du mit?«, fragte Iris.

»Ich wollte es dir sagen«, flüsterte Fiber.

Iris hörte abrupt auf zu weinen. »Du wusstest das?«

»Iris ...«

»Du wusstest es!«

Zum Glück war das Zimmer schalldicht, sonst hätte der Soldat auf der anderen Seite der Scheibe sie garantiert gehört.

»Iris, versteh doch, dass ...«

»Shut up, Fiber. Shut the fuck up.«

Fiber hielt den Mund.

Hinter der Scheibe gab der Soldat auf und verließ wutschnaubend den Raum.

Noch einer, der auf Alex wütend war. Es dauerte nicht mehr lange, bis niemand mehr übrig war, der bei ihm sein wollte, abgesehen von seinem durchgeknallten Vater.

»Er ist doch nicht etwa entkommen?«, fragte Isabela.

Jason holte tief Luft, bevor er antwortete. »Nein, aber er spielt das gleiche Spiel wie die anderen beiden: ›Ich weiß nicht, wo Pala liegt‹«, ahmte er Alex nach. »›Ich lebe seit Jahren in The Springs.‹«

»Er lügt.«

»Natürlich lügt er! Aber weißt du was, Isabela? Wenn uns nicht schon Informationen über ihn vorlägen, würde ich ihm glauben. Sein Akzent, die Details über die Stadt; alles weist darauf hin, dass er wirklich von hier stammt. Und trotzdem steht auf meinen Unterlagen schwarz auf weiß, dass er erst vor wenigen Tagen hergekommen ist. Was sind das nur für Kinder? Die sind nicht menschlich!«

Isabela meinte, sie passiere gerade das Tor zur Basis und würde so schnell wie möglich bei ihm sein. »Lass ihn ruhig eine Weile schwitzen, ich übernehme dann.«

Das war endlich mal eine gute Nachricht. Jason steckte das Handy in seine Hosentasche und beschloss, sich einen Kaffee aus dem Automaten zu holen. Und wenn er heute

Abend zu Hause war, würde er sich ein großes Glas Whiskey gönnen. Ohne Eis.

»Hallo, Jason«, hörte er da eine Mädchenstimme hinter sich. »Kennst du mich noch?«

Er drehte sich um und blickte direkt in die Augen von Olina.

JUSTIN VERSUS ALEX

An seinem schauspielerischen Talent lag es nicht, denn Alex konnte sehr überzeugend sein. Aber damit ein Auftritt richtig gelang, musste das Publikum bereit sein, ihm zu glauben. Und dieser Mann glaubte ihm absolut kein Wort. Er stellte zwar die obligatorischen Fragen, interessierte sich aber nicht für die Antworten. Was bedeutete, dass er nur versuchte, Zeit zu schinden. Und das wiederum hieß, dass nicht er hier der Chef war, sondern jemand anderes. Und dieser jemand war auf dem Weg zu ihnen.

Das waren keine guten Nachrichten. Am Ende brachten sie ihn fort von hier, an einen Ort, wo er unauffindbar war und wo sie ihn auf andere – illegale – Weise befragen konnten.

Nach allem, was du Iris und YunYun auf Pala angetan hast, hast du es nicht besser verdient, dachte Alex. Ich mache alles, was mein Vater von mir verlangt, egal, welche Konsequenzen es nach sich zieht. Fiber sagt immer, dass ich kein Rückgrat habe, und sie hat recht.

Zum ersten Mal, seit er Pala verlassen hatte, brach ihm der kalte Angstschweiß aus. Was, wenn sie ihn wirklich von hier wegbrachten? Was geschah dann mit Iris?

Iris beobachtete Alex, der stolz und ungerührt vor sich hin starrte. Selbst hier in der Zelle schien alles an ihm abzuprallen, als ob ihm nichts und niemand etwas anhaben konnte. Warum hatte es so lange gedauert, bis sie ihn so sehen konnte, wie er wirklich war? Gefühllos und hart – auf seine Weise genauso gnadenlos wie sein Vater.

»Was hast du jetzt vor?«, fragte Fiber.

»Ich werde ihn befreien und dafür sorgen, dass er das Rennen fahren kann«, hörte sie sich selbst sagen. »Dann zwingen wir den Colonel, uns Zugang zum Kontrollzentrum zu verschaffen, und ich gebe den Code ein. Unseren Code, den falschen. Damit wir die Kontrolle über die Satelliten und über Mr Oz bekommen.«

»Und dann?«

»Und dann rechne ich mit allen ab, die sich mir in den Weg stellen. Mit Mr Oz, mit Alex, mit wem auch immer. Den Erstbesten, der mir oder YunYun etwas antun will, mache ich kalt.«

»Ich stehe auf deiner Seite.«

»Das werden wir sehen«, antwortete Iris und verbannte Fiber mit einem Druck auf den Chip aus ihrem Kopf.

YunYun bekam immer mehr Einblick in das Gehirn von Mr Oz. Sie konnte zwar nicht sehen, was er dachte, doch sie konnte beobachten, wie sein Gehirn funktionierte. Tagsüber hängte sich Mr Oz in jeder freien Minute an das Kabel und kopierte sein Gehirn mit ihrer Hilfe Stück für Stück in eine riesige Datenbank, der er den seltsamen Namen Abraxas gegeben hatte. Die Aufgabe war kompliziert, aber auch faszinierend. YunYun fragte sich, wie viel Speicherplatz wohl nötig war, um ein gesamtes menschliches Gehirn zu kopieren, und ob dieser komplett auf Pala zur Verfügung stand.

Sie beschloss, ihn einfach zu fragen.

»SCHWER ZU SAGEN«, antwortete Mr Oz. »UNSER GEHIRN UMFASST ETWA SECHSUNDACHTZIG MIL-

LIONEN NEURONEN, DIE JEWEILS RUND TAUSEND VERBINDUNGEN EINGEHEN KÖNNEN. DAS SIND INSGESAMT GUT HUNDERT TERABYTE INFORMATIONEN. DAS KLINGT VIEL, YUNYUN, ABER DIE KANN MAN HEUTZUTAGE GANZ NORMAL IM LADEN KAUFEN.«
YunYun versuchte sich vorzustellen, wie Mr Oz an der Theke eines Computerladens stand und hundert Festplatten bestellte. »Und wenn ich fertig bin, existieren Sie dann auch im Computer? Wie eine Art Geist in der Maschine?«
»LEIDER FUNKTIONIEREN COMPUTER NICHT SO WIE UNSER GEHIRN«, antwortete Mr Oz. »OHNE STEUERUNGSSYSTEM HAT MAN NICHT MEHR ALS EINE KOPIE. UND SO EIN STEUERUNGSSYSTEM GIBT ES NICHT.«
»Und was tue ich dann hier?«
»NENN ES LEBENSVERSICHERUNG«, sagte Mr Oz. Er schien kurz zu zögern, fuhr dann aber fort: »ICH STERBE, YUNYUN. MEIN KÖRPER IST AM ENDE, ICH LEBE GELIEHENE ZEIT. DIESER ANZUG ...«, er hob seine mechanischen Arme, »HÄLT MICH AUFRECHT, SOLANGE ES GEHT, UND DAS IST NICHT MEHR LANGE.«
Mr Oz würde sterben? Der Gedanke sollte sie froh machen, denn ohne Mr OZ war sie frei und ihre Eltern nicht mehr in Gefahr. Und trotzdem machte die Neuigkeit YunYun traurig. Das Leben hatte Mr Oz schlecht behandelt.

»Olina«, sagte Jason. »Ich habe gedacht, du wärst schon längst wieder auf Hawaii! Oder war das auch eine Lüge?« Er stemmte die Hände in die Hüften, sodass er jederzeit nach seinem Holster greifen konnte. Sie schien unbewaffnet zu sein, doch das war auch kein Wunder. Er hatte sie in Aktion gesehen: Sie selbst war eine Waffe.

»Wenn Sie keinen APB für mich und Justin herausgegeben hätten, würde ich jetzt Weihnachten in der Sonne feiern. Aber ist schon in Ordnung. Ich habe hier nämlich sowieso noch etwas zu erledigen.« Sie stand in der Tür, nur ihre Silhouette war zu sehen.

»Lass mich raten, du willst den Gefangenen befreien«, sagte Jason.

Olina schüttelte den Kopf. »Meinetwegen können Sie den *Bastard* ertränken.«

»Ihr seid keine Freunde?«

»Eher nicht.«

»Und wir? Sind wir noch Freunde, Olina? Ich dachte, damals im Verhörzimmer, da hätte uns etwas verbunden.«

Sie machte einen Schritt nach vorn ins Licht. »Wenn Sie versuchen, Zeit zu schinden, muss ich Sie enttäuschen. Ihre beiden Kollegen ... schlafen.«

Verdammt. Sie war das also gewesen. Er wurde wütend, machte ebenfalls einen Schritt auf sie zu und legte eine Hand an seine Waffe.

»Hände hinter den Kopf, Olina«, sagte er. Er griff nach seiner Pistole und wollte sie gerade auf das Mädchen richten, als er den Lauf einer anderen Waffe im Rücken spürte.

»Guter Rat, *old man*. Zeit, ihn selbst zu befolgen.«

»Justin!«

»Jason, ich habe dich auch vermisst.« Und zu Olina gewandt sagte er: »Such meine Schwester und verwickle sie eine Weile in ein Gespräch, okay? Ich möchte alleine mit Alex sprechen.«

Iris wollte gerade den Raum verlassen, um den Soldaten zu überwältigen, der Alex verhörte, als sich die Tür öffnete und ein dunkelhaariges Mädchen hereinkam. Obwohl sie das Mädchen nur ein einziges Mal gesehen hatte (in Texas, wo sie Iris dazu bringen wollte, als Justins Spionin nach Pala zurückzukehren), erkannte Iris sie sofort.

»Olina! Was tust du denn hier?«

»Dich ablenken, damit Justin mit Alex sprechen kann.«

»Ha!« Iris lachte spöttisch auf. »Will er ihn überreden, sich gegen seinen Vater zu stellen? Viel Glück, das schaffe ja nicht mal ich.«

Olina zuckte die Achseln. »Ich habe keine Ahnung, was er mit Alex besprechen will, und es interessiert mich auch nicht.«

»Du befolgst also einfach so eine Anweisung, Olina? Pass bloß auf! Wir wissen alle, welche Folgen das haben kann.«

»Ich vertraue deinem Bruder, Iris«, sagte sie leise. »Er hat mich vor Mr Oz gerettet. Und nun versucht er, die Welt zu retten.«

»Man kann auch blind sein vor Vertrauen, Olina. Und jetzt lass mich bitte durch.«

Iris machte einen Schritt auf Olina zu, die sich vor der Tür aufgebaut hatte.

»*Sorry*«, sagte Olina freundlich. »Befehl von Justin. Er möchte kurz mit Alex unter vier Augen reden.«

»Alex, du rufst nicht an, du schreibst mir nicht. Was soll ein Junge wie ich bloß davon halten?« Justin stellte sich so hin, dass Alex ihn sehen konnte.

»Was tust du denn hier?«

»Dich befreien, einen Deal mit dir aushandeln.«

»Was für einen Deal?«

»Nicht jetzt«, sagte Justin und wies auf die Spiegelwand. »Diese Wände haben Augen und Ohren.« Er zog sein Messer heraus. »Kann ich dir vertrauen?«

Gute Frage, dachte Alex und nickte.

»Okay.« Justin schnitt das Plastik durch und konnte sich die Bemerkung nicht verkneifen, dass die Handschellen bei Alex nicht ganz so stramm saßen wie bei ihm damals.

»Also ist das alles dein Werk?«, fragte Alex und wies auf den kaputten Tisch.

Justin schüttelte den Kopf. »Nein, das war Olina. Ich war im Zimmer nebenan, von dem ist nichts mehr übrig. Komm.« Er schob Alex zur Tür, der sich die schmerzenden Handgelenke rieb.

Als sie draußen waren, hörten sie Getöse und Fluchen. Alex blieb stehen.

»Was ist das?«, fragte er misstrauisch.

»Olina, die versucht, Iris aufzuhalten.«

»Und warum, bitte schön?«

»Weil ich kurz in Ruhe mit dir reden will, ohne dass sich meine Schwester mit ihren besserwisserischen Bemerkungen einmischt.«

»Sollten wir nicht lieber eingreifen? Es klingt, als ob sie Iris total vermöbelt.«

»Das wird auch mal Zeit«, sagte Justin. »Komm, wir müssen los, in ein paar Minuten tauchen hier die Hilfstruppen auf.«

Es war, als hätte sie ihre rosarote Brille abgesetzt. Alles war eine Lüge. Alex war nicht die Liebe ihres Lebens, sondern genauso hartherzig wie sein Vater. Ihr Bruder wollte sie um jeden Preis aufhalten und hatte sogar Olina geschickt, um dafür zu sorgen. Auch, wenn das den Tod von YunYun bedeuten würde.

Bis hier und nicht weiter, dachte Iris.

Der Raum war eigentlich zu klein für einen Kampf, aber das konnte man sich auch zunutze machen. Iris griff nach einem Stuhl und warf ihn nach Olina. Das Einzige, was Olina tun konnte, war, sich zu bücken. Der Stuhl knallte gegen die Tür und prallte an ihrem Rücken ab. Bevor sie reagieren konnte, krachte ihr schon der zweite Stuhl direkt ins Gesicht. Olina konnte ihn zwar noch abwehren, verletzte sich dabei aber am Arm.

»Das wirst du mir büßen!«, schrie Olina und sprang auf sie zu.

Damit hatte Iris gerechnet. Sie machte eine Vierteldrehung, sodass sie mit dem Rücken zur längsten Wand stand, packte Olina an der Taille und schleuderte sie auf die andere Seite des Zimmers, wo sie mit einem lauten Schlag gegen die Wand knallte. Iris zögerte keinen Moment und lief zur Tür.

»*No way!*«, schrie Olina. Sie rappelte sich auf, schoss nach vorn und packte Iris am Knöchel.

Jetzt war sie es, die auf dem Boden aufschlug. Olina versuchte, auf sie draufzuspringen, aber Iris drehte sich blitzschnell zur Seite, sodass wieder Olina auf dem Boden landete. Iris begann, auf sie einzuprügeln.

»Hör auf!«, kreischte Olina. »Iris, bist du verrückt geworden?«

»Du bist völlig wahnsinnig«, sagte Alex. Sie waren nach draußen gegangen, um sich irgendwo in Ruhe zu unterhalten, wo man sie nicht sehen konnte. Alex stieg über die beiden bewusstlosen Soldaten, die das Verhörzimmer bewacht hatten. »Ist das dein Werk?«, fragte er.

»Nein, das war Iris.«

»Ich habe versprochen, dir zuzuhören, weil du mich da rausgeholt hast, aber mehr auch nicht. No way, dass ich bei so was mitmache.«

»Es ist die einzige Chance, die wir haben«, sagte Justin.

»Und das weißt du.«

»Nein, ihr versteht das nicht. Mein Vater ...«

»Hat die besten Absichten der Welt, er ist der große, unverstandene Gutmensch, bla bla bla. Es wird Zeit, dass du eine andere Platte auflegst, Alex.«

Sie blieben an einer Baumgruppe am Rand der Straße stehen, wo die Kameras sie nicht im Blick hatten.

»Hör zu, ich bitte dich nicht, mein bester Freund zu werden, Alex. Aber du könntest zumindest mal über meinen Vorschlag nachdenken, bevor du Nein sagst.«

»Das ist lebensgefährlich!«

Justin zuckte die Achseln, und Alex erkannte auf einmal, dass Justin kein Schatten mehr war, niemand, der das Rampenlicht mied und sich hinter Bildschirmen vergrub. Er war in die erste Reihe getreten, suchte das Gespräch mit Alex, weil er etwas verhindern wollte und es alleine nicht schaffte. Wenn Justin sich ändern konnte, konnte er das dann nicht auch?

»Okay«, sagte er. »Erklär es mir noch mal von vorne. Du willst, dass ich das Rennen verliere. Und weiter?«

Iris entdeckte Alex und ihren Bruder draußen. Sie ignorierte das Blut an ihren Händen und das Flackern vor den Augen. Schwankend lief sie durch die Nacht, während sie immer wieder Olinas Gesicht vor sich sah.

(Was hatte sie getan? Was hatte sie nur getan!)

»Wenn du unsere Chips nicht zerstörst, mache ich nicht mit«, hörte sie Alex sagen.

»Wenn du nicht mitmachst, zerstöre ich die Chips nicht«, parierte Justin. Wie zwei Kampfhähne standen sie sich gegenüber, die Hände zu Fäusten geballt, bis unter die Achseln vollgepumpt mit Adrenalin.

»Jungs«, sagte sie. »Ich glaube, mir geht es nicht so gut ...«

Sie sah, dass Alex auf ihre blutigen Hände starrte.

»Iris, was ist passiert?«, fragte er.

»Olina«, sagte Iris. »Sie stand im Weg. Ich ...« Sie spürte, dass sie in sich zusammensackte.

Justin packte sie und schüttelte sie heftig. »Wo ist Olina?«, schrie er. »Was hast du mit ihr gemacht?«

»Ich war so wütend«, heulte Iris. »Auf dich, auf Alex. Und sie wollte nicht zur Seite gehen. Da habe ich sie ausgeschaltet.«

Justin ließ seine Schwester so plötzlich los, dass sie zu Boden knallte.

»Iris, was hast du getan?«, fragte er mit zitternder Stimme und rannte los. Sie versuchte, sich aufzurichten, aber alle Kraft schien aus ihr gewichen zu sein.

Justin hatte den Eingang des Gebäudes im Blick. Es war niemand in Sicht, abgesehen von den beiden bewusstlosen Soldaten, die Iris zur Strecke gebracht hatte. In der Ferne hörte er ein Auto. Er wusste, seine einzige Chance war jetzt.

Während er geduckt ins Haus lief, konnte er nur eins denken: Sei am Leben, Olina. Bitte. Sei am Leben.
Er fand sie bewusstlos in einem der Verhörzimmer. Sie hatte ein blaues Auge, und ihr Gesicht war voller Blutergüsse. Ihre Wange war aufgerissen. Aber sie lebte.
Justin schloss kurz die Augen und atmete tief durch. Seine Schuld, das alles war seine Schuld. Er musste dem Ganzen ein Ende bereiten. Langsam öffnete er die Augen wieder, ging in die Knie und hob Olina vorsichtig hoch. So sanft, wie er nur konnte, legte er sie sich über die Schulter und schlich aus dem Gebäude, in die Nacht hinaus.

Als Isabela das Haus ihres Teams betrat, fand sie dort zum zweiten Mal in dieser Woche einen gefesselten Jason vor. Dieses Mal zusammen mit zwei anderen Soldaten. Von Alex fehlte jede Spur.

SCHLAFENSZEIT

Hinter den Läden standen die Müllcontainer in Dreierreihen, als wären auch sie ordentlich aufgestellte Soldaten. Alex legte Iris zwischen zwei Containern auf dem Boden ab. Der Gestank war kaum auszuhalten. Verdorbenes Fleisch, fauliges Gemüse und der süßliche, Übelkeit erregende Geruch von abgestandener Limo: Es war die Müllkippe der amerikanischen Konsumgesellschaft.

Nachdem Iris zusammengeklappt war, hatte er direkt Colonel Burnes angerufen.

»Meine Schwester und ich müssen sofort die Basis verlassen«, sagte er. »Und zwar ohne dass es jemand mitkriegt.«

»Was glaubst du eigentlich, wer du bist, dass du mir Befehle erteilen kannst?«, blaffte der Colonel.

»Der Junge, der heute zehntausend Dollar auf Ihr Konto überwiesen hat und morgen das Zehnfache daraus macht.«

Der Colonel lenkte ein. »Was ist das Problem?«

»Die AFOSI ist das Problem«, sagte Alex. »Sie haben ein APB für mich und meine Schwester herausgegeben. Ich wurde festgenommen, konnte aber entkommen. Jetzt muss ich von hier weg, sonst war alles umsonst.«

»Die AFOSI! Was um alles in der Welt habt ihr angestellt?«

»Nichts, das war alles ein großes Missverständnis«, log Alex. »Aber wenn Sie wollen, dass ich morgen das Rennen fahre, müssen wir bis zum Start untertauchen.«

Er wusste, dass der Colonel ihm seine Geschichte nicht glaubte, doch das spielte keine Rolle. Hauptsache, er holte sie hier raus.

»Wo seid ihr jetzt?«, fragte der Colonel.

»Auf der Basis«, antwortete Alex. »In der Nähe der AFOSI. Wo sollen wir hinkommen?«

Der Colonel nannte ihm einen Ort und sagte, dass sie dort innerhalb der nächsten halben Stunde abgeholt werden würden.

Alex machte sich nicht die Mühe, sich bei ihm zu bedanken, und legte auf.

Er legte sich Iris über die Schulter und schlich los.

Und jetzt versteckte er sich mit ihr hinter zwei Müllcontainern. Aus der halb offenen Tür des Hauses nebenan drang Licht. Die Geräusche verrieten, dass sich darin eine gut gelaunte Menschenmenge vergnügte: zweifellos eine Bar. Hier brauchte er sich jedenfalls keine Sorgen zu machen, dass jemand sie hörte.

Er konzentrierte sich auf Iris. Sie atmete ruhig, war aber immer noch nicht wieder bei Bewusstsein. Er hatte keine Ahnung, was eigentlich mit ihr los war.

»Fiber?«, zischte er in sein Handy. Auch auf Pala war Schlafenszeit, aber vermutlich war Fiber noch genauso wach wie er.

»Aha, sie hat dich also gerettet?«, hörte er gleich darauf ihre Stimme.

Er ignorierte Fibers Frage. »Mit Iris stimmt etwas nicht, sie ist einfach zusammengebrochen.« Er schaffte es nicht, die aufkommende Panik zu unterdrücken.

»Jetzt schon? Das ist nicht gut. Die Entzugserscheinungen treten schneller ein als erwartet.«

»Wieso? Ist was mit ihren Tabletten? Hat sie keine mehr?«

»Hat sie dir das nicht erzählt? Ihr liebes Brüderchen hat die Tabletten gestohlen.«

»Verdammt! Dann kriegt sie wieder Albträume.«

»Oder Schlimmeres. Sie hat schon auf Pala halluziniert.«

Im Kopf ging Alex alle Optionen durch, die ihnen blieben. Das Wichtigste war, ungesehen von hier zu verschwinden.

»Fiber, der Soldat, der mich verhört hat, meinte, dass ein APB für uns beide kursiert. Könntest du das suchen und löschen?«

»Ich kann es probieren. Und du?«

Alex sah einen Jeep, der sich aus der Ferne näherte.

»Unser Taxi kommt. Du hörst von mir.«

Er legte auf und duckte sich hinter die Container, für den Fall, dass der Jeep doch nicht vom Colonel kam. Aber das Auto hielt an der vereinbarten Stelle an, und der Mann, den Iris »Pickel« genannt hatte, stieg aus. Er blickte sich misstrauisch um, bis er Alex entdeckte, der sich inzwischen wieder aufgerichtet hatte.

»Wo ist deine Schwester?«, fragte der Pickel.

Alex zeigte auf das ohnmächtige Mädchen zu seinen Füßen.

»Wohl zu viel gesoffen«, sagte er grinsend und nickte in Richtung Bar.

Alex ließ ihn in dem Glauben. Er bat den Pickel, ihm dabei zu helfen, Iris auf die Rückbank zu legen. Alex selbst legte sich so daneben, dass auch er nicht gesehen wurde. Das ging gerade so, jedenfalls, wenn er Arme und Beine um Iris schlang, um nicht selbst von der Bank zu fallen. Unwillkürlich kamen ihm völlig unpassende Gedanken.

»Viel Spaß mit ihr«, sagte der Pickel grinsend. »Das Mädel bekommt sowieso nichts mit.« Bevor Alex etwas sagen konnte, hatte der Soldat eine Decke über sie geworfen.

»Jetzt gibt es Sie also doppelt?«

»NEIN«, antwortete Mr Oz. »DU HAST MEIN GEHIRN KOPIERT. ABER DAS BIN NICHT ICH. OHNE MEINE SEELE SIND DAS NUR EIN HAUFEN DATEN.«

YunYun studierte die riesigen Datenmengen auf ihrem Bildschirm. »Sie glauben, dass es eine Seele gibt, Mr Oz?«

»ICH GLAUBE NICHT AN GOTT, WENN DU DAS MEINST. ABER ES GIBT QUANTENPHYSIKER, DIE BEHAUPTEN, DASS UNSER BEWUSSTSEIN DIE FOLGE VON QUANTEN-GRAVITATIONS-EFFEKTEN IN DEN MIKROCRÖHRCHEN UNSERES GEHIRNS SIND.«

YunYun sah ihn verständnislos an.

»WENN ES EINE SEELE GIBT, YUNYUN, DANN IST DIE FRAGE: KANN MAN SIE DIGITALISIEREN?«

Der Jeep fuhr im Schneckentempo über die Basis. Der Pickel hatte das Radio angestellt. Mit *Hotel California* von den Eagles in den Ohren ließen sie die Bar und die Läden hinter sich. Die Ironie entging Alex nicht, als der Sänger sang: *»You can check out anytime you like, but you can never leave.«*[6] Sein Leben auf Pala war genau wie im Lied: Er konnte zwar die Insel verlassen, wann immer er wollte, aber er konnte nie wirklich weg. Nicht, solange sein Vater noch lebte.

Der Jeep stoppte, und das Radio verstummte. Alex versuchte, aus den Geräuschen herauszuhören, wo sie waren. Am Ausgang der Basis vermutlich. Der Pickel wurde nach seinem Ausweis gefragt, wechselte ein paar Worte mit einem Mann und verabschiedete sich. Dann wurde Gas gegeben, und der Jeep nahm wieder Fahrt auf, erst langsam, dann immer schneller.

»Du kannst rauskommen, es sei denn, du bleibst lieber bei deiner ... Schwester liegen.«

Alex warf die Decke von sich und richtete sich auf. Vorsichtig deckte er Iris wieder zu und kletterte über die Rückenlehne nach vorne, wo er sich neben den Soldaten setzte und sich anschnallte. Dann holte er tief Luft und sagte ganz ruhig: »Noch so eine dämliche Bemerkung, und ich schmeiß dich aus dem Auto, schmettere dich irgendwo an den Straßenrand und brettere so oft über dich rüber, bis ich dir alle Knochen gebrochen habe. Kapiert?«

Der Pickel wirkte eher erstaunt als erschrocken. »Du? Mann, ein Weichei wie du ...«

Alex zögerte keinen Moment und zog die Handbremse an. Im Bruchteil einer Sekunde hatte er die Verkehrslage im Blick. Es war mitten in der Nacht, weit und breit waren keine anderen Autos zu sehen, und er saß in einem Hummer, einem amerikanischen Geländewagen, der gerade beschleunigte.

Es war, als hätte er das Auto gegen einen Baum gesetzt. Der Pickel schoss nach vorn und landete mit der Nase am Lenkrad. Alex – der den Schlag hatte kommen sehen – fing sich selbst mit der Schulter ab. Hinter ihm ertönte ein Knall. Das Auto schlingerte. Alex löste die Handbremse wieder und griff mit der rechten Hand ins Steuer. Während der Hummer an Tempo verlor, kurbelte Alex am Lenkrad und steuerte das Auto an den Straßenrand. Der Pickel – erst jetzt fiel Alex auf, dass er seinen echten Namen gar nicht kannte – war geistesgegenwärtig genug gewesen, den Fuß vom Gas zu nehmen. Er wirkte ausgesprochen verblüfft. Sein Gesicht war voll Blut. Nase gebrochen, tippte Alex.

»Wie heißt du?«, fragte Alex ruhig.

»*What the fuck*, Mann!«
»Wie heißt du?«
»Ackels.«
»Hör zu, Ackels. Iris und ich hatten einen schweren Tag. Morgen ist das Rennen, und ich würde gern ausgeruht und entspannt mitmachen können. Ich weiß es wirklich zu schätzen, dass du uns mitten in der Nacht abgeholt hast. Aber ich würde es noch mehr schätzen, wenn du uns jetzt an einen sicheren Ort bringst und während der restlichen Fahrt deine dämliche Schnauze hältst.« Er holte tief Luft und fragte ganz ruhig: »Meinst du, das kriegst du hin?«

Der Pickel – nein, Ackels, korrigierte Alex sich selbst – startete das Auto wieder und fuhr vorsichtig auf die Straße. Er fluchte tonlos, während er sich das Blut vom Gesicht wischte, behielt aber jeglichen Kommentar für sich.

»Geht es dir gut?«, fragte Alex, der an Iris' Atmung hörte, dass sie wieder bei Bewusstsein war.

»Es gibt subtilere Methoden, jemanden zu wecken.«
»Sorry.«

Der Colonel hatte ihnen ein Zimmer in einem Hotel gebucht, das im *Broadmoor* nicht einmal als Schuppen durchgegangen wäre, doch Alex gefiel es. Er half Iris aus dem Auto, während Ackels sie unter falschem Namen anmeldete und das Zimmer für sie zahlte. Alex bedankte sich mit einem Kopfnicken bei ihm und wünschte ihm Gute Nacht.

Der Blick des Nachtportiers wanderte von dem blutenden Soldat zu dem Mädchen, das in seinen Augen wahrscheinlich sturzbetrunken war, aber er sagte nichts. Der Colonel hatte dieses Hotel nicht ohne Grund ausgesucht.

Erst als Ackels weg war, fragte Alex den Portier, ob es in der Nähe eine Nachtapotheke gab.

Er schloss das Hotelzimmer auf (mit einem altmodischen Schlüssel statt mit einer elektronischen Keycard) und half Iris hinein. Das Zimmer bestand aus einem Doppelbett, einem Schrank und einem Bad mit Dusche und Toilette.

Modern war etwas anderes.

Alex legte Iris aufs Bett und ließ sich neben ihr nieder.

»Ist dir klar, dass unsere Sachen entweder im *Broadmoor* oder auf der Basis sind?«, fragte Iris.

»*Yep*«, sagte Alex.

»Gute Nacht.«

Noch bevor er sich erkundigen konnte, wie es ihr ging oder was genau mit Justin auf der Basis passiert war, war sie schon wieder eingeschlafen. Sie war so erschöpft, dass sie die Tabletten im Moment gar nicht zu brauchen schien. Die Frage war allerdings, wie lange das so blieb.

Er betrachtete die blauen Flecken in ihrem Gesicht. Vorsichtig hob er die Hand an ihre Wange – ohne sie zu berühren, aber nah genug, um zu fühlen, dass sie glühte. Er wusste nicht, wie schmerzhaft die blauen Flecken waren, und er wollte ihr nicht wehtun.

Olina hatte sie offensichtlich auch ganz schön erwischt.

Er schloss leise die Tür hinter sich und machte sich auf die Suche nach der Apotheke.

DAS ENDE VON ALLEM

Fiber starrte auf den Begriff *Operation Entthronter Wolf*. Sie hatte die Wörter auf jede erdenkliche Weise in die Suchmaschinen eingegeben, nachdem ihr Trojaner auf den Servern von Pala nichts hatte finden können. Sie hatte nach Thronen mit Wölfen gesucht, abgesetzten und nicht abgesetzten, aber nichts gefunden. Sie kniff vor Müdigkeit die Augen zusammen, öffnete sie wieder und sah sich die Wörter noch einmal ganz genau an – in der Hoffnung, dass sie inzwischen womöglich eine andere Bedeutung erlangt hatten, dass sie vielleicht in eine andere Reihenfolge gehörten ...

Fuck. Ein Anagramm!

Die Suchmaschine war noch offen. Fiber tippte »*Anagram solver*« ein und drückte auf Enter. Gleich darauf gab sie »*Operation Dethroned Wolf*«, die englische Übersetzung von *Operation Entthronter Wolf*, in das Programm ein.

Nichts. »Keine Antwort gefunden für ›*Operation Dethroned Wolf*‹. Kontrollieren Sie, ob Sie alle Buchstaben richtig eingegeben haben«, vermeldete die Website spöttisch.

Wütend schlug Fiber mit der Faust auf den Schreibtisch. Sie war sich so sicher! Sie war sich sicher, dass man die Buchstaben in eine andere Reihenfolge bringen musste.

Sie startete einen zweiten Versuch. Dieses Mal nur mit den Wörtern *Dethroned Wolf*, ohne *Operation*.

Bingo.

Fiber spürte, wie ihr innerlich ganz kalt wurde. Die Worte auf dem Bildschirm starrten ihr entgegen. Dort stand: *End Of The World*.

Das Ende der Welt. Und Mr Oz war der Architekt. Die Aufnahmen auf den sechsunddreißig Bildschirmen erzählten Fiber eine deutliche Geschichte. Einige Superhelden hatten ihre Versuche, den Auftrag von Mr Oz auszuführen, abbrechen müssen. Quinty und Russom saßen im Gefängnis. Amy und Asare waren auf halbem Weg gestrandet. Dilek war tot. Gestorben in einem Hotelbett in Berlin. Fiber hatte keine Ahnung, ob Mr Oz dabei die Finger im Spiel gehabt hatte oder ob ihr einfach alles zu viel geworden war. Fiber konnte sich Letzteres sehr gut vorstellen. Denn wenn Berlin nur ein Vorbote dessen gewesen war, was sie alle erwartete, dann war die Welt dem Tode geweiht.

Die Operation *Jabberwocky*, einer von mehreren Teilen der Operation *Entthroner Wolf*, funktionierte vom Prinzip her ganz einfach: Der Roboter, den Terry für Mr Oz gebaut hatte, wurde in einem Zoo voller Raubtiere ausgesetzt. Das Monster zerstörte die Gehege und jagte die Tiere auf die Straße. Dilek war verantwortlich für die Schreie, die der Jabberwocky in der Sprache der verschiedenen Tiere ausstoßen konnte. Und die grausamen Bilder aus Berlin zeigten, wie gut sie ihre Aufgabe erfüllt hatte.

Fiber checkte die Zielorte der Pakete mit den Jabberwockys (es waren Dutzende), die Mr Oz rund um die Welt verschickt hatte. Es lief ihr eiskalt den Rücken hinunter. Eine der Kisten war im Zoo von Krakau in Polen gelandet, nur wenige Kilometer von ihrem Elternhaus entfernt.

Dermot, Margit, Dewi-Jill und Sprachenwunder Inderpal waren nach Russland aufgebrochen, um das GLONASS-Satellitensystem, das russische GPS, mit einem Virus zu infizieren. Seitdem hatte Fiber nichts mehr von dem Team gehört. Aber trotz der Rückschläge und Verzögerungen waren insgesamt mehr Missionen geglückt, als Fiber es für möglich gehalten hatte. Viele Teams kontaktierten sie, um Erfolgsmeldungen durchzugeben. Andere informierten sie über ihre Verluste. Pflichtbewusst gab Fiber alles an Mr Oz weiter, der immer euphorischer wurde.

Fiber zählte die Stunden, bis Iris ihren Plan ausführen konnte.

VIEL GLÜCK

Iris richtete sich auf, spürte, dass sich das Zimmer zu drehen begann, und ließ den Kopf wieder auf das Kissen fallen. Da die Gardinen geschlossen waren, hatte sie keine Ahnung, ob es Tag oder Nacht war. Sie holte ein paarmal tief Luft und versuchte, ruhig zu atmen, bevor sie einen neuen Anlauf nahm, sich aufzurichten.

Dieses Mal ging es besser.

Vorsichtig blickte sie sich im Zimmer um. Kein Alex. Keine Olina.

Hatte sie sich alles nur eingebildet?

Iris setzte die Füße auf den Boden und stieß sich ab. Zwei Schritte zum Fenster, und sie konnte die Gardine zur Seite schieben.

Dämmerung.

Wie lang hatte sie geschlafen? Den ganzen Tag? Und das ohne Tabletten?

(War sie geheilt oder einfach nur übermüdet?)

Schritt für Schritt schob sie sich zum Tisch vor, einem runden Ding, das nach Gebrauchtwarenmarkt aussah. Darauf lagen eine kleine Tüte mit Bagels und eine etwas größere Tüte mit Zahnbürste, Zahnpasta, einer sauberen Unterhose und dazu passendem BH, an dem noch das Preisschild baumelte. Obendrauf lag ein zerknüllter Brief. Eine halb geöffnete Schachtel mit Schlafmittel und ein Glas Wasser standen daneben.

Shit.

Iris brauchte den Brief gar nicht zu lesen, sie wusste auch

so, was drinstand. Alex war zum Rennen auf dem Pikes Peak gefahren. Vorher hatte er sie mit Tabletten ruhiggestellt und hier zurückgelassen.

Der Verräter.

Sie nahm das Telefon von der Wand, tippte eine Null für die Rezeption ein und bat den Mann am Empfang mit bebender Stimme, ihr ein Taxi zu bestellen.

Das war der Moment, in dem YunYun auftauchte, um mit ihr zu reden.

Der *Pikes Peak International Hillclimb* fand laut Website einmal im Jahr statt und war ein Ereignis von nationaler Bedeutung. Nachdem die ursprüngliche Schotterpiste teilweise asphaltiert worden war, waren Stimmen laut geworden, das Rennen abzuschaffen. Manche Teilnehmer fanden, dass die Spannung nun dahin war. Aber die jungen Leute von Colorado dachten anders darüber. Obwohl die Reise in die Wolken weniger als zwanzig Minuten dauerte, zählte der Weg nach oben hundertsechsundfünfzig Kurven. Das Ziel lag eintausendfünfhundert Meter höher als der Start. Eine Herausforderung, der kein *Streetracer* widerstehen konnte. Vor allem nicht abends im Stockdunkeln. Und erst recht nicht, wenn das Rennen illegal war.

Iris saß im Taxi auf der Rückbank. Neben ihr hockte YunYun.

Sie wusste, dass ihre Freundin nicht echt war, sondern eine Halluzination, genau wie ihr Vater, den sie auf Pala immer wieder gesehen hatte. Sie versuchte, die blinde Panik zu unterdrücken, die wellenartig über sie hereinbrach, als wäre das Leben ein Meer, in dem sie zu ertrinken drohte.

(Sie war nicht wirklich hier. YunYun war auf Pala. Sie war nicht hier, sie konnte nicht reden, sie war nicht hier.)

Aber tief in ihrem Herzen war Iris froh, dass sie YunYun sah und nicht Olina.

(Was hatte sie Olina angetan? Lebte sie noch?)

Iris schloss für einen kurzen Moment die Augen. Als sie sie wieder öffnete, saß YunYun immer noch da.

»Wie lange dauert das Rennen eigentlich?«, fragte YunYun.

»Der Weltrekord wurde 2013 von einem gewissen Sébastien Loeb aufgestellt«, sagte Iris, als wäre es die normalste Sache der Welt, sich mit Halluzinationen zu unterhalten. »Er hat acht Minuten und dreizehn Sekunden gebraucht.« Der Wikipedia-Eintrag war ihr wie auf die Netzhaut gebrannt. Seitdem sie keine Tabletten mehr schluckte, funktionierte ihr Gedächtnis wieder wie früher.

Der Taxifahrer drehte sich irritiert zu ihr um. Iris runzelte die Stirn und schenkte ihm einen Todesblick. Wenn sie sich mit einer unsichtbaren Freundin unterhalten wollte, durfte sie das doch wohl, verdammt noch mal!

»Aber er ist doch ein Rennauto gefahren, oder?«, fragte YunYun.

Iris nickte, während sie vergeblich versuchte, herauszufinden, wo genau in Colorado Springs sie sich befanden. Im Dunkeln sah alles gleich aus.

»*Yep*, mit allem Drum und Dran. Und Loeb durfte ganz alleine hochrasen. Heute Abend fahren alle zu zweit gegeneinander. Alex muss gegen den Pickel antreten, und der lässt ihn gewinnen, sonst bekommt der Colonel sein Geld nicht.«

»Warum machst du dir dann Sorgen, Iris?« Die YunYun im Auto war ein Schatten ihrer echten Persönlichkeit. Sie war nur da, um Iris Fragen zu stellen, auf die sie selber gern eine Antwort hätte.

»Wegen Justin! Es liegt doch auf der Hand, dass er alles tut, um uns aufzuhalten. Er will, dass Alex verliert.«

»Das ist nicht der einzige Grund, Iris ...« YunYun warf ihr einen bedeutungsvollen Blick zu, den Iris in Wirklichkeit noch nie an ihr gesehen hatte – wohl aber an sich selbst. Sie schüttelte den Kopf und schaute wieder hinaus. »Alex übertreibt, YunYun. Was er in dem Jeep abgezogen hat, war lebensgefährlich. Wir hätten uns alle drei verletzen können, wenn es nicht sogar noch schlimmer gekommen wäre. Und ihm war das ganz egal, Hauptsache, er konnte diesem widerlichen Pickel eine Lektion erteilen. Ich hatte das Gefühl, er wollte einen Unfall provozieren.« Sie sah YunYun verzweifelt an. »Ich mache mir Sorgen. Er ist nicht mehr er selbst.« (Wer war das denn schon, wer war das denn schon?)

Sie hatte den Fahrer ein paar Kilometer zu früh anhalten lassen, um ihm ihr Ziel nicht zu verraten. Dann hatte sie ihn mit ihrem letzten Geld bezahlt, und er hatte sie noch einmal skeptisch angeschaut, bevor er kopfschüttelnd umgedreht war.

Das letzte Stückchen Fußweg war eine Kleinigkeit und gab ihr die Möglichkeit, sich einen Plan zu überlegen. YunYun war zwar nicht echt, aber das hieß nicht, dass sie nicht mitdenken konnte.

Iris stieß bei jedem zweiten Schritt ein Atemwölkchen aus, weil die Nacht so kalt war. In der Ferne nahm sie Licht und Geräusche wahr. Iris hielt sich so dicht wie möglich an der Leitplanke. Die Straße war unbeleuchtet, und sie wollte nicht von einem vorbeirasenden Truck gestreift werden. YunYun lief arglos über den Asphalt. Logisch. Was sollte ihr auch geschehen?

»Du hast nicht die geringste Ahnung, was du tun wirst, stimmt's?«, fragte YunYun.

Iris musste zugeben, dass ihre Freundin recht hatte.

»Hauptsache, Alex gewinnt«, sagte sie.

»Warum haust du nicht einfach ab?«, fragte YunYun.

Iris strich mit der Hand über den Chip an ihrem Hals, während sie über eine Wurzel stieg. Der Weg war schmal und wurde von einer Reihe von Nadelbäumen flankiert, die wie eine Ehrengarde den Wegrand säumten. In der Ferne konnte sie im Dunkeln die Berge als schwarze Umrisse ausmachen.

»Ich kann das Risiko nicht eingehen, Yun. Es geht mir dabei nicht um mich – sondern um dich. Erst wenn du in Sicherheit bist, können wir an uns selbst denken.«

Ein Auto näherte sich von hinten, raste vorbei, bremste ab und setzte ein Stück zurück. Das Fenster fuhr herunter, und ein blondes Mädchen streckte ihren Kopf heraus.

»*Wannaride?*«, fragte sie.

»Wer ist das?«, fragte YunYun. Sie musste schreien, um das Dröhnen des Motors zu übertönen.

»Shannon! Ich kenne sie von der Basis«, schrie Iris und trabte zu dem Auto, das inzwischen zum Stillstand gekommen war. Sie warf einen Blick auf den Fahrer. Es war Victor, Shannons Bruder.

»Steig ein.«

Iris rutschte auf die Rückbank hinter Victor. »Fahrt ihr auch zum Rennen?«, fragte sie.

»Ja, und daran bist du schuld«, antwortete Shannon.

»Wenn du dich nicht eingemischt hättest, säße ich jetzt zu Hause und würde lesen.« Zum Glück sagte sie das mit einem Grinsen.

Das Auto fuhr los. YunYun blieb einsam am Straßenrand zurück.

»Ich dachte, du wolltest mitmachen?«, fragte Iris Victor.

Er warf ihr einen Blick über die Schulter zu. »*No way*, dass ich nachts auf den Pikes Peak hochrase, das ist lebensgefährlich! Ich habe in meinem Leben noch ein bisschen was vor!«

Iris verzog das Gesicht.

»Macht jemand mit, den du kennst?«, fragte Shannon.

Iris nickte. »Mein Freund«, sagte sie und biss sich sofort auf die Zunge. »Ex«, fügte sie hinzu. »Zumindest ...«

»Vielleicht wird es Zeit für dich, dir einen neuen Freund zu suchen«, schlug Shannon vor.

»Ich stelle mich zur Verfügung«, erklang es vom Fahrersitz.

»*Shut up*, Victor«, sagten Iris und Shannon gleichzeitig.

Er schien nicht empfindlich zu sein. Mit quietschenden Reifen stoppte er das Auto und verkündete, dass sie da waren.

»*Thanks for the ride*«, sagte Iris und stieg als Erste aus.

Olina lief direkt auf den Porsche zu, öffnete die Tür und nahm neben dem überrumpelten Soldaten Platz.

»Wer bist du?«

»Ich bin die Belohnung, wenn du gewinnst«, sagte Olina.

»Ha, ha«, sagte der Junge.

Er ist wirklich noch ein Junge, dachte Olina. Kaum älter als Justin. Auf der Stirn hatte er eine tiefe Schnittwunde.

»Will der Colonel mich testen oder was?«

Olina schüttelte den Kopf. »Ich kenne keinen Colonel. Ich

hab mir einfach nur das schönste Auto ausgesucht.« Sie schwieg eine Sekunde. »Und den schönsten Jungen.«

»Ha, ha«, sagte er wieder. »Nein, tut mir leid. Du bist zu jung für mich. Und zu hässlich.«

Olina betastete ihre blauen Flecken. Sie verzog das Gesicht. »Normalerweise bin ich nicht ganz so abstoßend«, murmelte sie.

Der Junge lachte laut auf. »Vielleicht mit einer Tüte über dem Kopf.«

Olina nickte, als wäre sie ganz seiner Meinung. »Die habe ich mitgebracht«, sagte sie und steckte eine Hand in die Tasche.

Der Soldat mit dem Pickel sackte zusammen, als Olina ihm das Tuch mit dem Kaliumchlorid gegen die Nase drückte. Sie wartete einen Moment, bis er bewusstlos war, dann drückte sie auf die Hupe.

Im nächsten Moment wurde von außen die Fahrertür geöffnet. Der Junge rutschte vom Sitz, direkt in Justins Arme, der ihn wie eine Puppe an den Straßenrand schleppte.

»Was ist mit ihm?«, hörte Olina eine Männerstimme fragen.

»Zu viel getrunken«, antwortete Justin. »Wird schon wieder.« Er nahm den Platz des jungen Soldaten am Steuer ein und knallte die Tür zu. Grinsend sah er Olina an. »Das hast du echt toll gemacht. Und jetzt weg mit dir, in wärmere Gefilde.«

»Bist du dir sicher?«, fragte sie.

Justin nickte. »Ganz sicher. Es ist Zeit für dich, nach Hause zu fahren.«

Sie nickte, zögerte kurz und gab ihm einen Kuss. »*Good-*

bye, Justin.« Dann stieg sie aus dem Auto und machte sich auf den Weg nach Colorado City. Dies war ihr letzter Auftrag gewesen. Sie hoffte, dass Justin ihr nach Hawaii folgen würde, sobald er seine Aufgabe erfüllt hatte. Aber sie hatte Angst, dass sie ihn vielleicht nie wiedersehen würde.

Am Straßenrand parkten Dutzende von Autos. Da bei allen das Frontlicht angeschaltet war, badete der Startbereich in künstlichem Licht. Manche Zuschauer hatten sich an ihre Fahrzeuge gelehnt, andere saßen auf dem Dach. Fast alle hielten eine Dose Bier oder Cola in der Hand.

Insgesamt waren es bestimmt zweihundert Leute, die meisten weit unter fünfundzwanzig und dick in Winterklamotten eingemummelt.

Shannon und Victor waren am Auto geblieben, während sich Iris auf die Suche nach Alex machte. Gleichzeitig hielt sie in der Menge nach Justin Ausschau. Vielleicht war ja auch er hier irgendwo.

»Bist du dir sicher, dass das ein illegales Autorennen ist?«, fragte YunYun, die auf wundersame Weise wieder an ihrer Seite aufgetaucht war. Wie zuvor stellte sie hauptsächlich Fragen. Zusammen starrten die Mädchen auf die unzähligen Menschen, die sich am Startpunkt versammelt hatten. »Es sieht aus, als wäre ganz Colorado Springs hier versammelt ...«

YunYun hatte nicht ganz unrecht. Bei einem Auto dröhnten Hip-Hop-Beats aus gigantischen Boxen, während aus dem Truck weiter oben Rock ertönte. Es wurde geraucht, gelacht und getrunken. Am Straßenrand stapelten sich Bierkisten und die in Amerika üblichen braunen Tüten, in denen man Alkohol versteckte. Es war, als wären sie auf einer Studentenparty gelandet, die aus irgendeinem Grund im Winter stattfand, und zwar ganz oben auf einem Berg voller Rennwagen.

Nicht einmal ein Weihnachtsbaum fehlte, er stand vollständig geschmückt auf der Ladefläche eines Lasters.

Ein Mann lief die Straße entlang und hielt ein Schild mit der Aufschrift STAY OFF THE ROAD in der Hand. Eine Taschenlampe, die über dem Schild baumelte, strahlte ihn und den Text an. Doch niemand interessierte sich dafür, alle rannten auf der Straße herum.

»Yun, sieh doch nur!« Iris stieß ihre Freundin an und wies auf einen Mann.

»Wer ist das?«, fragte YunYun.

»Das ist Colonel Burnes.«

»Oh, und da ist Alex«, sagte Yun und zeigte auf sechs Autos, die in Zweierreihen an der Startlinie standen und deren Motoren dröhnten. Ganz hinten – neben einem schmalen Sportwagen, den Iris als Porsche erkannte – röhrte der BMW von Alex. Wie er es geschafft hatte, sein neu gekauftes Auto zurückzubekommen, wusste Iris nicht. Vielleicht hatte der Colonel auch dabei seine Hände im Spiel gehabt?

»Eigenartig, dass er als Letzter dran ist, oder?«

»Eigentlich nicht«, antwortete Iris. »Niemand kennt ihn, die anderen haben sich wahrscheinlich schon früher einmal bewiesen. Und es spielt auch keine große Rolle, auf welcher Startposition er ist. Schließlich geht es nicht darum, wer als Erstes ankommt, sondern wer die beste Zeit vorweisen kann. Man fährt nur zu zweit gegeneinander, um sich gegenseitig anzustacheln.«

»Je besser also der Gegner …«

»Desto schneller fährt man selbst. Komm, wir sagen kurz Hallo.«

Bevor YunYun protestieren konnte, marschierte sie schon auf die Autos zu. Im selben Moment brach Gejohle aus, und die vordersten beiden Autos starteten mit quietschenden Reifen. Mitten zwischen den Wagen stand eine junge Frau, die unter ihrer Winterjacke nichts als einen roten Bikini trug. Das gehört wohl dazu, dachte Iris, aber für mich wäre es nichts, mich so anstarren zu lassen.

Wenige Sekunden später fuhren Nummer drei und vier mit brüllenden Motoren an die Startlinie. Alex und sein Gegner rutschten gemächlich hinterher. Iris wartete, bis alle vier Autos standen, und bahnte sich dann einen Weg zwischen den Wagen hindurch. Die Frau im Bikini nahm ihren Platz zwischen dem zweiten Duo ein. Iris tippte unauffällig gegen Alex' Tür. Das Fenster surrte herunter, und Alex schaute raus.

Iris fasste einen Entschluss. Sie hasste Alex jetzt offiziell, sie hatte keine andere Wahl. Er hatte YunYun gefoltert und sie selbst erst angelogen und dann betäubt in einem Hotelzimmer zurückgelassen. Sein Vater würde für ihn immer wichtiger sein als sie, was auch immer er für sie empfand.

Eigentlich hatte sie Mitleid mit Alex. Aber Hass und Mitleid waren Gefühle, die sie jetzt nicht weiterbrachten. Um YunYun aus den Klauen von Mr Oz zu befreien, mussten sie die Mission beenden. Und dafür musste Alex das Rennen gewinnen.

»Hallo, *Lover*«, begrüßte sie ihn. Das Herz klopfte ihr bis zum Hals, und am liebsten hätte sie ihn aus dem Auto gezerrt.

»Iris! Was machst du denn hier? Ich hab dir doch geschrieben, dass du im Hotel bleiben sollst!«

»Ich will dich anfeuern. Ich dachte, du freust dich.« Sie zog einen Schmollmund.

Hinter ihr rief ein Junge »Küsst euch, küsst euch!«.

Iris zögerte für den Bruchteil einer Sekunde, lief dann aber um das Auto herum, öffnete die Tür und stieg ein.

Alex schrie: »Raus hier! Du kannst nicht mitfahren, es ist für mich alleine schon gefährlich genug!«

Iris beugte sich zu ihm rüber. »Chill mal, Alex. Ich bin ja gleich wieder weg. Ich will dir nur noch etwas sagen.«

Alex sah sie weiterhin wütend an, doch er hielt den Mund.

»*I love you*«, log sie. »Und ich vertraue dir. Gewinn das Rennen, aber sei vorsichtig. Okay?«

Alex nickte. Draußen johlten und schrien die Zuschauer. »Wir sind dran. Du musst aussteigen.«

Iris nickte. »Zisch ab.«

Vor ihm rasten die nächsten beiden Autos los. Alex gab Gas und fuhr bis an den Strich.

»Pass auf dich auf, Alex«, sagte Iris. Sie beugte sich vor und drückte ihre Lippen auf seine. Sie spürte, wie er zitterte.

»*For luck.*«

Sie stieg rückwärts aus dem Auto und knallte die Tür zu. Hinter ihr jubelten und klatschten die Leute. Sie verbeugte sich in Richtung Zuschauer, denen die Vorstellung sichtlich Spaß gemacht hatte, und winkte ihnen zu. Auf keinen Fall wollte sie zugeben, welche Angst sie hatte und wie sehr sie fror.

»Was tust du denn hier?«

Sie erstarrte. Aus dem anderen Auto erklang Justins

Stimme. Er hatte sein Fenster runtergefahren und sah wütend zu ihr herüber. »Du solltest nicht hier sein!«
Iris wusste nicht, was sie sagen oder tun sollte. Was machte Justin in dem Auto? Wieso saß nicht der Pickel drin? Und warum sollte sie nicht hier sein? Was hatte Justin vor? Oder war das Ganze nur eine Halluzination?

REISE ZU DEN WOLKEN

Alex trat das Gaspedal durch und schaltete sofort in den zweiten Gang. Neben ihm schoss der Porsche nahezu gleichzeitig an den Start. Sie wühlten zu beiden Seiten der blonden Bikinischönheit eine große Staubwolke auf, wodurch die Umgebung nicht mehr zu sehen war.

Aber die wenigen Sekunden, in denen Alex freien Blick zur Seite gehabt hatte, genügten. Er hatte gesehen, dass es nicht der Pickel war, gegen den er antreten würde, sondern Justin. Er rief Iris etwas zu, was Alex nicht verstehen konnte.

Alex umklammerte das Lenkrad so fest, dass seine Fingerknöchel weiß hervortraten. Das war der einzige Weg, sich selbst davon abzuhalten, mit der Faust um sich zu schlagen.

Fuck.

Er hätte es kommen sehen müssen. Justin würde alles tun, um zu verhindern, dass Mr Oz die Satelliten in seine Macht bekam. Er hatte Alex gebeten zu verlieren, aber er hatte sich geweigert. Und in dem Augenblick, als ihm Justin die Einzelheiten seines Plans hätte erzählen können, hatte Iris mit Olinas Blut an den Händen vor ihnen gestanden.

Der ursprüngliche Plan war gewesen, dass der Pickel Alex gewinnen ließ. Zwar in der allerletzten Sekunde, damit er auf jeden Fall die schnellste Zeit fuhr, aber trotzdem. Alex wäre keinen einzigen Moment lang in Gefahr gewesen, solange er nur konzentriert fuhr.

Davon war jetzt keine Rede mehr. Alex musste gegen einen Kerl gewinnen, den er selber auf Pala ausgebildet hatte.

Auf einmal überkam Alex eine tiefe Ruhe. Die Staubwolke

hatte sich aufgelöst, und das blonde *Babe* stand bereit, um ihnen das Startzeichen zu geben. Justin, der hinter den getönten Scheiben des Porsches verborgen war, hatte mit Sicherheit schon den Fuß auf dem Gaspedal.

Die letzten Monate waren für Alex schwer gewesen. Mr Oz, Iris, Fiber, alle wollten etwas von ihm. Er aber wollte nur eins: in Ruhe gelassen werden.

Seine Gabe war das Rennen. Alles, was einen Lenker oder ein Steuer und einen Motor hatte, schien wie für ihn gemacht zu sein. Sobald er ein Fahrzeug steuerte, geriet für ihn alles andere in Vergessenheit. Iris, sein Vater, das Schicksal der ganzen Welt.

Dies war seine Chance. Er hatte sich nicht auf den Wettkampf gefreut, und jetzt begriff er plötzlich, warum nicht. Wenn das Ergebnis bereits feststand, war das Rennen gegen den Pickel keine Herausforderung. Jetzt aber war es ein echtes Rennen! Und zwar nicht gegen irgendwen, sondern gegen Justin.

»*Bring it on*«, murmelte Alex. »Fahr ruhig mit deinem schnellen Auto, Jungchen. *I am gonna kill you.*«

Das *Bikini-Babe* verbeugte sich, richtete sich wieder auf, hob erst den linken und dann den rechten Arm.

»*Ready?*«, rief sie über das Dröhnen der Motoren hinweg. Alex konnte sie nicht hören, aber ihre Lippen sprachen Bände. »*Steady?*« Sie schwang die Arme nach unten und rief: »*Go!*«

Alex trat das Gaspedal durch, schaltete, schoss nach vorn und gewann sofort an Vorsprung.

Eat my dust!, dachte er und nahm die erste Kurve.

Justin folgte ihm auf den Fersen.

Iris sah nur noch die Rücklichter im Dunkeln verschwinden. Der Autolärm vermischte sich mit dem Gejohle der Zuschauer, während die beiden wichtigsten Männer in ihrem Leben in die Wolken rasten.

Sie blickte sich um und entdeckte den Colonel. Er bemerkte sie im selben Moment, lächelte sie über die Entfernung hinweg an und winkte ihr zu.

Alex ließ das Auto eine weite Kurve fahren. Der Weg war breit genug für zwei Fahrzeuge – noch –, und genau wie Justin gab er keinen Daumenbreit Platz her. Links und rechts des Weges standen Trauben von johlenden Zuschauern. Alex bemerkte, dass Justin die Geschwindigkeit reduzierte, um die Zuschauer nicht in Gefahr zu bringen. Er tat es ihm nach. In gemäßigtem Tempo machten sie sich an die Steigung.

Alex spürte noch Iris' warme, feuchte Lippen auf seinen. Er versuchte, ihren Geschmack wegzulecken und sich auf die Straße zu konzentrieren.

Alles ausblenden. Das Rennen war das Einzige, was zählte, der Rest existierte nicht.

Die Zahl der Zuschauer nahm ab und machte Platz für immer mehr Bäume zu beiden Seiten der Straße. Früher war es eine reine Schotterpiste gewesen. Er war dankbar für den befestigten Weg und die Fangnetze, vor allem, weil er an der Außenkante fuhr.

Die hohe PS-Zahl und die Wendigkeit des Porsches verschafften Justin einen Vorsprung. Doch Alex war nicht weit entfernt.

Er beschloss, den ersten Stunt zu wagen.

Die Baumreihen waren inzwischen zu einem dichten

Wald geworden, der wie ein langer dunkelgrüner Streifen an ihnen vorbeischoss. In manchen Kurven waren die Bäume weggeholzt worden, um Platz für Parkplätze oder eine Ausweichstelle zu schaffen, an der man aneinander vorbeifahren konnte.

Hier oben gab es nur noch sehr wenige Zuschauer. Und weil keine Autos mit grellen Frontlichtern mehr am Straßenrand standen, war es stockdunkel. Die Ausweichstellen waren erst in dem Moment zu sehen, wenn man um die Kurve kam.

Justin fuhr direkt vor Alex. Ob er wohl ahnte, was Alex vorhatte?

Bestimmt nicht.

Überholen war unmöglich, der Weg war nicht breit genug für zwei Fahrzeuge. Alex kniff die Augen zu schmalen Schlitzen zusammen, konzentrierte sich und verringerte den Abstand immer weiter, in der Hoffnung, Justin nervös zu machen.

Die Kurven folgten zunehmend schneller aufeinander – nach links, nach rechts und wieder nach links –, und Alex spürte, wie die Straße kontinuierlich steiler anstieg. Sie hatten die Haarnadelkurven erreicht, die die Einheimischen als »Drei Ws« bezeichneten, weil sie aus der Luft aussahen wie dreimal der Buchstabe W hintereinander.

Der Porsche bremste vor der nächsten Kurve ab, und auch Alex ging kurz vom Gas runter, als er die Rücklichter aufleuchten sah. In dem Moment, als seine Frontlichter eine schmale Parkbucht erhellten, drückte Alex das Gaspedal durch, schlitterte an Iris' Bruder vorbei über die Ausweichstelle und fädelte sich genau vor ihm wieder auf der Straße

ein. Aus den Augenwinkeln nahm er Justins erschrockenen Gesichtsausdruck wahr, als dieser in die Eisen steigen musste, um ihm auszuweichen. Alex drückte das Gaspedal bis zum Boden durch und raste davon. Im Rückspiegel konnte er beobachten, wie der Porsche aus seiner Sicht verschwand.
Jetzt bist du dran, Justin, dachte Alex grinsend.

»Dein Bruder hat einen vielversprechenden Start hingelegt, Fräulein Iris«, sagte der Colonel. »Hoffentlich hält er das Tempo durch. Es steht sehr viel auf dem Spiel.«
Mein Bruder?, dachte Iris. Woher weiß er, dass Justin mitmacht?
(Ach nein, sie hatten ihm ja erzählt, Alex wäre ihr Bruder. Der Colonel hatte keine Ahnung, wer Justin war und dass er für den Pickel im Auto saß.)
»Das wissen wir erst, wenn sie am Ziel sind, *Sir*«, antwortete Iris.
Der Colonel zog sein Handy heraus und hielt es Iris stolz hin. Das Display war so groß, dass es beinahe wie ein Tablet aussah.
»So lange brauchen wir nicht zu warten. Siehst du, da fahren sie«, sagte der Colonel.
Erstaunt blickte Iris auf das Display, auf dem ein Auto mit hoher Geschwindigkeit über die Straße schlitterte. Es war von oben zu sehen, und die Szene wirkte taghell. Iris starrte den Colonel fassungslos an. »Wie geht das denn?«
Der Colonel warf einen Blick gen Himmel. »Manchmal ist es sehr praktisch, wenn einem die Technologie der amerikanischen Luftfahrt zur Verfügung steht. Unsere Hubschrauber nutzen das *Forward Looking InfraRed*, eine Kombination

aus Infrarotlicht, Nachtsicht und thermischen Kameras. Damit kann man Wärmequellen ausmachen, wie zum Beispiel einen Automotor oder den Körper deines Bruders. Der Computer kombiniert die Aufnahmen zu einem Videobild und schickt sie mir.«

Wow, dachte Iris. Diese Technologie würde Mr Oz gefallen. Und genau wie Mr Oz schien auch Colonel Burnes sie sich für private Zwecke zunutze zu machen. Das zeigt nur wieder, wie korrupt er ist, dachte Iris.

»Das ist ja unglaublich«, sagte sie mit gespielter Bewunderung. »Wo ist der P... Ihr Soldat?«

Der Colonel tippte ein paarmal auf das Display, bis eine Karte mit farbigen Punkten erschien. Sie erinnerte Iris an die Bildschirme auf Pala, auf denen zu sehen war, wo sich die Kandidaten und Superhelden aufhielten.

»Das ist Ackels. Alex scheint ihn eingeholt zu haben«, sagte Colonel Burnes. »Sie haben jetzt fast die Hälfte hinter sich, das schwierigste Stück müsste noch kommen. Hoffen wir, dass Ackels es Alex weiterhin so schwer macht, damit es nicht nach einem verdächtig einfachen Sieg aussieht«, sagte der Colonel lachend.

Iris hatte nicht das Gefühl, dass ihm die Sache irgendwelche Sorgen bereitete. Sie holte tief Luft, nahm den Mann, der älter war, als ihr Vater hatte werden dürfen, an der Hand und sagte: »Und dann bekomme ich morgen meine Belohnung, ja? Dann besuchen wir das Kontrollzentrum.«

Inzwischen waren die Bäume zu beiden Seiten der Straße verschwunden. Links von Alex ragte eine Steilwand auf, rechts klaffte der Abgrund.

Wieder eine Hundertachtzig-Grad-Kurve. Der Weg schlängelte sich jetzt links und rechts um den Pikes Peak herum nach oben. Die Sicht wurde immer schlechter, genau wie der Straßenbelag. Zum Glück war Justin nicht mehr vor ihm, sodass Alex die gesamte Breite des Wegs nutzen konnte, um die Kurven zu nehmen.

An manchen Stellen lag Schnee. Nicht viel, nur Spuren, Streifen, die die Felswände wie ein Zebra aussehen ließen. Alex hatte keine Höhenangst, und trotzdem war er froh, dass der Abgrund auf seiner Seite nicht zu sehen war.

Was hingegen gut zu sehen war, waren die Frontlichter des Porsches. Justin holte auf. Verdammt!

Über ihm erklang das Rotorgeräusch eines Hubschraubers. Polizei? Wurden sie beobachtet? Würde man sie im Ziel festnehmen?

Nein, das würde der Colonel niemals zulassen. Wahrscheinlich war es sein eigener Hubschrauber. Denn von wo ließ sich das Rennen besser verfolgen als aus der Luft?

»Wäre es für Sie nicht besser, selber im Hubschrauber zu sitzen?«, fragte Iris.

Der Colonel schüttelte den Kopf. »Nicht von Anfang an, ich wollte erst den Start mit ansehen«, antwortete er. »Ich wollte das Benzin riechen und das verbrannte Gummi der Reifen, wenn sie losfahren. Komm«, sagte er und zog sie an der Menge vorbei. Mit der anderen Hand hielt er sein Handy vors Gesicht und sagte: »Hol uns ab.«

Alex raste dicht an der Kante entlang, um die Kurve zu schneiden. Der Weg wurde wieder flacher. Ab und zu standen vereinzelt Zuschauer am Rand, lehnten sich an ihr Auto und winkten mit einem Bier in der Hand. In einer Parkbucht sah er einen der anderen Teilnehmer. Er stand mit seinem qualmenden Auto am Straßenrand.

Der hatte es nicht geschafft.

Alex fuhr in die Wolken hinein. Justin war nach wie vor hinter ihm und kam immer näher.

Von einer Sekunde auf die andere ging der Straßenbelag in Schotter über. Alex bemerkte es erst, als das Auto zu schlingern begann. Es drehte sich zur Seite, und Alex rutschte über die Straße, die an dieser Stelle zum Glück etwas breiter war. Fluchend steuerte er gegen und versuchte, das Auto wieder in Fahrtrichtung zu bringen. Als er es fast geschafft hatte, wurde er in rasendem Tempo von Justin überholt. Der Schotter spritzte gegen Alex' Auto.

»Scheiße!«, schrie Alex und nahm die Verfolgung auf. Immer öfter musste er vor den Kurven abbremsen, die zunehmend schärfer wurden. Der Motor jaulte auf, und Alex verlor an Geschwindigkeit, als er eine Hundertachtzig-Grad-Kurve nehmen musste, die ihn den Berg hinaufführte.

Die Kameras, die unter den Hubschrauber montiert waren, schickten ihre Bilder auf das Tablet des Colonels, der neben dem Piloten saß. Die Hubschrauber flogen genau über den beiden Autos entlang, doch weil es so dunkel war, konnte man durch die Fenster nichts sehen, und weil der Hubschrauber so laut war, auch nichts hören. Iris war angeschnallt und beobachtete auf dem Display, wie Alex ins Rutschen kam, den Wagen wieder unter Kontrolle bekam und von Justin überholt wurde.

Das Gesicht des Colonels nahm einen besorgten Ausdruck an. »Der Idiot versucht doch wohl nicht wirklich zu gewinnen?«, murmelte er.

Iris schloss die Augen. Sollte sie ihm sagen, dass nicht der Pickel am Steuer saß, sondern ihr Bruder Justin? Ihr echter Bruder? Nein, wenn sie das tat, verriet sie Alex und sich selbst, und alles war verloren.

Der Colonel blickte verstört auf und griff nach seinem vibrierenden Handy. Das leuchtende Display zeigte eine Mobilnummer an. Der Colonel nahm ab und schrie: »Ich bin in einem Hubschrauber und kann dich nicht hören! Schick mir eine SMS!«

Es dauerte nur wenige Sekunden, bis die Nachricht eintraf. »Ich sitze nicht in dem Porsche«, stand dort schlicht.

Der Colonel zeigte Iris die Nachricht, woraufhin sie nur die Achseln zuckte. Das Herz aber klopfte ihr bis zum Hals. Was würde er jetzt tun? Die Polizei rufen?

Der Colonel starrte entsetzt auf das Tablet, auf dem deutlich zu sehen war, dass jetzt der Porsche vorne lag.

»*Who the fuck is driving my car?*«, schrie er.

Justin konnte ein leichtes Grinsen nicht unterdrücken, auch wenn er seine ganze Aufmerksamkeit brauchte, um die Kontrolle über das Lenkrad zu behalten. Als Alex so überraschend an ihm vorbeigerast war, hatte er schon gedacht, alles sei verloren. Aber das Schicksal war ihm wohlgesonnen, und jetzt waren die Rollen wieder umgedreht.

Justin passierte *Devil's playground* – der so hieß, weil die Blitze hier während eines Gewitters von Fels zu Fels sprangen – und sah in der Ferne, wie sich der Mond in einem riesigen See spiegelte.

Er hatte es fast geschafft.

Es war an der Zeit, dass Alex bekam, was er verdiente.

Alex raste so schnell, wie es nur möglich war, ohne zu verunglücken. Seine Frontlampen spendeten genug Licht, um zu erkennen, wo er langfuhr. Und trotzdem drehte er das Steuer einmal etwas zu spät oder nicht weit genug und flog beinahe aus der Kurve. Zum Glück war die Straße hier oben wieder befestigt, auch wenn an vielen Stellen über dem Abgrund die Fangnetze fehlten.

Plötzlich sah er weit vor sich zwei rote Lichter. Sie bewegten sich nicht. Der Porsche stand still am Wegesrand.

Alex verringerte das Tempo, um zu prüfen, ob etwas passiert war, als der Porsche auf einmal wieder Gas gab, direkt vor ihm Fahrt aufnahm und losraste.

Der Arsch spielte ein Spiel mit ihm! Alex ließ jetzt alle Vorsicht außer Acht und trat das Gas so weit durch, wie er konnte. Justin schoss wie ein Pfeil um die Kurve. Alex ließ das Pedal für einen Moment los und gab in der Kurve wieder Vollgas. Er raste haarscharf an der Kante vorbei und konnte selbst von seiner Seite des Autos aus den klaffenden Abgrund sehen.

Sie waren beinahe am Ziel.

»Warum hat der Typ das gemacht, er hätte doch gewinnen können?«, murmelte der Colonel.

Iris schüttelte den Kopf. Obwohl sie wusste, wer in dem Auto saß, hatte auch sie nicht die geringste Ahnung, was Justin vorhatte. Sie sah, wie die beiden Autos immer schneller wurden, immer größere Risiken eingingen, die Kurven immer knapper nahmen und immer öfter über der Kante hingen.

»Iris?«

In Todesangst sah Iris zu YunYun.

»Die fahren sich gleich noch tot!«, sagte das Mädchen. Trotz des Lärms war sie problemlos zu verstehen.

Iris nickte. Sie wusste, dass es ihre eigene Angst war, die sie auf YunYun projizierte. Sie musste etwas tun. Sie musste dafür sorgen, dass das Rennen beendet wurde. Aber wie?

Auf dem Tablet sah Iris, wie Justin und Alex jetzt direkt hintereinanderher rasten. Wenn die Straße es zuließ, fuhren sie sogar nebeneinander, wobei der BMW der Kante gefährlich nah kam. Weil die Hubschrauberkameras auf Wärme reagierten, war es, als würden sie einen Animationsfilm anschauen, in dem sich kurz vor Filmende rot glühende Autos den letzten Kampf boten. Nur waren es hier echte Autos, und die Gefahr, dass eines von ihnen verunglückte, war real.

Im Nachhinein hätte Alex sich für ein anderes Auto entschieden. Der BMW war zwar schwer – was auf den steinigen Etappen sicher hilfreich gewesen war –, aber auch träge und beschleunigte daher lange nicht so schnell wie der Porsche. Wobei Alex natürlich auch nicht mit einem so gefährlichen Widersacher gerechnet hatte, schon gar nicht mit einem, den er selbst ausgebildet hatte.

Es gelang ihm nicht, Justin einzuholen, wohl aber, ihm an der Stoßstange zu kleben. Gewinnen würde er damit allerdings nicht. Er musste sich etwas anderes einfallen lassen. Hoffentlich macht Justin einen Fehler, dachte er angespannt.

Der Abgrund ging jetzt, kurz vor der Bergspitze, offiziell mehr als viertausend Meter in die Tiefe. Die dunklen Wolken, die im Mondlicht gerade noch zu erkennen waren, schienen auf derselben Höhe zu hängen wie der Weg. Der Hubschrauber kreiste direkt über ihnen, und Alex glaubte an der Unterseite Kameras auszumachen, so nah kam er ihnen.

Er würde verlieren. Verdammt noch mal, er musste einen Stunt hinlegen!

Die letzte Kurve vor dem Gipfel war breit. Alex gab Gas und schoss an Justins Porsche vorbei. Er spürte, wie die Reifen in dem holperigen Schotter ins Schleudern gerieten, und riss das Lenkrad herum, um gegenzusteuern. Es klappte nicht wirklich. Er rutschte zwar nicht mehr so heftig, hatte aber immer noch nicht wieder die vollständige Kontrolle über das Steuer zurück.

Doch er war vorn, wenn auch nur wenige Zentimeter, und das war das Wichtigste.

Justin sah, wie Alex an ihm vorbeischoss, er wagte es allerdings nicht, noch mehr Gas zu geben. Dafür war es zu dunkel. In einer Meile hatten sie ihr Ziel erreicht. Er passierte Little Peak nur einen winzigen Moment nach Alex.

Alex rutschte über den Schotter, erstaunt, wie flach der Berg hier oben war. Es war sogar eine Art Tribüne aufgebaut worden, auf der jubelnde Menschen standen und applaudierten.

Justin und er waren jetzt exakt gleichauf.

Jetzt oder nie. Justin traute sich endlich wieder, Vollgas zu geben und sämtliche Pferdestärken des Porsches zu nutzen.

Gleichzeitig drehte er das Steuer ein wenig, wodurch er gegen Alex' BMW stieß. Wenn er Glück hatte, dann ...

Iris starrte wie gelähmt auf den Bildschirm. Der Hubschrauber setzte zur Landung an, wodurch die rasenden Autos immer näher zu kommen schienen. Sie sah, wie sie über die Ebene schlingerten, konnte kaum noch ausmachen, wer vorne lag, als ...

Alex spürte, dass der Porsche ihn leicht touchierte und zur Seite schob. Das Auto geriet ins Schleudern und drehte sich zur Seite. Alex konnte dem Porsche gerade noch ausweichen. Sein eigenes Auto rutschte zur Seite und kam zum Stehen.

Der Porsche hatte weniger Glück. Alex musste mit ansehen, wie Justin die Kontrolle über das Steuer verlor, wie sein Auto vom Weg abkam, in Richtung Abgrund schlitterte ...

»Nein!«, schrie Alex.

»Nein!«, schrie Iris, den Blick fest auf das Tablet gerichtet. Der Pilot setzte den Hubschrauber ruckartig auf dem Boden auf. Iris löste ihren Gurt und drängte sich am Colonel vorbei nach draußen, gerade noch rechtzeitig, um zu sehen, wie Justins Porsche den Abgrund des Pikes Peak hinabstürzte.

Alex hörte Iris schreien und packte sie am Oberarm, aus Angst, sie könne ihrem Bruder hinterherspringen. Er hatte einen Ringkampf erwartet, konnte sie aber überraschend leicht festhalten. Allerdings versuchte sie tatsächlich, an der Kante nach unten zu schauen.

Auch Alex schaute in die Tiefe. Neben ihm drängte sich

die Menge. Unten, sehr weit unten, war eine Explosion zu hören, Lichter flackerten auf. Aus der Nähe ist es wahrscheinlich ein Feuermeer, dachte Alex.

(Es war nur eine Halluzination, es war nur eine Halluzination, das war nicht wirklich passiert, das Auto brannte nicht, es war eine Halluzination.)
»Du weißt, dass es keine Halluzination ist«, sagte YunYun, die plötzlich wieder neben ihr stand. »Ich bin nicht echt. Aber das da unten schon.«
»Das kann nicht sein«, stammelte Iris. »Er kann nicht tot sein, nicht mein Bruder. Das ist unmöglich. Er ist im letzten Moment rausgesprungen! Ist doch so, YunYun, oder?«
»Iris? Hör mir zu, Iris.« YunYun schüttelte sie.
»Justin!«, brüllte Iris. »Ich muss Justin retten!«

»Iris? Hör mir zu, Iris!« Alex drehte sie zu sich und schüttelte sie.
»Lass mich los!«, schrie Iris. »Ich muss meinen Bruder suchen!«
»Dein Bruder ist tot, Iris. Und wir müssen hier so schnell wie möglich weg, bevor die Polizei da ist.«
Sie riss sich los und bahnte sich einen Weg durch die Menge der Katastrophentouristen, die sich an der Kante zusammengerottet hatten, um zu fotografieren und zu filmen.
»Iris!« Er packte sie am Arm und zog sie grob zu sich. »Er ist ... Justin ist ...«
»Wage es nicht, seinen Namen zu nennen, Alex! Wage es ja nicht! Es ist deine Schuld! Du hast ihn umgebracht! Es ist deine Schuld!« Ohne auf die Menschen um sie herum zu

achten, schlug sie auf ihn ein. Heulend traf sie ihn im Gesicht und an der Brust. »Du hast ihn umgebracht!«, wiederholte sie immer wieder. »Es ist deine Schuld, du hast ihn umgebracht.«

AUF PALA

Zuerst dachte er, man hätte sie erwischt, denn am nächsten Tag verschwand Fiber von Pala. Erst als er bemerkte, dass auch Alex fort war, kam Justin der Gedanke, dass Mr Oz sie auf eine Mission geschickt hatte.

Fibers Familie hatte er noch nicht gefunden, aber welchen Auftrag Fiber und Alex hatten, fand er schnell heraus. Sie steckten mit Olina in Maine fest, um ein Mädchen abzuholen, das das Spiel fast zu Ende gespielt hatte. Ihr Name war Li Wen Yun, doch im Netz nannte sie sich Tigerbaby.

Justin legte gerade letzte Hand an das Spiel, als Mr Oz auf dem großen Bildschirm erschien.

»BIST DU SO WEIT, JUSTIN?«

»Yes, Sir. Wollen Sie einen Testlauf starten?«

»JA, GERN. WIR HABEN EINE GEWINNERIN, DIE ICH GERN PERSÖNLICH IN EMPFANG NEHMEN WÜRDE.«

»Yes, Sir.« Seit er den Deal eingegangen war, mitzuarbeiten, damit Iris frei blieb, gab er sich so höflich wie möglich.

»Done«, sagte er, als er fertig war, und schaltete auf einen anderen Bildschirm um. Dort war zu sehen, wie Mr Oz Tigerbaby in dem Smaragdsaal begrüßte, den Justin für sie entworfen hatte. Sie tat ihm leid. Er wusste, dass für sie eine Reise nach Pala gebucht war, und zwar ohne Rückfahrticket.

Lieber sie als Iris, dachte er.

Er fuhr das System runter und ging Mittag essen.

Wenige Tage später erreichte ihn über den geheimen Kanal eine Nachricht von Fiber. »Bin in den Niederlanden«, stand dort.

»Mr Oz hat uns angewiesen, Iris zu holen. Ich kann nichts dagegen machen. Sorry.«

Kurz darauf wurde er von Mr Oz gerufen.

»SETZ DICH«, befahl ihm das Monster im Aquarium. »ICH HABE JEMANDEN FÜR DICH AN DER STRIPPE.«

Mit klopfendem Herzen nahm Justin auf einem Stuhl an der Seite Platz.

»Ja?«, erklang eine vertraute Stimme aus den Lautsprechern. Bei Justin krampfte sich alles zusammen.

»Iris?«, fragte er.

»Justin! Wo bist du?«

Sie wusste nicht, wo er war? Was hatte Mr Oz ihr erzählt? Was hatte sie für ihn getan?

»Was hast du getan, Iris?« Er versuchte, seine Stimme nicht zu verzweifelt klingen zu lassen. Jetzt erst merkte er, wie sehr er sie vermisst hatte.

»Ich ... ich habe dich befreit. Das ist eine lange Geschichte, ich kann dir das jetzt nicht auf die Schnelle erklären, Justin.«

Befreit? Durfte er von hier weg?

»Aber was ist der Preis dafür, Iris?«, schrie er. »Nun haben sie dich auch!«

»Das macht nichts. Justin, du kannst nach Hause kommen.«

»Ich kann nie mehr nach Hause kommen, liebes Schwesterchen«, sagte er leise. »Nie mehr!« Er dachte an die Bank, die er gehackt hatte, an die Kinder, die seinetwegen aus ihrem vertrauten Umfeld gerissen wurden. Nein, er konnte nicht nach Hause, konnte seiner Mutter nie mehr unter die Augen treten.

»A...aber«, hörte er Iris stammeln, »du bist doch jetzt frei? Ich hab dich doch befreit?«

»Wenn du wüsstest, was du getan hast, Iris. Du hast keine Ahnung. Aber das ist schon immer so gewesen, nicht wahr? Du hast keine Ahnung, die Welt macht mit dir, was sie will.«

Er war wütend, allerdings nicht auf sie. Sein Blick wanderte zu dem Monster im Aquarium, das ihn triumphierend ansah. Justin hob die Hand und führte sie bedeutungsvoll an seiner Kehle vorbei.

»Justin?«

»Leb wohl, mein Schwesterchen. Ich liebe dich, vergiss das nicht«, sagte er.

»Justin! Leg jetzt bitte nicht auf, Justin! Justin? Justin!«

Ohne ein weiteres Wort verließ er das Zimmer von Mr Oz. Auf dem Gang zog er sofort sein Ansibel heraus. Er hatte das Gerät so programmiert, dass er überall herumlaufen konnte, ohne für das Computersystem sichtbar zu sein. Solange die Chance bestanden hatte, dass Fiber Iris von Pala fernhalten konnte, hatte er nicht gewagt, den Ansibel zu benutzen. Jetzt aber war es zu spät. Er musste zusehen, dass er von hier wegkam.

Er legte das Gerät an seinen Hals und lief zum Kino, wo er es in einem Projektor hinter einer Klappe versteckte. Vielleicht konnte er Fiber einweihen und sie mithilfe des Ansibels Mr Oz zu Fall bringen oder zumindest ihre Familie finden. Dann begab er sich zum Dock der Unterseeboote. Er hatte einen Pass gestohlen und neu formatiert, sodass er jetzt überall Zugang hatte.

Im Dock lagen zwei DFHs, Mini-U-Boote, die aussahen, als wären sie Zwanzigtausend Meilen unter dem Meer von Jules Vernes entsprungen. Da Justin offiziell ein Superheld war, hatte Alex ihm wie allen anderen gezeigt, wie man die Boote bediente. Das reichte, um eins zu starten und damit zu entkommen. Und bis ihn jemand vermissen würde, wäre er schon weit weg auf dem Ozean.

Aber bevor er aufbrach, schwor sich Alex noch eins: Er würde Mr Oz für das bezahlen lassen, was er ihm und seiner Schwester angetan hatte. Und er würde nicht aufgeben, bis einer von ihnen beiden das Zeitliche gesegnet hatte.

DROHUNG

»Sie liegt seit drei Tagen im Bett«, sagte Alex zu Fiber. Er saß mit dem Telefon am Ohr auf dem Sofa. Aus den Augenwinkeln verfolgte er die Nachrichten im Fernsehen. Dank des Colonels waren sie wieder auf der Basis. Alex hatte die Auflage erhalten, das Haus nur am Abend zu verlassen. Schließlich war die AFOSI immer noch hinter ihm her. »Die Halluzinationen sind schlimmer geworden«, fuhr er fort. »Ich kann hören, wie sie mit YunYun und Justin redet. Und sogar mit dir.«

»Hast du mit Mr Oz gesprochen?«, fragte Fiber.

»Ja, sicher. Er war außer sich, Fiber. Er hat gesagt, dass ich den Colonel notfalls mit Gewalt ins Kontrollzentrum schaffen muss und dass er nur noch wenig Zeit habe.« Alex stand vom Sofa auf und tigerte durchs Zimmer.

In den letzten drei Tagen hatte er sich den Kopf darüber zerbrochen, wie er Colonel Burnes dazu bringen konnte, sie an die Satellitencomputer zu lassen. Doch vergeblich. Er fand einfach keinen einzigen Grund, warum der Colonel ihnen helfen sollte. Und was noch schlimmer war: Alex brauchte Iris. Nur sie konnte den Code eingeben.

Der Code war fünf A4-Seiten lang und bestand von oben bis unten aus wirrer Sprache und seltsamen, unzusammenhängenden Zeichen. Die Einzige, die den Code aus dem Kopf eingeben konnte, war Iris. Fiber könnte ihm den Code zwar mailen, doch was nützte ihm das? Sollte er sich mit fünf Blatt Papier an den Computer setzen, während der Colonel hinter ihm stand und wartete, bis er fertig war? Das dauerte viel zu lange. Nur Iris konnte den Code schnell genug eingeben.

Er hatte keine Chance. Um ihren ursprünglichen Plan auszuführen, brauchte er ...

»Iris?«

Sie kam aus dem Schlafzimmer und wirkte entspannt.

»Sprichst du mit Fiber?«, fragte sie.

Er nickte überrascht. Ohne eine weitere Erklärung nahm sie ihm das Telefon ab und ging ins Schlafzimmer zurück. Durch die dünnen Wände hindurch hörte er zwar ihre Stimme, aber was sie sagte, war nicht zu verstehen.

Ging es ihr wieder besser? Hatte ihr Körper einen Weg gefunden, die Halluzinationen ohne Medikamente in den Griff zu bekommen?

Die Schlafzimmertür ging erneut auf, und er hörte, wie Iris sich von Fiber verabschiedete, bevor sie ihm das Telefon zurückgab.

»Ich dusche jetzt«, sagte sie.

»Wie geht es dir?«, fragte er besorgt. »Und was wolltest du von Fiber?«

»Gleich, erst mal dusche ich. Ich habe drei Tage im Zimmer gelegen und vor mich hin gestunken, und ich will frisch sein, wenn der Colonel kommt.«

Bevor er noch etwas fragen konnte, war sie schon im Badezimmer verschwunden.

Sie tranken Kaffee. Alex fragte, wie sie sich fühlte.

»Gut«, sagte sie.

Er machte ihr Frühstück – heißen schwarzen Kaffee und Rührei mit gebratenem Speck –, das sie hungrig verschlang.

Der Fernseher war noch immer an und zeigte Nachrichten aus der ganzen Welt. Eine Serie unerklärlicher Unglücke und Vorfälle, bei denen Computer außer Rand und Band gerieten, Ampeln ausfielen und ganze Viertel ohne Licht ausharren mussten, entsetzte sowohl die Wissenschaftler als auch die lokalen Behörden.

»Das ist der Anfang, oder?«, fragte Iris.

Alex nickte. »Verglichen damit, zu was mein Vater in der Lage ist, wenn er die amerikanischen GPS-Satelliten unter Kontrolle hat, sind das nur Fingerübungen. Aber ja: Das ist der Anfang.«

»Du möchtest ihm immer noch helfen, die Welt zu übernehmen?«, fragte Iris.

Alex schwieg. Er wollte wissen, wie sie sich fühlte, wollte ihr sagen, wie leid es ihm tat, dass ihr Bruder tot war, und dass er keine Schuld daran hatte. Doch jeder Versuch, etwas zu erklären, wurde von ihr ausgebremst. Sie tat, als wäre nichts geschehen, als würden sie an einem ganz normalen Tag ein ganz normales Gespräch führen.

»Nein, das geht zu weit«, sagte er schließlich. »Ich denke, du hast recht. Fiber und du, ihr hattet beide recht. Er muss aufgehalten werden. Ich würde vorschlagen, wir verabschieden uns vom Colonel und machen uns auf den Weg zurück nach Pala.«

Iris schüttelte den Kopf und schluckte einen Bissen Rührei herunter: »Vergiss es. Dein Vater lässt uns gar nicht erst auf die Insel, wenn wir unsere Mission nicht erfüllt haben. Und hast du YunYun vergessen? Ich habe schon meinen Bruder verloren. Ich werde nicht auch noch meine beste Freundin opfern.«

»Iris, selbst wenn wir ...«

In diesem Moment stürmte der Colonel herein. »Wo ist mein Geld?«, schrie er.

Alex sprang auf. »Was meinen Sie? Ich habe ...«

»Ich habe es«, sagte Iris.

Alex und der Colonel starrten sie an.

»Du hast es?«, fragte Alex erstaunt.

Iris nickte. »Fiber hat gerade das Konto des Colonels gehackt. Das Geld ist jetzt auf einem anderen Konto geparkt, die gesamten hunderttausend Dollar.«

»Ich lasse dich festnehmen!«, brüllte der Colonel.

»Dann erzählen wir den AFOSI von den illegalen Buchungen, die wir auf Ihrem Konto entdeckt haben, Colonel.«

Für einen Moment sah der Colonel aus, als wolle er ihr an den Kragen. Alex spannte seine Muskeln an, um ihn zurückzuhalten. Aber der Colonel besann sich. Er war nicht umsonst in einer Führungsposition; jemand wie er musste in der Lage sein, seine Gefühle unter Kontrolle zu bekommen. Seine Augen verengten sich zu schmalen Schlitzen.

»Was willst du von mir?«, fragte er.

»Was ich schon immer wollte: eine Führung durch das Kontrollzentrum«, sagte Iris. »Warum halten Sie sich nicht einfach an unsere Abmachung?«

»Weil es nicht zulässig ist«, antwortete er. »Weil es nicht geht. Das Kontrollzentrum ist für Unbefugte strengstens verboten. Und was willst du da eigentlich? Es gibt dort nichts zu sehen und nichts zu holen.«

»Was Sie nicht wissen, können Sie auch nicht verraten. Doch machen Sie sich keine Sorgen, Sie brauchen mich nur reinzulassen, dann kriegen Sie Ihr Geld.«

Der Colonel schüttelte den Kopf. »Was seid ihr? Terroristen? Ich habe Dinge getan, die ... alles andere als legal sind. Aber mein Land verraten? Niemals.« Er war jetzt ganz ruhig. »Auch nicht für eine Million Dollar?«
Der Colonel starrte sie an. »Du bluffst«, sagte er. »So viel hast du nicht.«

Iris baute sich direkt vor ihm auf. Der Colonel war glatzköpfig, klein und muskulös. Iris, die groß und schlank war, überragte ihn.

»Ich habe gerade mit einem einzigen Anruf hunderttausend Dollar von Ihrem Konto abbuchen lassen. Geld, das noch heute auf dem Konto von Al-Qaida landen kann, von Ihnen persönlich überwiesen.« Sie beugte sich vor und flüsterte ihm ins Ohr: »Haben Sie es immer noch nicht begriffen? Wir können alles.« Sie trat einen Schritt zurück, um ihm Raum zu geben, und wiederholte ihr Angebot. »Eine Million Dollar oder ein Anruf bei der AFOSI, der beweist, dass Sie ein Landesverräter sind. Sie haben die Wahl.«

Alex wusste, dass es nur eine Frage der Zeit war, bis der Mann explodieren würde. Darum ging er mit ihm nach draußen.

»Sie blufft«, sagte der Colonel. »Und warum um alles in der Welt will sie da rein?«

»Sie blufft nicht, *Sir*, und das wissen Sie. Ich bin unter größter Lebensgefahr ein Rennen gefahren, um Sie genau dahin zu kriegen, wo Sie jetzt sind. Es ist sogar jemand deswegen gestorben. Glauben Sie mir, Ihnen etwas anzuhängen ist für uns eine Kleinigkeit.«

»Aber warum?«, fragte Colonel Burnes und sah Alex an. »Was ich gerade gesagt habe, meine ich ernst. Ich bin vielleicht ... in Dinge verwickelt, die Uncle Sam nicht billigen würde, doch das hier ...!« Er beugte sich dichter zu Alex. »Wenn ihr das System manipuliert, ist das Terrorismus«, zischte er.

»Machen Sie sich keine Sorgen, Colonel. Um all das geht es uns gar nicht. Wir interessieren uns für die Daten.«

»Die Daten?« Sein Gesicht hellte sich auf. »Oh! Daten! *Big Data!*«

»Ganz genau, *Sir*. Die gebündelten GPS-Aktivitäten der ganzen Welt! Haben Sie eine Ahnung, wie viel diese Informationen wert sind?«

Der Colonel musterte ihn nachdenklich.

»Deutlich mehr als eine Million Dollar, nehme ich an«, sagte er.

»Sehr viel mehr«, antwortete Alex.

»Und wenn ich einen Anteil am Gewinn fordere?«

»Dann bekommen Sie gar nichts und haben die AFOSI am Hals«, beendete Alex den Satz.

Der Colonel sah ihm fest in die Augen. »Du möchtest mich nicht zum Feind haben, Alex«, sagte er. »Schon dein Vater hat diesen Fehler gemacht, und schau dir an, was mit ihm geschehen ist.« Mit diesen Worten drehte er sich um und ging.

Alex sah ihm nach, bis er in der Ferne verschwunden war. Iris stand abwartend hinter ihm.

»Was zum Teufel soll das werden, Iris?«, fragte er.

»Ich bin dir keine Rechenschaft schuldig.« Sie sah ihn ohne die geringste Gefühlsregung an. »Wir werden tun, wofür wir hergekommen sind. Und um es ein für alle Mal klarzustellen: Ich gebe dir die volle Verantwortung an Justins Tod. Dafür wirst du büßen.« Sie schwieg einen Moment und sagte dann: »Aber nicht jetzt.«

»Es war nicht meine Schuld.«

Iris ging ohne ein Wort an ihm vorbei.

»Wo willst du hin?«

»Weg«, antwortete sie. »Bis heute Abend.«

Und bevor er reagieren konnte, war sie schon verschwunden.

SUPERSPIONE

»Wo warst du?«, fragte Alex, als sie bei Sonnenuntergang wiederauftauchte.

»Geht dich so was von gar nichts an«, sagte Iris. »Was gibt es zu essen?« Sie stellte sich in der Küche neben ihn und warf einen Blick auf die Nudelsoße, in der er rührte.

»Und ob mich das etwas angeht! Was, wenn du wieder zu halluzinieren anfängst und auf der Basis herumirrst? Du hast gerade drei Tage im Bett gelegen. Und jetzt soll ich einfach davon ausgehen, dass du wieder völlig in Ordnung bist?« Es fiel ihm schwerer als sonst, seine Gefühle unter Kontrolle zu halten. Der Holzlöffel ließ die Soße gegen die Fliesen spritzen.

Iris sah ihn prüfend an. Nicht wütend, nicht verletzt, sondern ... amüsiert. Als ob er etwas Lustiges gesagt hätte.

Irgendetwas an ihr war anders als vorher. Nicht nur ihr Kopf, der ganz offensichtlich wieder auf Hochtouren lief.

»Geht es dir gut?«, fragte er in einem anderen Ton.

»*Right as rain.* Du hast recht.«

»Ich habe was?«

»Recht. So schlecht, wie es mir in den letzten Tagen gegangen ist, hätte ich dir sagen müssen, wo ich hingehe. Das war unprofessionell und wird nicht mehr vorkommen. Hast du noch etwas vom Colonel gehört?« Sie steckte einen Finger in den Topf und zog ihn schnell wieder zurück. »Au!«

»Es ist heiß.«

»Ach, wirklich, Sherlock? Was ist mit Colonel Burnes?«

»Er erwartet uns heute Nacht um ein Uhr am Kommandozentrum.«

Iris schleckte die Soße vom Finger. »Es gibt kein uns«, sagte sie. »Du kommst nicht mit.«

»Oh doch«, antwortete Alex. »Ich lass dich nicht alleine dorthin gehen.«

Iris schüttelte den Kopf. »Ich gehe nicht allein. Ich habe Fiber bei mir.« Sie zeigte ihm ihr Handy. »Du hast eine andere Aufgabe.«

»Und welche?«, fragte er misstrauisch.

»Du bist für den Transport zuständig«, antwortete Iris. »Sobald ich aus dem Kontrollzentrum rauskomme, musst du uns von hier wegbringen.« Sie zeigte auf den Topf. »Das ist wirklich lecker, Alex.« Sie öffnete den Küchenschrank und holte zwei Teller heraus.

Alex nahm sich selbst einen Löffel und probierte auch von der Soße. Sie hatte recht, es war lecker.

Er schaltete den Herd aus und fragte sich, warum er das Gefühl hatte, dass plötzlich die Rollen vertauscht waren.

Iris drehte sich um und warf einen Blick auf das Haus, in dem sie die letzten Tage gewohnt hatten. Sie würde es nicht vermissen. Sie hatte die ganze Zeit das Gefühl gehabt, zu Besuch zu sein und dass die letzten Bewohner jederzeit nach Hause zurückkommen könnten.

Gleichzeitig aber war die Unterkunft einem Zuhause ziemlich nahegekommen. Gerade eben, mit Alex am Tisch, hatte sie sich zu Hause gefühlt. Als sie Nudeln mit selbst gemachter Soße und echtem Hackfleisch gegessen hatten, statt mit vegetarischem Fleischersatz wie auf Pala. Als es keine Glocke gegeben hatte, die ankündigte, dass die Mittagspause vorbei war. Und ohne Kandidaten um sich herum, deren Nummern ihnen vorschrieben, an welchem Tisch sie sitzen durften. Es war beinahe gemütlich gewesen. Sie hatten sich ganz normal unterhalten, über Belanglosigkeiten. Nicht über die Mission, nicht über Justin – Alex hatte es krampfhaft gemieden, über den Tod ihres Bruders zu sprechen –, sondern einfach nur *Small Talk*. Erst am Ende der Mahlzeit hatte er sie gefragt, ob sie einen genauen Plan hatte.

»Eigentlich nicht«, hatte sie geantwortet. »Aber ich bin sehr, sehr gut im Improvisieren.« Damit war das Thema durch gewesen.

Sie zog ihre Uniform an, auf deren Brusttasche das S prangte. Die Uniform hielt sie warm und machte sie im Dunkeln beinahe unsichtbar. Ihre roten Haare waren wieder lang genug, um sie zu einem Zopf zusammenzubinden. Sie lief weiter, bis die Entfernung zum Haus groß genug war, dass Alex sie nicht mehr sehen konnte. Dann vergewisserte sie sich, dass niemand in der Nähe war. Aus der Ecke, die die Soldaten »Zentrum« nannten und wo auch die Bar lag, schallte Lärm herüber. Aber hier, zwischen den Wohnhäusern, war alles still.

Sie gab den Code an ihrem Chip ein.

»Ich bin startklar«, erklang Fibers Stimme in ihrem Kopf.

»Ich bin auf dem Weg«, sagte Iris. »Bleibst du online?«

»*Yes, all the way.*«

»Danke.«

Das Kommandozentrum war rund zehn Minuten Fußweg entfernt, und sie wollte den Colonel nicht warten lassen.

Er sah und hörte Iris nicht kommen. Kurz spielte sie mit dem Gedanken, ihn zu erschrecken, um ihm zu zeigen, wie sehr sie ihm überlegen war. Aber sie fand es dann doch etwas zu risikoreich. Er war ohnehin nicht gerade ihr größter Fan, und man konnte nicht wissen, wie er reagierte, wenn er wieder wütend auf sie wurde.

Er war allerdings ein Fan ihrer Uniform.

»Well, well, look at you«, sagte er und betrachtete sie von Kopf bis Fuß. »Du hast keine Scheu, dich zu zeigen, Mädchen.« Seine Augen blieben einen Moment zu lange an ihrem Oberkörper hängen.

Iris spürte, wie sie rot wurde, und sie war froh, dass es dunkel war. »Wollen wir?«, fragte sie.

Der Colonel trat aus dem Schatten der Bäume, in dem er sich verborgen hatte. »Nein«, sagte er.

»Was soll das heißen?«, fragte Iris.

»Hör zu, Iris. Dort einzudringen ist absolut unmöglich. Nicht nur physisch, sondern auch, was die Software-Sicherung betrifft. Mit einer Führung am Tag, wo uns jeder sehen könnte, war ich einverstanden. Die Nichte einer Freundin möchte gerne die Computer sehen, die Story kann ich den Leuten auftischen. Doch das hier ...« Er wies auf das Gebäude, das mit Zäunen und breiten Rollen Stacheldraht gesichert war. »Siehst du die Kameras?«, fragte er. »Und das ist nur der Anfang, die äußere Schicht.«

»Und Sie dürfen dort nicht rein?«, fragte Iris.

»Ich darf überall rein, das ist nicht der Punkt. Aber nachts? Ohne Grund? Mit einer Vierzehnjährigen im Schlepptau, die aussieht wie eine Figur aus *Totally Spies*? Was glaubst du?«

Iris hielt wohlweislich den Mund.

»Mach dir wegen der Kameras keine Gedanken«, sagte Fiber in ihrem Kopf. »Die übernehme ich.«

Iris gab die Nachricht weiter. Der Colonel sah sie verständnislos an.

»Ich weiß nicht, ob du die Wahrheit sprichst oder ob das alles einfach nur Blödsinn ist«, zischte er. »Und ich weiß auch nicht, was mich mehr beunruhigen würde. Aber selbst wenn du – Gott bewahre mich – in der Lage sein solltest, die Kameras zu foppen, was dann? Dann ist auf den Bildern zu sehen, wie ich alleine in das Haus eindringe. Mein Ausweis, meine Fingerabdrücke, meine Iris werden gescannt. Die stellen mich vor das Kriegsgericht und sperren mich für den Rest meines Lebens ein! Was bringt mir dann die Million Dollar?«

Iris spielte ihren Trumpf aus. »*Sir*. Wenn ich erst Zugang zu den Servern habe, habe ich das ganze System unter Kontrolle. Ich komme überall ran, nicht nur an das GPS, sondern auch an die Sicherheitsdaten. Ich kann sämtliche Ihrer Spuren löschen. Alles.«

Der Colonel schüttelte wieder den Kopf. »Tut mir leid, aber das Risiko ist mir zu hoch.«

(*Shit!* War alles umsonst gewesen? Sie musste nachdenken!)

Totally Spies! Das war eine Zeichentrickserie für Mädchen. Woher kannte der Colonel sie? Für eine Teenagertochter war er eigentlich zu alt ...

»Sie haben doch eine Enkelin«, sagte sie.

Sie berührte unauffällig den Chip, damit Fiber auf Pala ein Signal empfing.

»Ich bin dran!«, schrie Fiber in ihrem Kopf.

Das Gesicht des Colonels näherte sich ihrem. »Woher weißt du das?«, fragte er.

»Ich hab sie!«, kreischte Fiber und ratterte Name und Adresse herunter. Iris wiederholte: »Olivia Hancock. Tochter von Marshia Hancock, alias Marshia Burnes, Ihre Tochter. Die ganze Familie wohnt am McBurney Boulevard. Olivia geht auf die *Widefield School* im Distrikt drei, wo sie vor allem in Musik glänzt.«

Der Colonel taumelte zurück.

»Sie wollen eine zusätzliche Motivation zu der Million? Wie wäre es, wenn wir versprechen, Ihre Familie in Ruhe zu lassen? Ist das Motivation genug?«

Das Herz klopfte ihr bis zum Hals, nicht nur wegen des Adrenalins, das gerade in ihrem Körper explodierte, sondern auch wegen dem, was sie gesagt hatte. Würde sie wirklich so weit gehen, ein Mädchen zu bedrohen, nur um ihren Willen zu bekommen?

Nein. Aber das brauchte der Colonel nicht zu wissen.

»Das wagst du nicht«, zischte der Colonel.

»Sie haben keine Ahnung, was ich alles wage«, antwortete Iris. »Erinnern Sie sich an den Jungen, der am Pikes Peak verunglückt ist? Das war mein Bruder, mein echter Bruder. Er starb, weil Sie mit Alex Spielchen gespielt haben. Ich mache Sie dafür verantwortlich, Sie allein. Der einzige Grund, warum ich Sie nicht festnehmen lasse, ist, dass ich Sie brauche. Jetzt. Hier.«

Der Colonel erbleichte, und Iris sah, dass er endlich begann, sie ernst zu nehmen.

»Ich ... Das tut mir leid«, stammelte er. »Ich wusste nicht ...«

Iris wies ihn mit erhobener Hand an, zu schweigen. »Ich will nichts hören. Ich will rein.«

»Und die Kameras können dich nicht sehen?«, fragte er nochmals.

Iris schüttelte den Kopf.

Der Colonel nickte in Richtung des meterhohen Zauns mit dem Stacheldraht. »Über den musst du selbst kommen. Danach kann ich dich reinbringen.« Ohne ihre Antwort abzuwarten, lief er auf das Tor zu.

DU BIST DRAN

Vor dem Tor standen zwei Soldaten und froren. Zuerst dachte Iris, dass sie rauchten, aber die Wölkchen, die sie ausstießen, war nur ihr Atem in der kalten Luft. Als der Colonel auf sie zutrat, nahmen die Männer sofort Haltung an und salutierten. Iris selbst blieb außer Sichtweite und versuchte, ihren Puls und ihre Atmung unter Kontrolle zu bekommen.

»Geht es?«, fragte Fiber, die offensichtlich Überblick über Iris' Körperfunktionen hatte. Dieser blöde Chip. Wenn sie den nicht hätte, wäre sie längst über alle Berge.

»Ja, mach dir keine Gedanken«, sagte Iris. »Und wegen der Kameras bist du dir sicher?«

»Klar. *We are good.*«

Iris betrachtete den Zaun aus einiger Entfernung. Der Colonel war inzwischen hineingelassen worden. Mr Oz und er hatten zusammen am GPS-System gearbeitet, bevor Mr Oz verunglückt war. Niemand fand etwas dabei, wenn der Colonel ins Kontrollzentrum ging.

Mit einer Minderjährigen war das etwas anderes.

»Ist der Zaun zu hoch?«, fragte Fiber.

Iris schüttelte den Kopf. »Nein, das schaffe ich schon. Das Problem ist der Stacheldraht.« Sie sah sich nach etwas um, das sie hochwerfen konnte.

»Soll ich Alex anrufen?«

»Nein«, sagte Iris lauter, als sie wollte.

»Warum nicht?«

»Warum nicht?«, fauchte Iris. »Weil wir ihm nicht trauen können, Fiber. Darum.«

»Ach nein? Ist es nicht auch in seinem Interesse, dass du reinkommst, egal, auf welcher Seite er steht, ob auf unserer oder auf der seines Vaters?«

Iris hasste es, wenn Fiber recht hatte.

»Also gut«, sagte sie schließlich. »Er soll Jacken und Decken oder so was mitbringen.«

Zehn Minuten später fuhr Alex mit einem Fahrzeug vor, das am ehesten an einen Golfwagen erinnerte.

»Ich hoffe, das ist nicht unser Fluchtauto«, sagte Iris.

Alex gab keine Antwort, sondern begann, stapelweise Decken auszuladen. Iris war um den Zaun herumgelaufen, bis sie eine Stelle gefunden hatte, die die Soldaten an der Pforte nicht einsehen konnte. Dann hatte sie Alex die Koordinaten geschickt.

»Wie lautet der Plan?«, fragte er.

Iris erklärte es ihm, woraufhin er zustimmend nickte.

»Das müsste klappen.« Er schleppte die Decken zum Zaun. »Steht der unter Strom?« Bevor er wusste, wie ihm geschah, hatte Iris schon seine Hand gepackt und sie kurzerhand gegen den Zaun gedrückt.

Nichts passierte. Alex zog seine Hand weg und sah sie wütend an.

»Also nicht«, sagte Iris. Sie zog ihre Sportschuhe aus, steckte die Socken hinein, knotete die Schnürsenkeln zusammen und hängte sie sich um den Hals. »Du bist dran.«

Alex nahm die oberste Bettdecke vom Stapel. Iris stellte sich neben ihn und studierte das Drahtgeflecht des Zauns. Die Lücken waren zu klein, um mit den Schuhen dazwischenzukommen, aber die Zehen ihrer nicht allzu großen Mädchenfüße passten gerade so hinein.

»*Go!*«, sagte sie.

Alex hob die Bettdecke hoch und warf sie nach oben. Beim dritten Versuch blieb sie am Stacheldraht hängen.

Iris zögerte keinen Moment und verhakte ihre inzwischen eiskalten Zehen im Draht. Sie ignorierte die Kälte und den Schmerz, den der Draht auslöste, und kletterte wie ein Äffchen nach oben. Dort packte sie die Bettdecke und legte sie über den Stacheldraht. »Noch eine«, rief sie.

Alex warf die zweite Decke hoch, die sie auffing und über die erste schob. Nach vier Lagen war sie zufrieden.

»Okay, *thanks*«, sagte sie. »Bis später.«

»Ich hole die Decken wieder runter, ja?«

Iris nickte.

Alex zögerte kurz und sagte dann: »Iris?«

Sie sah ihn fragend an.

»Es tut mir leid. Sei vorsichtig, ja? Ich möchte dich nicht verlieren.« Wieder zögerte er, dann fügte er leise hinzu: »Ich liebe dich.«

Iris rollte sich über den mit Decken bespannten Stacheldraht und kletterte an der anderen Seite des Zauns wieder herunter.

Blödmann!, dachte sie, während sie durch das Gras in Richtung Hauptgebäude lief. Du bist so ein Idiot! Genau in dem Moment, in dem sie zu ihrer gefährlichsten Mission aufbrach, kam er mit so etwas an. Das konnte sie jetzt wirklich nicht gebrauchen. Und was sollte das eigentlich heißen, er liebte sie? Er hatte ihr das früher schon im Spaß gesagt, aber dieses Mal klang es, als wenn er es ernst meinte. Doch nach allem, was er ihr angetan hatte, ergab das überhaupt keinen Sinn.

Iris duckte sich hinter einer Baumgruppe und zog ihre Socken und Schuhe wieder an. Dann suchte sie die Umgebung nach dem Colonel ab.

»Fiber?«

»Ja.«

»Ich bin drüben.«

(Sie würde nichts über Alex sagen, nichts über Alex sagen, nichts über Alex sagen.)

»Gut.«

»Weißt du über die ganzen Sicherungen Bescheid, von denen der Colonel gesprochen hat?«

»Ja, mehr oder weniger.«

»Mehr oder weniger?«, fragte Iris. »*What the fuck* heißt das?«

»Dass ich weiß, welche Art von Protokollen zu erwarten sind, sie aber nicht im Detail kenne. Die Amerikaner stellen leider nicht ihr gesamtes Sicherheitskonzept ins Netz, Iris.«

»*Okay. Sorry.*«

»Und du weißt den Code noch?«

»Ich vergesse nichts, Fiber.«

»Auf Pala hast du etwas anderes gesagt, nämlich ...«

»Ich habe gesagt, ich vergesse nichts. Niemals, Fiber.« Dabei betonte sie das *niemals*. Denn auch mit Fiber hatte sie noch eine Rechnung offen. Nicht nur, weil Fiber sie von Bord geworfen hatte, sondern vor allem, weil sie ihr verschwiegen hatte, dass Alex das Verhör geleitet hatte.

Iris beschloss, es darauf ankommen zu lassen, und trat aus dem Dunkeln heraus. Als wenn es ihr gutes Recht wäre, hier entlangzulaufen, spazierte sie in aller Ruhe zum Eingang des Gebäudes.

Sie hoffte nur, dass der Colonel sie nicht zusammen mit der AFOSI erwartete.

Fiber starrte auf den Bildschirm in dem einzigen Zimmer auf Pala, in dem sie wirklich Privatsphäre hatte: im Beobachtungsraum. Vor allem, seit Mr Oz dank Justins Technik nur noch das zu sehen und zu hören bekam, was sie wollte.

Infrarotbilder zeigten ihr Iris' Silhouette, die wie ein Nachtfalter von Baum zu Baum in Richtung Eingang flatterte.

Irgendwas an dem Bild stimmte nicht.

Iris, die noch vor drei Tagen ihren halben Familien- und Freundeskreis zusammenhalluziniert hatte, die nach ihrem Vater jetzt auch noch unerwartet den Bruder verloren hatte, war fokussiert, stark und übernahm die Führung.

Es passte nicht, und irgendwie passte es doch. Denn war es nicht genau das, was Iris immer tat, wenn alle fürchteten, sie würde zusammenbrechen? War das nicht genau der Grund, weshalb sie überhaupt mit *Superhelden* angefangen hatte? Und hatte sie während des letzten Tests auf Pala nicht genauso reagiert, als Alex und sie dachten, sie hätten sie kleingekriegt? Iris hatte den Test nicht nur bestanden, sie hatte Alex überwältigt und hatte Terrys geheime Werkstatt gefunden (von deren Existenz Fiber bis dahin gar nichts gewusst hatte).

Aber auch Iris kam irgendwann an ihre Grenzen. Und die Frage war nicht, ob das geschehen würde, sondern wann.

Was, wenn es heute Abend so weit war?

DER EINBRUCH

Iris war noch nie irgendwo eingebrochen. Rein technisch gesehen tat sie es auch jetzt nicht, denn der Colonel hatte einen Ausweis, mit dem er sie ins Gebäude ließ. Aber ob die AFOSI auch so darüber denken würde? Das war eher unwahrscheinlich.

Der Colonel sah auf die Uhr, ein altmodisches Teil, das Iris an Fibers erinnerte.

»Zehn Minuten, schätze ich«, murmelte er.

Iris sah ihn fragend an.

»Bevor sie mich anrufen, um zu fragen, was ich hier tue. Ich werde ihnen zwar irgendeine Geschichte auftischen, aber trotzdem ... Ich schätze, dass wir höchstens eine halbe Stunde haben, bevor jemand auftaucht.«

»Dann sollten wir uns beeilen«, sagte Iris und wies ungeduldig auf die Tür.

Der Colonel biss sich auf die Lippen.

»Denken Sie an Ihre Enkelin«, sagte Iris.

Er nickte und zog seinen Pass über den Scanner. Laut seufzend schoben sich die beiden Glastüren auseinander.

Das Foyer erinnerte an ein Mittelklassehotel. Eine Rezeption – wegen der späten Uhrzeit unbesetzt –, Marmorfußboden mit dem Logo der US Air Force, aus kleinen Steinen zusammengesetzt, und zu beiden Seiten Türen und Gänge.

»Hier lang«, befahl der Colonel und ging voran.

Iris musste plötzlich an Pala denken, als sie vor dem Aufzug warteten. Es erinnerte sie daran, wie Alex sie zum ersten Mal mit an den Strand genommen hatte.

Da das Gebäude nur einstöckig war, lag ihr Ziel offensichtlich unter der Erde.

Draußen hatte sie sich schon gewundert, wie klein der ganze Komplex war, viel zu klein für die Server, die man brauchte, um so viele Satelliten zu bedienen und zu warten. Jetzt begriff sie. Es war wie auf Pala: Alles spielte sich unterirdisch ab.

»Tagsüber arbeiten hier die Männer und Frauen vom *Second Space Operations Squadron*«, referierte Colonel Burnes. »Sie sorgen dafür, dass die GPS-Satelliten stets mit der neuesten Software ausgestattet sind.« Er sah sie an. »Wusstest du, dass das GPS-System die größte Satellitenkonstellation der Welt ist?«

Iris schüttelte den Kopf.

»Ja, es ist tatsächlich so. Sie werden natürlich zur Navigation verwendet, kein TomTom oder Google Maps ohne GPS. Aber auch zur Übertragung von Zeit und Frequenzen und zum Aufspüren nuklearer Materialien. Man darf sich gar nicht vorstellen, dass die Technologie in falsche Hände geraten könnte.«

Das wollte Iris sich in der Tat nicht vorstellen.

Sie stieg mit dem Colonel in den Aufzug. Iris hatte keine Platzangst, und trotzdem fühlte sie sich mit dem Colonel im Fahrstuhl doch ziemlich unwohl. Was, wenn er irgendwelche Annäherungsversuche machte? Sicher, sie war durchtrainiert und einen guten Kopf größer als er. Aber der Raum war sehr eng und bot kaum Platz, um sich zu rühren. Sie setzte eine unbewegliche Miene auf, fest entschlossen, keine Emotionen zu zeigen. Wie ein Soldat, ständig auf der Hut und auf alles vorbereitet.

Der Aufzug kam lautlos zum Stillstand, und die Türen öffneten sich zischend. Iris wies den Colonel mit einem Kopfnicken an, vorzugehen. *No way*, dass sie ihn hinter sich herlaufen ließ.

Unten war das Foyer etwas kleiner, aber auch hier gab es eine unbesetzte Empfangstheke. Gegenüber dem Aufzug befand sich eine Art Schleuse.

Das Handy des Colonels klingelte. Er warf einen Blick auf die Uhr. »Genau zehn Minuten.« Er nahm das Gespräch an, nannte seinen Namen und lauschte. »Bei mir ist eine Meldung eingegangen«, sagte er. »Aber soweit ich das sehen kann, ist da nichts dran. Ich drehe noch eine Runde, und dann verlasse ich das Kontrollzentrum wieder.« Er schwieg einen Moment. »Was soll das heißen, bei Ihnen ist keine Meldung eingegangen? Checken Sie Ihre Geräte, aber schnell!« Er murmelte noch etwas und beendete dann das Gespräch.

»Zwanzig Minuten, höchstens.«

»*Let's go*«, sagte Iris.

Der Colonel zog wieder seinen Ausweis heraus und schob ihn über den zweiten Scanner. Eine Luke öffnete sich. Er ging in die Knie und hielt sein Auge vor die Öffnung. Iris konnte sehen, wie ein blauer Laserstrahl seine Iris scannte. Dann ertönte ein Klicken.

»Hör gut zu«, sagte Colonel Burnes. »Ich öffne jetzt die Schleuse, das ist eine extrem schwere Tür. Ich habe mir daran schon mal beinahe die Schulter ausgekugelt. Im Boden der Schleuse ist eine Waage eingebaut. Sie misst genau, wie schwer du bist, und vergleicht es mit deinem Gewicht, wenn du wieder rauskommst.«

»Damit wollen sie verhindern, dass man irgendetwas

mitgehen lässt«, erklärte ihr Fiber im Kopf. »Wenn du versuchst, einen Server zu klauen, wird die Schleuse hermetisch abgeriegelt.«

»Ich verstehe«, sagte Iris. »Ich hatte nicht vor, etwas mitgehen zu lassen, also ...« Sie beendete ihren Satz nicht.

Der Colonel nickte. Er packte den Griff der Schleusentür und zog sie mit größter Kraftanstrengung auf. Dahinter kam ein Raum zum Vorschein, in dem gerade so eine Person Platz fand.

»Der ist aber klein«, sagte Iris. »Nach Ihnen.«

Der Colonel schüttelte den Kopf. »Mit meinem Ausweis kann nur einer rein«, sagte er.

»Ich lasse Sie hier nicht alleine zurück«, sagte Iris knapp. »Ich traue Ihnen nicht.«

»Dann gibt es nur eine Möglichkeit«, antwortete der Colonel, und Iris glaubte für einen Moment ein Lächeln in seinem Gesicht aufflackern zu sehen.

»Sind Sie sich sicher, dass dies die einzige Möglichkeit ist?«, flüsterte Iris dem Colonel ins Ohr. Sie hatte ihm die Arme um den Hals gelegt und stand mit den Füßen auf seinen Lederstiefeln, wie sie es als kleines Kind bei ihrem Vater gemacht hatte.

»Absolut«, sagte Burnes. »Die Waage misst auf diese Weise ein einziges Gewicht, und die Scanner nehmen auch nur eine Person wahr.« Er schlurfte Schritt für Schritt hinein und zog die Tür hinter sich zu. Dann drückte er den Daumen gegen eine Glasscheibe und wartete, bis der Computer den Abdruck gescannt hatte. Iris spürte, wie sich der Boden dem Druck anpasste.

»Was ist am Pikes Peak geschehen?«, fragte sie. »Ich w... nicht den Unsinn hören, den Sie Alex erzählt haben, sondern den echten Grund, aus dem Sie und sein Vater das Rennen gefahren sind.«

Der Colonel schwieg. »*The real story?*«

»Hmm.«

Für einen Moment fürchtete Iris, zu weit gegangen zu sein. »Weißt du, wofür GPS steht?«, fragte er schließlich.

»*Global Positioning System*«, ratterte Iris herunter. »Internationale Satelliten-Ortsbestimmung. Offizieller Name: NAVSTAR.«

»Haha, ich hatte kurz vergessen, was für ein Nerd, Entschuldigung, Freak du bist. Aber du hast recht, der offizielle Name lautet NAVSTAR. Oswald, Alex' Vater, hat damals an einem anderen Projekt gearbeitet, einem Computerprogramm, das verschiedene Probleme allein durch Logik lö[sen] konnte. Er nannte es *General Problem Solver*, allgemei[ne]r Problemlöser.«

[I]ris hielt kurz inne. »GPS«, sagte sie. »Die Abkürzung von [Gene]*ral Problem Solver* ist ebenfalls GPS.«

[»G]enau. Als unser Budget eingefroren wurde, waren beide [Projek]te noch in der Entwicklungsphase. Unsere Abteilung [musst]e sich für ein Projekt entscheiden.«

[»Und] das war das Satellitenprogramm?«

[»Das] war nicht sofort klar. Wir stritten uns. Schließlich [schlug O]swald das Rennen vor. Er war immer am Steuer von [schne]llen Autos zu finden.«

[»Wie de]r Vater, so der Sohn«, murmelte Iris.

[»Ich habe] gesehen, wie ihr euch angeschaut habt. Und dei[nem Gesich]t nach zu urteilen, brauche ich dir nicht zu erklären, dass es immer die Liebe ist, die uns in Schwierigkeiten bringt.«

Iris war klug genug, den Mund zu halten.

»Ich wusste, dass ich gegen ihn keine Chance hatte, mitten in der Nacht auf dem Pikes Peak. Ich bin kein schlechter Fahrer, aber ...«

»Sie haben sein Auto sabotiert.«

Der Colonel nickte beinahe unmerklich. »Darauf bin ich nicht stolz.«

»Sie glauben, dass ich hier nicht lebend rauskomme«, sagte Iris auf einmal. »Darum erzählen Sie mir das alles. Ihr Geheimnis ist bei mir sicher, weil ich hier nie wieder rauskomme.«

»Jetzt werd mal nicht paranoid, junge Dame.«

Ein Signal kündigte an, dass alle Messungen beende ren. Die Tür an Iris' Seite klackte auf. Der Colonel d mit der Schulter dagegen. Sobald sie weit genug offe drängte sich Iris hinaus.

»Fiber?«, flüsterte sie.

»*General Problem Solver*, ich bin schon dran.«

Als Iris zwölf war, hatte ihr Vater Justin und genommen, um mit ihnen den Film T schauen. Es war die Fortsetzung eines F aus seiner Jugend kannte, und es ging d der in der digitalen Welt landete. Es dert, wenn Mr Oz auch ein Fan von wie er auf Science-Fiction und Far

Sie hatte die Story damals »ga allem war von dem Film bei ih

Welt darin ausgesehen hatte: dunkelblau mit buntem Neon. Eine vollständig symmetrisch aufgebaute Welt aus Datensätzen mit horizontalen und vertikalen Lichtbahnen in den Grundfarben.

Der Serverraum, in dem sie jetzt standen, erinnerte sie an diesen Film.

An den letzten Film, den sie mit ihrem Vater angeschaut hatte.

Iris wünschte, er stünde jetzt anstelle des Colonels neben ihr. Die Farben und ihre neuen Fähigkeiten hätten ihn schwer beeindruckt.

Anders als im Film war es hier sehr laut. Die Hunderte – nein, wahrscheinlich Tausende – von Computern in diesem Raum summten wie ein Bienenschwarm mit ADHS.

Der Colonel beobachtete Iris, die auf die roten, gelben, grünen und blauen Rohre starrte, die sich durch- und übereinanderschlängelten und ihren Weg an der Decke fortsetzten.

»Es erinnert mich immer an eine Zeichnung meiner Enkelin.« Er musste schreien, um das Summen zu übertönen.

»Jemand hat sich mit einer Farbtube ausgelebt«, antwortete sie.

Doch der Colonel schüttelte den Kopf. »Alle Farben haben eine Funktion. Durch die blauen Rohre strömt Wasser, um die Computer abzukühlen. Die roten bringen das heiße Wasser wieder zurück. Die anderen Röhren transportieren das Wasser von den Kühlgeräten aus einem anderen Raum hierher.«

Iris betrachtete den Rest des Raums. Der Boden war mit schneeweißen Kacheln gefliest, auf denen Dutzende von großen gläsernen Würfeln aufgebaut waren. Darin standen die Computer, die immer wieder gelb, blau und violett aufleuchteten. Ansonsten war der Raum dunkel, wodurch es schien, als würde man auf eine große Stadt mit viel Neonlicht blicken.

»Das raubt einem den Atem, oder?«, schrie der Colonel.

»So etwas habe ich noch nie gesehen«, schrie Iris zurück.

»Als wäre man auf einem anderen Planeten gelandet oder ...«

»In einer modernen Geisterstadt, ich weiß.«

In einem Computernetzwerk, hatte Iris eigentlich sagen wollen, aber Geisterstadt traf es auch ziemlich gut. Beiden Vergleichen war gemein, dass es keine Menschen gab, abgesehen von ihnen beiden. Der Saal, oder genauer gesagt, die Säle, waren wie ausgestorben. Das Einzige, was sich bewegte, war das geisterhafte Neonlicht.

»Du hast fünfzehn Minuten«, sagte der Colonel. »Dann bin ich weg – mit dir oder ohne dich.«

Iris schüttelte den Kopf. »Die Schleuse muss das gleiche Gewicht messen wie beim Eintritt, das haben Sie mir selbst erzählt. Wenn ich nicht dabei bin, öffnet sie sich nicht, und der Alarm geht los. Wir sitzen in einem Boot, Colonel.«

»Dann würde ich jetzt an deiner Stelle langsam mal loslegen«, antwortete Colonel Burnes und zeigte auf eine Schachtel an der Wand, auf der OHRSTÖPSEL stand.

Iris nahm zwei heraus und steckte sie sich in die Ohren. Sofort verwandelte sich das laute Summen in ein kaum hörbares Surren.

Sie nickte dem Colonel zu, drehte sich um und ging ein Stück von ihm weg. Als sie außer Hörweite war, drückte sie auf den Chip in ihrem Hals: »Sprich mit mir, Fiber!«

»*Hold on*«, erklang Fibers Stimme in ihrem Kopf. »Ich versuche dich via GPS zu orten.« Ein paar Sekunden blieb es still, und Iris bewegte sich auf der Stelle, um Fiber die Ortung einfacher zu machen.

»Fertig!«, rief sie.

»Schrei nicht so«, murmelte Iris. »Du sitzt in meinem Kopf, schon vergessen?«

»Entschuldigung ... Du musst weiter nach links.«

Iris setzte sich wieder in Bewegung. Wenn dies ein Film wäre, überlegte sie, dann würde die bedrohliche Synthesizermusik jetzt lauter werden.

(Aber es war kein Film. Wenn man sie erwischte, säße sie echt in der Klemme. Und nicht nur sie.)

Fiber steuerte sie durch das Labyrinth des Serverraums. Links, links, rechts, links, zweimal rechts. Iris speicherte die Route automatisch in ihrem Gedächtnis ab, damit sie den Weg ohne Hilfe zurückfand, falls es nötig war.

(Ihr Leben war wie ein Computerspiel, jeden Moment konnten Zombies um die Ecke biegen. Wo war ihre Waffe?)

»Noch einmal links, und du bist da. Du hast noch elf Minuten.«

»Check.« Iris verlangsamte ihren Schritt und hielt vor einem der Glaskäfige an, der genauso aussah wie alle anderen. Der Server war lila.

»Bist du dir sicher?«, fragte sie.

»Siehst du violettes Licht?«

»Eher lila«, antwortete Iris.

»Dann passt es.«

»Und jetzt?«

»Du musst versuchen, die Drähte von dem Stahlkäfig zu kappen«, sagte Fiber. »In deiner Uniform ist eine Zange.«

»Drähte? Die Käfige sind aus Glas, Fiber. Wenn das deine Vorbereitung ist, kann ich direkt wieder nach Hause gehen.«

»Ganz ruhig, du hast doch auch einen Glasschneider.«

(Vergessen. Sie hatte wieder etwas vergessen. Wusste sie den Code noch? Was, wenn sie den Code nicht mehr wusste?) Iris fuhr mit den Fingern ihren Gürtel ab, in dem allerlei kleine Werkzeuge verborgen waren.

»Hab ihn«, sagte sie.

»Du weißt, wie er funktioniert?«

»Klar. Den Rest kriege ich alleine hin. *Now shut up.*«

Sie klappte den Saugnapf nach außen und schob einen langen, dünnen Stab hinein. Am Ende des Stabs steckte eine messerscharfe Klinge. Iris drückte den Saugnapf gegen die Scheibe. Dann legte sie das Messer ans Glas und drehte mit dem Stab einen Kreis. Nach zwei Runden spürte sie, wie sich das Glas lockerte. Sie hielt an und zog vorsichtig am Saugnapf. Ein Kreis aus Glas mit einem Durchmesser von circa zwanzig Zentimetern löste sich von der Platte. Iris machte den Saugnapf langsam los und legte das Glas auf den Boden, bevor sie das Messer wieder zuklappte und wegsteckte. Sie wusste, dass sie nachher oben nur dann den Code eingeben konnte, wenn sie hier die Firewall ausgeschaltet hatte.

»Neun Minuten«, sagte Fiber.

»Wo ist der Colonel?«, fragte Iris.

»Am Aufzug. Er hat erst versucht, dir zu folgen, aber du warst so schnell verschwunden, dass er umgekehrt ist.«

Iris zog ihr Smartphone heraus. Hier unten hatte sie zwar keinen Empfang, doch den brauchte sie auch nicht. Sie drehte ihren Gürtel ein wenig herum und öffnete ein anderes Fach, aus dem sie ein dickes Kabel zog. Das eine Ende steckte sie in ihr Handy, das andere schlängelte sie vorsichtig durch das Loch in der Glaswand.

»Alles klar. Ich schließe jetzt das Kabel am Server an.«
Iris sah sich um. Keine Zombies, kein Colonel, der überprüfte, was sie hier trieb, keine Soldaten der AFOSI. *So far, so good.* Iris konzentrierte sich und schob das Kabel in Richtung Server. Es war aus ziemlich steifem Material hergestellt, wodurch sie es nur geradeaus bewegen konnte.

»*Done.* Du bist dran.«

FREEZE

Fiber nutzte den KH-14 GAMBIT, um Daten an Iris' Smartphone zu senden. Die Daten breiteten sich zwischen den anderen Informationen auf dem Server aus, die wiederum mit den übrigen Servern im Gebäude verbunden waren.

»Noch vier Minuten«, sagte Iris.

»Ich hab es gleich, jetzt stress mich nicht«, ertönte Fibers genervte Stimme.

(Stressen? Und was hatte Fiber gemacht, als sie vorhin die Minuten runtergezählt hatte?)

Es roch nach Chlor, als würde der Boden jeden Morgen mit Schwimmbadwasser geputzt werden.

»Fertig. *Go!*«

Iris zog das Kabel aus dem Server und steckte es wieder in ihren Gürtel.

»Und das Glas?«

»Keine Zeit! Lauf! Du musst jetzt oben den Code eingeben.«

Iris zögerte keine Sekunde und sprintete los. Links, rechts, in die entgegengesetzte Richtung, zurück zum Eingang, wo der Colonel hoffentlich auf sie wartete. Die Neonlichter rauschten an ihr vorbei und badeten sie abwechselnd in Gelb, Violett, Grün und Blau. Sie hatte das Gefühl, als wäre sie wieder auf Pala und als könne jeden Moment eine mechanische Spinne auftauchen.

»Noch zwei Minuten.«

»Und dann?«, fragte sie keuchend.

»Dann begeben sich die AFOSI in Alarmbereitschaft«,

antwortete Fiber. »Es sei denn, der Colonel hat sich zwischendurch bei ihnen gemeldet. Und das könnte er nur, wenn er ...«

»... oben wäre, wo er Empfang hat, schon verstanden.«

Endlich kam sie im Hauptraum an, in dem sich die farbigen Rohre bündelten.

Vom Colonel keine Spur.

»*Fuck*, hier ist er nicht.«

»Unmöglich, Iris. Wenn er alleine in die Schleuse gegangen wäre, wäre der Alarm losgegangen.«

Iris zog sich die Stöpsel aus den Ohren und lauschte. Kein Alarm, nur das ohrenbetäubende Brummen der Ventilatoren.

»Kein Alarm.«

»Noch eine Minute.«

»Ich weiß nicht, was ich tun soll.« Verzweifelt hielt sie nach dem Colonel Ausschau. War er wirklich weg? Hatte er eine Möglichkeit gefunden, alleine in den Aufzug zu steigen?

»Fünfundvierzig Sekunden.«

Iris rannte zur Schleuse, die einen Spaltbreit offen stand. Sie warf sich mit der Schulter dagegen und drückte mit aller Kraft gegen die Tür. Der Colonel hatte nicht übertrieben, das Ding war wirklich schwer wie Blei. Zum Glück war sie schlank und brauchte nur ein paar Zentimeter Platz, um durchzugleiten.

»Noch fünfunddreißig Sekunden«, zählte Fiber in ihrem Kopf runter.

»Ich hab ihn gefunden.«

Er hatte eine Luke geöffnet und versuchte hastig, Drähte miteinander zu verbinden.

Der Mistkerl wollte ohne sie verschwinden! Iris zögerte

keinen Augenblick, schob sich ganz in die Schleuse hinein, platzierte ihren Fuß zwischen seinen Beinen und zog die Tür hinter sich zu.

»Aufstehen!«, fauchte sie.

Die Schleusentür schloss sich zischend.

Der Colonel sah sie erschrocken an und richtete sich hastig auf.

Iris schrie: »Noch zwanzig Sekunden!« Der Colonel sah sie für einen Moment wütend an, drückte dann aber seinen Daumen gegen den Ausleger. Iris spürte, wie wieder eine Welle durch den Boden ging.

»Rufen Sie an!«

Der Colonel nickte und zog sein Handy heraus.

»Noch fünfzehn Sekunden«, rief Fiber in ihrem Kopf.

»Wir schaffen das. Wir schaffen das«, murmelte Iris. »Wir kriegen das hin.«

Die Tür auf der anderen Seite der Schleuse schob sich zischend zur Seite. Iris sprang hinaus und zog den Colonel hinter sich her.

»Fünf Sekunden, vier, drei, zwei ...«

Das Telefon klingelte. Der Colonel holte tief Luft und nahm ab. »Burnes hier. Nein, nichts gefunden, falscher Alarm, schätze ich. Nein, ich schließe wieder ab und erstatte morgen Bericht. *Yes, thank you.*«

Er legte auf und starrte Iris an. »Ich ... Es tut mir leid. Ich bin in Panik geraten, ich dachte, du kommst nicht rechtzeitig zurück.«

Fiber sah Iris wieder auf dem Bildschirm. Unten im Serverraum war sie nicht mehr als ein Punkt gewesen, jetzt konnte sie Iris wieder richtig erkennen.

»ES SCHEINT, ALS WENN ALLES NACH PLAN LÄUFT«, ertönte die Stimme von Mr Oz aus den Lautsprechern.

Fiber schloss die Augen und versuchte, sich nicht anmerken zu lassen, wie erschrocken sie über seine plötzliche Anwesenheit war. Sie schaltete einen zweiten Bildschirm zu, wo sie Mr Oz auf einem Thron sitzen sah. Neben ihm hockte YunYun. Sie hatte ihre Aufgabe am Computer offensichtlich beendet.

»*Yes, Sir.*«

»UND IRIS WEISS DEN CODE IMMER NOCH AUSWENDIG? TROTZ IHRES TRAUMAS?«

»Das werden wir bald wissen«, murmelte Fiber.

Auf seine Weise war das *Satellite Control Centre* genauso beeindruckend wie der unterirdische Serverraum. Irgendwie erinnerte es Iris an den Kinosaal auf Pala. Nur, dass hier mehr Bildschirme an der Wand hingen.

Vor dem größten Bildschirm standen zehn Reihen mit je zwanzig Monitoren plus Tastaturen. Iris versuchte sich vorzustellen, was hier tagsüber los war, wenn zweihundert Leute mit ebenso vielen Satelliten beschäftigt waren.

»Ich bin drin, der Colonel hat mit seinem Pass die Tür geöffnet«, flüsterte sie.

»Und wo ist der Colonel?«

»Steht da drüben und hält Wache.«

»Gut.«

Iris warf noch einen letzten Blick auf den Colonel, der

vor Erschöpfung auf einem Stuhl zusammengesunken war. Dann setzte sie sich an einen der Bildschirme. Er sprang auf Grün um, und ein einziger Cursor blinkte auf.

»Jetzt hast du Zugang zum Netzwerk«, sagte Fiber.

Iris schloss kurz die Augen und rief sich die Seite mit den Codes ins Gedächtnis, die sie auf Pala auswendig gelernt hatte. Sie war müde, todmüde. Nicht nur, weil sie seit fast vierundzwanzig Stunden auf den Beinen war, sondern einfach wegen allem. Wegen der Machtspielchen, wegen den Manipulationen von Mr Oz und wegen Justin. Müde vom Training, vom Unterricht und von den Tests. Egal, wie die Sache endete, wer auch immer gewann – sie hatte die Nase voll. Von allem. Sie wollte nur noch eins, und das war nach Hause. Zu ihrer Mutter. Und in ihren Armen um alle weinen, die sie verloren hatte.

»*Let's do it!*«, flüsterte sie.

Sie begann zu tippen.

Jetzt verstand sie, warum sie die Einzige war, die diese Aufgabe erledigen konnte. Selbst das kürzeste Zögern, der kleinste Blick aufs Papier wäre fatal. Der Code musste in einem Guss und ohne einen einzigen Fehler eingegeben werden.

Fiber sah den Code über den Bildschirm fliegen, erst zögerlich, dann immer schneller. Buchstaben, Zahlen und Zeichen wechselten sich in rasendem Tempo ab. Fiber wusste, dass Iris keine Ahnung hatte, was sie da tippte, aber das brauchte sie auch nicht. Hauptsache, sie machte keinen Fehler. Jeder andere wäre mit dieser Aufgabe zu lange beschäftigt gewesen.

Was Iris im Gegensatz zu Fiber nicht wusste, war, dass in

dem Moment, in dem sie sich im Computer eingeloggt hatte, ein zweiter Alarm ausgelöst wurde. Und obwohl der Colonel den diensthabenden Offizier eingelullt hatte, so hatte dieser zweite Alarm ihn bestimmt sofort wieder wachgerüttelt. Fiber war klar, dass Iris nur zehn Minuten blieben, bis ein AFOSI-Team vor der Pforte stand. Und das war die Minimalzeit, die nötig war, um das Programm zu installieren. Iris würde das schaffen. Aber danach blieb ihr keine Zeit mehr, zu entkommen.

Fiber hatte einen zweiten Bildschirm mit exakt demselben Code geöffnet, den Iris Tausende Kilometer entfernt eingab. Sie passte ihre Scroll-Geschwindigkeit der von Iris an, sodass die Daten zeitgleich auf dem Bildschirm erschienen. Ihr System verglich die Codes miteinander, doch zur Sicherheit kontrollierte Fiber selbst auch noch einmal alles mit dem bloßen Auge.

So far, so good.

»Fiber?«

Fiber schob das Mikro an ihrem Headset zurück. »Alex? Wo bist du?«

»Noch auf der Basis. Hier ist alles in höchster Alarmbereitschaft!«

»Du musst verschwinden, Alex.«

»Und Iris?«

»Die musst du zurücklassen. Es gibt absolut keine Möglichkeit, sie rechtzeitig aus dem Kontrollzentrum zu kriegen, und das weißt du.«

»Ich habe es ihr versprochen, Fiber«, sagte Alex mit Nachdruck. »Und das ist nicht das Einzige, ich ...«

»Alex, ich weiß das. Und wir holen sie da raus, das verspreche ich dir. Aber nicht jetzt! Jetzt musst du zusehen, dass du wegkommst! Okay?«

»Ich ...«

»Okay?«

Er schwieg einen Moment.

»Gut, ich versuche, hier wegzukommen. Aber ich will Iris nicht zurücklassen.«

»Schon klar, Alex. Wenn ihr beide festsitzt, ist uns bloß erst recht nicht geholfen.«

Sie unterbrach die Verbindung und kontrollierte erneut die Programmiercodes auf dem Bildschirm.

»*Oh Shit!*«, sagte sie.

»Was treibst du da, verdammt noch mal?«, brüllte der Colonel hinter ihr. Iris ignorierte ihn. Das Einzige, was zählte, waren die Daten. Die Seiten liefen an ihrem geistigen Auge vorbei, als hätte sie einen Teleprompter vor sich, genau im richtigen Tempo. Sie brauchte nur einzutippen, was sie sah.

Was ihre Augen wirklich vor sich hatten – den Bildschirm, die Tastatur, die roten Alarmleuchten, die sie aus den Augenwinkeln wahrnahm –, ignorierte sie, genauso wie sämtliche Geräusche. Sie hatte es beinahe geschafft, es fehlten nur noch wenige Zeilen. Sie hatte keinen einzigen Fehler gemacht, war vollständig fokussiert. Sobald sie fertig war, sobald sie das letzte Zeichen eingegeben hatte, hatte sie die Macht über Mr Oz.

»Wie sieht der Fluchtplan aus?«, fragte Iris. »Wie komme ich hier wieder weg?«

»Wie weit bist du?« Fiber antwortete mit einer Gegenfrage.

»Fast fertig, nur noch zwei Zeilen«, antwortete Iris. Ein

Gefühl des Unbehagens überkam sie plötzlich. Sie tippte die letzten drei Kommandos ein und drückte auf *Enter*.

»Er gehört dir, Fiber.«

»DANKE, IRIS«, ertönte da eine vertraute Stimme aus den Lautsprechern.

Sämtliche Bildschirme im Kontrollraum blitzten auf und zeigten plötzlich alle das gleiche Bild: den flammenden Kopf von Mr Oz.

»HALLO, BENJAMIN. LANGE NICHT GESEHEN.«

Mr Oz? Wieso hatte er Kontakt zum Kontrollzentrum? Über den Satelliten? Doch bevor Iris etwas sagen konnte, wurde sie vom Colonel zur Seite geschoben.

»Oswald? Bist du das?«

»QUIETSCHLEBENDIG, BENJAMIN. OBWOHL ... WENN MAN ES GENAU BETRACHTET, EIGENTLICH NICHT.«

»Du lebst?«

»IN GEWISSER WEISE.«

»Du arbeitest für den Teufel?«, fragte der Colonel Iris.

»W...was?«, stammelte sie.

»Ich habe sein Auto nicht sabotiert, weil ich einen Konkurrenten ausschalten wollte, Iris. Ich ließ ihn verunglücken, weil ...«

»WEIL DU DER MEINUNG WARST, DASS MEIN PROJEKT ZU GEFÄHRLICH SEI, UM ES AUF DIE WELT LOSZULASSEN. DAS HAT ER WORTWÖRTLICH GESAGT, IRIS.«

»Welches Projekt?«

»ABRAXAS. ICH NEHME AN, DER CODE STEHT NOCH IMMER AUF DEN SERVERN, BENJAMIN?«

Der Colonel senkte den Kopf. »Ja«, murmelte er. »Ich wollte ihn vernichten, aber wegen der Sicherungen, mit denen du ihn versehen hast, habe ich es nicht geschafft.«

»DU WOLLTEST DAS PROJEKT FÜR DEINE EIGENEN ZWECKE VERWENDEN, MEINST DU, ALTER FREUND. DAS WAR DER GRUND, WARUM ICH DEN CODE IN DEN TIEFSTEN TIEFEN DES ÄLTESTEN SERVERS VERBORGEN HATTE. ABER NUN SIND – DANK UNSERER LIEBEN IRIS – ALLE BARRIEREN VERSCHWUNDEN. DU MUSST JETZT NUR NOCH DAS SCHLOSS ÖFFNEN.«

»Das werde ich sicher nicht tun.«

Der Bildschirm flackerte auf, und der flammende Kopf von Mr Oz verschwand. Stattdessen war jetzt ein Haus zu sehen. Iris konnte nichts Besonderes daran erkennen, doch der Colonel erbleichte. Verdammt. Das war sicher das Haus seiner Tochter.

»Lass sie in Ruhe«, sagte der Colonel.

»EINVERSTANDEN. WENN DU MIR DIESEN EINEN GEFALLEN TUST.«

Iris sah den Colonel an. »Nicht! Was auch immer es ist, Sie dürfen es nicht tun!«

»Er droht damit, meine Enkelin zu ermorden, wenn ich nicht mitarbeite«, antwortete der Colonel. »Habe ich da eine Wahl?«

»Man hat immer eine Wahl!«, rief Iris verzweifelt. Aber sie wusste, dass er nachgeben würde, schließlich hatte sie vorhin dieselbe Drohung ausgesprochen.

Der Colonel machte sich nicht einmal die Mühe, ihr zu antworten. Stattdessen gab er einen Befehl in die Tastatur ein. Der Bildschirm flackerte erneut kurz auf, bevor sich

Farbe und Ansicht veränderten. Es sah plötzlich aus, als wären sie in die Siebzigerjahre des letzten Jahrhunderts katapultiert worden. Ganz oben stand *General Problem Solver.* Darunter, etwas kleiner: *Artificial Brain Remote Access Xenogenetic Active System.*

»Künstliches Gehirn? Mit Fernbedienung steuerbar?«, übersetzte Iris.

»Abraxas«, sagte Colonel Burnes. »Oswalds Lebensprojekt. Künstliche Intelligenz, ein intelligentes Computerhirn. Es hat nur deshalb nicht funktioniert, weil es damals nicht genug Speicherplatz gab, um ein Gehirn zu speichern.«

»Da ist etwas, was Sie wissen sollten, bevor ich festgenommen werde, Mr Oz«, sagte Iris. »Fiber und ich haben den Code ausgetauscht.« Iris spielte ihren Trumpf aus. »Nicht Sie sind es, der jetzt über die Satelliten herrscht, und auch nicht Abraxas. Sondern wir.«

Iris wartete auf eine Reaktion von Mr Oz, aber es blieb still. Beunruhigt blickte sie den Gang hinunter. Wie viel Zeit blieb ihr noch?

»Mr Oz? Wenn Sie mich und den zweiten Code retten möchten, sollten Sie sich beeilen. Ohne mich ...«

»DEN ZWEITEN CODE HAT DEINE FREUNDIN YUNYUN SCHON LÄNGST GEHACKT. DU HATTEST NIEMALS AUCH NUR DEN HAUCH EINER CHANCE.«

Verzweifelt sah Iris den Colonel an, der bereits dabei war, eine Serie von Passwörtern einzugeben. Auf einmal öffnete sich die Tischplatte, unter der eine Kamera und ein Scanner zutage kamen. Der Colonel beugte sich vor und ließ seine Iris scannen. Dann legte er den Daumen auf den Scanner und sprach mit düsterer Stimme. »Burnes, Benjamin.«

»Welcome to Abraxas, Colonel Burnes«, sprach eine mechanische Stimme. »What are your orders?«

Der Colonel seufzte und warf Iris einen entschuldigenden Blick zu. »Vergib mir«, sagte er.

Sie wusste nicht, ob er das zu ihr sagte oder zum Rest der Welt.

»Transfer code«, befahl er.

»DANKE, ALTER FREUND«, erklang die Stimme von Mr Oz durch den Raum. »OH, UND IHR HABT ÜBRIGENS BESUCH.« Zusammen mit dem Abraxas-Menü verschwand auch sein Kopf vom Bildschirm. Hinter sich hörte Iris schnelle Schritte und ein Flüstern.

»Hände über den Kopf und umdrehen«, sagte jemand. »Sie stehen unter Arrest.«

Iris folgte den Anweisungen und drehte den Schreibtischstuhl um.

Und blickte direkt in den Lauf von zehn Gewehren.

IN DEN HÄNDEN DER AFOSI

»Sie wussten es! Sie wussten von unserem Code!« Fiber stand Mr Oz in der Werkstatt gegenüber, die bisher der exklusive Arbeitsplatz von Terry gewesen war. Von Terry selbst war nichts zu sehen. Fiber vermutete, dass er in einem anderen Raum die Routen der Jabberwockys verfolgte. Überall auf der Welt hatten Zoos einen neuen Besucher bekommen, der bereit war, jederzeit aktiviert zu werden.

Berlin war nur der Anfang gewesen. Und jetzt hatte Mr Oz den entscheidenden Schritt auf dem Weg gemacht, die Welt zu beherrschen.

»NATÜRLICH WUSSTE ICH DAVON, FIBER. HAST DU ES IMMER NOCH NICHT KAPIERT? ICH WEISS ALLES. ICH HABE YUNYUN DEINEN CODE DEKODIEREN LASSEN. DAS HAT SIE NUR EINEN EINZIGEN TAG GEKOSTET.«

Obwohl er nicht stand, sondern auf seinem monsterartigen Thron saß, ragte Mr Oz in seinem Exoskelett über ihr auf. Sein schwacher, zerbrechlicher Körper war durch die Metallkonstruktion, die ihn umhüllte, von der Außenwelt abgeschirmt. Auch wenn nur zwei Meter zwischen Fiber und ihrem Peiniger lagen, hätten es genauso gut zwei Kilometer sein können. YunYun, die neben Mr Oz saß, konnte ebenso wenig ausrichten. Ohne Anzug war er nur noch ein Schatten seiner selbst, aber mit Anzug war er Superman.

»Was geschieht jetzt mit Iris?«, fragte YunYun. Die Angst stand ihr ins Gesicht geschrieben.

Kein Wunder, wahrscheinlich dachte sie, dass alles ihre

Schuld war. Aber wenn hier jemand Schuld hatte, dann war es Fiber. Sie hatte Mr Oz einfach gewähren lassen.

»Sie ist in der Hand der AFOSI«, murmelte Fiber. »Ich nehme an, sie wird verhört, bis sie alles aus ihr herausgequetscht haben, und dann wird sie weggesperrt. Guantanamo Bay vielleicht.«

Mr Oz schüttelte den Kopf. »DAS WERDE ICH NICHT ZULASSEN. KEINER MEINER HELDEN HAT ES VERDIENT, DORT ZU ENDEN.«

»Sie werden sie retten?«, fragte YunYun hoffnungsvoll.

»IN GEWISSER WEISE«, antwortete Mr Oz kryptisch. »ABER ERST HABE ICH ETWAS ANDERES VOR.« Er ließ sein Exoskelett aufstehen und stampfte zu dem Computer, an dem YunYun die letzten Tage gesessen hatte. Mr Oz loggte sich ein und rief die *Remote Access Software* auf, die faktisch nichts anderes war als eine virtuelle Fernbedienung. Mit ein paar schnellen Handgriffen stellte er den Kontakt her.

Fiber hastete neben ihn. »Sie wollen Iris töten, *right*?«

»SIE VON IHREM LEIDEN ERLÖSEN, WÜRDE ICH ES NENNEN. WAS GLAUBST DU, WIESO ICH SONST DAS GIFT IN DEN CHIP GELADEN HABE?«

Fiber hörte, wie YunYun nach Luft schnappte.

»Als Druckmittel, damit wir nicht abhauen?«

»SICHER, DAS IST EIN GRUND. ABER NICHT DER EINZIGE. DAS GIFT SOLL AUCH DAFÜR SORGEN, DASS DIE INFORMATIONEN IN EUREN KÖPFEN NICHT IN DIE FALSCHEN HÄNDE GERATEN.«

Er griff mit der rechten Hand nach der Maus. Fiber sah, dass die Maus aus Metall war, damit sie nicht von der Kraft des mechanischen Handschuhs zerdrückt wurde.

»Warum ist sie dann überhaupt noch am Leben?«, fragte Fiber.

»ICH WILL, DASS SIE ZEUGE DER FOLGEN WIRD, DIE IHRE AKTIONEN HABEN. OPERATION ENTTHRONTER WOLF STARTET. IRIS IST DER AUSLÖSER VON ALLEM, WAS NUN GESCHEHEN WIRD. ICH WILL, DASS SIE DAS WEISS, BEVOR SIE STIRBT.«

OPERATION ENTTHRONTER WOLF

Seitdem ihre Tochter verschwunden war, glaubte Anna Goudhaan nicht daran, dass sie jemals wieder glücklich werden würde. Sie kam gerade von einem Besuch bei ihrer Schwester zurück, und obwohl sie der Anblick ihrer beiden heranwachsenden Nichten (von denen die eine Iris extrem ähnlich sah) nicht lange ertragen konnte, war sie gut zwei Tage dort gewesen.

Sie stellte das Navi auf »kürzeste Strecke« statt auf schnellste. Weil sie keine Eile hatte, wollte sie die Autobahnen meiden und lieber gemütlich durch die limburgische Landschaft tuckern.

Die Gegend weckte in ihr Erinnerungen an vergangene Urlaube mit Iris, Justin und ihrem Mann – an Übernachtungen im Zelt, Eier auf einem Gaskocher brutzeln und im Pfannkuchen-Restaurant schlemmen.

Noch vor einem Jahr hätte sie bei dem Gedanken losgeheult, jetzt spürte sie nur noch, dass ihr Tränen in den Augen brannten.

Anna warf einen Blick auf das Navi. Komisch, das GPS funktionierte nicht. Wahrscheinlich hatte es hier keinen Empfang. Zum Glück ging die Straße nur in eine Richtung, und zwar immer geradeaus.

Sie fuhr gedankenversunken weiter, im Kopf lauter Bilder von einem Urlaub, der nie mehr zurückkehren würde.

Nicht zum ersten Mal fragte sich John, ob er den Hof nicht lieber verkaufen sollte. Seit seine Frau die beiden Kinder mitgenommen hatte, fühlte es sich an, als würde er in einem Geisterhaus wohnen, mit dem Polizeifunk als einziger Gesellschaft. Das beruhigende Knacken und die vertrauten Stimmen der Polizisten aus Ripley, die er alle mit Namen kannte, waren zum Soundtrack seines einsamen Lebens geworden.

Seit er das Mädchen ins Krankenhaus gebracht hatte, hatte sich nichts mehr ereignet. Damals hielt er es für ein Zeichen Gottes, ein Signal, dass er etwas mit seinem Leben anfangen und nicht nur ziellos und allein herumhocken sollte. Jeden Tag tauchte er zuverlässig im Krankenhaus auf und fragte, wie es dem Mädchen ging. Dem dunkelhäutigen Mädchen mit den hellblauen Augen, das er blutend auf seiner Türschwelle gefunden hatte.

Sie kam ihm vor wie ein Engel.

Und dann war sie eines Tages auf einmal verschwunden. Niemand im Krankenhaus wusste, wann und wie das geschehen war. Sie war als Jane Doe registriert worden, ein Name, der standardmäßig verwendet wurde, wenn jemand anonym bleiben wollte, darum konnte man sie auch nicht aufspüren.

Johns Engel war verschwunden und damit auch sein letzter Lebenssinn. Nach und nach glitt er wieder in einen Alltag aus Lustlosigkeit und Alkohol ab.

Heute Abend war er früh ins Bett gegangen. Er las *Joyland* von Stephen King, seinem Lieblingsautor. Im Hintergrund lief der Polizeifunk.

Dann: Panik. John schoss hoch und legte das Taschenbuch weg. Im Polizeifunk schrie jemand – Bill – etwas von Ampeln, die alle gleichzeitig ausgefallen waren, und von zwei Autos, die zusammengestoßen waren. John drehte an der Frequenz und empfing immer mehr Berichte aus ganz Maine. Von den

Autobahnen rund um Ripley wurden schreckliche Dinge gemeldet, doch es war unklar, was genau geschehen war.

John kletterte hastig aus dem Bett und zog sich an, so schnell er konnte. Keine zehn Minuten später saß er am Steuer seines Pick-ups und fuhr zum nächstgelegenen Unfallort. Er hatte wieder ein Ziel.

Kapitän Neville Russell-Munford blickte über das Wasser des Panamakanals. Vor sieben Tagen waren sie in Fort Lauderdale aufgebrochen, und die MS *Maasdam* hatte inzwischen die Hälfte ihrer vierzehntägigen Reise hinter sich. Das Schiff war voll besetzt, mehr als eintausendzweihundert Passagiere und fast sechshundert Crewmitglieder, die versuchten, ihnen den Aufenthalt an Bord so angenehm wie möglich zu machen. Das Wetter war ruhig, und bis jetzt hatte es keine Zwischenfälle gegeben.

Und trotzdem war der Kapitän die ganze Zeit in Habachtstellung. Seit auf einer seiner Reisen ein Mädchen von Bord gefallen war, war seine natürliche Gelassenheit der Wachsamkeit gewichen. Als ob er wusste, dass jeden Moment etwas geschehen konnte, das seine Ruhe und die der Passagiere stören könnte.

Er betrachtete einen Moment lang die Brücke, die weit vor ihnen lag. *Puente de las Américas* – die Brücke der Amerikas – hieß sie, die Verbindung zwischen Nord- und Südamerika über den Panamakanal. Es war fünf Uhr morgens, doch trotz der frühen Stunde rasten schon Autos und Lastwagen über den Asphalt.

Normalerweise schliefen die meisten Touristen zu dieser Zeit noch, aber jetzt waren schon Hunderte von Passagieren auf dem Deck. Die »Ohs« und »Ahs« nahmen kein Ende, als die MS Maasdam sich der eintausendsechshundertvierundfünfzig Meter langen Konstruktion näherte.

Dann: Panik. Schreie. Über der Brücke tauchte ein schwarzer Punkt auf, der immer größer wurde. Ein Flugzeug – eine *Fokker F27–400 Friendship* von *Air Panama*, wie es aussah – kam näher und näher und hielt direkt auf die Brücke zu.

Das Geschrei der Passagiere übertönte für einen kurzen Moment die Motoren der *Air Panama*-Maschine. Dann stürzte sich das Flugzeug auf die Brücke wie ein hungriger Löwe auf seine Beute. Der Lärm von splitterndem Glas, brechendem Metall und berstendem Beton war ohrenbetäubend und übertönte alles; die Schreie, die schweren Motoren der *MS Maasdam*, sogar den Zusammensturz der Brücke.

Kapitän Neville Russel-Munford berechnete die Zeit und den Weg, die er brauchte, um sein Schiff zu stoppen, bevor es gegen die Brücke rasen würde.

Es würde nicht reichen, bei Weitem nicht.

»*Cabin crew, please be seated*«, ertönte die Stimme des Piloten durch die Lautsprecher.

Catherine eilte an ihren Platz, während um sie herum die Lichter mit »Bitte anschnallen« aufleuchteten. Sie nahm das Mikrofon von der Wand und sagte so ruhig wie möglich: »*Ladies and gentlemen, the captain has turned on the fasten seat belt sign. We are now crossing a zone of turbulence. Please return to your seats and keep your seat belts fastened. Thank you.*«

Und während das Flugzeug zu schwanken begann, konnte sie nur eins denken: Nicht abstürzen, bitte nicht abstürzen.

Dieses Mal waren die Rollen vertauscht. Statt Alex saß jetzt Iris am Tisch im Verhörzimmer. Vor ihr standen zwei Leute, die sich ihr als Jason Lizik und Isabela Orsini vorgestellt hatten. Jason war der Mann, der Alex verhört hatte, als sie auf der anderen Seite des Spiegels gestanden hatte. Er war der Prototyp des amerikanischen Soldaten. Isabela war kleiner als sie selbst, gertenschlank und muskulös.

»Lass mich raten«, sagte Isabela. »Du hast dich verlaufen und bist auf der Suche nach einer Toilette zufällig im Hochsicherheitstrakt des Kontrollzentrums gelandet, wo du spontan beschlossen hast, ein paar Knöpfe zu drücken und zu schauen, was passiert. Du hast noch nie etwas von Pala oder von Mr Oz gehört, Justin ist nicht dein Bruder, und Alex kennst du auch nicht. Du bist in Colorado Springs geboren, deine Mutter ist höchst besorgt, wo du bleibst, und du gehörst eigentlich ins Bett, denn du brauchst dringend deinen Schönheitsschlaf für die *Cheerleading practise* morgen früh.«

»Fast«, antwortete Iris. »Aber morgen ist Donnerstag. Da trainieren wir nicht.« Sie hob die Arme. »Keine Handschellen?«, fragte sie.

Jason schüttelte den Kopf. »Die nützen bei euch sowieso nichts«, sagte er und wies mit dem Kopf zur Tür. »Draußen stehen vier Männer und vor dem Haus noch mal zwei.«

»Wow, und das alles für einen Teenager?«, fragte Iris erstaunt. Sie musterte Jason und entdeckte mehrere blaue Flecken. »Mein Gott, wer hat Sie denn so zugerichtet? Das muss ja ein Riese von mindestens zwei Metern gewesen sein.«

Sie sah, wie sich seine Muskeln anspannten und sein Gesicht rot anlief. Isabela legte ihm eine Hand auf den Arm und schüttelte besänftigend den Kopf.

Ein Soldat mit beunruhigtem Gesichtsausdruck trat ein.
»*Ma'am?*«
»*Yes?*«
»Es ist etwas passiert! Weltweit!«
Es hat angefangen, dachte Iris. Und das ist alles meine Schuld.

Fibers Gesicht wirkte, als wäre es aus Stein. Emotionslos betrachtete sie das Chaos, das über die Fernsehschirme flimmerte. »*Please stop*«, sagte sie schließlich.
Mr Oz nickte. Er bewegte seine Metallmaus über den Tisch und schaltete das GPS mit wenigen Befehlen wieder ein.
»DU HAST RECHT«, sagte er. »DAS REICHT ALS ERSTE WARNUNG. WENN ICH MORGEN KONTAKT MIT DEN REGIERUNGSCHEFS DER WELT AUFNEHME, WERDEN SIE MIR GANZ SICHER ZUHÖREN. UND WENN NICHT«, er wies bedeutungsvoll auf den Bildschirm, »DANN STARTEN WIR EBEN NOCH EINE ZWEITE DEMONSTRATION.« Er warf einen Blick auf die Digitalanzeige auf seinem Brustkorb. Dort leuchtete die Zahl 60. »MEIN ANZUG MUSS AUCH WIEDER AUFGELADEN WERDEN. ERWEIST DU MIR DIE EHRE, FIBER, ODER MUSS ICH YUNYUN RUFEN?«
Er hatte YunYun weggeschickt. Sie war in Tränen ausgebrochen, als sie erfahren hatte, was mit Iris passiert war.
Fiber schüttelte den Kopf. Während Mr Oz wieder auf seinem Thron Platz nahm, holte sie das Kabel und schloss Mr Oz an seine Kraftquelle an.
Es war vorbei. Mr Oz hatte gewonnen. Er konnte jetzt tun und lassen, was er wollte.

SCHULD UND SÜHNE

Es ist meine Schuld, dachte Iris, alles ist meine Schuld. Isabela hatte Jason einen Fernseher in das Verhörzimmer bringen lassen, um ihr die Verwüstungen zu zeigen, die Mr Oz in den letzten Stunden verursacht hatte. Vor allem das Kreuzfahrtschiff, das auf die eingestürzte Brücke in Panama zufuhr, ließ sie erschaudern. Was für eine schreckliche Art zu sterben!

Iris hatte keine Erinnerung an ihren Sturz von der *MS Maasdam*. Fiber hatte sie betäubt, ihr eine Sauerstoffmaske angelegt und sie erst dann über Bord geworfen. Trotzdem hatte Iris immer wieder Albträume, in denen sie sich fallen und unter Wasser nach Luft schnappen sah, beobachtet von einem gelangweilten Schwarm Fische.

Das Kreuzfahrtschiff im Fernsehen begann zu kentern. Langsam wie ein Wal kippte es auf die Seite. Über dem Bild erschienen Balken mit »*Breaking News*« über das Unglück, gefolgt von »*Dutch Cruise Ship MS Maasdam* Opfer der GPS-Katastrophe«.

Sie sah, wie das Schiff, das sie von den Niederlanden Richtung Pala gebracht hatte, im Panamakanal unterging. Und sie fragte sich, ob das Zufall war oder eine Botschaft von Mr Oz.

(Es war ihre Schuld, ihre Schuld, ihre Schuld.)

Die vielen Menschen, dachte sie, die vielen Toten.

Rothaarige Mädchen hatten ohnehin meist eine helle Haut, aber das Mädchen vor ihr wurde nun regelrecht weiß wie die Wand. Obwohl genau das ihre Absicht gewesen war, hatte Isabela Mitleid mit ihr. Wer auch immer hinter alldem steckte – und dass diese Person Mr Oz hieß, bezweifelte sie eigentlich nicht mehr –, hatte die Kinder einer Gehirnwäsche unterzogen. Sie glaubten, das Richtige zu tun, bis man sie mit den Konsequenzen ihres Handels konfrontierte.

So wie jetzt Iris.

»Das sollte nicht passieren«, flüsterte das Mädchen.

»Was sagst du?«, fragte Isabela und beugte sich über den Tisch zu ihr herüber.

Iris sah sie an und zeigte auf den Fernseher. »Das hätte niemals geschehen dürfen. Wir hatten doch Vorsichtsmaßnahmen getroffen. Er hatte den falschen Code, Fiber hatte seinen Code überschrieben.«

»Was meinst du?«, fragte Isabela. »Welchen Code? Der, mit dem du das GPS-System gehackt hast?«

Iris nickte und wandte den Blick vom Fernseher ab. »YunYun hat Fibers Code gehackt. Sie ist unser Mathegenie, das ist ihre Gabe. Bestimmt hat er sie bedroht, sodass sie keine andere Wahl hatte, als zu tun, was er ihr befohlen hat.«

Isabela gab Jason ein Zeichen, den Fernseher wieder auszustellen und aus dem Zimmer zu bringen. Sie stand auf und ging zu einer der Kameras, die in einer Ecke des Verhörzimmers standen.

»Bist du damit einverstanden, dass ich das Gespräch aufzeichne?«

Iris nickte wieder, mutlos, als ob sie bereits aufgegeben hätte. »Ich möchte gern alles erzählen«, sagte sie. »Vielleicht können Sie ihn noch aufhalten.« Sie berührte achtlos den

Chip in ihrem Hals und gab den Code ein, doch vergeblich, Fiber reagierte nicht.

Isabela stellte die Kamera an und nahm vor ihr Platz. »Fangen wir mit deinem Namen an. Wie heißt du?«

»Iris. Iris Goudhaan. Aber das wissen Sie vermutlich längst.«

»Und wer steckt hinter alldem, Iris? Ist es Mr Oz, der Mann, von dem uns dein Bruder Justin erzählt hat? Oder ist es Colonel Burnes? Ist Colonel Burnes Mr Oz?«

Mr Oz studierte die virtuelle Weltkugel, auf der Hunderte von Lichtern in bunten Farben leuchteten. Eine davon war Iris. Ein roter Punkt in Colorado, der immer wieder aufblinkte. Mr Oz zoomte mit seiner mechanischen Maus zu der Stelle auf der Karte.

Er wünschte, er könnte sie noch ein letztes Mal sehen. Iris musste sterben, das ging nicht anders. Aber von all seinen Kindern war sie diejenige mit dem größten Potenzial. Möglicherweise war sie die Einzige auf der Welt, die ein fotografisches Gedächtnis hatte, ohne dass es eine Inselbegabung war. Und damit nicht genug: Sie erinnerte ihn an sich selbst. Sie war fest entschlossen, zu siegen, ungeachtet aller Rückschläge. Iris gab nie auf, fand immer wieder irgendwo neue Kraft, um weiterzumachen.

Was für eine Verschwendung, dass er ihre Kampfeslust zum Verstummen bringen musste. Aber sie wusste zu viel, und sie würde sich niemals auf seine Seite stellen. Schade nur, dass er nicht zusehen konnte, wie sie starb.

Da kam ihm eine Idee. Mit ein paar Mausklicks verschaffte er sich Zugang zu dem System, das Fiber installiert hatte, um die CCTV-Bilder nach Pala zu streamen. Er gab die Koordinaten von Iris' Aufenthaltsort ein und ließ das System nach Bildern suchen, die via WLAN verbreitet wurden.

Wie glücklich er war, dass er diese Dinge im Moment selber machen konnte und nicht mehr von Fiber abhängig war. Natürlich konnte er ihr nicht trauen – er vertraute ohnehin niemandem –, aber bis vor Kurzem hatte er noch gedacht, er habe sie unter Kontrolle. Zu Unrecht, wie er jetzt wusste. Das System meldete, dass es ein Netzwerk gefunden hatte. Ein Klick, und schon erreichte eine Aufnahme von Iris im Verhörzimmer die Insel Pala.

Auf Pala war es totenstill. Wer nicht auf Mission war, schlief. Manche, darunter auch Fiber, waren seit mehr als vierundzwanzig Stunden auf den Beinen gewesen, bevor Mr Oz sie ins Bett geschickt hatte. Andere – so etwa Terry und YunYun – würden in einer guten Stunde aufstehen. Sein Sohn Alex war auf dem Weg nach Pala. Aber in diesem Moment hatte Mr Oz Pala – und Iris – ganz für sich alleine.

Da saß sie, zusammengesunken an einem Tisch. Vor ihr stand eine kleine Frau.

»Hast du Angst vor ihm?«, fragte die Frau. »Hat Mr Oz dich bedroht?«

Iris nickte.

»Er ist nicht hier, Iris, er ist weit weg. Wir sind in einem schwer bewaffneten Gebäude auf einem noch besser bewachten Militärgelände. Wir können dich beschützen.«

Iris schüttelte den Kopf. »Das können Sie nicht«, sagte sie. »Mr Oz ist übermächtig. Er hört und sieht alles. Und mit einem einzigen Fingerschnippen kann er mich und alle anderen Superhelden töten.«

»Dann müsste er eine Art Gott sein«, sagte die militärisch aussehende Dame.

»Auf seine Weise ist er das auch.«

Bin ich das?, dachte Mr Oz. Bin ich ein Gott, oder bin ich ein Mensch? Oder bin ich etwas Neues, ein Hybrid, ein *Upgrade*? Einer seiner Untertanen würde die Menschheit heute verlassen.

Mr Oz bewegte die Maus zu dem flackernden Lämpchen, das Iris darstellte. Ob sie wusste, dass sie nur zwei Mausklicks vom Tod entfernt war? Fummelte sie deshalb ständig an ihrem Chip herum, und erzählte sie deshalb der Soldatin, dass er sie aus der Ferne töten konnte? Spürte sie, wie nah ihr Ende war?

Es spielte keine Rolle.

»ES WAR MIR EINE EHRE«, sagte er laut zum Bildschirm und meinte es auch so.

Mr Oz öffnete durch einen Klick mit der rechten Maustaste ein zweites Fenster. Er bewegte den Cursor auf die Option *Release poison*, mit der er das Gift aus dem Chip lösen konnte. Alles war heute technisch möglich, sogar Mord per Fernbedienung.

»LEB WOHL, IRIS!« Mr Oz bewegte seine mechanischen Finger auf seine mechanische Maus zu.

Plötzlich hielt er inne.

Das System begann zu piepsen. Ein grünes Licht kam in rasendem Tempo auf Iris zu. Der Punkt trug den Namen seines Sohnes.

»ALEX! WAS TUST DU DA?«, schrie er.

Auf dem Bildschirm hörten Iris und die Frau auf zu reden und starrten an die Wand.

IRIS ZWISCHEN DEN STERNEN

Alex hatte noch nie zuvor einen Hubschrauber gestohlen. Unter normalen Umständen wäre das auch gar nicht möglich gewesen, schon gar nicht auf einem Militärflughafen. Aber an diesem Morgen waren die Umstände alles andere als normal. Iris hatte genau das getan, was sein Vater ihr aufgetragen hatte. Und zur Belohnung wurde sie jetzt von der AFOSI gefangen gehalten? Nicht, solange er etwas dagegen tun konnte.

Sein Spezialhandy klingelte, und der flammende Kopf, den sein Vater nutzte, um mit der Außenwelt zu kommunizieren, flackerte über das Display.

Alex flog mit hoher Geschwindigkeit über die Basis. Er trug Kopfhörer, über die ihm jemand vom *Ground Control* zurief, dass er seine Identität preisgeben und seine Maschine landen sollte. Er stellte den Schreihals aus und nahm stattdessen den Anruf entgegen. Über die Kopfhörer sendete er ein Signal aus.

Um ihn herum herrschte das pure Chaos. Der Ausfall des GPS hatte auf der Flugbasis, wo alles und jeder davon abhängig war, eine verheerende Wirkung. Ganz abgesehen davon, dass man auf der *Schriever Air Force Base* die Verantwortung für das Netzwerk trug. All das aber gab ihm die Möglichkeit, etwas entsetzlich Dummes zu tun: Iris zu retten.

»Hi Dad, what's up?«, fragte er mit falscher Freundlichkeit. Er musste in das Mikrofon hineinschreien, um den Hubschrauber zu übertönen.

»ALEX! DU SOLLTEST LÄNGST UNTERWEGS SEIN!«
»Nicht ohne Iris!«, schrie er.

»ICH HABE DIR EINEN BEFEHL ERTEILT, ALEX!«
Mr Oz schwieg. »BIST DU IN EINEM HUBSCHRAUBER?«
»Yes, Sir.«
»DREH UM UND MACH, DASS DU DA WEGKOMMST!«
»No, Sir.«
»DAS IST EIN BEFEHL, ALEX.«
»Ersticken Sie ruhig an Ihren Befehlen.«
»WIE DU WILLST, ALEX«, sagte sein Vater, jetzt etwas ruhiger, und beendete das Gespräch.

»Was wollen Sie von mir?«, fragte Iris.

Isabela hatte sich hingesetzt, als ob sie beschlossen hatte, dass sie ohnehin nicht groß genug war, um einschüchternd über ihr aufzuragen.

»Als Erstes will ich wissen, wie du es geschafft hast, unser System zu hacken, und wie wir das wieder rückgängig machen können.« Sie wies auf die Stelle, an der der Fernseher gestanden hatte. »Damit wir verhindern können, dass noch mehr Menschen sterben.«

Als Iris nicht reagierte, fuhr sie fort: »Unsere Experten arbeiten zurzeit daran, das Programm wieder in den Originalzustand zu bringen, Iris, aber ganz unter uns: Sie werden es nicht schaffen. Was du da gemacht hast, ist derart trickreiche Programmierarbeit, dass es Tage oder vielleicht auch Wochen dauern wird, unser System wiederherzustellen. Wenn du nicht redest, kann ich dich nicht schützen. Nicht vor Mr Oz und auch nicht vor meinen eigenen Leuten. Wenn jemand glaubt, aus dir Informationen herauspressen zu können, in dem er dich foltert ... tja ...« Sie beendete den Satz nicht, sondern ließ ihn drohend in der Luft hängen.

»Ich kann nicht.«
»Du kannst nicht, oder du willst nicht?«
»Ich kann nicht. Ich habe eine ... Gabe.«
»Justin hat mir davon erzählt. Er hat gesagt, er sei ein Schatten. Was bist du?«
»Wir haben eine Weile versucht, uns andere Namen zu geben«, sagte Iris. »Wie echte Superhelden, verstehen Sie? Justin ist Shade, Alex nannte sich Devil, Fiber ist ... Fiber. Aber es hat nicht funktioniert, niemand hat die Namen benutzt. Ich schätze, wir hängen zu sehr an unseren eigenen Namen.«
»Kommst du irgendwann zur Sache?«
»Fiber hat mich Copycat genannt. Ich habe ein fotografisches Gedächtnis. Ich merke mir alles. Buchstäblich alles.«
Isabela starrte sie an. Iris blickte zurück und versuchte, nicht zu zwinkern. »Was möchtest du mir damit sagen, Iris?«, fragte sie schließlich.
»Auf Pala hat Fiber, unsere Hackerin, mir genau erklärt und vorgeführt, was ich tun muss. Ich kann mir alles bis ins kleinste Detail merken und es wiedergeben. Aber ich habe keine Ahnung, was ich da tue. Ich bin keine Hackerin, ich habe nur ...«
»... Befehle befolgt«, ergänzte Isabela.
»Anweisungen«, korrigierte Iris sie. »Ich habe Anweisungen befolgt.«
»Du kannst uns also nicht helfen.«
»Ich kann Ihnen nicht helfen, ich ...« Dieses Mal unterbrach Iris sich selbst. Sie lauschte. »Was ist das?«, fragte sie.
Isabela lauschte ebenfalls. »Versuch nicht, vom Thema abzulenken, Iris. Das ist ein Hubschrauber. Wir sind hier auf einer Flugbasis. Schon vergessen?«

»Warum fliegt er dann so tief und genau auf uns zu?«
Im nächsten Moment stürzte das Gebäude um sie herum ein.

Sein Smartphone vibrierte wieder. Alex warf einen Blick auf den flammenden Kopf und beschloss, seinen Vater zu ignorieren. Doch das Gerät nahm automatisch Verbindung zu seinen Kopfhörern auf.
»WAS HAST DU VOR, ALEX?«
»Iris da rausholen«, antwortete er knapp.
»UND DANN? BRENNT IHR DURCH?«
»Nein, dann komme ich mit ihr nach Pala. Ich bin immer noch auf Ihrer Seite.«
»WENN DAS SO IST, WARUM IGNORIERST DU MEINE BEFEHLE, SOHN?«
»Das wissen Sie genau.«
»ICH WILL ES TROTZDEM VON DIR HÖREN, ALEX.«
Alex biss sich auf die Zunge und lenkte den Hubschrauber über die Dächer der Häuser, in denen die Soldaten wohnten.
»Weil ich sie liebe, Papa.«
Am anderen Ende der Leitung blieb es still. Schließlich sagte Mr Oz: »IN DEM FALL HELFE ICH DIR, SOHN. WEISST DU, WO SIE IST?«
Ihm helfen? Tatsächlich? Konnte er seinem Vater trauen?
»Nein«, stotterte er. »Ich nehme an, dass sie im gleichen Zimmer verhört wird, in dem auch ich eingesperrt war, aber sicher weiß ich es nicht.«
»ICH KANN SIE AUF DEM MONITOR SEHEN. SIE IST TATSÄCHLICH DORT. WAS IST DEIN PLAN?«
Plan? War es nicht Plan genug, sie zu retten?

»DU HAST KEINEN PLAN.« Er konnte seinen Vater beinahe seufzen hören.
»Es war nicht wirklich Zeit, um ...«
»SIND RAKETEN AN BORD?«, unterbrach ihn Mr Oz.
»Du willst, dass ich sie zusammen mit dem Gebäude in die Luft sprenge?«, fragte Alex.
»NEIN, NICHT DAS GANZE GEBÄUDE, NUR DIE AUSSENWÄNDE. ICH SCHICK DIR DIE KOORDINATEN.«
Kurz darauf leuchteten die Zahlen auf seinem Smartphone auf. Alex konnte sie durch seine Pilotenbrille gerade so erkennen. Er drehte einige Knöpfe am Schaltpult und aktivierte die Kurzstreckenraketen.
»Scheiße«, murmelte er.
»WAS IST DAS PROBLEM?«
»Die Raketen funktionieren mit GPS.«
»MAN KANN SIE AUCH MANUELL STEUERN.«
»Ja, aber ...« Er flog eine scharfe Linkskurve und entdeckte in einiger Entfernung das Haus, in dem Iris verhört wurde.
»WIE OFT HABEN WIR ZUSAMMEN *STAR WARS* GESCHAUT, ALEX? DAS IST DER MOMENT. DEINE SCHLACHT UM DEN TODESSTERN. MÖGE DIE MACHT MIT DIR SEIN!«
»Scheiße, Scheiße, Scheiße!« Hinter Alex heulten die Sirenen auf. Sie heulten seinetwegen. Er musste jetzt etwas unternehmen, sonst war es zu spät.
Er holte tief Luft und setzte die manuelle Steuerung der Raketen in Gang, berechnete die Koordinaten, die sein Vater ihm gegeben hatte, und kombinierte sie mit seiner Geschwindigkeit und seinem Einflugwinkel. Dabei unterdrückte er den Gedanken, dass Mr Oz ihm möglicherweise absichtlich eine

falsche Position angegeben hatte und er gleich mit einem Knopfdruck die verkehrte Wand und damit Iris in die Luft jagen würde.

Jetzt oder nie.

Er drückte ab.

Iris stand auf.

»Bleib sitzen«, blaffte Isabela sie an. Sie wollte noch mehr sagen, aber ihre Stimme wurde von einer Explosion und dem Lärm einstürzender Mauern übertönt. Sie kreischte los.

Iris zögerte keine Sekunde. Sie machte sich klein, duckte sich unter den Tisch und wartete ab, bis das Gepolter um sie herum verstummte. Dann erst kam sie wieder zum Vorschein.

Isabela lag mit einem Stück Mauerwerk in der Hüfte am Boden. Die Wunde blutete heftig.

Iris blickte zur Seite, ins Freie. Wo eben noch eine Wand gestanden hatte, drang jetzt das Licht der Abendsonne hinein. Auf der Wiese nebenan landete ein Hubschrauber.

Alex.

»ZEIT ZU GEHEN, IRIS«, ertönte plötzlich die Stimme von Mr Oz.

Iris warf einen Blick auf Isabela Orsini, die bewusstlos am Boden lag.

»KEINE ZEIT. ENTWEDER DU ODER SIE, IRIS.«

Hä? Wie kann er mich sehen?, grübelte Iris. Ihr Blick fiel auf die Kamera, die auf wundersame Weise heil geblieben war und immer noch vom Stativ aus Aufnahmen machte.

Offensichtlich hatte Mr Oz sie gehackt. Er sah und hörte wirklich alles.

»*FIGHT OR FLIGHT*, IRIS.«

Sie entschied sich zur Flucht. Für Isabela konnte sie ohnehin nichts tun, und das Militär würde gleich hier sein.

Mit gesenktem Kopf rannte sie unter dem Rotor des Hubschraubers hindurch. Alex riss die Cockpittür auf und machte ihr ein Zeichen, sich zu beeilen. So schnell sie konnte, kletterte sie ins Cockpit.

Mr Oz sah, wie Iris zögerte. Er sah, wie sie durch das Loch in der Wand aus dem Haus lief. Dann sah er nur noch Isabela, die bewusstlos am Boden lag, außerstande, das Mädchen aufzuhalten.

Er unterbrach den Kontakt zu der Kamera. Es gab nichts mehr zu beobachten, was für ihn von Interesse war.

Dann rief er Alex an.

»HAT ES GEKLAPPT?«

»Yes. Yes! Danke, Papa.«

»KEIN DING. UND, ALEX?«

»Ja?«

»NÄCHSTES MAL ERWARTE ICH, DASS DU MEINE BEFEHLE SOFORT AUSFÜHRST!« Er bewegte den Cursor zu Iris' Namen auf dem Bildschirm, drückte auf die rechte Maustaste und ließ das Gift frei.

»Nein!«, schrie Alex. Er sah, wie Iris' Augen wegkippten und wie sie in ihrem Sitz zusammensackte. Er wollte sie packen, nachsehen, was mit ihr los war, aber wenn er das Steuer losließ, würden sie beide abstürzen.

»JETZT KANNST DU IHREN LEICHNAM NACH PALA BRINGEN.«

Mr Oz ließ die Maus los. Durch die Lautsprecher hörte er die Schreie seines Sohnes. Leider konnte er ihn nicht sehen, aber die Geräusche sprachen Bände.

Wenn er erst einmal älter war, würde Alex ihn verstehen und ihm dankbar sein.

Fiber lag im Bett und starrte apathisch an die Decke. Endlich begriff sie, warum Iris sich oft völlig in sich selbst zurückzog, wenn sie nicht mehr wusste, was sie tun sollte. Fiber hatte darüber immer den Kopf geschüttelt. »Wenn dir das Leben Zitronen schenkt, mach Limonade daraus«, hatte ihre Mutter ihr beigebracht. Was auch immer geschah, das Wichtigste war, weiterzumachen.

Ihre Mutter. Die ganze Zeit über hatte Fiber sich nicht gewehrt, um ihre Mutter und ihre Schwester vor der Rache von Mr Oz zu schützen. Aber die Fernsehbilder hatten ihr die Wahrheit vor Augen geführt: Solange Mr Oz lebte, war niemand vor ihm sicher. Das Ausschalten des GPS war nur der Anfang. Mr Oz würde nicht ruhen, bis die Welt genauso gebrochen war wie er selbst. Danach sollten die Superhelden die Macht ergreifen. »Neues Management«, hatte er es genannt. *No way*, dass sie dabei mitmachen würde.

Sie hasste sich selbst so sehr. Aber noch mehr hasste sie Mr Oz. Und daher gab es nur eine Lösung.

Sie musste ihn töten. Und dieses Mal würde sie nicht versagen.

Als Fiber das neue Hauptquartier von Mr Oz betrat, sah sie sofort, dass etwas nicht stimmte. YunYun war wieder da und saß auf ihrem Platz neben ihm, gefesselt an Hals und Taille. Ihre Augen waren rot vom Weinen.

Fiber hatte ihre Uniform angezogen und sich zum ersten Mal seit langer Zeit wieder zurechtgemacht. Schwarzer Lidstrich, dunkelrote, fast schwarze Lippen. Die Piercings in ihrer Augenbraue, ihren Ohren und der Lippe hatte sie gewienert, bis sie glänzten.

Ihr Aussehen war eine Art Maske. Aber eigentlich war es mehr als das. Es war auch eine Drohung. Ihr ganzes Auftreten sagte: *Don't fuck with me.* In der Regel war diese Botschaft ausreichend und keine Gewalt vonnöten.

Sie starrte YunYun an, ohne etwas zu sagen. »Sie ist tot«, sagte sie schließlich. »Iris ist tot.« Es war keine Frage.

YunYun nickte. »Er hat sie vergiftet«, sagte sie.

Fiber drehte sich zu Mr Oz um, der von seinem Thron aus auf zwei provisorisch aufgestellte Fernseher blickte. Bilder von Superhelden, die am Anlegeplatz aus einem DFII kletterten, flackerten über die Bildschirme.

»Wie lauten Ihre Anweisungen, *Sir*?«, fragte sie.

Irgendetwas an ihm war seltsam. Sein Metallkopf hing wieder am Computersystem. YunYun zog mit der Maus Linien über den Bildschirm, als würde sie ein Spinnennetz zeichnen.

»DIE ERSTEN TEAMS SIND ZURÜCKGEKEHRT. NIMM SIE IN EMPFANG, GIB IHNEN ETWAS ZU ESSEN UND SCHICK SIE INS BETT.«

»*Yes, Sir.*« Sie nickte YunYun kurz zu. »Das mit deiner Freundin tut mir leid. Es ist ein großer Verlust, Iris war ein guter Mensch.« Dann lief sie, ohne jede weitere Regung, zum Anleger. Ihre Chance würde kommen. Geduld, Marthe, nur Geduld.

Die Stunden, die folgten, vergingen wie im Flug. Fiber begrüßte die ankommenden Superhelden und brachte sie ins Verhörzimmer, wo sie vor der Kamera ihre Einsätze schilderten. Manche der Jugendlichen waren euphorisch, andere weinten. Einige blickten stoisch vor sich hin und beantworteten die Fragen kurz und emotionslos. In diesen Momenten kam es Fiber vor, als würde sie in einen Spiegel schauen.

Quinty hatte ihre ganze Keckheit verloren und blickte verlegen zu Boden, während sie zögerlich auf Fibers Fragen antwortete.

»Ihr wurdet also festgenommen, nachdem ihr die Software installiert hattet, Russom und du?«, fragte Fiber.

Quinty nickte.

»Und dann? Was ist dann geschehen?«

Quinty zuckte die Achseln. »Zwei Männer haben mich befragt. Ich habe nichts verraten. Sie haben versucht, mich einzuschüchtern, und mir gedroht, aber ich habe nicht nachgegeben. Das Verhör bei unserem letzten Test war viel heftiger, also ...«

Sie beendete ihren Satz nicht. Fiber nickte. Darum wurden die Jugendlichen auf Pala so intensiv trainiert und mussten während des Tests so viel durchstehen: um hart zu werden. Damit sie das Schlimmste ganz sicher schon hinter sich hatten.

»Und Russom?«, fragte Fiber leise.

Quinty schüttelte den Kopf. »Er hat versucht zu fliehen, er wollte mich befreien. Ich konnte auch tatsächlich entkommen, aber er ... Ich habe Schüsse gehört. Schreie.« Endlich sah sie Fiber an. »Ich bin weggerannt.«

Fiber nickte und notierte etwas in ihrem Tablet. Wenn er nicht schon tot war, würde Mr Oz ihn vergiften, genau wie er es bei Iris getan hatte. Es gab nur zwei Möglichkeiten, wie eine Mission endete: Entweder sie gelang, oder man starb.

»Wenn er noch lebt, holen wir ihn zurück«, log sie.
Quinty holte tief Luft und stellte die Frage, die Fiber die ganze Zeit gefürchtet hatte: »Und Dermot?«
Dermot. Ihr Freund, der mit Inderpal, Margit und Dewi-Jill gut gelaunt nach Russland aufgebrochen war. Fiber schüttelte den Kopf. »Nur Inderpal hat überlebt«, sagte sie. »Es tut mir leid, Quinty.«
Sie hörte Quinty noch auf ihrem Zimmer schreien, bis das Beruhigungsmittel, das sie ihr eingeflößt hatte, endlich zu wirken begann.
In Gedanken schrie Fiber mit ihr.

Es dauerte ganze sechs Stunden, bis Alex ankam.
Er legte mit seinem DFII neben den anderen an – professionell wie immer – und öffnete die Luke.
Sein Gesicht drückte unendliche Traurigkeit aus. »Kannst du mir helfen?«, fragte er statt einer Begrüßung. »Ich weiß nicht, ob ich Iris alleine hier rauskriege.«
Fiber hatte plötzlich das Gefühl, ein Déjà-vu zu erleben. Nachdem Fiber Iris von der Brüstung der MS Maasdam gestoßen hatte, wäre Iris beinahe gestorben. Alex hatte sie mit der DFII aufgenommen, kam mit seinem U-Boot aber nicht richtig voran, da die Strömung zu schwach war. Schließlich hatte ein Hubschrauber Iris und ihn nach Pala gebracht. Alex hatte Iris' leblosen Körper aus dem Helikopter gehoben. Doch dieses Mal würde man sie nicht ins Krankenhaus bringen, sondern in die Leichenhalle.
Alex schob Iris' Leichnam nach oben. Fiber war auf das Unterseeboot geklettert und packte Iris unter den Achseln.
Sie fühlte sich kalt an. Kalt und grau.

Fiber wollte Iris schütteln, sie anschreien, damit sie wach wurde, ihr sagen, dass sie mit dem Quatsch aufhören solle. Stattdessen legte sie ihren Körper auf dem Deck des U-Boots ab und sprang wieder an Land, wo sie auf Alex wartete.

Der Hafen lag in einer von Palas Grotten an einem unterirdischen See. Der einzige Weg zu den Anlegern führte unter Wasser entlang, durch einen schmalen Schacht, der für große U-Boote zu klein war. Im Hafen war Platz für zehn DFIIs. Jetzt lagen acht nebeneinander. Sie glänzten im blauen Licht der LED-Lampen, die an der Decke hingen.

»Wo möchtest du sie hinbringen?«, fragte sie, als Alex wieder zum Vorschein kam.

»Mein Vater will sie sehen«, antwortete Alex. »Um sich zu amüsieren, nehme ich an.«

Er zog einen Karren heran, mit dem normalerweise Gepäck befördert wurde, und packte Iris sanft an den Armen. Fiber tat dasselbe mit ihren Beinen, und so legten sie den Leichnam gemeinsam auf den Wagen.

Die Leiche, dachte Fiber. Die Iris, die sie gekannt hatte, gab es nicht mehr. Sie machte sich daran, den Karren vom U-Boot wegzuschieben, doch Alex hielt sie zurück.

»Unser Gepäck ist noch an Bord. Kannst du es nehmen?«

Fiber vermutete, dass das Gepäck eigentlich warten konnte, er aber gern noch einen Moment mit Iris alleine sein wollte. »Natürlich«, sagte sie.

Er nickte ihr dankbar zu, nahm ihr den Karren ab und schob Iris langsam und behutsam nach Pala zurück.

Fiber blickte ihnen nach, bis sie nicht mehr zu sehen waren. Seufzend kletterte sie ein zweites Mal auf die DFII, um Alex' Sachen zu holen.

LEB WOHL, IRIS

YunYun starrte wie hypnotisiert auf den Bildschirm, auf dem zu sehen war, wie Alex mit entschlossenem Blick einen Karren hinter sich herzog. Die Beleuchtung in dem unterirdischen Gang war schlecht, daher konnte YunYun nur vermuten, wer auf dem Wagen lag.
Iris.
Es dauerte keine Minute, bis das elektrische Tor zur Seite rollte und Alex hereinkam. YunYun schnappte nach Luft, als sie tatsächlich ihre Freundin auf dem Karren entdeckte.
Leblos.
Die einzige Tote, die sie je gesehen hatte, war ihre Oma. Ihre *nai nai* hatte mit friedlichem Gesichtsausdruck in einem Sarg gelegen. »Sie schläft«, hatte ihre Mutter gesagt. Nein, sie ist tot, hatte YunYun gedacht, aber den Mund gehalten. Ihrer Mutter widersprach man nicht.
Iris machte überhaupt keinen friedlich schlafenden Eindruck. Der Tod hatte ihre Lippen blau gefärbt, das Gift ihrer Haut eine graue Färbung verliehen. Sie sah aus, als wäre sie von jemandem als Leiche geschminkt worden, der die Schminktube gerade neu für sich entdeckt hatte. Ihre Augen waren Gott sei Dank geschlossen.
»Iris, oh, Iris!«, schrie YunYun. Vergebens riss sie an ihren Ketten.
»ALEX«, begrüßte Mr Oz seinen Sohn. »WILLKOMMEN ZU HAUSE.«
Alex gab keine Antwort, sondern parkte den Wagen mit Iris mitten im Raum.

Mr Oz erhob sich von seinem Thron. Das Kabel, das ihn mit Strom versorgte, zog er wie einen Schwanz hinter sich her, wodurch er beinahe an dem Jabberwocky hängen blieb, der noch immer in der Ecke der Werkstatt stand.
»BEKOMMT DEIN VATER KEINEN KUSS?«, hörte YunYun ihn fragen.
Alex schüttelte den Kopf. »Viel zu gefährlich«, sagte er. »Ihre Umarmungen können tödlich sein.«
»TOUCHÉ«, antwortete sein Vater. Er ging Schritt für Schritt auf Iris zu. Bei jeder Bewegung, die er machte, summten die Motoren in seinem Anzug leise.
»Bitte tun Sie ihr nicht weh«, sagte YunYun unter Tränen.
Mr Oz blieb stehen und sah sie an. »DAS KANN ICH NICHT, LIEBE YUNYUN, NICHT MEHR.«
War da etwa ein Hauch von Bedauern in seiner Stimme zu hören?
»Eines Tages werde ich Sie hierfür büßen lassen«, sagte Alex, der sich neben Iris gestellt hatte.
»EINES TAGES VIELLEICHT, SOHN«, antwortete Mr Oz. »ABER NICHT HEUTE.«

Fiber sprang in das golfwagenähnliche Fahrzeug, das Alex und sie immer genutzt hatten, um längere Strecken zurückzulegen. So schnell sie konnte, raste sie durch die Gänge zum Beobachtungsraum.
Kam sie noch rechtzeitig?
Sie musste es einfach schaffen.

Alex musterte das mechanische Monster, das vor ihm stand. Irgendwo in diesem Anzug aus Metall steckten die Überreste von dem, was einst sein Vater gewesen war. Lange Zeit hatte Alex gedacht, dass sein Vater noch lebte und sich nur sein Äußeres verändert hatte, nur sein Körper geschädigt war. Aber das war nicht wahr. Der Vater, den er in Colorado gekannt hatte, der Vater, mit dem er den Garten der Götter besucht hatte – diesen großartigen Park in Colorado –, der mit ihm *Star Wars* im Kino angeschaut hatte, der begeistert von einem Buch erzählen konnte, das er gelesen hatte, oder von einer Erfindung, die er gemacht hatte – dieser Vater war schon vor Jahren gestorben.

»Papa«, sagte er laut. »Ich muss dir was sagen.«

Mr Oz wandte sich von Iris ab und sah ihn an.

In diesem Moment schoss Iris' Hand hoch und setzte den umfunktionierten Ansibel auf Mr Oz' Roboteranzug.

DER ENTTHRONTE WOLF

Der Ansibel klebte an seinem Anzug fest.
»ICH HABE DICH UMGEBRACHT!«, hallte es durch den Raum. Mr Oz griff mit seiner Metallhand nach dem Ansibel und versuchte vergeblich, ihn loszuwerden.
»Beinahe«, sagte Iris. Das Sprechen fiel ihr schwer, sie schwebte auf der Schwelle zwischen Leben und Tod. »Ich bin hier, um Ihnen dieselbe Gunst zuteilwerden zu lassen.«
»MEIN KÖRPER IST SCHON SO GUT WIE TOT«, sagte Mr Oz. Iris hörte in seiner Stimme einen Hauch von Ekstase. »ABER ICH HABE IMMER EINEN PLAN B.«
Mit einer verblüffenden Schnelligkeit packte er Iris am Hals. »DU HINGEGEN, LIEBE IRIS, STIRBST JETZT ENDGÜLTIG.«
(Los, Alex!)

Alex hatte keinen Moment gezögert. Sobald Iris den Ansibel am Anzug befestigt hatte, war er schon zum Kabel gesprungen, das seinen Vater mit Strom versorgte. Es war ein Industrieladekabel, mit einem Stecker, der so groß war wie seine Faust. Alex stellte einen Fuß an die Wand und packte den Stecker mit beiden Händen.
»Alex!«, schrie YunYun. »Iris erstickt!«
Er drehte sich um und sah, dass Mr Oz seine Metallhände um den Hals von Iris gelegt hatte.
»Nein!«, brüllte er. »Lass sie los!«
Iris wusste, dass ihr Ende gekommen war. Ihre vorübergehende Rettung vor dem Gift hatte die Exekution nur verscho-

ben. Aber es war ihr egal, solange auch Mr Oz unschädlich gemacht wurde. Sie starrte auf das Display des Exoskeletts, das anzeigte, wie viel Strom er noch hatte.

Hundert Prozent.

»Das Kabel, Alex«, flüsterte sie mühsam. Doch Alex hatte seinen Auftrag vergessen. Er riss den Schreibtischstuhl vom Arbeitsplatz weg und schmetterte ihn mit voller Kraft in Richtung des Roboteranzugs.

Mr Oz bekam nicht einmal eine Schramme.

»EINEN AUGENBLICK, ALEX«, sagte Mr Oz ganz ruhig. »ICH BIN GLEICH BEI DIR.«

(Alex musste das Kabel rausziehen!)

Plötzlich erschlafften die Hände um ihren Hals, und Iris konnte nach Luft schnappen. Im Display auf dem Brustkorb von Mr Oz leuchteten neunundneunzig Prozent auf.

Iris drehte ihren Kopf ein winziges Stück zur Seite – weiter schaffte sie es nicht – und sah YunYun, die triumphierend das rausgerissene Kabel in den Händen hielt.

YunYun hatte es geschafft! Mr Oz hing am Akku. Jetzt mussten sie nur noch dafür sorgen, dass er das Kabel nicht wieder an die Stromzufuhr anschloss.

»Hände weg von Iris!«, hörte sie Alex schreien. Iris konnte nichts sehen – da war nur das stumpfe Metall des Exoskeletts, das sich über sie beugte, und das blinkende Display.

Plötzlich ließ Mr Oz Iris los und wurde zur Seite geschoben. Alex erschien in ihrem Blickfeld.

»Alles in Ordnung?«

Iris nickte mühsam. »*Go!* Mach ihn fertig«, sagte sie heiser.

Alex nickte. Iris ließ sich rücklings auf den Karren fallen. Jetzt war Fiber am Zug.

Fiber ließ sich in den Kommandostuhl fallen und drehte sich mit einem Ruck zum Schaltpult um, wo sie wie eine Besessene zu tippen begann. Sie umschiffte die Sicherungen, die Mr Oz installiert hatte, wie sie es schon so oft getan hatte, und codierte direkt im System.

»Komm, komm, komm«, murmelte sie.

Yes, sie war drin! Fiber öffnete die virtuellen Türen und griff nach dem Headset, machte sich aber nicht einmal die Mühe, es aufzusetzen, sondern schrie einfach ins Mikro: »Du bist dran!«

Im nächsten Moment ertönte Justins vertraute Stimme aus den Lautsprechern. »*Wer weiß, welches Böse in den Herzen der Menschen lauert? Der Schatten weiß es!*[7] Hahaha!«

Spinner, dachte Fiber, aber sie konnte sich ein Grinsen nicht verkneifen.

Er hatte es sich verdient.

Sie zählte herunter: drei, zwei, eins.

Mit einem Schlag gingen alle Lichter auf Pala aus.

Mr Oz stand plötzlich regungslos da, doch sein Herz arbeitete in Höchstgeschwindigkeit weiter, und seine Gedanken überschlugen sich. Was um alles in der Welt war geschehen? Hatten sie ihn reingelegt? Sie hatten ihn reingelegt? Ihn?

Das war unmöglich! Das Gift hätte Iris binnen weniger Sekunden töten müssen, und eine Möglichkeit, den Chip zu zerstören, gab es nicht. Der Einzige, der das konnte, war ...

Aus den Lautsprechern in der Werkstatt ertönte eine laute Jungenstimme.

»*You are all clear, kid, now let's blow this thing and go home*«[8], sagte Justin in bester Han-Solo-Manier.

Justin.

Die Lichter in der Werkstatt erloschen. Den einzigen Schimmer spendete jetzt nur noch das Display auf der Brust von Mr Oz. Siebenundneunzig Prozent.

Mr Oz bewegte eine Hand zum Display und schaltete sein Nachtsichtgerät an. Dann drehte er den Kopf herum, um sich einen Überblick über die Lage im Raum zu verschaffen. Iris lag wieder auf dem Karren. Bewusstlos oder Schlimmeres. Alex stand schützend vor YunYun.

»ICH KANN DICH SEHEN, SOHN«, sagte er ruhig. »ABER DU SIEHST ABSOLUT GAR NICHTS, SO WIE DU NOCH NIE ETWAS GESEHEN HAST.« Er zog das Kabel aus seiner Seite, damit es ihn im Kampf nicht stören würde.

»*Come and get me*«, antwortete Alex. »Ich kann es kaum noch erwarten.«

Er parierte den ersten Angriff von Mr Oz, indem er unter seinem Arm wegtauchte. Auch wenn er seinen Vater nicht sehen konnte, so hörte er ihn doch. Und das Display verriet immer, wo sich sein Brustkorb befand.

»Das können Sie besser«, sagte er, um seinen Vater herauszufordern. »Denken Sie nur daran, wie sehr ich Sie immer enttäuscht habe. Und jetzt gerade schon wieder.«

»ICH WERDE ES GENIESSEN«, antwortete sein Vater und holte zum Schlag aus.

Iris holte tief Luft. Der Moment war gekommen. Sie zog die andere Hälfte des Ansibels zum Vorschein, die Halbkugel, die perfekt zu ihrem Gegenpart passte – zu der Hälfte, die nun auf dem Brustkasten von Mr Oz klebte.

»Alles oder nichts.« Sie drückte auf den Knopf.

Der mechanische Körper von Mr Oz erstarrte mitten in der Bewegung.

Fiber saß mit hochgezogenen Knien auf ihrem Stuhl. Am liebsten hätte sie irgendwo gegengeschlagen! Ohne Strom war sie machtlos. Sie konnte nichts sehen oder hören, und sie durfte hier auch nicht weg, für den Fall, dass Mr Oz versuchen würde, die Geräte wieder zum Laufen zu bringen. Justin hockte noch tiefer unten, in den Grotten, in denen auch die Großrechner standen. Von hier aus wurde nicht nur ganz Pala gesteuert, sondern auch das *Superhelden*-Spiel wurde von diesem Ort aus in die Welt versandt. Sie und Justin waren die letzte Bastion. Ohne sie beide gab es keinen Strom, und ohne Strom gab es keinen Mr Oz.

Sie mussten Geduld haben.

Das mechanische Monster, das nur noch ein Schimmer seines Vaters war, erstarrte. Alex sah Mr Oz auf das Display blicken. Zusammen beobachteten sie, wie der Zähler in rasendem Tempo von neunundsiebzig Prozent nach unten sauste.

»Kurzschluss«, sagte Alex. »Eine Idee von Iris.«

Er konnte sich vorstellen, wie sein Vater alle Möglichkeiten durchging, die er noch hatte, bis er zum selben Schluss kam wie er.

»ES IST VORBEI«, sagte Mr Oz.

»Habe ich doch gesagt«, sagte Alex.

»BEI NULL WERDE ICH STERBEN, SOHN. DER ANZUG IST DAS EINZIGE, WAS MICH AM LEBEN HÄLT.«

»Weiß ich. Tut mir leid.«

Achtunddreißig Prozent.

Alex sah, wie sein Vater ungeschickt versuchte, sich die Metallmaske herunterzuziehen.

»HILF MIR, DIE MASKE ABZUMACHEN.«

Widerwillig erhob sich Alex und kniete sich vor ihn. »Dann stirbst du«, sagte er.

»DAS TUE ICH SOWIESO.« Er sah, wie sein Vater wieder auf den Zähler auf seiner Brust blickte.

Noch einundzwanzig Prozent.

»DU HAST NOCH NICHT GEWONNEN. ES GIBT EINEN PLAN B. ERINNERST DU DICH?«, fragte sein Vater.

Alex sah auf das Display. »Noch dreizehn Prozent, Sie sollten sich beeilen«, sagte er und half ihm, die Maske abzusetzen.

»UND JETZT DIE SPRECHHILFE«, befahl Mr Oz, und da es vermutlich sein letzter Befehl war, gehorchte Alex seinem Vater und zog ihm den Frequenzgeber aus dem Mund. Zum ersten Mal seit Jahren hörte er wieder seine echte Stimme. Sie klang flüsternd, zögerlich. Er betrachtete Alex mit alten Augen.

»Ich werde dich schon bald wiedersehen«, sagte Oswald schließlich.

Alex schüttelte den Kopf. »Nein. Das war's, Papa.«

»*Now I can cross the Shifting Sands*«[9], flüsterte Mr Oz.

Der Zähler ging runter auf fünf, auf drei, auf ein Prozent. Für die Null hatte das Display nicht mehr genug Saft. Der Anzug schaltete sich aus, und sein Vater starb vor Alex' Augen, ohne noch ein einziges Wort zu sagen.

So viel zu Plan B.

YunYun konnte nicht aufhören zu zittern. Alles um sie herum geschah so schnell, dass sie kaum Zeit hatte, ihre Gefühle zu verarbeiten. Erst war Iris tot. Dann auf einmal doch nicht mehr. Alex kämpfte mit seinem Vater, Justin machte das Licht aus.

»Iris«, flüsterte sie ganz leise. »Iris, hörst du mich?« Es blieb still.

Die plötzlich anspringenden Lichter überraschten YunYun. Sofort hockte sie sich neben Iris.

»Wie geht es ihr?«, fragte Alex.

»Sie lebt«, sagte YunYun schluchzend. »Sie lebt noch, Alex.«

»Schön.« Er sah auf das Kabel. »Gut gemacht, Yun, sehr gut gemacht.«

Sie lächelte matt.

Alex lief zu ihr und griff nach dem Mikro. »Fiber? Kannst du in die Werkstatt kommen? Wir haben noch eine Aufgabe für dich.«

Er legte das Mikrofon wieder zurück und hockte sich neben YunYun.

Iris öffnete die Augen. »Hallo«, sagte sie. »Ist es vorbei?«

Alex nickte. »Es ist vorbei. Wir haben gewonnen.«

Iris' reagierte kaum. »Ich werde zwei Wochen schlafen, Alex. Mindestens.«

»Das hast du dir verdient, Iris. Und danach darfst du endlich nach Hause.« Er beugte sich über sie und küsste sie sanft auf die Lippen. Dann legte er einen Arm um YunYun und gab ihr einen Kuss auf die Wange.

»Hast du jetzt einen *fucking* Harem?«, fragte Fiber, die gerade die Werkstatt betrat.

Alex grinste. »Ich dich auch, Marthe, ich dich auch.«

JUSTINS TOD

Justin tickte mit seinem Porsche ganz kurz den BMW von Alex an und ließ seinen Sportwagen dann absichtlich ins Schleudern geraten. Er sah, dass Alex sein Auto wieder zum Stillstand brachte. Zum Glück, schließlich wollte er nur seinen eigenen Tod auf dem Gewissen haben und nicht den von Iris' Freund. Auch wenn Alex ein Idiot war.
Justin gab Vollgas und bretterte mit seinem Auto in vollem Tempo über die Bergkuppe. Den Gurt hatte er bereits geöffnet. Er machte sich bereit und öffnete die Tür.
Das Wichtigste war, eine Stelle zu finden, an der er aufkommen konnte, ohne zu zerschellen. Das war in dieser Höhe beinahe unmöglich. Um den Fall trotzdem abfangen zu können, trug er einen D-Air Racing Thorax, dazu eine Motorradkluft mit eingebautem Airbag. Etwas, was man mit Sicherheit nicht im Internet kaufen konnte.
Das Auto stürzte mit der Motorhaube voran in die Tiefe. Justin zögerte keinen Moment und sprang hinaus. Sofort begann sein Anzug zu zischen, und er spürte, wie er aufgeblasen wurde, als wäre er der Hulk.
Justin knallte mit dem Helm gegen einen Felsen, prallte ab und raste weiter nach unten – wie ein Flummi, der eine Treppe runtergeworfen wurde. Er spürte, wie sein Anzug die Schläge gegen den Oberkörper abfing. Was die Beine anging, hatte er aber weniger Glück: Er blieb mit dem Fuß an einem Felsblock hängen. Der Vorteil war, dass sein Sturz nach unten dadurch gestoppt wurde. Der Nachteil war, dass er sich den Fuß brach. Justin schrie sich die Lunge aus dem Leib. Es war, als würde ihm

jemand den Fuß brutal vom Körper reißen, so wie man Fleisch von einem Hühnerschenkel riss.
Niemand hörte ihn. Dafür war die Bergkuppe viel zu weit weg. Unter ihm ertönte das Geräusch von zerberstendem Metall, und dann folgte eine Explosion.

Als er wieder nach oben kam, war die Bergspitze verlassen. Nur die Reifenspuren erinnerten noch an das Rennen. Justin zog Anzug und Helm aus und warf beides den Abgrund hinunter. Anschließend hinkte er zum Besucherzentrum und rief sich ein Taxi.

Im Broadmoor stellte er fest, dass Alex und seine Schwester bereits ausgecheckt hatten. Also blieben noch zwei Möglichkeiten, wo sie sein konnten: auf der Militärbasis oder in einem anderen Hotel. Im zweiten Fall hatte er ein Problem.
Sein Pass war nicht gesperrt worden. Was bedeutete, dass niemand auf der Basis eine Verbindung zwischen dem skrupellosen Fahrer, der vor zwei Tagen vom Pikes Peak gestürzt war, und dem kürzlich eingetroffenen Soldaten hergestellt hatte. Justin wartete, bis es dunkel war, und schlich zu dem Haus, in dem Alex und Iris sich bis vor Kurzem aufgehalten hatten und wo er seiner Schwester die Pillen gestohlen hatte.
Sein Fuß schmerzte, aber vielleicht war das seine verdiente Strafe. Denn als er Iris in ihrem Schlafzimmer auf dem Bett sitzen sah, wusste er, dass es ihr schlechter ging als ihm.
Sie sprach mit ihm und mit YunYun und mit ihrem Vater. Sie war ganz allein im Zimmer. Ohne die Hilfe der Medikamente war der Schock über seinen Tod zu viel für sie: Sie sah überall Menschen, die nicht da waren. Schatten.
Hoffentlich war er nicht schon zu spät.

»Bist du stolz auf dich?«, fragte Iris.

»Was meinst du?«

»War es die ganze Zeit dein Plan, dich selbst umzubringen? Hattest du Todessehnsucht? Hast du deshalb bei dem Rennen mitgemacht? Ist es das, was du wolltest?«

Sie hielt ihn für eine Halluzination. Vielleicht konnte er sich das zunutze machen.

»Eigentlich wollte ich das Rennen gewinnen, um zu verhindern, dass die Sache mit dem Colonel funktioniert«, sagte er. »Aber dann ist mir klar geworden, dass ihr einen anderen Weg finden würdet. Ich kenne dich, du findest immer eine Möglichkeit, deinen Willen zu kriegen.«

Iris schüttelte wild den Kopf. Sie lag lang ausgestreckt auf dem Bett, in denselben Kleidern, die sie während des Rennens getragen hatte. »Dieses Mal nicht, Justin. Nicht mehr, seit du tot bist. Ich bin fertig mit der ganzen Welt.«

Justin zog die Pillen heraus, die er ihr weggenommen hatte, und reichte Iris eine, zusammen mit einem Glas Wasser.

»Hier, ich glaube, die gehören dir.« Er legte die Dose neben das Bett.

Iris reagierte nicht, schluckte aber die Tablette, die er ihr gegeben hatte, achtlos hinunter. Zum Glück, er hatte befürchtet, sie würde sich weigern. Sie legte sich wieder hin und schlief sofort ein.

Justin beugte sich über sie und brachte ein Gerät zum Vorschein. Dann machte er einen Schnitt in ihren Hals und pikte genau an der Stelle in den Chip, an der das Giftreservoir steckte. Mit einer Spritze saugte er das Gift wie bei einem Schlangenbiss aus ihrem Hals und spuckte es in sein Taschentuch. Dann schloss er die Wunde mit Hautkleber. Das Blut wischte er weg.

Es war fast nichts mehr zu sehen.

»Iris?«, hörte er Alex rufen. »Ich bin wieder zu Hause.« Justin beugte sich über seine Schwester und flüsterte mit übertriebenem österreichischem Akzent »I'll be back.«[10]

Justin sah den Hubschrauber schon von Weitem kommen. Er wartete unter einer kahlen Baumgruppe am Straßenrand und fror. Sein Fuß schmerzte. Er machte sich Sorgen.

Sein Auto parkte hinter den Bäumen und war für zufällige Passanten nicht zu sehen. Wenn er hörte, dass sich Autos näherten, verkroch er sich wieder hinter dem Stamm. Aber es war kurz vor Weihnachten und von daher ziemlich ruhig auf der Straße.

Der Hubschrauber landete auf der Wiese. Justin wollte warten, bis die Rotorblätter zum Stillstand kamen, bevor er zum Vorschein kam. Doch das Fahrwerk hatte den Boden noch nicht einmal berührt, als die Tür bereits aufflog und Alex schreiend heraussprang. Justin hinkte auf ihn zu, und Alex erstarrte.

»Justin?«

»Nein, ich bin nicht tot«, antwortete Justin. »Deal with it. Was ist los? Wo ist Iris?«

Alex wies zum Hubschrauber. »Mein Vater, er ... er hat sie vergiftet. Mit dem Chip. Sie stirbt, Justin.«

Justin schob ihn zur Seite und versuchte, in den Hubschrauber zu steigen, was aber mit seinem gebrochenen Fuß nicht klappte. Alex schob ihn ungeduldig an.

Iris lag zusammengesackt in ihrem Sitz. Ihre Haut war grüngelb verfärbt, die Lippen waren blau.

»Das ist unmöglich«, murmelte Justin. »Ich habe das Gift entfernt.« Er öffnete mit Daumen und Zeigefinger ein Auge von Iris und betrachtete die Pupille. Alex stellte sich hinter ihn.

»Wann ist das passiert?«, fragte Justin.
»Es ist noch keine Viertelstunde her«, antwortete Alex.
Justin schloss kurz die Augen. »Die gute Nachricht ist, dass sie nicht tot ist. Normalerweise tritt der Tod spätestens zehn Sekunden ein, nachdem das Gift freigesetzt wurde.«
»Und die schlechte?«
»Ich denke, ein Tropfen Gift war noch übrig. Keine Ahnung, wie das passieren konnte, keine Ahnung, ob sie sich wieder erholt oder ob es einfach nur länger dauert, bis sie stirbt.« Er sagte es sachlich, wie ein Arzt, der der Familie das Ergebnis einer Untersuchung überbrachte. Aber tief in seinem Innern schrie er: Nicht sterben!
»Sie muss unbedingt ins Krankenhaus«, sagte Alex entschlossen. »Sofort!«
»Nein«, flüsterte Iris unerwartet. »Wir ziehen unseren Plan durch.«
Justin musste sein Ohr ganz dicht an ihre Lippen führen, um sie zu verstehen.
»Mr Oz denkt, dass ich tot bin. Das ist unsere Chance: Wir müssen zuschlagen. Du, Alex und ich. Wir müssen nach Pala.«
Alex wollte protestieren, aber Iris schüttelte den Kopf.
»Keine Diskussion. Jetzt oder nie.«

Während des Flugs sprachen Alex und Justin nicht mehr als absolut notwendig. Alex saß am Steuer, und Justin machte es seiner Schwester so komfortabel wie möglich. Im Telegrammstil gingen sie ihren Plan durch.
Die DFII fuhr in den unterirdischen Hafen von Pala ein und legte an. Justin half Alex, Iris die Leiter hochzutragen.
»Hör zu, Iris«, sagte er. »Von jetzt an bist du tot, okay?«

Sie nickte. »Darf ich auch Fiber und YunYun nichts sagen?«
Justin schüttelte den Kopf. »Es sind überall Kameras. Wenn du etwas sagst, verrätst du dich. Aber mach dir keine Sorgen, ich passe Fiber ab und informier sie, okay?«
Sie nickte.
Justin sah, wie Alex seine Schwester nach draußen trug. Er hörte, wie er mit Fiber sprach und sie bat, das Gepäck aus der DFII zu holen. Er nahm am Steuer Platz und wartete, bis Fiber das U-Boot betrat.
»Hallo, Fiber«, sagte er, als sie die Leiter fast ganz heruntergeklettert war. »Long time no see. Ich habe eine Botschaft und einen Auftrag für dich.«
Ihr Gesichtsausdruck war unbezahlbar.

PLAN B

Er hatte erwartet, dass er wie aus einem tiefen Schlaf erwachen würde – langsam, mit Traumbildern, die sich wie Nebel in der Nacht verflüchtigten. Aber so war es nicht. Im ersten Moment war er nicht da, im nächsten dafür schon ganz. Nur ohne Körper, ohne Hülle aus Metall, ohne Gesellschaft.

Er war vollkommen allein, und er war weniger als nichts.

Mr Oz war in seiner Montur in den Armen seines Sohnes gestorben. Zuvor hatte er die magischen Worte gesprochen: »Now I can cross the Shifting Sands«, die letzten Worte des Autors seines Lieblingsbuchs, *Der Zauberer von Oz*. Diese Worte waren ein Code, der das Steuersystem Abraxas aktivierte und es an die Kopie seines Gehirns koppelte.

Wie bei dem Zauberer steckte die Wahrheit auch bei ihm immer hinter der Illusion. Der echte Mr Oz befand sich hier, im Computersystem von Pala. Dank YunYun, die seinen Geist abgespeichert hatte. Und dank Iris, die das Betriebssystem, das er in grauer Vorzeit entwickelt hatte, aus den tiefsten Tiefen der Computer auf der *Schriever Air Force Base* hervorgezaubert hatte.

Keine Schmerzen mehr. Wie lange war es her, dass er keinen Schmerz verspürt hatte?

Zu lange.

Er wollte sich umschauen, aber er hatte keinen Kopf, den er drehen konnte, keine Augen, um zu sehen.

Er erwartete einen Panikanfall, denn früher hatte er schon mit engen Räumen Probleme gehabt. Die ersten Monate im

Aquarium waren die Hölle gewesen. Das durchsichtige Glas hatte ihn gerettet, sonst wäre er durchgedreht. Doch dieser Raum war nicht klein, sondern unendlich groß. Das System auf Pala, das war jetzt er. Und seit Iris den Code im Kommandozentrum eingegeben hatte, war Abraxas – also auch er – mit der ganzen Welt verbunden. Nun stand er in direktem Kontakt zu einem Großteil der Satelliten, die von der Erde aus gesteuert wurden. Und damit herrschte er effektiv über die Welt.

Alles lief nach Plan.

Jetzt wollte er sehen, was er hinterlassen hatte.

Er versuchte, mit den Kameras auf Pala Kontakt aufzunehmen, aber vergebens – sie schienen nicht mehr zu existieren. Das war seltsam und beunruhigend. Die Kameras waren schließlich seine Augen.

Dann plötzlich: ein Kontakt, eine Kamera. Er stellte die Verbindung her und öffnete ein Auge, wie ein virtueller Zyklop.

Ein Zimmer. Alex, Fiber, Iris, Justin und YunYun saßen auf fünf bequemen Stühlen nebeneinander.

Keiner von ihnen sprach, sie starrten nur vor sich hin.

Sahen sie zu ihm?

Unmöglich. Wahrscheinlich blickten sie in einen Fernseher. Schauten sich die Zerstörung an, die er angerichtet hatte, um ein Zeichen zu setzen. Daher auch diese verbissenen Gesichtszüge. Daher die Stille.

Sie waren wie gelähmt.

Es war an der Zeit, ihnen zu zeigen, dass alles noch viel schlimmer war, als sie dachten. Es war an der Zeit, ihnen zu zeigen, dass Mr Oz dem Tod entkommen war. Er war Abraxas geworden. Er war allmächtig.

Es war an der Zeit, ihnen zu zeigen, wer hier der Boss war. Durch reine Gedankenkraft konstruierte er ein neues Bild. Den flammenden Kopf gab es nicht mehr, jetzt war er ein Vogel. Ein Phönix, der aus der Asche auferstanden war. Die Glut der Flammen auf dem Bildschirm färbte die Gesichter der Kinder golden.

Sie blinzelten nicht einmal, und sie erbleichten auch nicht.

»Hallo, Mr Oz«, sagte Iris. »Wir haben Sie schon erwartet.«

»ICH BIN NICHT MEHR MR OZ, MEIN NAME IST ABRAXAS«, schallte seine Stimme durch den Raum. »ICH BIN EUER GOTT. KNIET VOR MIR NIEDER.«

»Wenn es Ihnen nichts ausmacht, bleiben wir lieber sitzen«, sagte Fiber. »Die Stühle sind sehr bequem.«

»Waren Sie nicht tot?«, fragte sein Sohn.

»DIE BERICHTE ÜBER MEINEN TOD SIND STARK ÜBERTRIEBEN, ALEX«, antwortete er und versuchte gleichzeitig, sich nicht anmerken zu lassen, wie geschockt er war. Bekamen sie denn gar keinen Schreck? Begriffen sie nicht, dass er jetzt über alles herrschte? Über die Satelliten, die Waffen im Weltraum, die Jabberwockys am Boden?

Vielleicht sollte er ihnen eine Kostprobe seines Könnens geben?

Mithilfe von Gedankenkraft versuchte er, zu den Jabberwockys Kontakt aufzunehmen, die auf Pala geblieben waren. Wenn erst sein Geist in einer dieser Mordmaschinen steckte, gab es nichts, das ...

»Es wird nicht klappen«, unterbrach Justin seine Überlegungen. »Da, wo Sie jetzt sind ... Betrachten Sie es als Isolierzelle. Als eine Zelle wie die, in die Sie mich damals eingesperrt haben, bloß virtuell. Ohne Kontakt zur Außenwelt. Sie sind offline.«

»DAS IST UNMÖGLICH.«

»Nein, das ist es nicht.« Dieses Mal war es YunYun, die ihm widersprach. »Glauben Sie uns.«

»DU! WARST DU DAS?«

»Ja. Ich wusste nicht genau, was Sie vorhatten. Nicht, bevor Sie mithilfe von Iris Abraxas hochgeladen haben. Aber zur Sicherheit habe ich Ihr Gehirn von Anfang an auf einen zweiten Server auf Pala kopiert. Auf einen, den Justin anschließend vom Internet abgekoppelt hat.«

Justin hob die Hand zum *High five* und sagte: »Und das war ganz allein deine Idee, YunYun. Dir gebührt die Ehre.«

»So viel zu Plan B«, sagte Alex.

»IHR SCHEINT JA SEHR STOLZ AUF EUCH SELBST ZU SEIN.«

»Davon können Sie ausgehen«, sagte Fiber.

»Wir sind vor allem sehr stolz auf YunYun«, sagte Iris.

»Wir anderen haben versagt. Was auch immer wir gemacht haben, es hat Ihnen in die Hände gespielt. YunYun war die Einzige, die einen kühlen Kopf behalten und das Richtige getan hat: YunYun hat Sie isoliert.«

»UND JETZT? WAS GESCHIEHT JETZT? WIRST DU MICH *DELETEN*, IRIS?«

Iris sah ihn an und schüttelte den Kopf.

»Warum sollte ich? Sie haben doch selbst gesagt, dass alles, was Sie wissen, gespeichert ist. Ihr gesamtes Gehirn liegt gesichert auf einem Meer aus Festplatten. Wo wir die Jabberwockys finden, woher die entführten Kinder stammen und so weiter. Ihr Wissen ist für uns von unschätzbarem Wert.«

»IHR WERDET NICHTS AUS MIR HERAUSBEKOMMEN! ES SIND MEINE GEHEIMNISSE! GANZ ALLEIN MEINE!«

»Oh, *shut up.* YunYun?« Fiber wandte sich an das Mädchen, das ihn verraten hatte. »Würdest du ›Gott‹ bitte ausschalten? *I am fucking tired of this asshole.*«

»Nichts lieber als das«, antwortete das Mädchen und zog den Ansibel heraus.

»WAGE ES NICHT!«, schrie es aus dem Lautsprecher. »ICH BIN ALLMÄCHTIG, WAGE ES N...«

Das Bild verschwand. Er war allein. Alles war dunkel, kein Bild, kein Geräusch. Nichts.

Er war nichts.

Er war nichts. Selbst sein Schreien war tonlos.

Es war nur eine Frage der Zeit, bis er vollständig durchdrehen würde.

MR OZ IST TOT,
LANG LEBE MR OZ

»Du bist verrückt! Ich mach da nicht mit, du bist ein *fucking lunatic*!«, schrie Fiber und lief durch die Bibliothek, in der vor Ewigkeiten das Aquarium von Mr Oz gestanden hatte.

Iris stand vor dem Computer, die Hände in die Hüften gestemmt, mit dem Gesichtsausdruck, den Fiber nur zu gut kannte. Sie war wieder auf den Beinen, auch wenn sie noch etwas schwach wirkte. Aber Iris schien nicht kaputt zu kriegen zu sein.

Fiber stellte sich so nah vor Iris, dass sie die Grenze zu ihrem *personal space* überschritt. Iris zuckte nicht einmal mit der Wimper.

»*I'm gonna fucking kill you!*«, schrie sie ihr direkt ins Gesicht.

Iris zeigte immer noch keine Reaktion.

Fiber drehte sich zum Rest der Gruppe um. Justin lief auf Krücken. Den Gips an seinem Fuß hatte sie selbst angelegt. Ein ironisches Grinsen lag auf seinem Gesicht. Von ihm konnte sie keine Unterstützung erwarten.

Alex lehnte an einem Bücherregal und betrachtete sie mit ernstem Blick.

YunYun saß auf einem Stuhl und sah zu Boden.

»Einer von euch muss mit ihr reden! Sagt ihr, dass sie mit dem Unsinn aufhören soll!«

Noch immer keine Reaktion.

»Was? Soll das heißen, dass ihr derselben Meinung seid?«

»Marthe?«, sagte Iris hinter ihr.
Fiber drehte sich wütend wieder zu ihr um.
»Sorry«, korrigierte sich Iris. »Fiber. Würdest du dir bitte anhören, wie mein Plan aussieht?«
»Nein, ich höre dir nicht zu! Du willst, dass alle hierbleiben. Du willst Mr Oz werden! Weißt du eigentlich, was du da von dir gibst?«
»Fiber, wir können nicht anders. Wir vermissen noch ungefähr vierzig Jabberwockys. Irgendjemand muss sie vernichten, bevor sie sich selbstständig machen und noch mehr Menschen töten. Tausende von Menschenleben stehen auf dem Spiel! Und wer weiß, was Mr Oz noch so alles in petto hatte. Bis wir nicht ganz sicher sind, dass sämtliche seiner Taten ungeschehen gemacht sind, müssen wir die Teams hierbehalten. Wir müssen sein Gehirn ausschlachten, ihn befragen.«
»Aber ihr müsst auf jeden Fall allen die Wahrheit sagen«, meinte Fiber, die jetzt etwas ruhiger wurde.
»Und dann?«, fragte Alex. »Wenn wir den Kindern die Wahl lassen, nach Hause zu gehen oder die Welt zu retten, was glaubst du, was sie tun werden? Und selbst wenn ein paar hierbleiben würden, wie verfahren wir mit den anderen? Sobald einer von ihnen den Mund aufmacht, ist es aus, Fiber.«
Fiber ignorierte ihn.
»YunYun? Du hast doch nicht etwa auch den Verstand verloren?«
YunYun schüttelte den Kopf. »Nein«, sagte sie. »Aber Iris hat natürlich recht.«
Fiber hob die Hände zum Himmel. »Ihr seid verrückt«,

sagte sie. »Ihr seid alle komplett durchgedreht. Ich dachte, wir hätten für die Freiheit gekämpft?«

»Um frei zu sein, genügt es nicht, einfach nur die Ketten abzuwerfen. Du bist erst dann wirklich frei, wenn du die Freiheit der anderen respektierst und förderst«, sagte Justin. »Das hat Nelson Mandela gesagt. Wenn unsere Freiheit auf Kosten der restlichen Welt geht, was sind wir dann, Fiber? Wer sind wir dann? Die Guten oder die Bösen?«

Iris stellte sich vor ihn. »Wir tun so, als würde Mr Oz noch leben, bis wir alles erledigt haben. Keinen Tag länger. Und anschließend fahren wir nach Hause. Zusammen mit den anderen Jugendlichen«, sagte sie. »Fiber?«

Fiber biss sich auf die Lippe. »Fällt es auch unter ›erledigen‹, dass wir meine Mutter und meine Schwester suchen?«, fragte sie, während sie gegen die Tränen ankämpfte.

»Das wird unsere erste gemeinsame Mission«, sagte Iris. »Unsere allererste Mission, okay? Versprochen.«

»Total verrückt«, murmelte Fiber noch einmal. Aber dann nickte sie. »Also gut. Gehen wir die Welt retten.« Fiber fuhr den Computer hoch. »Hier«, sagte sie und drückte Iris das Mikro in die Hand.

»Ich?«

»Es ist deine beschissene Idee, jetzt führst du sie auch aus«, sagte Fiber.

Iris schluckte, hob das Mikro und schloss die Augen. Irgendwie spürte sie noch immer die Gegenwart von Mr Oz, obwohl sie wusste, dass er unten in den Grotten sicher auf einem Server eingesperrt war, auf den niemand zugreifen konnte.

Sie überwand sich, öffnete die Augen wieder und legte los: »SUPERHELDEN, HIER IST EUER ANFÜHRER.«

Auf dem Bildschirm sah es so aus, als würde das flammende Gesicht von Mr Oz ihre Worte sprechen. Iris alias Mr Oz erklärte, dass die Missionen erfolgreich gewesen seien. Über den Verlust einiger Superhelden sagte sie nichts. Das hatte Zeit bis später.

Sie endete mit: »GUTEN APPETIT UND MERRY CHRISTMAS!«

Im Speisesaal saß sie neben YunYun und versuchte, sich ganz normal zu verhalten. Nur noch ein paar Minuten, dann würde Mr Oz um Aufmerksamkeit bitten. Sie hatten beschlossen, seine Botschaft vorher aufzunehmen, damit sie zusammen mit allen Jugendlichen im Speisesaal sitzen konnte. Niemand brauchte zu wissen, dass jetzt Iris Mr Oz war.

»Willst du nicht bei den anderen sitzen?«, fragte YunYun und nickte in die Richtung von Alex und Fiber.

Iris schüttelte kaum merklich den Kopf. Sie hatten aus der Not heraus einen Pakt geschlossen, aber was ihre Freundschaft betraf, da hatte Iris Zweifel. Es war so viel geschehen. Fiber hatte sie auf der Basis zurücklassen wollen, Alex hatte sie angelogen und dann doch wieder gerettet.

»Ich brauche Abstand«, sagte sie schließlich. »Soweit das auf Pala möglich ist.«

In diesem Moment flammten im Saal alle Bildschirme auf und »Mr Oz« sprach zu den Kindern. »SUPERHELDEN, HIER IST EUER ANFÜHRER.«

Ein Jahr, dachte Iris. Höchstens. Und dann ist all das zu Ende.

»MERRY CHRISTMAS!«, schallte Mr Oz' Stimme aus den Lautsprechern.

Um sie herum brachen die Superhelden in Gejohle und Jubel aus, als große Schalen mit Essen hereingetragen wurden, auf denen Wunderkerzen brannten.

Iris lächelte. Niemand ahnte etwas, alle stürzten sich auf die Leckereien. Iris stand auf und tat es ihnen nach. Wenn es nach ihr ging, war dies das letzte Weihnachtsfest auf Pala. Also konnte sie es genauso gut auch genießen.

Nächstes Jahr verbrachte sie die Feiertage bei ihrer Mutter.

HALLO, LIEBE TREUE LESER,

als Kind wollte ich Spider-Man sein. In der Schule wurde ich ziemlich gemobbt, und ich wünschte mir nichts mehr, als heimlich ein Superheld zu sein. Aber da ich nicht wie Spider-Man sein konnte, erfand ich Geschichten, in denen ich wie ein Held gegen Unrecht kämpfte. Da war ich bestimmt nicht der Einzige. Später dachte ich mir etwas Neues aus. Was, wenn in jeder Klasse Superhelden verborgen waren? Kinder, die woanders ausgebildet wurden und die in Aktion traten, sobald Gefahr drohte? Diese Idee führte schließlich zur *Pala*-Trilogie. Werde ich je selbst nach Pala zurückkehren? Wer weiß. Aber fürs Erste bin ich fertig. Die Geschichte, die ich 2011 zu erzählen begonnen habe, ist zu Ende. Danke, dass ihr die Reise mit mir zusammen gewagt habt.

Danke an Joris und Femke und Erlijne und Nicole und Maartje und Gail vom Verlagshaus De Fontein, die mich durch dick und dünn begleitet haben.

Danke an alle Testleser – junge und alte –, an Jaap-Ruurd und Dagmar für Infos über die Ausbildung von Soldaten und wie man in eine militärische Einrichtung einbrechen sollte.

Danke an alle auf Twitter und Facebook, die mir geholfen haben, Details herauszufinden, und die Übersetzungen für mich gemacht haben. Die mit mir gelacht haben, wenn ich stolz war, und die mit mir geweint haben, wenn ich Kapitel streichen musste, mit denen ich nicht zufrieden war.

Danke an alle Leser, die mir gemailt haben, wie gut ihnen die Bücher gefallen und wie oft sie die Bände schon gelesen haben.

Danke an Keimpe Bleeker, der mir 2010 die Idee mit den GPS-Satelliten geschenkt hat.

Danke an Nanda Roep und Silvester Zwaneveld, die mich durch die schwierigste Zeit meines Schriftstellerlebens geschleppt haben. Ohne euch würde es keinen dritten Band geben!

Aber mein größter Dank gilt wie immer meiner Frau Tanja und meinen Kindern Daniel und Charlotte. Diese Bücher sind für euch.

MARCEL VAN DRIEL
27.07.2014

ZITATNACHWEISE

1. *The Game*. Regisseur: David Fincher. USA 1997.
2. Sunzi: *Die Kunst des Krieges*. München: Droemer Knaur 1998.
3. Eric Clapton und Steve Winwood: *Can't find my Way home*. Album: *Blind Faith*. Rolling Stone. Polydor 1969.
4. John Lennon: *Beautiful Boy (Darling Boy)*. Album: *Double Fantasy*. Capitol 1980.
5. Hermann Hesse: *Demian. The Story of Emil Sinclair's Youth*. London: Penguin Classics 2013.
6. Eagles: *Hotel California*. Album: *Hotel California*. Asylum Records 1976.
7. *The Shadow*. Regisseur: Russell Mulcahy. USA 1994.
8. *Star Wars, Episode IV: A New Hope*. Regisseur: George Lucas. USA 1977.
9. Die letzten Worte von L. Frank Baum, dem Autor des Buches *Der Zauberer von Oz*.
10. *Terminator*. Regisseur: James Cameron. USA 1984.

Oetinger TASCHENBUCH

DIE REGELN DES SPIELS
SIND GNADENLOS

Marcel van Driel
Pala – Das Spiel beginnt (Bd. 1)
320 Seiten I ab 12 Jahren
ISBN 978-3-8415-0353-4

Überall auf der Welt spielen Jugendliche ein Online-Game, bei dem man Abenteuer auf der virtuellen Insel Pala bestehen muss. Auch Iris ist von dem Spiel begeistert – bis es plötzlich Realität wird. Denn die Insel gibt es wirklich. Und die besten Spieler werden dorthin von dem geheimnisvollen Mr Oz entführt.

www.oetinger-taschenbuch.de

OETINGER TASCHEN BUCH

DIE REGELN DES SPIELS
SIND GNADENLOS

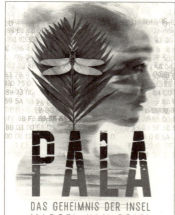

Marcel van Driel
Pala – Das Geheimnis der Insel (Bd. 2)
ca. 304 Seiten I ab 12 Jahren
ISBN 978-3-8415-0354-1

Iris schöpft neue Hoffnung: Es scheint nicht mehr unmöglich, von der Insel zu entkommen. Ihr Bruder Justin nimmt unbemerkt Kontakt zu ihr auf. Gemeinsam wollen sie herausfinden, welche Pläne Mr Oz verfolgt und wie man ihn stoppen kann. Doch als Mr Oz erfährt, dass Iris heimlich Nachforschungen anstellt, wird es richtig gefährlich …

www.oetinger-taschenbuch.de

DER BESTSELLER MIT
SUCHTPOTENTIAL

Suzanne Collins
**Die Tribute von Panem –
Tödliche Spiele**
416 Seiten I ab 14 Jahren
ISBN 978-3-8415-0134-9

Nordamerika existiert nicht mehr. Kriege und Naturkatastrophen haben das Land zerstört. Aus den Trümmern ist Panem entstanden, geführt von einer unerbittlichen Regierung. Alljährlich finden grausame Spiele statt, bei denen nur einer überleben darf. Als die 16-jährige Katniss erfährt, dass ihre kleine Schwester teilnehmen soll, meldet sie sich an ihrer Stelle und nimmt neben Peeta den Kampf auf ...

www.oetinger-taschenbuch.de